とみ食堂の人びと 1

歩み出そう！
心に萌芽《ほうが》を求めて

西本タツヒロ
NISHIMOTO Tatsuhiro

文芸社

目次

三、がんばれ！　宅配弁当

一、さらば一発屋芸人

1　アラレちゃんと青木さん

ここは東京の下町。裏通りにある大衆食堂。

店頭の惣菜《そうざい》売り場から、「すみませーん」と甘く伸び上がった声がする。ふっくらとした顔に丸眼鏡をかけた中年の女性がおずおずと佇《たたず》み、こちらを覗《のぞ》いている。

店内の電気はとっくに落とされていた。街灯のぼんやりとくすんだ明かりが、丸みを帯びた容姿を照らし出している。

戸口に近い位置に座っていたおいらが気づいた。

「母ちゃん、お客さんみたいだよ」

カウンターの中で洗い物をしていた母ちゃんは、背すじを伸ばして確かめた。

「老けたアラレちゃんか？」と誰にともなくつぶやく。隣にいた兄ちゃんはおいらの肩越しに視線を飛ばすと、〝コラ〟と顔をしかめた。

母ちゃんはくくっと笑いをこらえた。手を拭きながら売り場の方へ小走りで向かう。

真一兄ちゃんはそれを目で追ってから、焼酎は足さずに氷を二つ三つ放り込んだ。そして続けた。

「厄年とはよく言ったもんだな。年代的にはちょうど、人生の折り返しで、じきオレもそんな歳になるよ」

一口飲んで、ぐびりと鳴らした喉から、

「人生の節目となる出来事が一番多く重なってくるんだ。だから一番、厳しい年代なんだよ」

代わりにおいらが焦げ茶色のボトルから焼酎を注いで、自分のグラスも満タンにした。

「よく分かるよ」

もっともらしく頷《うなず》いてから、

「それで、つまり？」

おいらは中断した話を繋《つな》げた。

「つまり？　そう、つまりだ。目指してきたものがやっと手に入った。でも求めてきたものではないような気がする。だから一向に満たされない、そういうことかな。まあ、ぶっちゃけな」

「例えば？」

「それはいろいろあるだろう。目指すものや欲しいもの、憧れの対象や理想の姿、それから――」

「あっ、分かったぞ。たとえばいい女だなあと思って手に入れたい、ものにしたいよお、ああ――、必死に口説いて、いざ自分のものになったらつまらなかった。そんなこと?」

「ちぇ、そんな低次元な話じゃないわ」

そう吐き捨てると下顎を突き出した。

「お言葉ですが、真理をついていると思いますがね」

「え? そうかあ……?」

黒目を上に張り付かせて、おいらの茶化した譬《たと》え話を真剣に吟味しているふうだ。

「ま、ともかくだ。一番、苦しくて悩む年代なんだよ」と半分したり顔で大きくため息をついた。

確かにそうかもね――と小さく囁《ささや》く。

「多くのことを実現させると、それを失うリスクも増えるし、それを維持させるのは、さらに容易じゃない。手に入れる労力より何倍もきついかも」

兄ちゃんは横からまじまじとおいらの顔を覗き込んで、大きく二度、頭を振ってみせた。

「なんだよ」と半身を引いて睨《にら》み返す。

「勇次、分かっているじゃないか」と大げさに感心して、ぱんとおいらの左肩を叩《たた》いた。

「いて！」、こいつ、皮肉か——と言い返したくなる。

確かに「一発屋芸人」のおいらならではのセリフかもしれない。

「そうなんだよ。背負う責任だけがどんどんと大きくなる」と兄ちゃんはさらにぼやく。

「肩書きが大きくなるほど自分の能力を閉じ込めるんだな」

皮肉ではなかった。四十歳そこそこで、ＩＴ会社の課長に抜擢《ばってき》されて味わう、本人ならではの辛酸を言っている。情報サービス産業が抱える問題がどんなものかはとんと無知だが、詰まるところ、組織の中核に有無も言わさず集中する軋轢《あつれき》が吐かせる愚痴なのだろう。

思えば兄ちゃんは、人の失敗や苦しみを面白がってつつくような低級な男ではない。おいらは自分のひがみ根性に気づかれまいと口元を歪《ゆが》めたまま焼酎を喉に流し込んだ。濃すぎたせいもあって舌の付け根に沁《し》みるような刺激だけが残った。

テレビ番組の「ギャグ天国」の勝ち抜きコーナーで売れたのは十年以上も前だ。引っ張りだこでテレビに出まくった。しかし寝る間もなく仕事に追われたのは一年足らずだった。華やかな一瞬だった。まるで打ち上げ花火だ。その後の暗澹《あんたん》とした心に残ったものは何もない。残りかすとなった未練さえも、なかった。

それからおいらは何をして生きてきただろう。

呆然《ぼうぜん》自失として暮らした記憶は何ともおぼろげだった。ただ空虚さとなって澱《おり》のように心の底に沈んでいるのだ。その沈殿物は、ふと気持ちが頼りなく揺らぐと、悔恨の波間にふらふらと湧き上がってくるのだった。

おいらはそのやりきれない虚《むな》しさを無理にも払いのけて生きてきた。

「でも役付きはあとからついてくるって言うじゃん。それは違うの？」

高めのテンションで話の流れを取り戻す。

「確かにそう言うな」

「兄ちゃんの場合はあとからついてこないんだな」とからかい気味に言った。

「まあ、そういうことか」

兄ちゃんはおいらの嘲笑を気にもせず、むしろ爽やかな顔つきで唸《うな》った。

「そうだよ。兄ちゃんは役職が上がったからとか、上の立場になったからって、変わらないもんな、自分らしさが」

「そうかな。下げたり上げたり大変だな」

にやつきを誤魔化すようにネクタイの撚《よ》れを直して、

「でもそれじゃ、まずいこともあるんだよ、実際は」と口角を捻《ひね》った。

戸口の横に設けられた惣菜の陳列台を挟んで、客相手にひそひそと話す声が続いている。

カウンター奥の小さな厨房《ちゅうぼう》から、背を丸めるようにして父さんがもそもそと出てきた。仕込みが終わったのだろう。

「それじゃ、一足先に帰るよ」

エプロンを剝ぎ取りながら、覇気のない声で言った。

「お疲れさま。オレたちもじき帰るよ」と兄ちゃんがそれに答えた。

父さんはそれとなく頷いて、棚から小さなショルダーバッグを取って肩に引っ掛けた。暗がりの中で、ジャガイモの詰まった段ボール箱の角につま先を当ててよろめいた。父さんは左足が不自由だった。

「危ない！」

おいらはすぐに席を立ち、カウンターの外から回り込んで父さんのそばに寄った。そして左肘の辺りにそっと手をあてがった。

「大丈夫だ。ありがとう」と小さく言って裏口に向かった。

その背中に「自転車、気をつけてくださいよ」と声をかけた。

父さんは前を向いたまま、片手を肩口まで上げて外に出て行った。

「父さん、また痩せたみたいだね」

おいらは席に戻りながらつぶやいた。

「脳梗塞を起こしてから、すっかり体力が落ちてしまったようだな。だいぶ無理してるんじゃないかなあ」

兄ちゃんはゲソ揚げを一つつまんで口の中に放り込み、

「でも、勇次がちょくちょく来てくれるようになって、心強く思ってるよ、きっと」

そう言われると、自分の不確かな胸の内を覗かれたようで、気恥ずかしさに返す言葉を失った。

「まあ、何かと手伝ってやってくれな」

「え？」

おいらはその言葉に思わず息を呑《の》んだ。即座にその意味が掴《つか》み取れなかったからだ。何かと手伝う？

何を手伝えというんだろう。急に言われても具体的な考えや発想など何一つ思い浮かばなかった。ましてやどんな行動にも結び付かない。あげくにそんな甲斐性《かいしょう》があるわけもないと、そんな自分に行き着いた。

仕方なくぐびりとグラスをあおった。

「いつまでこんな古臭い定食屋を続けるのか知らないけどな」

兄ちゃんはカウンターの向こう側に視線を投げて、ぐるっと首を反転させた。

「こんな古臭いは、兄ちゃん、言い過ぎだよ」

目を伏せたまま遠慮気味に咎《とが》めると、自然に片方の頬が引き攣《つ》った。

「そうだな。昔、父さんが脱サラしてまで始めた店だもんな。でも今どき、流行《はや》らないかな」

四十年以上も昔、父、藤井和則と母、富子が二人で始めた店だった。

「とみ食堂」、その屋号は富子の名前に因《ちな》んだと聞いていた。

「確かにね。客もめったに入らないようだし、今は体調と気分で開けたり開けなかったりしてるみたい。言ってみりゃ父さんのリハビリ代わりだよ」

「そうだな。家で何もしないでいると、ますます弱っちまうしな」

窓越しに、売り場から去っていく客に向かって、「ありがとうございました」と母ちゃんの一段高い声が店の中にも響いた。

暖簾《のれん》を入れ、売り場の窓シャッターをフック棒で下ろしていそいそと戻ってきた。

カウンターに向かって座っているおいらたちの後ろのテーブル席に、「どっこいしょ」と腰掛けた。

「今のお客さんだけどね。ここ四、五日、毎日、今ぐらいの時間に来るのよ」と自分勝手に話し始めた。

　おいらと兄ちゃんは向かい合うように半身になり、母ちゃんの方に顔を向けた。

「船橋から来るんだってさ」

「へえー、わざわざ船橋からやって来るとは、母ちゃんたちのお惣菜も大した評判じゃないか」

「違うわよ。そんなわけないじゃない」

　母ちゃんは真に受けて相好を崩すと、手のひらで宙を扇《あお》いで言った。

「こっちに母親が一人で住んでるんだってさ。そのお母さんが十日ほど前にね、玄関先で転んで怪我《けが》したんだって」

「怪我って？」と兄ちゃんが確かめた。

「手をついたんで手首骨折だって。足首もどこかにぶつけちゃって甲にヒビだって。右手、左足だから大変だそうよ」

　おいらたちは、申し合わせたようなタイミングで二、三度頷いた。

「一人暮らしだからねえ。ただでさえ大変なのにねえ、何するにしたって困るわよ。ほら、ギプスしてるじゃない？　料理だってできないし。それで娘さんが、今の時間になるけど、様子を見に毎日通ってるんだって。今日もレトルト食品や朝食のパンなんか届けに行くとこってわけ」

「そんで、うちの惣菜も買っていくわけ？」

「そうなのよ」

母ちゃんは大げさな声を張り上げて、結局はドヤ顔をして見せた。

「そのお母さんね、昔ご主人と何度か来たんだって。その時のコロッケ定食が美味《おい》しかったんだってよ。お父さんの男爵コロッケは昔懐かしの味で人気があったからねえ」と目を細めて満足げだ。

「あれ、お父さんは？」

「今さっき帰ったよ」

「あらら、もう帰っちゃったの」

いくらか不服そうに、また拍子抜けしたように目を丸くした。

「客のいない店にポツンといても仕方ないじゃない」とおいらは父さんの気持ちを察した。

「でも、聞かしてやったら喜んだろうにって、そう思ったのよ」

「それで、コロッケを買っていったんだ？　そのアラレおばさん」

「それだけじゃないよ。ほうれん草のお浸しとサバの味噌煮も買ってったよ」と小鼻を膨らませた。

「ふん、売れ残ったもんばっかりじゃないか」

母ちゃんも口達者で負けてはいない。

「だから半額にしたじゃないか」と喰ってかかった。

「でも介護サービスもいろいろあるから、何とかならないのかな」

兄ちゃんがそんなやり取りを無視して冷静に話を戻した。

「そうそう、そのことよ」

母ちゃんはまた手のひらで扇いだ。そして、なぜか急に小声になって、

「ヘルパーさんも考えたんだって。食事のこととか、お掃除とか、あと買い物？　いろいろと手伝ってもらうことだってあるじゃない。それで本人にも勧めたんだけどね、いいって言い張るんだってさ。どうもそのお母さん、難しいらしいわよ。だから娘さんが大変なわけよ」

おいらは兄ちゃんと顔を見合わせて、肩をすくめて見せた。兄ちゃんは「ふーん」と鼻を鳴らしてカウンターに向き直ってしまった。おいらもそれ以上に、話の展開は見込めず、

「そう、いろいろあるね」と素《そ》っ気《け》なく答えた。

ちょっとした沈黙の間に、母ちゃんは次の話題を思い出したようだ。

「そうだ、勇《ゆう》ちゃん」

人の耳のそばでパンと手を打つや、唐突に大声を出した。

「な、なんだよ」、のけぞって、「驚くじゃないか」と眼をむく。

「勇ちゃん、青木さんっているじゃない」

いきなり何を言い出すんだ。

「そりゃ、いるでしょうよ。どこにでも」

兄ちゃんがつまらなそうに鼻を鳴らした。母ちゃんには、その返しの意味がいまいち、ぴんとこなかったようで、

「ほら、よく夜中に一人で食べに来てた、そうだなあ、歳は七十代半ばかなあ。見たことないかなあ」と自分のペースで続ける。

そう言われてもなあ、と小首を傾《かし》げ、

「おいらだってたまに来るだけだし」と下手に出る。

「確か、青木さん、一人暮らしだって言ってたのよ。ほら、昼間も時々やって来てはいつもそこの席に座って、夜もちょくちょく来て、決まって醤油《しょうゆ》ラーメン啜《すす》ってた」

「まあ、いいよ。その青木さんがどうしたってのさ」

「お父さんが入院する前にはよく来てたと思うんだけどな。この頃はとんと見かけないのよね」

おいらと兄ちゃんはきょとんとして顔を見合わせた。

「うちもめったに客が来ないじゃないよ。だからあの風変わりな青木さんを見逃すはずないのよ」

「まあ、いいよ。で、来ないからなんだってんだよ」とおいらは面倒臭くなって投げやりに訊《き》いた。

「だって、あの青木さんだよ」

「あの青木さんは必ずここでラーメン食わなきゃなんないのかよ」とますます苛《いら》つく。

「いや、そうじゃないけどさあ、なんか気になるじゃないの」

「だから、何がよ?」

「何がって、なんだかさあ、いつもみすぼらしいカッコして頭はザンバラで、痩せちゃってさあ、普通じゃないって思ってたのよ。あの人」

「ああ、分かったぞ」。おいらは拳の腹でもう一方の手のひらを打った。

「青木さんって、がりがりに痩せてて、落ち武者狩りから逃げてきたようなおやじだよね」

「そうそう」。母ちゃんも愉快に囃《はや》したてて手を叩いた。

「初めからそう言ってやればよかったね」と大口の哄笑《こうしょう》を曝《さら》した。

「だからさあ、しばらく来ないんでね、なんだか心配なのよ」

「心配って言っても……、まずどれくらい来てないんだい?」

兄ちゃんも振り返って興味を示した。

「そうねえ、どれくらいになるかねえ……。かれこれ一か月以上も経つんじゃないかなあ、姿を見せなくなって」

「それくらいだったら、そう心配しなくたっていいんじゃないかな」

「そうだよ。もっと安くて旨《うま》い店を見つけたかもしれないし、本人の都合だってあるんだし、それに引っ越しちゃったとか」

「そうね、そうかもしれないけど……」

母ちゃんは納得がいかないように口先を尖《とが》らせて続けた。

「なんかあったんじゃないかって、そう思ったりしてね。たとえばさあ、体調を崩して寝込んでるんじゃないかとか。青木さんって、見かけは落ち武者だけど、話したら腰が低いし、まともなこと言うし、いい人だと思うのよ」

「それだからって、どうしようっていうのさ」

「だから、私、ちょっと様子を見に訪ねてみようかと思って」

兄ちゃんは小さくため息をついて、ちらりとおいらの顔を窺《うかが》った。お節介やきの母ちゃんの考えは、やっぱりそんなところだと言わんばかりに。

「まあ、それはいいけど、住まいは知ってるの？」

「前に来た時、『上の階から水が漏れてくるんで橋爪不動産にお願いした』って話してたことがあるの。だから、あの社長に聞いたら分かると思うのよ」

「なるほどね。じゃ、訪ねて行ってみれば」

おいらは他人事《ひとごと》だと一線を引くように、素っ気なく突き放した。

「そこで勇ちゃんにお願いがあるのよ」手のひらを合わせて拝んでいる。

目尻の小じわをいっそう深くして、媚《こび》を売る目つきを差し向けてきた。

「な、なんだよ？」

「訪ねる時にさあ、一緒についてきてほしいのよ。お願い」

やっぱりそう来たか、大体察しはついていた。

「ええ？　おいらも行くのかあ？」

大げさに迷惑だとの意思をそのイントネーションにかぶせた。

「お願いよ」

母ちゃんは合わせた手のひらをこすり合わせて言い重ねた。

「なんでよ」

「だって一人じゃ、なんか怖いじゃないの」

おいらには母ちゃんの不安が漠然と分かっていたが、やっぱり反射的に口の方が早く回った。

「いくら落ち武者だって選ぶ権利はあるだろうよ。何も心配しなくったって大丈夫だよ」

「バカね」

語調は強いが顔は赤く綻んだ。

「そうじゃなくて、訪ねてったら部屋で死んでたら怖いじゃん。私、なんか嫌な予感がするんだよね」

「ま、まさか！　人がそう簡単に死ぬかよ」とおいらは半笑いで突っぱねた。

「いや、高齢者はそうとも限らない。となると——確かに、人が死んでる場所に一人で関わってはだめだ」

兄ちゃんは真面目な顔になって、おいらと母ちゃんを代わる代わる見た。

惣菜売り場の方から、ひんやりとした一抹の風が入ってきたように感じた。無意識にちらりと振り返った。シャッターはぴたりと閉ざされていた。

おいらは母ちゃんと点になった目で見つめ合った。

「じゃ、一緒に行ってみようか」急に弱気になって小さな声を漏らした。

「いい？　悪いね」と母ちゃんは顔を強張《こわば》らせた。

陰気な雰囲気になったまま、その場はお開きになった。

「アキちゃん、迎えに来てくれるんだろ?」

兄嫁の明子を義姉《ねえ》さんとは呼んでいなかった。なぜなら義姉は高校時代の部活の先輩で、兄ちゃんと付き合っている頃から知っていたからだ。

「ああ、電話しておいたから、もうじき来てくれると思うよ」

兄ちゃんの住まいは金町で、電車で帰るとなると乗り換えやらで面倒だが、車だと意外に近かった。

「おいら明日早いから、帰るよ」

「明子と会っていけよ」

「いいよ、どうせ発破をかけられるだけだし」としょげて口ごもった。

「そうか、悪いな」

兄ちゃんはおいらを気遣ってくれた。

店仕舞いをし始めていた母ちゃんが、「勇ちゃん、帰る?」と仕事の手を止めた。

「うん、明日、仕事で早いんだ。終わったら来るよ。たぶん昼過ぎになると思うけど」

「あら、仕事が入ったの?」

「ああ、ちょっとした営業だよ」

「よかったじゃない。どんな仕事でもありがたいと思ってやらなくっちゃ。地方なの？」

「地方じゃ昼に来られないよ。都内さ」

そう答えておいらは席を立った。

「勇次、頑張れよ」と真一兄ちゃんはさりげなく右手を差し出した。おいらは作り笑顔でその手を握り返した。

やっぱり兄ちゃんは格好いい。課長職として引き抜かれるのも分かる。でもそんな思いをうまく伝えられない。自信を失《な》くして、ひがみ根性と卑屈な自分に出くわし嫌気がさす。

「気をつけて帰れよ。明日、頼むよ」

ああ、とだけ答えて店を出た。

一人で歩きだしてもそのもやもやを引きずっていた。

とみ食堂はメインの商店通りから外れた路地の途中にあった。三階建ての古い雑居ビルの一階店舗だった。その二階も三階もテナントが入っておらず、窓が閉め切られたままで久しい。

並びには少し離れて小さなカラオケスナックがあり、向かいには老舗の和菓子屋、その先にはすでにシャッターが下りた製造業会社などが飛び飛びに続く。

リサイクル店と金物屋が、まだ店内からの細い明かりを路面に漏らしていた。角を曲がると住宅地になり、中には瀟洒《しょうしゃ》なマンション風の建物もあった。自宅兼店舗の美容院やクリーニング店などが、そんな風景に違和感なく交じっていた。

辺りは人影もまばらだが、狭い通りに入ると、焼鳥屋だのホルモン焼きの看板提灯《ちょうちん》が灯《とも》り、賑《にぎ》やかさを増していった。

帰り道はそんな風情を、気分に任せて碁盤の目を縫うように歩く。その選択肢の中には、公園を横切って次の繁華街に出て行く順路もあった。

おいらは車両止めポールの間を抜けて公園のルートを選んだ。ひんやりとした空気が体を包《くる》んだ。こんもりとした樹木に包まれたせいだ。秋の虫の音が途切れずに聞こえてくる。もう桜の葉がちらほらと赤茶色に枯れ始めている。

広場に出る。照明ポールに据えられた水銀灯で、その全体は白いフィルターをかけたようにぼんやりと照り出されていた。ほとりに立つケヤキの向こうから、見惚《みと》れるほど美しい満月が上がっている。おぼろげな公園の風景より、卵の黄身色《きみいろ》の月光は神秘的に煌々《こうこう》と鮮やかに映った。

リンリンリンリンと鈴虫の音が遠く近くに重なる。より深い静けさを奏でているかのようだ。何やら物悲しい風情だと、そう思う。

だけどおいらにはなぜか心が休まるから不思議だ。溌剌《はつらつ》と燃えるような季節などは、か

えって気が急《せ》いて落ち着かなかった。自分の運が下火だと思うと、周りの勢いやテンショ

ンについていけない。取り残されていくようでますます落ち込んでいく。何とも侘《わび》しいか

ぎりだ。

もともと人と競争するのは苦手だ。なりふり構わず欲しいものを掴み取っていく性分で

もなかった。そんな生存競争を勝ち抜いていく根性がなければ、お笑いの世界で生き残っ

てはいけない。そのことに気づいたのは、もうずっと前だった。

公園を出る時、アラフォーぐらいの女性とすれ違った。奇抜なファッションが気味悪

かった。ソバージュヘアーをくってややこしいウッドネックレスが目立った。化粧はけ

ばけばしい。ちょっと怖い。視線は合わせられない。骨ばった黒い顔を一瞬、目に焼き付

け、それでも小さな声で「インカ帝国か」と突っ込んだ。

ああ、だめだ。人の風貌をネタにして面白がってる場合じゃない。酔いもあって気持ち

が乱れ、考えもまとまらなかった。

やがて環状道路に出ると視界が一挙に広がり、様子は一変する。水路沿いの公園の先に

近代的な高層マンションが建ち並ぶ。歩道のバス停待ち合い場には数人が並んでいた。そ

こでバスに乗るかいつも迷いながら、その夜も歩道をテクテクと歩いた。車が連なって走

る広い道路の先で信号が二つ三つと順番に青に変わった。

駅に近づくにつれて人通りは多くなる。牛丼屋は満席で名物ラーメン店にも人が並んでいる。居酒屋やレストラン、あるいはコンビニ周辺も若者らがたむろして賑わっている。売れている頃は、大抵気づかれた。そしてその頃は握手やサインをせがまれもした。黄色い声も飛んだしチヤホヤもされた。しかし瞬く間に落ち目となると、気づかれても遠目に見て仲間内でひそひそと耳打ちし合ったり、くすくすと笑って通りすぎたりした。そして今はもう、誰も「ロンリー・ユウ」だと気づく者はいなかった。

そのことについては気にもしていなかったし何も感じなかった。むしろ周りの目を気にせずにいられるのは楽だった。それでもつい以前の習慣で、視線を路面に落とし、硬い表情を無理に作ってただひたすらに歩いて行った。

＊　＊

当時、自分の失敗談や惨めな実体験を自虐的に語るというピン芸人がそこそこ売れた。折しも韓国ドラマが社会問題になるほど流行していた頃だった。

おいらは爆発的な人気を博した韓国の俳優の物まねで、恋愛のエピソードを面白おかしく語るというネタをやった。ちょっとした思いつきで、さしたる苦労もせず作り上げたものだった。ところがそれが当たった。

その韓国スターが熱狂的なファン層に支持されていたから、賛否両論ありきの話題性を巻き込みながら、メディアに大々的に取り扱われたのだった。

結局、露出度が功を奏し好感度が勝ったようだ。だが、その人気は二年ともたなかった。本家の韓国ドラマ自体の熱が急速に冷え切ってしまったこともある。だがそれ以前に、所詮は素人芸でしかなかった。芸人として何の訓練も受けていなければ、どれほどの下積み経験もしてはいない。第一、その素質さえ疑わしい。

だから、新しいネタはどんなにもがいても生まれてはこなかった。ちょうど、「マツケンサンバII」がリリースされたのに乗じて、そんなダンスをやってみたり、「綾小路きみまろ」風に、さえないサラリーマンネタをやったりした。そんなものを下打ち合わせで披露して、ディレクターから死ぬほどドヤされた。

「ばか野郎、物まねじゃなくて、パクリじゃねえか」と企画書のゲラ束を投げつけられた。なにくそ、などという反骨や執念は微塵《みじん》もなかった。新ネタに臨む気力を失い、そしてあっさりと諦めた。

もともと、強烈なモチベーションがあってお笑いの世界に入ったわけではなかった。兄ちゃんほど優秀ではなく、二流大学の経済学部を卒業したものの、おいらは就職に夢や希望を持ち得なかった。その頃、たまたまお笑い芸人を目指していた高校時代の友人とつるんで遊んでいて、あるオーディションに一緒に行ったというありがちな話だった。そしてよくあるように、おいらが受かって友人は落ちた。

奴には悪いが、そんなわけだから先の見込みがないとなると諦めも早かった。

ただその十年近く、周りの世界はあまりに慌ただしく、賑やかで変化に満ちていた。経済的にも扱いきれないほどの大金を手にしたが、ある朝、何気なく通帳を開いてみてあれは夢だったのだと思った。ちょっとだけ覗き込んだ芸能界は、まさに摩訶《まか》不思議な夢の世界だった。

一瞬で消え去った芸人や、干されていなくなったタレントを散々見てきた。自分も粗大ゴミとして投げ捨てられたことはとっくに自覚している。最大級のジェットコースターに乗せられたような目まぐるしさは、自分を見失うのに十分だった。乗降場に着いてふらふらと目まいを感じながら降り立った感じに似ていた。次に歩き出す方向も速度も、力もあやふやで定まらなかった。

事務所を辞めた今、たまに来る営業もそんな状況の中で受けていた。売れっ子だった頃から、おいらは当時住んでいた近所の区民会館で催されている高齢者の集まりにゲストとして参加していた。それは個人的なボランティアみたいなものだった。だから落ち目になっても人気やらとは関係なく依頼があった。

むろん金にはならない。生活費は売れた時に稼いだ貯《たくわ》えとコンビニなどのバイトで何とかやっている。金にならなければ営業とも言えなかった。営業でなければ、やることだってお笑い芸とは言えない。今さら「きみまろ」の物まねでもない。またオリジナルのギャグを散々に絞り出す気にもならないし、そもそも一人漫談をするという前提そのものが薄らいでしまった。つまりは笑わそうとする発想を失くしていた。

それでも何とかなった。

観客は、高齢の「高」を「幸」と置き換えた「幸齢クラブ」の人々だった。それは軽い体操やレクリエーションを皆で楽しんでいくサークル活動だった。そんな中の一つとしてコーナーを任されるのだから、つまらない半端芸はかえって白けてしまうし、第一、場にふさわしくない。そんな流れの中で、出し物は、むしろ「セミナー」に近いものになった。

セミナーと言えば口幅ったいが、年配の婦人が多いことから、健康や運動、食事や趣味などについて話題にした。聞きかじりの情報や豆知識を披露しながら、大体は参加者に話を振っていく。一方的に話を聞くより、もともと自分がしゃべりたい連中ばかりなのだ。中には遠慮して、差し出されたマイクを押し戻す者もいるが、前から見ていれば話したくてうずうずしているお年寄りの表情はすぐに分かる。まずは片時も目を離さずに聞くタイプだ。こちらの話に間のいい相槌《あいづち》を打って、落としどころで手を打って大げさに笑う陽気なお年寄りは、振られた話題を滑らかに受け止めて自分のこととしてしゃべりだす。その話というのは身に起こった実体験だから皆に受けるのだ。それなら私もと話の輪が広がっていく。笑いは自然に起こる。誰一人、笑わそうなどとはしていないのに。

おいらはそんな場面にあって考えさせられた。今さらながらに「笑い」とは何だろうと。笑わされて笑う。自分から笑う。人の失敗やぶざまを笑う。自分の滑稽を笑う。人を見下しバカにして笑う。楽しくて、また嬉《うれ》しくて笑う。同調の意味で笑う。正常であるために笑う。今さらながら、そんな小難しいことを追求するつもりはないが、少なくともほんのひととき自分を中心に巻き起こっていた爆笑とは別に、いろいろな笑いがあることに気づかされた。同時に自分が与えた笑いがひどくつまらないものに思えた。それだけのことだった。

ただ、もう自分が戻る世界ではないことだけが確かな実感だった。

昼時を過ぎたばかりなのに、店内はがらんと静まり返っていた。カウンターの中で母ちゃんが振り向いた。

「悪いね、勇ちゃん」

その横で父さんは顔を上げることなくコンロ周りの仕事をしていた。

「勇ちゃん、お昼は？」

「駅前で立ち喰いそば食べてきた」と言いながらカウンターの一番端に腰を下ろした。

「ちょっと待ってね」

母ちゃんは野菜の下拵《したごしら》えをしているようだ。出汁《だし》の仕込みに集中していた父さんが、ちらりとこちらを見て密《ひそ》かに笑ったような気がした。

おいらはカウンターに頬杖《ほおづえ》をつき、手持ち無沙汰に顎と目線だけを動かして周りを眺めた。

カウンターの上には等間隔に三か所、調味料を載せた小さな金皿が置かれている。醤油さしの他は買ったままの容器だった。ソースも、コショウやラー油の小瓶も無雑作にトレーの中に並べられていた。その横に割り箸立てと爪楊枝《つまようじ》がセットで備えられている。天板の縁にも目がいった。薄茶色のコーティング材は、ところどころ経年劣化で筋状に剝がれていた。

心持ち顎を上げてカウンターの中を覗き見た。調理台にひのきのまな板。その端には材料の残り、ボウルや計測カップなどの調理具が散らばっていた。視線を上げると、スチール製の古い食器棚があり、麺類や炒飯《チャーハン》などの中華皿、白い大小の洋食皿などがぎっしりと納められていた。

カウンター前の台にはティッシュケースや台布巾などが置かれ、その隅に目線を移すとトレーにお冷や用のタンブラーが積み重ねて置かれている。その向こうには、いつからそこにあるのか、恵比寿様と大黒天の木製の彫り物が鎮座していた。

背中を反らし気味にして、上の壁を見上げる。煤《すす》けたホワイトボードが横に長々と貼り付けられていて、数々のメニューが手書きされていた。それらは創業以来の定番メニューで、新たなメニューや季節限定のものは短冊に書き記され所かまわず貼られていた。

年季の入ったカーキ色の丸椅子の上で体をテーブル席の方に向けた。六卓の木造りテーブルが置かれている。ちょっとそぐわない気もするが、母ちゃんは「ホール」と呼んでいた。

その隅に設置された大型の空調機から吹き出される程よい送風が、脇に下げられた九月のカレンダーを微《かす》かに揺らしていた。その下には古びた本棚があって、読み古した雑誌や漫画本が並べられていた。その正面の壁には油と埃《ほこり》にまみれた額縁が二つ掛かっていた。調理師免許証と食品衛生責任者の資格証らしいが、黒く煤けたガラスでは書面の文字はほとんど読めなかった。

テーブル席に面したクリーム色の壁面は長年、煙草《たばこ》の煙と油に晒《さら》されて辛子色の濃淡を染み出させていた。価値を失った何枚かの色紙がそこに取り残されている。どこかの漁港を描いた油絵も、今となっては母ちゃんですら作者とその謂《いわ》れを覚えてはいないだろう。

離れた所に額入りの写真が一枚掛けられている。秋空高くに、ひしゃげた五輪の輪が描かれた古めかしい写真だった。おそらくこの下町のどこかから、新宿方面に向かって空を仰ぎ見たアングルだ。一九六四年の東京オリンピックのあの日、開会式のものだった。

青、黄、黒、緑、赤の五色の筋雲が、遠く離れた場所からは楕円《だえん》を描き重なり合って見える。国立競技場の上空を中心に東京の空に出現したオリンピックのシンボルを、驚嘆と感動をもって目に焼き付けた人々はすでに高齢者域となっている。航空自衛隊のジェット戦闘機ブルーインパルス五機が上空三〇〇〇メートルを飛行して、スモークを噴射しながら円の軌跡を本番で初めて成功させたというエピソードが語られることは、もう半世紀もの間ない。

その写真を誰が撮ったかというと、聞いた覚えはないのだが父さんが撮ったのだと思っていた。

おいらはぐるりと見回した体をカウンターの正面に戻した。どこにでもある昔風の大衆食堂だったが、どこを切り取っても長年にわたる父さんと母ちゃんの汗と苦労が染みついていた。

店の全体は十五坪ほどで、個人営業の飲食店としては広い方だ。おいらが小学校の頃、お客が賑やかに飲み食いする食堂の光景が脳裏に焼き付いている。また下校の途中に寄って、このカウンターの椅子に登っておやつ代わりにコロッケを頬張ったことを記憶している。

当時はよかった。昼は満席になり、その時間帯だけパートを雇っていた。店内は活気に満ち溢《あふ》れていた。肩を寄せ合い相席をした。かけ交わす声。かき込む丼。庶民の素朴な笑顔。あちらでもこちらでも麺を啜《すす》る音。注文の声が大笑いの中にかき消える。

父さんは食べ物屋は世の中の景気にかかわらずに安定した商売だと考え、勤めながら調理師の資格を取ってこの店を開いた。食品の卸会社に勤めていたこともあり、またもともと料理が好きだったのだろうと思う。

確かに父さんの考えたように、食べ物屋はどんな時代であっても消滅することはないはずだ。しかしそれだけに、外食産業は大手企業が時代を先取りして続々と参画していく。ファミレス、ファストフード店、牛丼店やラーメン専門店、回転寿司やらイタリアン、その他、各種フランチャイズ店がしのぎを削り乱立していった。

利用者にとっては、さまざまなニーズに合わせて選《よ》り取り見取りで、品質や価格などからサービス競争に拍車をかけた。結果、食の世界は流行り廃りで容赦なく淘汰《とうた》される。

当時、父さんもまさか大衆食堂が絶滅するとは思ってもみなかったろう。時代やら大衆に置いてきぼりにされていく現実の中で、古いスタイルを変えることもできず黙々と店を守り続けてきた父さんの思いとはどんなだろうと思う。お笑いの世界からふるい落とされたおいらの場合とはむろん違うが、大衆から忘れられたという悲哀を我がことのように感じ入ると、父さんの気持ちが痛いように分かった。

「勇ちゃん、青木さんの様子、見に行ってくれるんだって?」

一息ついた父さんが声をかけた。

「うん、成り行きでそうなった」

「飲み過ぎで体でも壊してなけりゃいいんだがな」

「そんなに酒飲みなの?」

「普段は飲まないんだけど、飲みだしたらついつい飲み過ぎてしまうって言ってたな」

「そうなんだあ」

「それに、確か糖尿を患ってたと思うよ」

自分の言葉から記憶をたどるように視線を斜め上に留めた。

「父さん、よく知ってるな」

「前に一度、そこの席で酒を飲んでたことがあったからな。その時、聞いた話さ」

父さんはおいらが座っている席に向かって顎をしゃくった。

「母ちゃんも知ってた？」

母ちゃんは片付けを終えたところだった。

「いや、私は覚えてないけどね」

「ま、ともかく、また顔を出すように言っておくれ。ラーメンもいいけど、バランスのいい食事が大切だとね」

「ああ、分かったよ。初対面同然のおいらがそんなこと言って、殴りかかる人じゃなけりゃね」


爽やかな秋晴れだった。平日の昼下がり。商店街を抜けると人通りは途切れた。おいらと母ちゃんは駅とは逆の方向に向かって歩いた。車が前からやって来る時も、後ろから走り去って行く時も、二人は狭い道の端に寄った。

古びた酒店の角を曲がった母ちゃんの後についていく。

一方通行路になると、もう車は追ってはこなかった。シルバーカーを、背を丸めて押して歩くお年寄りと行き交う。O型に湾曲した両足をアヒルのようにちょっとずつ繰り出して過ぎ去っていった。

次に初老の男性が向こうからやって来た。強面《こわもて》で気難しそうな顔つきだ。刑事役でも犯罪者役でもこなせるサスペンス俳優の誰かに似ていた。

声が届く距離に近づくと、「野坂先生こんにちは」と母ちゃんが明るく声をかけた。

相手は考え事でもしていたのか、ぎくっと身を揺らして視線を上げた。母ちゃんに気づくと、

「や、これは失礼。どうもこんにちは」と途端に相好を崩した。

その表情の落差が極端な分、余計に間抜けて見えた。その役者は三枚目の探偵もできただろうか。お互い足を止め、道端で一対二で向かい合った。

「今から、お仕事ですか」

「ええ」と作り笑顔を見せた。

「奥様もお変わりありませんか」と母ちゃんが尋ねた。

「ええ、おかげさまで元気です」

野坂先生はそう答えて、素早くおいらの顔を見た。

「息子です」と母ちゃんが紹介した。

おいらはなるべく視線を合わせないように愛想笑いだけで会釈した。しかし相手は、「野坂といいます」と名乗った後も、おいらの顔が気になるらしくちらちらと視線を投げかけ

た。

「よろしくおっしゃってくださいね。また店の方にもお寄りください」

短い立ち話は終わった。

「勇ちゃんのこと気づいたみたいね」、ちらりと振り返って、離れていく野坂先生との距離を測ってから耳打ちした。

「どうかな、なんか見たことのある顔だなあって感じだったよ。ところで野坂先生って？」

「古いお客さんだけどね、ご夫婦で。勇ちゃんは知らないか。高校の英語の先生してて、もう退職したんだけど、今は非常勤で塾の講師してるんだって」

「へえ、公務員なら定年後になにも働かなくても」

――たくさん年金もらってるんだろうし――と思ってもそうは口にしなかった。

「そうよね、でもいろんな考えがあるんじゃない」

おいらは母ちゃんの言うように、例えばどんな考えがあるのか想像しようとしたが、一つも閃《ひらめ》かずにやめた。そのことと関係あるのかないのか知らないが、母ちゃんは声のトーンを落として、

「奥さんね、どうも認知症じゃないかって」

そう言われてもおいらには見ず知らずの人間のことで、

「ふうーん」と鼻を鳴らすしかなかった。

「まだ、七十歳半ばだと思うよ」

「どんなふうなの？」

「どんなふうって？」

「だから、生活とか症状なんかはどんな状態なのさ」

「何も、普通よ。買い物でもよく行き会うし、お友達とカラオケにも行ってるようだし。そうだ、あの奥さん、演奏グループにも入ってるのよ。確かフルートとかオカリナなんかやってたと思う」

「なのに認知症だっていうの？　どこから出た話なんだろうね」

「そうよね？　ただの噂《うわさ》かもしれないわね」

「いいのかなあ、人のことをそんなふうに——」

そう言いかけると他人事ながらも不快になって、その後にはまる述語が出てこなかった。

「そうよね。『家内は物忘れがひどくなって困る』って、軽く言ったご主人の話が広まったのかもしれないし」

「そうなの？」

おいらは、そういった噂やデマに敏感に反応した。何年か前までどっぷりと浸《つ》かっていた芸能界の陰の部分が頭の片隅をよぎったのだ。そしてますます嫌な気分になった。

しばらくお互い黙ったままで歩いた。

「道はこっちでいいの？」と胸の内に湧いた憂鬱を振り払うように訊いた。

「えーっと、ちょっと待って」

母ちゃんはベージュのコットンパンツの腰ポケットから四つ折りの紙切れを取り出した。歩きながら手元で広げた。乱雑にボールペンで道順が描かれていた。橋爪不動産の社長が書いてくれたのだろう。母ちゃんは振り返って通り過ぎた辻《つじ》の数を確認し、

「四つ目の手前に自動販売機があるって」と首を伸ばした。

「ああ、あるよ。あそこに」とおいらが指さした。

「その角を右に行くんだよ」

「結構あるね、距離」

「十五分くらいだって言ってたけどな、あの社長」

「不動産屋さんは大抵、距離を短く言うからな。ましてあの社長だろ」

子供の頃から見知っていた。

「そうね、確かに調子がいいわよね」

「そういえば、社長はなんか言ってた？」

「なんかって、何をよ」

「だから青木さんのことだよ。こんなわけで心配だから様子を見に行くとか何とか話したんだろう？」

「うん、でも別に、何も言ってなかったなあ」

「そう」

そんなものかとは思ったが、それ以上はまた面倒臭くなって深くは詮索しなかった。

二人して入り組んだ路地に入って行った。似たような古いアパートが、猫の通り道ほどの隙間を空けて建ち並んでいる。母ちゃんは地図と周りの状況を見比べながら、

「舗装されていない駐車場、車は二、三台分……」と吹き出しメモをぼそぼそと読んだ。

「その隣、タカラハイツ」ときょろきょろ見回す。

「あ、ここだわ」

駐車場とは名ばかりで、砂利の空き地といった方がよかった。その周りは丈の高い雑草に覆われている。その不確かな境界沿いに二階建ての古びたアパートがあった。

集合ポストの所まで入って、その横に貼られた表札プレートを見ると、確かにくすんだ字で「タカラハイツ」と書かれていた。建物に沿って狭いコンクリート打ちの通路が奥の方に伸びている。その間にドアが六か所並んでいた。ドアの周りには埃をかぶったシル

バーカーや、壊れたコウモリ傘などが立てかけられていた。

二人は何気なく顔を見合わせると、同時に一つ頷いた。母ちゃんは、声を潜め難聴者に話しかけるように口を大きくパクパクさせて「イチ、マル、ゴ」と号数を知らせた。そして先に進んでいった。

奥から二番目のドアの横に「一〇五号」と記されていた。表札に名前はなかった。

おいらと母ちゃんはドアの前に立つと、また視線を合わせて頷き合った。まるで刑事ドラマで犯人のアジトに踏み込む場面だ。おいらが呼び鈴を鳴らすよう顎で促すと、母ちゃんは自分の顔を指さし、おいらが軽く頷くのを確かめてから呼び鈴を押した。

ピンポーンとチャイムの音が微かに中に響いて外にもれた。ちょっとの間、耳をそばだてて中の様子を窺った。

応答はない。もう一度、ピンポーンと鳴らす。母ちゃんは少しためらいながら、メタル製の煤けたドアを中指の背でコンコンと打った。中は静まり返っていた。

おいらは母ちゃんの斜め後ろから肩をポンポンと二度はたいて、

「留守だよ。帰ろう」と耳元に伝えた。

すでに母ちゃんはそっとドアノブを回していた。カチャという音がしてドアはいとも簡単に開いた。母ちゃんは両目を見開いておいらの顔を見つめた。その視線を切って開きか

けたドアに戻した。そして暗いドアの隙間に向かって、

「ごめんくださーい。青木さーん」とおっかなびっくりに呼びかけた。

声にならない声に、中からの応答はない。しーんと静まり返っている。

「ごめんください。青木さーん、いらっしゃいますかあ」

少し声を高めてドアをゆっくりと開けていった。

半歩、玄関の靴脱ぎ場に入った。おいらも仕方なくその後に続いた。生ゴミの悪臭が充満していた。入ってすぐ台所だったが、足の踏み場もないほどのゴミの山だった。

おいらは母ちゃんの肘の辺りを引っ張って、「帰ろうよ」と泣き顔を突き出した。母ちゃんは取り合わない。その手を払いのけて振り返ると、しかめっ面をして首を横に振った。

「青木さーん、いらっしゃらないのおー」、調子づいた声は大きくなる。

「ちょっと失礼しますよー」

開き直ってしまった。そうなると怖いものはない。ズックを脱いで上がり込んでいった。

「おいおい、母ちゃん、不法侵入だよ」と袖口を引っ張る。「空き巣と間違われちゃうよ」

「あんたならね」。前を向いたまま小声が返ってくる。よく言うよ。

「やっぱり管理人に連絡した方がいいよ」と上着を引っ張る。

「あんなのんびり屋の社長じゃ埒が明かないよ」

その評価の是非はおいらには下せない。

「ほれ、おいで」と手招きする。ペット扱いだ。

おいらも腹をくくって、「ごめんください。失礼します」と低い声を中に響かせた。誰の耳にも届いていないかもと感じながら、それでも自分たちが怪しいものでないことを誰かに示したかった。

台所に立つと洗い場の中から、大きく黒光りしたゴキブリが二匹、すばしこく這《は》い出てきた。「わあ!」とおいらは小さな悲鳴をあげて、母ちゃんの羽織っている薄手のジャンパーを後ろから掴んだ。

ゴキブリが大の苦手であることを知っている母ちゃんは、「大丈夫よ、大丈夫よ」と小さな子供をあやすように声をかけた。

親子は身体を寄せて腕を掴み合うようにして恐る恐る進んだ。

引き戸は開けられていた。小さな畳部屋になっていた。母ちゃんが先に中を覗いた。そしておいらに向かって首を横に振った。中には誰もいないという意味だと分かった。

「どうしようか?」と今度は母ちゃんが弱気な声を出した。

「その向こうが、たぶん寝室だよ」

「行くの？」

「だってここまで来たんだから確かめなくっちゃ」

目尻を吊《つ》り上げて、ここぞとばかり強く出た。

「あと風呂場とトイレ。死んでるなら、そんな所が相場だよ」

おいらは手のひらをラッパにして小声を直接、母ちゃんの耳に送った。

「やめてよ、勇ちゃん」と眉間に皺《しわ》を寄せた。

恐る恐る居間に入っていく。古いコピー機やパソコンなどが、埃をかぶったダンボール箱の中にうずまっていた。周りはゴミの山だ。

またゴキブリがガサゴソとゴミの中に隠れた。おいらは身震いした。腐った生ゴミの臭いと酢になった酒の臭いが混じり合って吐き気がした。ゴキブリが気になって足が出ない。母ちゃんに手を引かれながら足場を探して進んだ。

隣を仕切る襖《ふすま》は半分開けられていた。

襖の陰に張り付いた母ちゃんが、コソ泥のように中を覗いた。覗いて数秒、身体を引いた。

「いる」。固まったまま一言発した。

その先のことは聞くより、自分の目で確かめた方が早い。母ちゃんの肩越しにそっと首を伸ばした。

　窓のカーテンが閉ざされていて薄暗かった。あまりに雑然としていて、目のもっていき場が定まらない。

　すぐに目が慣れて卓袱台《ちゃぶだい》が浮かび上がった。板面の上に食べ散らかしたものは、何日前からそこに残されているものやら。ウイスキーや焼酎などの酒類、飲みかけのコップ酒が散乱している。

　重く沈んだ空気は動かない。

　その向こうに、こんもりと人型をかたどった布団の塊があった。後頭部が向こう向きになっていた。おいらもそこまで確認すると身体を戻した。

「どう？　死んでるんじゃない？」と母ちゃんが聞いてきた。

「さあ、分からない」

　二人はまた襖越しに顔を突き出し、その布団の塊をじっと見つめた。

「急性アルコール中毒かなんかで意識不明かな」

「息、してる？」

「布団は動かない」

「寝息も聞こえない？」

「聞こえないよ。ほら、自分で行けよ、母ちゃん」

互いに相手の肩や背中を小突いて先に行かせようとした。まねし合うように嫌々をしながら一緒に進んだ。

「青木さん、青木さん」

不安を和らげるつぶやきを唱えながら、一歩、二歩と歩調を合わせる。

その時だった。

部屋の向こうの窓枠の上縁から、何やら黒いものがヒラヒラとおいらに向かって飛んできた。そいつは母ちゃんの頭を飛び越え、次の瞬間、おいらの胸にペタリと張りついた。と思うが先に、首筋の方に猛烈なスピードで這い上がってきたのだ。

「わあーっ!、わあーっ!」とおいらはそのゴキブリを必死に払いのけようとしたが、ことごとく空振りした。その動きは予測不能だ。ガサガサガサ、耳朶《じだ》に迫る。ついにそれはナイロンジャンパーの襟首から中に入ろうとした。

「わあっ、わあっ!」となおも叫びながらのたうった。

喉元を掻《か》きむしりながら後ずさりして体のバランスを崩した。後ろにはビールや酎ハイなどの空き缶が山のように積んであった。それを踵《かかと》で思い切り後ろ蹴りにしてしまった。

——ガラガラガラガラ——ガラガラガラガラ——

ボウリングのピンが見事にはじけ飛んだほどに、いや、それにも増してけたたましい音が部屋中に響き渡った。

さしものゴキブリもどこかに逃げ去る。

その瞬間だった。

部屋の奥で死んでいるとも思った人間が、ガバッと上半身を起こしたのだ。びっくり箱に仕組まれた骸骨の人形が飛び跳ねたようだ。

だが実際は落ち武者だった。白髪を振り乱し、白髭《しらひげ》も伸び放題。そのさまはまさに刺さった矢は折れ力尽きた亡者のよう。

母ちゃんは「ギャーーッ！」と悲鳴もろとも後ろ向きに吹っ飛び、おいらの胸にドカンとぶつかった。おいらもまた「わあーっ！」と絶叫しながら、母ちゃんのでかい尻を腹にのせたまま仰向《あおむ》けにひっくり返った。

しかし、おいらたち以上にたまげたのは、当の本人のようだった。

家主は、「な、なんだあ？」と大声で喚くや布団を跳ねのけ、布団が舞うが早いか、尻を滑らせ壁の隅まで後ずさりして逃げ去った。

「お、おれの命はやらんぞ！」

喉を振り絞るほどの抵抗の叫びだった。そして両手をむやみやたらと振り回した。むろん、どんな攻防威力もなかった。それに気づいた本人は、その手に触れた傍らの空き缶をやみくもに掴んで投げつけた。それとて力こそないが、なぜか狙いは正確だった。

母ちゃんが必死に手で払いのけると、また次の缶が飛んできた。次々と飛んでくる。

「これ、やめなさいって！」

振り払い切れずに身をかわした。

後ろに隠れていたおいらの額に命中し、コーンと心地の良い音が弾んだ。

「いてえ！」

あまりの痛さにおでこを押さえて丸くうずくまる。

「怪しいものではありませんから、お願い、やめてちょうだい。青木さん！」

母ちゃんはボクサーさながらに身構えつつ訴えた。

「何者だ、あんたら。俺の命を取りに来たのだろうが」

投擲《とうてき》の攻撃こそやめたものの、殺気立った形相に変わりはない。ハアー、ハアーと肩を激しく怒らせている。

「まさか。取りません、取りません、そんな物騒な。誰が取るものですか、サスペンスドラマじゃあるまいし」と母ちゃんは必死になって否定した。

「サ、サスペンスドラマ？　犯人なのか」

「な、なに訳の分かんないこと言ってるんですか！　しっかりしてくださいよ」

「か、母ちゃん、落ち着け」

おでこを押さえたまま、おいらは後ろから、その肩を揺すった。

「まともに相手したらややこしくなる。相手は酔っ払ってるし、おまけに寝ぼけてるんだから」

小声のはずが聞こえてしまった。

「まともに相手するなだ？　寝ぼけてるだと？　ふざけるな」と怒鳴った。

「すみません、そういうつもりじゃ……」

おいらは母ちゃんの肩の後ろに首をひっこめた。

「大体、なんなんだ、あんたら。なぜ人の家にいる？　なぜ私の名前を知ってる？」

そう言うと急に自信なげな顔つきになった。青木さんは周りを見回しながら小さな声を漏らした。

「俺の部屋だよな、ここは」

「もちろんです」

「なのに、他人が無断で入り込んで、俺の部屋で一体何をしてるんだ」

「なにって、それは、その——」

「そうか。お前たちは空き巣か。親子の」

「まさか！　とんでもない。親子は親子ですけど」

「それみろ、親子で空き巣か。大したもんだな」

「だから違うってば」

「違うのか」

青木さんの荒い息が治まらない。部屋中のアルコール臭が強まる。

「ともかく決して怪しい者じゃありませんから」

青木さんは深い息をついて徐々に呼吸を鎮めた。いくらか安心したのか、急にぐったりとなった。仮死状態から興奮の頂点に登り詰めたギャップに、心身機能が萎えてしまったのか。

壁際に半身と後頭部を凭《もた》せて、次第に落ち着きを取り戻していった。薄く目を閉じて深呼吸をし始めている。

それを見届けると、母ちゃんはもぞもぞと体をひっくり返し、四つん這いになろうともがいた。おいらの膝や下っ腹の上に膝小僧を立てた。

「痛い、痛いよ。どうするんだよ」

「決まってるでしょうが。帰るんだ」

おいらの耳の中に息を吹きかけるように囁いた。

「帰る？　いいのかよ。あの人」と顎でしゃくった。

母ちゃんはおいらの顎の下でゆっくりと、その相手を振り返った。

「ともかく、そこから下りてくれよ。痛くてしょうがない」

「あ、そうか。ごめん、ごめん」言いながら体を滑らせ、横にずり下りた。そして言った。

「もう、生きてることは分かったんだし、長居は無用よ。早く逃げ出そう」

母ちゃんは四つん這いになり、相手の方に尻を向けて襖の方にのそのそと這いだした。

「いいのかよ。ほっといて」。もう一度、念を押した。

「なんで？　いいでしょうよ。余計なことをして怒鳴られて割に合うもんか」

「そんな人じゃないとか言ってなかったっけか、母ちゃんは」、声が急に高くなる。

「しっ」と人差し指を立てて唇にあてがう。

「おい、あんたら」

青木さんのどすの効いた声が後ろから聞こえた。

「は、はい」二人は同時にその場に正座して、相手を正視した。

「ひそひそと勝手なことを言い合ってるが、まだ俺の質問に答えていないぞ」

「し、質問？　とおっしゃいますと……」

「だから、誰なんだ、あんたら。なぜここにいる?」

「ああ、それですね、そうそう」

母ちゃんはもごもごと口を動かしておいらの横っ腹を肘で突いた。代わりに答えろとでも言うのか。

おいらはむっとして逆に突き返した。

母ちゃんは、私たち? と自分の顔を自分で指さした。

「分かりません?」

そう言って渾身《こんしん》の愛想笑いを振りまいた。

青木さんは眼窩《がんか》に窪《くぼ》んだ目玉をぎょろつかせて、二人の顔を見比べた。

「ほら、とみ食堂の、ほら!」

青木さんはじっとりと母ちゃんの顔を睨《ね》め回した。

「ああ――」

青木さんのくしゃくしゃに弛《たる》んだ上瞼《うわまぶた》が、捩《よじ》れるように吊り上がった。その隙間の真っ赤に充血した目玉をさらに釘付《くぎづ》けにした。思い出したようだ。

「とみ食堂のおかみさんかね?」

後ろに凭れかかった上半身を前に起こした。

「そう。分かりました？」、母ちゃんはへらへらした笑いを取ってつけ、「それで、ほら、こっちは息子。いつか話したお笑い芸人のロンリー・ユウ」とどうでもいい紹介を付け足した。

青木さんは大きなため息をついた。そして膝頭を抱え込んだ腕の上にがっくりと頭を沈めた。

おいらと母ちゃんは正座を崩さず、互いに顔を見合わせた。

「それじゃ、どうもお騒がせしてすみません。私たちはこれで失礼します。ともかくお元気そうな様子なので」

二人揃《そろ》って、恭しく畳に額をこすった。

母ちゃんがすごすごと尻を上げようとすると、青木さんは頭を微かにもたげ、

「ちょっと待て」と眼光鋭く縛りをかけた。

「は、はい」、揃って上げかけた腰が浮いたたままとなる。

「心配して見に来てくれたんですか？」

腕の中にうずまった口から、打って変わってそんな丁寧語が漏れ出た。

どんな難癖をつけられるかとハラハラした分、あまりに意外だった。

「ええ。ほら、いつも来てくださるのに、ここのところ顔をお見せにならないから、どう

かされたのかと思って。それで――」

「わざわざ――」、そう言うと青木さんの表情が薄ぼやけていた。母ちゃんの行為の意味するところをぼんやりと考えているような。そして、ぽつりと発した独り言が聞き取れた。

「珍しいほど物好きな人たちだな」と。

「青木さん、お変わりありませんでしたか?」

母ちゃんはようやく、初めに問いかけるべき言葉を静かに投げかけた。

だが彼は、再び顔を腕の中に沈めてしまった。その問いは聞こえたはずなのに、その返事はなかった。

それから動物の擬態さながら、煤けた壁を背景にぴくりとも動かなくなった。

次の事態が予測できないまま、そして相手の状態が危ぶまれるほどの時間が過ぎ去った。

「余計なことを」

低く掠《かす》れた声はそう聞こえた。

やがて青木さんは爬虫類《はちゅうるい》のごとく床を這い、乱れ切った寝床まで戻った。そして苦痛に歪んだ顔を隠さず、怠惰な動作で倒れ込むように横たわった。

「帰ってくれ」、小さく言うと、おいらたちに背を向けて布団にくるまってしまった。

あっけなく取り残された感じで、おいらは所在なく横の母ちゃんの方に顔を向けた。
そして二人、鼻白んだ顔つきで、その口元をへの字にくくったのだった。

2　母ちゃんのお節介

「それで？　それでどうしたの。そのおじさん、また寝込んじゃったわけ？」

由紀が年甲斐もなく黄色い声ではしゃぐ。

次の日のとみ食堂だった。客足もなく、とうに暖簾を下げていた。

おとといは兄ちゃんと飲んだが、今夜は妹が店に来ていて酒の相手をしていた。小学校に上がった真美は、妹がスーパーで働いている間、両親の住むマンションで婆ちゃんが見ていた。父さんの九十歳の母親で、名前はセツ子。婆ちゃんが見ているというのは、必ずしも当たってはおらず、見方を変えれば反対かもしれなかった。ともかく真美にも婆ちゃんにとっても、一人ぼっちにならないような共存関係を保って過ごしていた。

「結局、なんだったの？　その人」

「ここだけの話だけどね」、母ちゃんは声を潜めて、

「やっぱりアルコール中毒だと思うよ。そんなんだから、そのほかにも病気があるんじゃないかな」と言いながら宙を睨《にら》みつけ、したり顔で首を傾げた。

「でも、そのまま放ってきたんでしょ」

「ところがそうじゃないんだ。あんなに逃げ腰だった母ちゃんが、人が変わったようにいろいろとね。なあ母ちゃん」

由紀の隣で母ちゃんは、きまり悪そうに唇を突き出し肩をすくめた。

「へえー、お母さん、なんかしたの」

「当たり前でしょうよ。あんな状態で放って帰るわけにいかないじゃない。普通」

ぷりぷりと語気を荒らげたが、頬は赤らんでいて、照れを隠すための反発だと見え見えだった。

あのあと、何かに腹を立てるように、あるいは取り憑《つ》かれたように、散らかり放題の座卓の上やその周りを勝手に片付け始めたのだった。

飲み残された酒のグラスや汚れた食器類などをまとめて台所に運んだ。台布巾を手にして戻ると、べとべとになった座卓面をごしごしと拭いた。無造作に散らばった処方薬も最低限に整えた。

「ほら、勇ちゃん、あんたはそこいらの缶カラ集めて！　自分で蹴ったくって散らかしたんだから」

おいらに文句のあろうはずもなかった。言われるままに台所からゴミ袋を探し出してきた。そして床一面に散乱した空き缶やら酒ビンを拾い集めて回った。

どれほどの不燃ゴミとなるのやら、もはやその量は晩酌という趣の範疇《はんちゅう》を超えていた。かといって複数人で酒盛りをした風情ではない。一体何日、一人で飲み続けたらこうまでなるのか、薄ら寒い思いで床を這った。

そこには昼夜、のべつ幕無しに飲み続ける孤独な部屋主が怪しく浮かび上がってくるようだった。そんな放埓《ほうらつ》な生活ぶりを連想しながら、おいらは布団の中に気配を消した男のうごめきに気を奪われていた。

もう惰眠の坩堝《るつぼ》に引き込まれてしまったのだろうか。おいらたちが訪れる前のように。泥酔の中に渦巻く悪夢に再び陥ってしまったのか。おいらは缶拾いの手を休めることなく、ちらちらと盛り上がった平掛け布団に目をやった。

目が覚める頃、というよりいくらか確かな意識で起き上がれる頃には、また飲みだすのだろうか。おいらが心配するのはまったく余計なお世話なのだが、そんなことが気になって仕方がなかった。

「お兄ちゃんやお母さんがすぐそばで掃除を始めたのに、その人、平気で寝ちゃってたんだ」。由紀は俄《にわ》かには信じられないとばかりに瞼をぱちくりさせている。

「私には考えられないな。知らない人がよ、まあ顔見知りかもしれないけど、そんな人が勝手に部屋に入ってきてよ、掃除しだすんだよ。ヒェー、信じらんない。部屋の中を勝手にいじられるなんて――」。顔をぶりぶりと横に振って続けた。

「私なら、ちょっと何してんのよ、出て行きなさいよって怒鳴っちゃうな」

「まあ確かに、由紀ならそうだろうな」

おいらの軽い憎まれ口を深く突き詰めることなく、

「どんな神経してるんだろ」と由紀はさらに黒目を上瞼に張り付かせて想像を巡らせている。

「もう、そんな気力もなかったんじゃないかな」

「どういうこと？」

「え？　だからさ、もう好きにしてくれってところさ。酒浸りになって意識だってはっきりしてないんだもん。おいらたちが突然現れて、驚きのあまり瞬間的にぱっと覚醒したかもしれないけど、訳が分かったら逆にへなへなと気が抜けて、また元に戻っちゃったんだよ」

「そうよね。ドアの鍵も閉めないで酔いつぶれてるくらいだから、正常な感覚も判断力もなくなってたかもね」と母ちゃんがその時を振り返る。

「もう、どうなってもいいやって感じなのかなあ」

「かもね。由紀にはよく分かるんじゃないのか、その気持ち」

「なによ！　どういう意味よ」喚きたてておいらを睨みつけた。

「それはお兄ちゃんなんじゃない」

「なんで俺なんだよ！」

「でも無理ないわよ。あの状況では」

母ちゃんは兄妹の罵り合いを無視して続けた。

「昼も夜もなく何日もお酒、飲み続けてた感じだもの。あの部屋の荒れ具合や悪臭からすると、おそらくろくに物も食べないで」と顎の先を指でひねった。

「確か糖尿病があるって言ってたなあ、あの人」と、カウンターの隅で丸椅子に腰掛けてやり取りを聞いていた父さんが、ぼそりとつぶやいた。

「そんな体であんな生活してたんじゃ命取りだわ」

それに対して父さんは何か言おうとして、口を噤《つぐ》んだようだった。

「じゃ、こっちも何ができるってこともないか」

由紀は視線を下げて、あっさりと諦めの言葉を漏らした。

「ところが違うんだよな」とおいらは得意満面にそれを打ち消した。

「そこが、母ちゃんの人並み外れたところだよ」

「なによ。どうしたの？　その人を叩き起こしちゃったとか」

「どうして分かった？」

「誰がそんなことするか」

叩き起こすというのは確かに言い過ぎだ。

あの時、母ちゃんは膝をこすり合わせて布団の膨らみににじり寄った。

「青木さん、もう昼過ぎですよ。起きませんか」

すぐ後ろまで近づき、前かがみになってそう話しかけたのだった。あまりにも余計なお世話だ。おいらはひやひやして尻を上げ下げした。

青木さんの返事はない。ぴくりと肩が揺り動くことさえなかった。

「青木さん」と母ちゃんはその肩に手先を伸ばした。

さすがに触れることはためらった。

「何か、少しは食べたんですか」、手のひらを押し留めて尋ねた。

布団の山は動かない。その表面には雲柄のようなシミが浮き出ている。

「何も食べないで、寝ているばかりじゃ体に毒ですよ」

反応はなかった。

母ちゃんは前に倒した上半身を、やおら起こして座り直した。横のおいらの顔を見た。

どうしたものか困惑した表情だった。

おいらも肩をすくめるしかなかった。

「食べる物はあるんですか」

母ちゃんは前に向き直って、今度は強めに声を張った。明らかに苛つきの感情が混じっていた。

問いつめられた背中はそれでも動かなかった。

「困ったねえ」。ぼやきがため息を押し出した。

それから母ちゃんはしばし、盛り上がった布団の全体を見回していた。青木さんの身体のどの部分もはみ出してはおらず、彼の状態を知る観察眼の持っていき場はなかった。

「青木さん、気分が悪いですか。起きられそうにない？」、子供扱いに物言えばつい語尾が力む。

依然として寝床から意識の感触は伝わってはこなかった。

「青木さん、起きて、起きてくださいな」、歌うように言う。

「でも今日はもうお酒は飲まない方がいいですよ。ちゃんと食事しないと——、それこそ栄養失調で倒れちゃいますよ。青木さんってば」

声音を一段高めると、ついに母ちゃんは堆《うずたか》い小山のてっぺん辺りを手のひらで揺すった。それでも湿っぽさを視覚で伝える布団が反発する気配はなかった。

ある場面がひやりと頭をよぎった。突如として怒りださないかと思ったのだ。さっきのようにがばっと布団が跳ね飛ばされて、悪鬼の形相の青木さんが現れ出づる絵図が瞼に再現された。

由紀も同じことを考えたようだ。おいらの代わりに言った。

「へえー、そこまでされても、その青木さんって人、うるせえ、余計なお世話だって怒りだささなかったんだ」

由紀もまた目を瞬かせてその情景を想像しているようだ。

彼女が中、高校生の頃は、ヤンキーだとかレディースとかいったグループが巷《ちまた》に流行《はや》り、社会問題ともなった時代だった。家庭に居場所を見出せなかった由紀はそうした仲間と共に思春期の刺激や興奮を求めた。少女たちの限られた、あるいは閉ざされた集団の中で人間関係を培ったのだとおいらは思っている。

他人の生き方や考え方と、ランダムに関わることが少なかったかもしれない。

そのせいで、今も他人に対して想像力や洞察力といったものを働かせることが苦手なように思える。とはいえ、シングルマザーとなった身の上では、得手不得手にかかわらず世間付き合いを余儀なくされる。好き嫌いを度外視してさまざまなことを学ばなければ生きていけないと自覚もしたのだろう。

大人になった彼女は随分と性格が変わったように思えた。むろんいい方にだ。由紀は未熟な人付き合いを恥じたり隠蔽したりはしない。というより、そもそもそんなものを深刻に考えるたちではない。ごく自然に身に着いた愛嬌《あいきょう》という表現法で包み込み、明け透けに自身を表した。

子供のように考え込んでいる由紀を言い諭すように、あるいは自分をも納得させるかのように言葉にした。

「いろんな人がいるからね。どんな気持ちでいるかは計り知れないよ。ましてや青木さんのことなんて何にも知らないんだから――」

「なによ、お兄ちゃん、随分真面目じゃん」

その意味が分からず、おいらは漫才ばりに片方の肩からこけてやり過ごした。

母ちゃんは、一向に青木さんの心中を細やかに理解しようという配慮はなかった。思うに任せての忠告を執拗《しつよう》に繰り返していた。むろんそれは善意から発せられたものに違いないのだが。それでも声かけは青木さんをくるんだ古布団を虚しく素通りしていくだけだった。

「食べる物、何か買ってきてあげましょうか」。そうかと思えば、

「お茶かなんか少し飲んだらいいんじゃないですか」と畳みかける。

「もし薬があるならちゃんと飲まないとよくないわよ」と有無を言わせぬ気迫がこもっていた。

「なんにしても一回起きて、顔を洗ってすっきりしたらどうですか」

母ちゃんは肩の辺りを軽く掴んで揺り動かした。

おいらはついに見かねて、母ちゃんの肩口を同じように揺すった。こちらを注視した母ちゃんに向かって静かに首を横に振った。

おいらには青木さんが眠ってしまったとは思えなかった。たぶん目覚めているはずだ。そして母ちゃんの不躾《ぶしつけ》な言葉を布団の中で聞いているに違いない。

だがその常識外れの状況は、彼にとってあまりに酷な縛りを強いていた。突如現れた部外者によって押し付けられる強要に対処のしようもないのだろう。

青木さんにしてみれば、まさか「うるさい」と一喝するわけにはいかない。心配して訪れてくれたのだ。そんな言動を起こせば、それこそ常識をわきまえないことになる。そう思って耐えるしかない。

かといって、もそもそと起き上がって煎餅布団の上に正座するのも可笑《おか》しな話だ。そのうえで母ちゃんの説教をまともに拝聴する滑稽さに甘んじるわけにもいかない。自分の寝床で何を非難される筋合いもないのだから。いい年をした大の男がそんなみっともないまねはできないだろう。

万《ばん》やむを得ず、青木さんは嵐の過ぎるのを耐え忍んで待つことを選んでいるに違いない。真っ暗な布団の中で、さらに固く瞼を閉じ、息を殺して——。まるで青少年の反抗期のごとく、あるいは謂れのない囚人が、打ち下される鞭《むち》の痛みに耐えるかのように。

少なくともおいらにはそう思えた。となれば、おいらはそのことに同情を禁じ得なかった。

その時、おいらは一瞬、既視感に惑わされた。布団の縁を両手で掴んで頭をすっぽりと隠したまま、息を殺しているのは自分だった。折り曲げた肘で両方の耳も塞いでいる。優しければ優しいほど、心の底を抉《えぐ》る言葉。真摯に聞けば聞き入れるほどさいなまれる語り。放っておいてほしい、ただそれだけを願っていた気がする。

失われていく二人の暮らしが、そこにあった。

そんな映像がフラッシュして、「母ちゃん」と小さく呼びかけた刹那、それからの記憶は飛び去ってしまった。

その後に、怒りとか悔しさとかが混じり込んだ悲しさだけが後味悪く残り、つかの間にそれも消えた。

「もういいよ」

手のひらで自分の口元と相手の耳に覆いをかけて、そっと伝えた。

母ちゃんは鋭くおいらの目を見据えていたが、しばし間を置くと、すっとその気迫が抜けた。

「そっとしておこうよ」

泣きつくような渋面で訴えたおいらを、母ちゃんは透かし見た。不満がそこにくすぶってはいたが、やがてふんと顎を上にしゃくった。

「そうなんだ。それで引き揚げてきたってわけね」

「でも、青木さんは嬉しかったと思うよ」

父さんが会話に入った。三人は同時にカウンターの隅っこに背中を丸めて佇む父さんを顧みた。

「そんなに押しつけがましくされても?」

やっぱり由紀は納得いかないといったふうだ。

「でもそれだけじゃないのよ」と母ちゃんが言った。

由紀はおいらのグラスに氷を投げ入れながら、「なによ?」と母ちゃんの方に目をやった。

「ほら、勇ちゃん。あんた話しな」

「あ、う、うん」

由紀はグラスをおいらの前に置くと、黙ってしゃべりだすのを待った。

「ほら、店にあるじゃない、売り物のお惣菜が。それをパックに詰めて届けたらどうかって、そう母ちゃんに言ったんだ。ラーメンを出前するにも運ぶの大変だし。そしたら母ちゃんは一も二もなく賛成してくれたんだよ。なるほどその手があったってね。母ちゃんは布団の中の青木さんに向かって、そのことを告げて——、それからおいらたちは引き揚げたってわけ」

「そうなんだあ。それで、お惣菜を届けたわけね」

由紀は、片肘を突いてのせた顎を突き出した。

「そう、店に帰るとすぐにね。母ちゃんがテイクアウト用のパックに、お弁当のように詰めてくれたんだ。すぐにそれを持って届けに行ったんだ」

「青木さん、喜んだでしょ」

「そんなの分からないよ」

「どうして？　まさか、まだ布団かぶって隠れてたわけじゃないでしょ」

「だから分かんないってば」

後ろめたさを抑え込んだ分、不機嫌な言い方になってしまう。

「なんでよ」

「だって、玄関の上り口に置いてきただけだし」

「そうなのよ。勇ちゃんったらさあ、中に入って、お膳にでも置いて声をかけてやればいいのに――まったく」

もう何回も責めたてられた母ちゃんの小言だった。

「声はちゃんとかけたよ。当たり前だろ。ここに置いておきますよーってね」

「確認もとらないで、子供の使いじゃあるまいし」と母ちゃんが憮然として叱る。

「そう言うけど、昨日今日会って、ろくに口も利いたことのない人なんだぜ。そんな人の部屋に一人でのこのこ入れないって。そんなの非常識だよ」

「それはそうかもしれないな」と父ちゃんが加勢してくれた。

由紀がふてくされた母ちゃんの顔に視点を当てて、何度か首を縦に振った。正否を判定したつもりだろう。そして、急にこちらを向いた。

「そう。でも中で青木さんどうしてた？」

「え、どうしてた？　だから分からないって」

由紀はそれを遮ってかぶせた。

「物音や気配で分かるでしょうよ。起きていたとか、ゴソゴソ音がしてたとか、また飲み始めているようだったとか」

「いや、奥は暗かったし、さっきと同じだった」

「じゃ、またそのまま寝ちゃってたってことか」

由紀は目をむいてゆっくりと首をひねった。

「だからさ、おいらもちょっと気味悪くなっちゃってさ」

「なにがよ」と母ちゃんが呆《あき》れ顔で訊き返した。

「だってさ、幽霊みたくふっと現れたりしてさ、そうじゃなきゃ昼の時みたく恐ろしい顔で、また来たのか、なんて怒鳴りながら出てきやしないかと思ってさ」

由紀がケラケラと無邪気に笑いながら、

「ありえるうー」と歌うように囃した。

「ばかばかしい」

「だって母ちゃん、あの人、命を取りに来たなって言って暴れたんだぜ」

「悪い夢を見てただけよ」

「それにしたって、誰かが殺しに来る夢なんて尋常じゃないよ」

「考え過ぎだって！　青木さんの様子は店で見て知ってるけど、そんな人じゃないわよ。

ほんとに穏やかで」

「ただの貧乏で惨めな人ってことでしょ」と由紀が真面目に決めつけた。

母ちゃんは半笑いを浮かべ、あえて否定もしなかった。自分でも悪いと思ったのか、

「でも青木さんってみすぼらしい感じだけど、結構まともだし、インテリって感じがするのよね」

「インテリって？」と由紀が聞いた。

「インテリとは、インテリジェンス、つまり知性的教養が高い人のことだ」

「それくらい知ってるよ」

由紀は怒った顔を真っ赤に染めて、

「何してた人なのって、そう訊いてんの？」と鼻にかかった語尾をぐずるように強めた。

「何をしてたのかは知らないけど、話しぶりで分かるじゃない」

「そうかなあ、お兄ちゃんの話じゃ、とてもインテリで教養ある人の生活ぶりには思えないけどなあ」

「そうねえ、確かにね、あのギャップは何だろうかね」

母ちゃんも首を傾げながら、その視線をおいらの方に向けて答えを求めた。

「ううーん」とおいらも言葉に詰まった。

「学歴が高くて優秀だからって、いい暮らしができるとは限らんってことさ」

父さんがそう言い終わった時だった。

「すみませーん」

惣菜売り場の出窓から呼ぶ声がした。母ちゃんが椅子の上で伸び上がるようにして確かめた。

この前の丸顔眼鏡の娘さんだった。

「いいよ、おいらが出る」

戸口に近かったから、すぐさま席を立って向かった。

「いらっしゃいませ」

愛想を言ったおいらの顔から視線を外し、すぐに二度見をした。

「コロッケ三つ下さい」呆然と開けた口から注文の言葉が零《こぼ》れ落ちた。

食い入るように見つめて、何か言いたげな表情を照れ笑いに隠した。

「他にはよろしいですか」とそれを無視するように勧めた。

「餃子《ギョーザ》のパックももらっていこうかしら」

「承知しました」おいらは袋に詰めて会計をするまでの動作の中で、

「お母様、お怪我はいかがですか？」と尋ねてみた。

相手はふいに親密な言葉をかけられて、

「え？　ええ、まだ不自由してます」と戸惑い気味に答えた。

「お昼ご飯はどうされてるんですか」

「何となく、余り物で済ませてもらってます」

「そうですか、毎日、大変でしょう」

「母？」

「え、ええ」

娘は短い笑いで息を継いで、

「だと思います。私も勤めがあるもので、そうそう来られないんで」

「もしよかったら、お弁当をお届けするくらいはしますよ」

青木さんの件が脳裏をうずめていたせいだろうか、ほとんど深い考えもなく口から先に出た。

「あら、そうなんですか」

相手はぱっと光明が差すような明るさを見せた。

「じゃ、母に話してみようかしら」

渡りに船とばかりに即答されると、こっちがたじろいだ。

「ええ、ぜひ聞いてみてください」

「私も明日から忙しくなって、来られないからどうしようかと思ってたんです」

そんな事情を言い残して、駅とは逆の方向に去って行った。

席に戻って今のやり取りを話した。

「それはいいけど、母さんはそうそう店を空けられないし、お父さんは配達は無理よ」

「もちろんおいらがやるよ。どうせ青木さんの所へも行こうと思ってるんだから」

「そうなの？　それならいいじゃない。ねえ、お父さん」

のそのそと席を立ちかけた父さんの背中に声をかけた。

「ああ、いいんじゃないか。ただ、毎日のことだと自分の仕事の方は大丈夫なのかい？」

とおいらの方を振り向く。

「ああ、ここしばらくは真っ白なスケジュールさ。コンビニも週三の夜勤だけだし」

父さんは訊いたことを悔いるように瞼を伏せてしまった。

「そうか、お兄ちゃんは青木さんへの配達を続けていくつもりなんだ」

由紀が小さくつぶやいた。それは何を思ってのつぶやきなのだろう、おいらはふと由紀の頭の中を覗こうとした。そこには何かの驚き、何かの疑問、そして何かの期待？　そんなものが一緒くたに混じっているような気がした。

だが次に出た突拍子もない言葉もその延長線上にあるようで、本心は掴めなかった。

「お兄ちゃん、とみ食堂、継いだらいいんじゃない」と澄ました顔で言い放ったのだ。

おいらはどぎまぎして、素早く父ちゃんの方に視線を走らせた。父ちゃんは聞こえなかったふりを装っているのか、ぎこちない足取りでカウンターの奥に引っ込んでしまった。

苦心して肩を上下させては上衣の袖に腕を通している。

母ちゃんの顔に目をやると、母ちゃんも気まずそうな薄笑いを浮かべておいらの反応を探っている。

「な、何言ってるんだ、由紀は！」

上ずった一声で由紀をたしなめた。

「考えてもみろよ。おいらみたいな風来坊にできる仕事じゃないだろうよ」と歯切れの悪い言い訳を圧《お》し出した。

「そうかなあ、案外、向いてると思うけどな、客商売。芸能界だって言ってみりゃ客商売じゃん」

「聞いたふうなこと言ってくれるなよ」と泣きべそをかくような表情をつくった。

だから芸能界で売れなかったんじゃないかと言いたいところだ。むろん口に出せるはずもない。情けなさそうに笑って見せて黙り込むしかなかった。

「でもね、勇ちゃんが本格的に手伝ってくれたら、助かるわよ、母さんたち」

母ちゃんの正直な気持ちを聞くと、ますます窮地に追いやられていくようだった。

「じゃ、私は一足先に帰るよ」と父さんは逃げ出すようにすごすごと立ち去りかけた。

「由紀も早く帰っておいで。真美ちゃんが心配して待ってるよ」

「はーい」と調子のいい返事が通る。

「父さん、お疲れさん。自転車、気をつけてくださいよ」

そう言いながら、おいらは裏口まで送った。


由紀が騒がしく帰った後、おいらも店を出た。

昼間は気温も上がりネルシャツ一枚でいたが、夜になるとぐっと冷えた。着古したデニムのジャケットを着てメッシュキャップというスタイルで、住宅街をジグザグに折れ曲がりながら駅に向かった。

裏道は静かだった。街灯に淡く照らされた路地で、たまに帰路を急ぐ勤め人とすれ違ったが、それが気にかかることはなかった。

なぜか頭の中には、青木さんの容貌やぎこちない身じろぎが連続性もなくちらついていた。

酔いのせいか、それはもっと抽象的な存在に変容していった。譬えて言えばヘドロがかたどる人型、そんなものが頭の端っこにあぶくのように漂った。薄ぼんやりと透いて浮かぶ幻のように、あの閉塞した部屋に息づく残骸のように。

賑わいを増していく夜景の趣と、それは異次元の場面のように馴染《なじ》まなかった。

その昔、自分を含めて売れない芸人同士で貧乏生活に浸り切っていた。だから青木さんの暮らしぶりを見てもそう驚きはしなかった。でもそれはうわべの環境が似通っているにすぎない。汚かったり乏しかったり、乱れていたり不便だったり、同じような生活状況は周りにいくらでもあった。

しかし、そこには心が締め付けられるような痛恨とか惨めさとかはなかった。今思えば、そこはかとなく蘇《よみがえ》る懐かしさにさえ胸を熱くした。なぜなら、そこには楽しさがあり可笑しさがあり、感動があり、何よりも夢やパワーが充満していた。

青木さんの居場所にそれはなかった。ただ部屋の臭気に溶け込んだ悲しさと侘しさが胸に突き刺さってくるだけだった。

むろん青木さんとは年代がまったく違う。立場も地位も違えば、身上も履歴も異なる。当たり前のことだ。人生の大半を終わりゆく者の背景を自分に当てはめるべくもない。

それでも大げさにいえば人生の悲哀といった感覚が、自分のなかで影絵のように合わさった。そんな陰鬱な思いが鈍磨した神経に絡まって、ますます歩調が弱まった。気が滅入《めい》る。何とか気分を変えて、目に焼き付いて離れない場面を振り切ろうとした。だめだった。代わって曖昧な自責の念が引きずり出されてきた。弁当のレジ袋が一つ、何を語るでもなくぽっかりと浮かび上がった。生ゴミ袋が寄せられた上がり框《かまち》の隅っこだった。その無情な光景は心残りになって胸に風穴を開けた。

いみじくも母ちゃんが言ったように、確かに子供の使いだったかもしれない。さもなければ真心も誠意もない行為だった。

おいらは母ちゃんが詰めた弁当を放り投げるように残して帰ってしまったのだ。青木さんはあれに気がついただろうか。声はかけたつもりだった。だが果たして聞こえただろうか。また寝てしまっていたら気づくはずもない。

いや、問題はそんなことではない。その行為の是非こそが問われる。あれでは、気がついて食べる気になれば食べればいい、非情にもそう言わんばかりではないか。よしんば気がついたとしても、謂れのない食物を誰が口にするというのか。相手の状況に心を砕けば、もう少しましな対応があったのではないか。

そう思うとおいらは自らを恥じ入って胸苦しくなった。さらには自分の頬を平手打ちしたいほどの呵責《かしゃく》の念に襲われた。

そんなことを気に病む自分が意外に思えた。

よし、弁当を届けがてら、本人の様子をしっかりと確かめよう。おいらはそう戒めた。そう結論すれば、熟《う》み出してくるようなしこりの種は少なからず消え去るはずだった。

だがそうはいかなかった。

また別の、思いもかけない難題が湧き上がってきたのだ。なぜそんな話になったのだろう。そうだ、由紀だった。記憶の入り口から唐突に出た由紀の言葉を引っ張り出す。「とみ食堂を継いだらいいいんじゃない」、突然にそんなことを言ったのだった。どこまで真剣に考えた末なのか怪しいものだった。少なくともその時は、そう思った。いや、冗談だ、そう思おうとした。

だが今、冷静に考えて、仮に現実性のない冗談だと聞き流せば、あれほどに動揺はしなかったはずだ。

もしも、父さんと母ちゃんがあの場にいなかったならば、由紀に向かって、「冗談じゃない。誰がこんなボロ食堂を継ぐものか」と憎まれ口の一つも叩き、歯牙にもかけなかっただろう。だが二人がそこにいるとなると話は別だ。自分の本心を無意識のうちにも手探って、確かめようとする自分がいた。言葉で言い表すかどうかは別だ。ただ無責任にやり過ごすわけにはいかなかった。

果たして自分は、二人が長年営んだ店を継ぐことをどう思っているのだろうか。本当にそんなことは考えもしなかったのだろうか。

おいらはどうかすると立ち止まってしまうほどのろのろと歩いた。そして考えた。

この前、兄ちゃんが言っていた。「こんな古臭い定食屋」と。父さんがかわいそうで、兄ちゃんを悲しい思いで咎めた。

だが正直なところ、おいらもそう思う。いまさら、時代遅れの定食屋の二代目でもあるまい。そんな思いがちらりとよぎった。それを気づかれまいと随分と焦った。でも父さんはおそらくおいらの本音の一部を見抜いていたと思う。

それにしても能天気な由紀のめちゃぶりだった。でもそのおかげで、おいらは迷いながらも自分の気持ちと素直に語り合っている。

父さんの身体の具合がよくなってからも、おいらはちょくちょくとみ食堂に顔を出していた。なぜだろう。お笑いの仕事に見切りをつけて、その不安やら虚しさやらを癒やすために？　ホームドラマに出てくる夢破れた息子のようなものか。郷里を懐かしむストーリーのように——。

いやいや、そんな気持ちはさらさらない。そんなナルシストの主人公になり切るほど、おいらは繊細な性質《たち》ではない。じゃ、やっぱり由紀があっけらかんと言ってのけたことを、実は意識していて自分で気づかぬふりをしていたとでもいうのか。

いやいや、それもあり得ない。そんな二重構造を内面に設《しつら》えられるほど緻密な精神を持ち合わせてはいない。じゃなぜ、おいらはきちんとした就職先も探さずに、のこのこと親元に顔を出しているのだろう。

兄ちゃんに話したら何と言うだろう。「そんなことは自分で考えろ」と叱るだろうか。

いや、兄ちゃんはそんな頭ごなしに物事を決めつける人間じゃない。一見、凡庸で何を考えているのか分からないところもある。あるが、実は深い思慮をもって物事を洞察していることを、おいらは知っている。

「いや、待てよ」とおいらは思い出した。そういえば、兄ちゃんは、その答えをこの前、ちゃんと言っていたんじゃないのか？　おいらが、今進むべき道のヒントになることを。

そう、兄ちゃんは、確かこう言ったんだ。「何かと手伝ってやってくれな」と。さりげなく。

その言葉を思い出すと、おいらはなぜか胸がぎゅっと熱くなった。

難しく考えることじゃないのだ。おいらは、ただ父さんと母ちゃん二人が、あの歳で頑張っている以上は、どんなふうにでも応援したかっただけだ。脳梗塞を起こして、身体に不自由が残る父さんなのに、もう流行りも儲《もう》かりもしない廃れた大衆食堂なのに、昔と何一つ変わらず、何の不平も愚痴も口にせず、何を恨むことなく責めることなく、毎日、黙々と店を開け、助け合って働いている二人を、何としても応援したかったのだ。

そんな父さんと母ちゃんを尊敬し、そして何よりただ好きなだけなのだ。

二人で苦労しながら、それでもおいらの若い頃からの好き勝手を、ただおいらを信じて何も言わずに見守ってくれて、ちょっと挫折したくらいで、新たな生き方を見失った意気地なさを叱ったり嘆いたり、蔑んだりもせず、あるがままのおいらを受け入れてくれた両親なのだから——。

そう思いが行き着くと、面映《おもは》ゆく感じながらも目頭が熱く潤んだ。

＊　＊

コンビニの夜勤明けに、母ちゃんからのメールを確認した。

『歳いったアラレちゃん？　娘さんより、お弁当配達のお願いがありましたよ。勇ちゃん、今日の昼、できる？　無理だったら母さんがやるからね』

最後にニッコリ笑顔とハートマークがついていた。少し気持ちが悪い。

『今、終わったから、そっちに向かいます』とだけ返信メールを打った。

総武線に乗っている十五分ほどの間、居眠りをした。それだけで降りた時は、いくぶん頭がすっきりしていた。また駅の立喰いそば屋でそばを啜ってからとみ食堂に向かった。

表口から店の中に入ると、ごま油の香ばしい香りがした。珍しくテーブル席に客が一人いた。

「大丈夫？　勇ちゃん、行ける？」

定食の膳をセットしながら、母ちゃんが不安そうな顔を上げた。

「大丈夫だよ。お弁当、出来てるの？」

父さんは炒め物の鍋から離れて、二つのレジ袋を天板の上に置いた。

「和風ハンバーグだ」と中身を素っ気なく伝えて、すぐにフライパンに戻った。和風ハンバーグは父さんのこだわりの逸品だった。大根おろしを和《あ》えたシメジソースだ。

おいらはカウンターの端の席に腰を下ろした。

母ちゃんがやって来て、エプロンの前ポケットから紙切れを取り出した。

「これ、地図ね。娘さんから聞いて書いたの。サカエスーパーの駐車場の角を入って行って――、分かる？　ここね、ここ。名前は、渡邊幸子さん、古い一軒家だって。青木さんとこと同じくらいの距離かな、方向はちょっと違うけどね」とまくしたてた。

おいらはそれを受け取ってジーパンのポケットにねじ込んだ。

「じゃあ、行ってくるわ」

「もう行くの？　一休みしていけば」

「いいよ。眠くなったら行きたくなくなっちゃう。父さん、自転車、借りていい？」

「ああ、いいよ」

自転車を引いて裏口から通りに出た。もう一度地図を確認した。

少し迷ったが、渡邊さんの方の届けを先に済ませることにした。道順に従って行けば難なく目的地に着きそうだ。おいらは勇んでペダルを踏み込んだ。

秋晴れが続いていた。自転車に乗るのもしばらくぶりで、ペダルを踏む重さが妙に懐かしかった。顔に当たる澄んだ空気も心地よく、長く味わっていなかった爽快感に心が弾む。

スーパーサカエに通じる道は、車と歩行者がごちゃ混ぜに行き交っていた。自転車で縫って行くと、歩行者もドライバーもお年寄りばかりだった。だから余計に危なっかしい。

一つ角を曲がると静かな住宅街へと入っていった。古い屋敷と立て替えられたモダンな家が混在していた。地図どおりに走り、やがてスピードを緩めた。ブレーキレバーを握って片足をつく。

地図を取り出し、黒く塗りつぶされた五軒目の家と実際を見比べた。表札を確かめると「渡邊大輔」とあった。ここだ。

自転車を降りた。立派な門構えだった。石柱は年季を物語るように苔《こけ》むしていたが、黒い鉄扉は新しかった。その鉄製の柱に呼び鈴が取り付けられていた。おいらは何気なくちょっと下がって家全体を眺めてから、またそばに寄ってチャイムを鳴らした。

少し待って、二度目を押すか迷っていると、インターホンを通して落ち着いた婦人の声が届いた。

「どちら様でしょうか」

「あっ、すみません。お弁当をお届けに上がりました。あの、娘さんに頼まれまし――」

と言いかけると

「お弁当屋さん？」、つぶやきに交じった隠し切れない困惑がおいらの返事を遮った。

「はい、そうです」

「あら、まあ、いやだわ」。さらに困り切った息づかいが伝わった。

「娘にお断りするように言ったんですけど」

「はあ？　――」

お互い黙り合って、気まずい間が空いた。

仕方がないかと諦めた。

「分かりました。では、持ち帰ります」

おいらの返事は、思いのほか落胆した声音になった。

玄関前を立ち去ろうとした時、

「あ、ちょっとお待ちになって」と慌てて呼び止める声が後を追ってきた。

「ごめんなさい。あの——、ともかくどうぞお入りになってください」

まだ逡巡《しゅんじゅん》の名残が纏《まと》わっているように自信のない言い方だった。

そう言えば難しい人だと聞いていた。それを思い出すと、背すじがじわじわと伸びた。姿勢を正して進み出た。

外側の輪っか状の取っ手をくるりと回してみた。すると内側に掛かった留め金が同じく半回転してロックバーが外れた。軽く押した。ギギーッと鳴って片面の扉が開いた。

なぜか足音を忍ばせ気味に、丸餅のような踏み石の段々を進んだ。古風な格子戸の玄関前に出た。

そこに立つと、裏庭に向かって飛び石が続いているのが見えた。両側に松やツツジなどが植えられている。その奥に凝った枝ぶりの植木鉢が並べられていた。日本庭園の趣だが、手入れは行き届いているとはいえなかった。

あまりキョロキョロしていては不審に思われる。おいらは正面の玄関に向き直った。

ここで待っていればいいのだろうかと思うほどの時間が経った。勝手に玄関の中に入ってくださいということだろうか。いやいや、こんな旧家に住む婦人なのだから、母ちゃんみたく青木さんの部屋に断りもなく上がり込んでしまうような庶民感覚は通らない。おいらはそう思い直した。

それでも、恐る恐る引き戸の取っ手の溝を指先で横に引いてみた。ぐっと重い反力が返ってきた。困ったなと思ったその時、格子のすりガラスにぼやけた人影が映った。その人影がだんだん鮮明にかたどられて、すぐ戸の向こうに立ったのが分かった。

カチャンと内錠が外された。おいらは反射的に一歩、後ずさりした。引き戸がゆっくりと開かれた。その隙間から婦人が腰を折るようにして覗いた。上品な立ち居振る舞いだった。

「ごめんなさいね。お待たせしてしまって」

しっとりとした口調で詫《わ》びの言葉を述べた。

娘さんのユーモラスな顔立ちを知っていれば、母親の容貌は意外だった。それは昭和の銀幕に現れる女優を連想させた。その女優の名前など特定できるはずもなかったが。

「いいえ」とだけ言っておいらはそこに棒立ちでいた。

「どうぞ、お入りになってください」と自分でゆっくりと体を反転させた。

面立ちに注意が削《そ》がれて、手足の状態の気づきが遅れた。左手で杖をつき右足をゆっくり運びながら中に戻った。さらに右腕は肘から手首まで包帯を巻いて三角巾で首から吊っていた。

右足をやっとの思いで上がり框へ乗せる。杖で体重を支えながら骨折したという左足を引き上げようとした。

とてもそれが無理なように思えて、思わず走り寄り、「大丈夫ですか」とその腰の当たりに手を添えて軽く押し上げた。

「すみません」、吐息にも似たか細い声を漏らしたあとで、自嘲するかのような薄笑いを浮かべた。

「まったく、こんなになってしまって――」

用心深くこちらに向き直りながら、恨めしそうにつぶやいた。

それから、「ご苦労さまです」と改めてお辞儀をした。

「ごめんなさいね。失礼なことを言ってしまって」

「いいえ」

「せっかく作って、届けてくださったのに――、ありがたく頂戴いたします」

「ありがとうございます。それじゃ、これ、お弁当です。即席のお味噌汁が付いてますから」

そう言って袋を差し出した。差し出しはしたものの、吊った右腕と杖の柄を握る左手では受け取りようもなかった。渡邊さんは両の眉尻を下げて、悲しさに溶け込むような笑みをうっすらと浮かべた。その表情に、おいらはなぜか動揺した。それをごまかすように強張った笑顔を作ると、何に対してなのか「すみません」と頭を下げた。

「台所に置いておきましょうか」

そう言うやいなや、おいらは踵《かかと》を擦《こす》ってシューズを脱いでいた。

渡邊さんは特に慌てるふうもなく、また不審を抱くという態度も見せず、廊下を真っすぐに戻っていった。いきなり厚かましいとも思った。しかし青木さんの配達では散々にひんしゅくをかった。その反省がくすぶっていたのかもしれない。

おいらは、構わずに半歩ずつそのあとに付き従って進んだ。左側の木製扉を不自由な動作で通れるだけ開けた。その向こうはキッチンになっているようだ。指図されたテーブルの上に弁当袋を置いた。

おいらは戻りながら、夕飯の配達も頼まれていることを告げた。断るかと思ったが、渡邊さんはすんなりと承諾した。それどころか、いたくありがたがって、玄関に向かうおいらの背中に向かって、何度も感謝の言葉をかけた。

シューズを履きながら、代金は月払いになっていることを説明した。玄関口を出る時、「それじゃ、渡邊さん、お大事にしてください。早く良くなるといいですね」と笑いかけた。

少しなれなれしかったせいか、渡邊さんは一瞬、あっけにとられた顔をしたが、すぐに嬉しそうな微笑《ほほえ》みをかぶせて、

「ありがとうございます」とまた丁寧なお辞儀を返した。


通りを引き返すように走り、青木さんのアパートを目指した。

砂利敷きの駐車場に隣接した二階建ての古いアパートだ。道路脇に自転車を停めて、カゴからレジ袋の弁当を取り出した。狭いコンクリート通路を入っていく。人影はまったくなかった。相変わらず壁際には骨組みが壊れかけたシルバーカーが放置されている。クーラーボックスも埃をかぶったままどれくらい前からそこにあるのだろう。奥まった先からは動物の糞尿《ふんにょう》の強烈な臭いが鼻孔の奥をつく。

前回と同じように、ドアホンの呼び鈴を押した。反応がなく、もう一度押して待った。ドアをノックしてみる。メタル製でその金属的な響きは周りにも広がった。

おいらはドアノブを回してみた。動かない。ロックがかかっている。もう一度、強めにドアを叩いて耳を近づけてみた。中から物音が聞こえてくることはなかった。

しばらくそこに突っ立って待った。あの青木さんの状態ならば、来訪に気づいて出てくるにしても、それなりの時間を要するだろうと思ったからだ。

道路の方でクラクションが短く鳴る。振り向くとライトバンが横切る場面を視界に捉えた。反対方向からバイクが走り去っていく。すぐに静けさが戻った。

どうしたものか。思案に固まった。レジ袋をドアノブに下げて行こうかと考えた。いやいや、それはあまりにも無用心だ。もう一度ドアを叩こうとした拳が止まった。

この前の状態が続いているとすれば、まず出てくるのは無理だ。そう判断するしかない。

仕方がないかと諦めて立ち去ろうとした。

その時だった。どちら様？　とドア越しにしゃがれた声がした。

「あ、とみ食堂の者です」と慌てて半歩を戻す。

「ああ――」すぐに思い当たったようだった。「何の用？」

あまりにも冷めた物言いだった。母ちゃんと訪ねてきて起こした騒動を覚えてはいないのだろうか。自分の記憶の方が怪しく思われて、ついドアの前で首を傾げてしまった。

「あの、お弁当をお持ちしたんですが」

気を取り直して、ドアに寄せた口から音域を上げた。

中からの反応が途絶えた。おいらは気持ちを落ち着かせて返事を待った。

「弁当?」。不思議そうに問い直すつぶやきがドアを震わすように聞こえた気がした。

「せっかくだが、間に合ってるよ」

あまりにも横柄で不愛想な返事に、おいらは面食らった。部屋を間違ったかと思い、思わず隣のドアの方と見比べたほどだった。

「でも、せっかくですから」と返答は弱く尻つぼみになった。

ドアのロックが解錠される音がした。だが一向にドアが中から開く気配はない。おいらはおどおどと用心深くドアを開けてみた。

青木さんはすでに框に上がっていた。キッチンの流し台の縁に両手で掴まり、横向きになってこちらに視線を向けていた。無表情で冷淡な目つきだった。軽はずみな文言は容認しないという意志が執拗に居座っていた。彼はその態度を崩さずに言った。

「それは困窮者とかの支給品か何か?」

「は?」

「行政の支援とか措置、でなきゃお宅の慈善事業?」

正直、相手の言ってることがよく理解できなかった。からかわれているのかと思った。

半笑いが、文字どおり頬の半分を歪めた。

「い、いえ。うちも食堂ですから、お金は頂きますが」としどろもどろに言い返した。

「私は頼んだ覚えはないがね」

知っているはずの青木さんとは別人に思えた。

すり切れた灰色のスウェットは相変わらずだし、白髪交じりの薄い髪は逆立っている。

ぷーんと鼻につく酒の臭いも同じく体中に付きまとっている。

だが、あの時ぶざまに驚き、なりふり構わず抗《あらが》った滑稽さや、子供がいじけるような大人気なさは完全に鳴りを潜めている。その正体を見定めるように、おいらはこわごわと切り返してみた。

「そうでしたっけね。でもお試しに取ってみてくださいよ。定食屋の家庭料理ですから旨いですよ。ほら、昨日も届けたじゃないですか」

青木さんは急に力を失った視線をおいらの顔にぼんやり当てて、

「前にも届けてくれたの？」と半信半疑につぶやいた。

「そうですよ。うちの店のお惣菜、おいしかったでしょう」

「すまんが、覚えてないがね」

青木さんは初めて微かに表情を崩した。

「じゃあ、ともかく価格表とメニュー表をもらえるかい」

「価格表とメニュー表——ですか」

「そう、それを見て決めさせてもらうよ」

難癖をつけているわけではないようだ。至って真面目な本気な面相でおいらの返答を待っている。

なるほど、そうきたかと言葉を詰まらせた。はなからそんなものはない。青木さんこそが初めての客であり、そもそもなりゆきで始めたのだし。だがそんなことは言えなかった。

「今、持ち合わせがないもので、今度来る時にお持ちしますよ」と無難にかわし、間を置かずに続けた。

「とりあえず、これは置いて行きますよ。おかずは和風ハンバーグです」

「和風ハンバーグか」。思わず出た復唱のつぶやきを、おいらは聞き逃さなかった。

青木さんの頭の片隅に、湯気の立ち上る餡《あん》かけハンバーグの絵面がおぼろげながらも浮かび上がったに違いない。

「うちの目玉メニューです」と調子よく付け足した。

「じゃ、まあ仕方ない、その辺に置いておいてよ」

そう言ったかと思うと、興味も失《う》せたようにのそのそと体の向きを変えた。雑然と書類のはみ出した棚の縁に掴まりながら奥のねぐらへと伝って行った。腰を丸めてぽつぽつ歩む後ろ姿は、かなり衰弱した老人のそれであるかに見えた。

「夜の食事も届けますからね」

襖の陰に見えなくなる寸前にそう声を投げかけた。

もう姿はなく、「夜は結構だ」と弱々しくも投げやりな声が奥から漏れ出し、その後はしんと静まった。


店に帰り着くと、昼を過ぎたばかりだというのにがらんとしていた。母ちゃんはカウンターに背を向けて座り、テレビのワイドショーをぼんやりと見上げていた。

裏口から入ってきたおいらに気づくと、待ってましたとばかり、

「お帰り、どうだった？　渡邊さん」と訊いてきた。

「ああ、場所はすぐ分かったよ」

「そうでしょう。あの辺は大きな一軒家が残っているからね、立派な家だったでしょう？」と立ち上がった。

「ああ、古いお屋敷だったよ」

「そう。で、難しい人だった？　ま、ここに座って」と席を譲った。

おいらは、隣の丸椅子に腰を下ろして一息ついた。

「お弁当、喜んでたでしょ。とみ食堂だってちゃんと宣伝してきたんでしょうね」

「当たり前だろ」と面倒臭そうにあしらう。

矢継ぎ早に畳みかけてくる母ちゃんに対し、悪戯心《いたずらごころ》が芽生えた。

「でも実はさあ、頑固なばあさんでどうにもならなかったよ」

沈痛な表情を拵《こしら》えて口から出まかせを言ってやった。

「な、なによ、勇ちゃん。なんかあったの？」

母ちゃんは不安気に眉間を寄せてにじり寄った。

「こんな弁当、いるもんかって、突き返された」

そう言うと、眉を八の字に下げてしょげ返って見せた。

「ほんとなのおー」、母ちゃんは泣きだしそうな顔で声を震わせた。

それが、あまりにもショックなようだったから、おいらは笑いを噛《か》み殺しながら、

「嘘《うそ》だよ、嘘」とすぐにネタばらしをした。

「なによ、バカ！」

甲高く発した罵声は、ヤンキー娘というより幼児に近い悪態だった。

「勇、悪い冗談だぞ」

父さんが古い棚の中を掃除しながら振り返った。だがその顔は笑いだしかけている。

そしてカウンター越しにほうじ茶を差し出してくれた。

「ありがとう」と一口、啜った。

「だって、そんな感じの人じゃないんだよ」

「本当はどうだったのよ」

母ちゃんは元の椅子に座って、詰め寄るように責め立てた。

「確かに最初は娘さんには断ったみたいなんだよ。お弁当はいいからって。でもおいらがわざわざ届けに来たんで、仕方なく受け取ってくれたって感じ。悪いと思ったんだろうね。話しててもすごく上品でさ、すごく感じのいい人だった。いわゆる上流階級のご夫人だな。若い頃はさぞ美人だったろうよ」

「あら、よく言うわね」

「だってほんとだもん」

「へえ、あの娘さんの母親がねえ」

「そうなんだ。娘はアラレちゃんみたいだけど、似ても似つかないタイプだったな」

「じゃ、父親似なんだわ。マンガみたいなお父さんなんだわよ、きっと」

独りで合点がいったように、ふむふむと顎を引いた。

「失礼だろ。第一、そんな問題じゃないだろ。不謹慎だぞ」

自分のことはタナに上げて話を断ち切った。

「そっか、ごめん、ごめん」

「でもさ、娘さんは、確か頑固な人だって言ってたんだよね。ヘルパーさんなんかに手伝ってもらうのは嫌だとか何とかで」

「そう言ってたわね」

「全然、そんな感じしないんだよな」

おいらは、咄嗟《とっさ》に腰に手を添えた時の、細く危なげに揺れる体の重さを感じた。その重心が確かな安楽を求めておいらの腕の中に移ってくる感覚を、手のひらを通して思い出した。

普通、初めての人間に、それも男性で、たとえ手助けされたとしても、体に触れられるのは嫌なもんだろう。ましてや人の世話になるのがいやだというなら、なおのことだ。咄嗟に「結構です」とか「やめてください」とか言って断るもんじゃないだろうか。

おいらはその時の申し訳なさそうに、そして恥ずかしげに頭をかがめた、あの母親がどうしてもそんな勝ち気な人には思えなかった。

しかし、そのことは母ちゃんには話さなかった。

「それに痛々しい様子だったよ」と話を続けた。

「どんな感じだったのよ」

「右手は固定して首から吊っててさあ。左足首も包帯ぐるぐる巻きで、家の中も杖をついてようやっと歩いてたよ」

「そうなの、気の毒にねえ。歳をとると治りも遅いからねえ」

「母ちゃんも気をつけな」

「ほんとだね」。母ちゃんは案外、素直に受け入れて真剣な顔つきで答えた。

おいらは残ったお茶を飲み干した。

「青木さんはどうしてた？」と父さんが訊いた。

「そうそう、青木さんもちょっと最初のイメージと違ってたな」

「どんなふうによ」

「母ちゃんと行って会った時は、ちょっと精神を病んでるって感じだったじゃん。驚いたり、暴れたり、そうかと思えば布団にくるまって貝になっちゃったり、危ない人かと思ったじゃんよ」

「そうだね。外見もあまりにひどかったしね」

「でも、あん時の憐《あわ》れな浮浪者の雰囲気なんてなくなってた。と言っても、ザンバラ髪で土色の幽霊顔には変わりなかったけど」

「なによ、それじゃどっちだったのよ」

「うん、なんていうか、案外まともな話しぶりなんだよ。いや、それ以上に威張ってるって感じだったな」

母ちゃんと父さんはちらりと目を合わせた。それに気づいたが無視して続けた。

「メニュー表と料金表を持ってこいだってさ。それから注文を決めるとか、だから夜はいらないだとか偉そうなこと言ってたよ」

「しかしまあ、それは当然と言えば当然だがな」

言いながら父さんは片付け仕事を切り上げた。

「どうするよ、母ちゃん」

「なにが?」

「だからメニュー表とか」

おいらはじれったそうに言った。

「あんた、書きなよ」

「おいらが?」と素っ頓狂な声が口から飛び出した。

「おいらに書けるわけないだろう」

「母さんがメモしとくから、そのまま写せばいいんだよ」

「そんなんでいいのか」

「いいでしょうよ。なんでよ」

「それでいいなら、別にいいんだけど――」

おいらは、いまいち納得できずに口をひねった。

「そんなことより、夜勤明けなんだから少し休んだらいいよ。物置部屋、少し片して休憩場所作ったからね。布団もあるから、少し寝たらいい」

「ほんとに！　じゃ、そうさせてもらおうかな。部屋って通路際だったよね」

「夕方は渡邊さんだけだけど、勇ちゃん、行けるの？　母さんが行こうか？」と背中から弾んだ声が追ってくる。

「いい。おいらが行く」

前を向いたまま答えると、奥にある小部屋に入っていった。

目覚めた瞬間、どこにいるのか分からなかった。薄暗く狭い部屋はしんと静まり返っている。足元のドアの隙間から薄明かりと生温い空気が忍び込んでいた。

敷布団だけを敷き、毛布を引っかぶった記憶が繋がった。あっという間に眠りに落ちたようだ。

おいらは這い出しながら立ち上がった。通路に向かって顔を突き出した。店の方に目をやる。母ちゃんがカウンターの中で弁当をパックに詰めている姿が見えた。

おいらはよろよろともつれた足取りで店に出ていった。店内は誰もいない。照明も落として日暮れの暗さがそのまま仄《ほの》かに同化していた。父さんの姿も見えない。帰ったようだ。

「疲れ、とれた？」

母ちゃんが惣菜を菜箸で盛り付けながら、おいらの顔を探るように一瞥《いちべつ》した。

「さあ、どうだろうか」

寝ぼけ眼で頭のてっぺんの髪の毛をがしがしと掻きむしった。

「何時？」

「四時過ぎ。今、お弁当出来るから」

「おかずは？」。寝ぼけた声を喉に絡ませてカウンター席に座った。

「金目鯛《きんめだい》の煮つけと野菜の煮物とか、バランスを考えた和食。お父さんが作ってくれた」

「へえ、すごいね。でも大丈夫かな、父さん。そんなに仕事をさせて」

「大丈夫よ、それくらい。仕事ができて喜んでるわよ、見てて分かるもの」

「そうだといいけど」

「あ、そうだ。お父さんと相談してメニュー表、とりあえず一週間分書いておいた。あと値段とね」

母ちゃんはカウンターに開いたままの雑記帳を置いた。覗き込んでみる。店の注文帳なのだろう。最後の日付は数か月も前のものだった。隣のページが罫線《けいせん》割りされていて、一コマずつ日付と献立が記されていた。メニュー表というよりレシピメモのようだった。その内容まで理解するほど頭が働かなかった。

「値段はどうするの」

「あら、書いてあるでしょ、一番下に、小さく」

「四八〇円」と声に出して確認する。

「これだけ？」

「これだけって？」

「これって一番安いやつなんでしょ。A弁当、B弁当とか値段でいろいろあるじゃん、ふつう」

「そんなのないわよ」

「え、ない？」

「なんでよ」

「なんでって、それだけじゃお粗末だし、第一、これって安くない」
「さあ。でも配達の手間は入ってないからね」
「あれ、つまり、おいらはただ働きってことか」独り言で納得した。
「ま、いいけどさ」

自転車は父さんが乗って帰ったので、おいらはぶらぶらと歩いて配達することにした。駅周辺の繁華街の外れで、やはりこの一角は取り残されたようにうら寂しい。日はたちまち暮れて、暗くなった町並みの家々の窓に明かりが灯り始めた。

昼は自転車で行ったから、渡邊さんの家までは近く感じたが、歩きだと結構な道のりだった。

途中、サカエスーパー周辺は賑やかだった。買い物の主婦らで店先は混み合っている。子供連れも多く見かけた。ところが昼間、あれほど溢れ返っていたお年寄りの姿が影も形もない。なんだかSFの世界を連想させる不思議な町の豹変《ひょうへん》ぶりだった。

もう地図に頼ることはなかった。街灯が灯る道筋が日中と趣を変えていても、迷うことなく渡邊さんの屋敷にたどり着いた。

昼間と同じようにチャイムを押した。そして同じように待った。身体の不自由を知っていれば、その時間はまったく気にならなかった。

「はい」、インターホンまでたどり着いたようだ。

「こんばんは。夕食のお弁当を届けに来ました」

「ご苦労さまです。どうぞ入ってください。鍵は開けておきました」と応答があった。

屋外灯が点灯して玄関先を白色に照らし出した。

おいらはそっと引き戸を開けた。覗き込むと、廊下の先から渡邊さんが杖をついてゆっくりとこちらに向かってやって来るところだった。自分の足元に目を落とし真剣な面持ちだった。三和土《たたき》に入ったところで、その様子を見て何と声をかけたものやら迷った。厚手の甚平の上に、丈の長い毛糸織のチョッキを重ね着した渡邊さんの動作を、おいらは黙って見守るしかなかった。ようやく玄関まで出てくると、

「お昼のお弁当、美味しかったですよ」。歩行に集中していた緊張を解いてにっこりと微笑んだ。

「そうですか。それはよかったです」

お弁当の受け渡しを終えると、渡邊さんは「まだ配達の途中なのでしょう」と尋ねてきた。

「いえ、これで終わりです」

本当はこの一件だけなのだが、さすがにそれは言えなかった。

「でも、お店がありますものね」と、もじもじした様子で問い直した。

「いえ、おいら、店の従業員じゃないんで」

「まあ、それは失礼しました」

「たまたま手伝ってるんです」

「そうでしたの。そう言えば娘がお店にお笑いをやってる人がいるんだって、そう言ってたけれど、おたく様がそうでらしたの？」

「ええ、まあ、あの店の息子です」

「あら、それは失礼しました」と同じ言葉で詫びて、まじまじとおいらの顔を見た。

「ごめんなさいねえ。わたくし、お笑いとかはとんと疎くて、存じ上げないで」

「いいえ、もうやってないんで」と言ってこめかみの辺りを指で軽く掻きむしると、

「それより、何かご用事でも？」と尋ねてみた。

「え？」

「あの、今、時間を気にされてたから——」

「そうなの。こちらの都合でお引き止めしたら申し訳ないんだけど……」

「なんでしょうか」

「実はね」。そう言ってもじもじしている。

おいらは一体何を言われるのか、何やら胸がドキドキした。

「実は、トイレの電球が切れてしまってね。娘も仕事でしばらく来られないものだから。わたくしはこんな状態だし、とても取り替えられないし」と甘えるような抑揚で言った。

「はあ、トイレの――電気」

「申し訳ないんですけど、取り替えてくださらないかしら」

「ああ、そういうことでしたか。その状態ではいくらなんでも無理ですよね。また転んだりしたら大ごとですよ。おいらがやりますから。代えの電球はあるんですか」

「ええ、あります」

「じゃ、ちょっと失礼します」

そう言うと、すぐに靴を脱いで框《かまち》に上がった。

トイレは廊下の中ほどにあった。ドアを開けると、廊下の明かりが仄かに中を照らしていて作業は十分にできる。新しい電球は紙筒に入れられたまま便座の蓋の上にちょこんと置かれていた。

このように準備して、渡邊さんはおいらが来るのを今か今かと待っていたのだろうか。

そう思うと、母ちゃんよりもかなり年上の渡邊さんが子供のようにいじらしく、そして憐れにも思えた。

天井はそう高くなく、背伸びしたら何とか電球に手が届いた。難なく取り替えを終えて、スイッチを入れ電気をつける。渡邊さんの顔は、まさにその光が反射したかのように、ぱっと明るく輝いた。

「助かりました。ありがとうございます」

頭を下げた拍子によろついた。

「おっと、危ない」

おいらは反射的に相手の肘に手を添えた。

「ほんとに一人では何にもできなくて、情けなくなります」

「早く治るといいですね」。そう言ったあとで、

「まあ、力を落とさないで、頑張ってください」とうやむやに言葉を繋いだ。

渡邊さんは、玄関に戻るおいらの背中に、「ありがとうございます」と繰り返した。

来た時は気にもしなかったが、靴箱の上の台にビニール袋が一つ置かれていて、おいらがスニーカーを履いて向き直ると、それを取って差し出した。

「どうぞ、お持ちになって」

見るともなしに中を覗くと、フードパック詰めの巨峰が入っていた。ビニールを通して一粒一粒が紫紺の輝きを放っている。

「いえいえ、いいですよ」と固辞したが、

「こんなものしかなくて」と、強くおいらの胸に圧しつけた。

「それじゃ、せっかくなのでありがたく頂きます」と素直に受け取った。

そして渡邊さんの屋敷を出た。

帰りの道々、おいらは巨峰の重さを確かめるように、ちょっと差し上げては中を覗いてみたりした。たったあれだけのことで、とおいらは思う。そう思った時、申し訳ないという気持ちの奥から、悲哀の感情が滲《にじ》み出てきた。

それは同情に近いかもしれない。高価な巨峰を手に入れること、そして秋の味覚を堪能すること、それよりもトイレの電球を一つ替えることの方が必要で切実なこと、少なくとも今の渡邊さんにとってはそうなのだ。体のハンディを背負って一人で生活することの頼りなさ、情けなさをブドウの一粒一粒の重さに匹敵して感じずにはいられなかった。

同時にその感情は、そんな些細《ささい》な出来事に力を貸すことができたという微かな喜びに変化していった。

それにしても、とおいらはまた考える。娘さんいわく、人の世話になりたくないと言ってヘルパーなどの介入を拒否しているということが本当ならば、その理由はなんなのだろう。単純に頑固で意地っ張りだというのは、やはり見当違いに思える。

たぶん、人の世話になるのが嫌なのではなく、申し訳ないと感じているのではないだろうか。渡邊さんとは今日、初めて会ったが、その第一印象だけでそんなふうに感じた。

3　香織

着信メールの表示は「香織」だった。『お久しぶりです』のあとに、『食事でもしませんか』とさりげなく続いていた。会いたい理由は記されていない。そんな軽いノリだったから逆に気が楽になった。それでおいらは深く考えることもなく応じられたのかもしれない。あれこれとその真意を探り合えば、再会などとても実現しなかっただろう。今さら会って話す理由も、意味もないことを、お互いに知り過ぎているのだから。そして今さら会う資格など、おいらにはないことを身に沁みて分かっているのだから。

日時はメールのやり取りで、結局、彼女の勤務シフトに合わせて決めた。

夕食の配達を母ちゃんに頼み、待ち合わせ場所に向かった。地下鉄、新宿三丁目駅から地上に上がった伊勢丹前。当時よく落ち合った場所だった。総武線で新宿まで行き、地下鉄丸の内線で一駅戻る。

勤務のオフタイムから流れ出る人波でごった返す地下通路を、泳ぐように出口を目指した。階段を上り地上に向かう。湿り気を含んだ排気ガス混じりの空気が強引に鼻孔に侵入した。その気圧が地下に向かって行き過ぎると、ゆっくり秋の気配が降りてきて頬をかすめた。

靖国《やすくに》通りの歩道は宵闇に包まれていた。ビルの窓々から零れる明かりが、紅葉し始めた街路樹の葉をちらつかせて艶色に変化させていた。

おいらは往来の隙間を縫うように凝らした視線を左右に振り向けた。

その姿を捜し求めようとした時、ふと自信が揺らいだ。気持ちがしぼんでいく感じがした。

何年ぶりだろうか。三年？　いや、もう四年経つだろうか。その月日に重く膠着《こうちゃく》した因縁を無視して、今さら会って、何をどうするのか。やっぱりその逡巡がこの期に及んで胸をざわつかせ、鼓動を打ち鳴らす緊張感となって胸を締め付けた。

その重苦しさに意識を奪われた瞬間に、情けない罪悪感に変貌した。そのさまを顧みれば、泥に塗り込められて身動きできずに息を潜めるありし日の自分が蘇るようだった。

その自責の澱を濾《こ》した内なる声が湧き上がる。

「今さら合わせる面があるのか」「恥を知れよ」

そんな呻《うめ》き声にも似た誇《そし》りが重なって、胸の奥を容赦なく衝《つ》いた。

やはり来るべきではなかった、またそう思う。でも今さらどうしようもない。おいらはそう言い聞かせる。なるようにしかならないと。

左右を見ながら通行の邪魔にならないよう歩道を後ずさった。そして地下鉄の乗降階段から上がってくるであろう方向に視線を定めた。

歩行者が一時的に増えて人流が滞留する。おいらはさらに路端に退く。ビルの壁際まで下がるために何気なく後ろを振り返った。

人が交差する隙間の向こうの壁面に小さな情景が残る。その画面は、ライトが漏れ出すショーウィンドウと一体化して見えた。陰影にたゆたうその一角に、淡い色彩でかたどった香織のシルエットが浮かび上がった。

人影に遮られては現れ、ふと消える姿は、コマ送りの映像さながらシックに映った。そんな一場面の中で、香織はそっと右手を挙げた。

「香織?」一人つぶやいた声が裏返った。

見まがうことなく香織だった。なんだ、もうそこにいたの、と情けないセリフを心の隅でつぶやいた。思いもよらぬ出現に感情が入り乱れた。それを追うようにまた心臓がドキドキする。おいらの思考はまた別の重たい緊張感に引っ張られて沈んでいく。

香織はうっすらと強張るような笑みを浮かべて、じっとおいらの顔を見つめている。

おいらが地下から上がってきたのを、すぐ横合いから見ていて気づいたはずだ。なぜすぐに声をかけてくれなかったのだろう。そんな些細な疑念に心を浚《さら》われた。だけどその訳があるとするなら、それはひどく恐ろしい仕打ちのように感じた。

おいらの方からすごすごと体を寄せていった。もうすでに手が届く位置で向かい合った。いざ声をかけようとしたが、どんな言葉も出てこなかった。ただ、はにかむような頼りない笑顔を差し向けるばかりだった。それは困ったように漏らす香織の微笑みと同じものにも思えた。

瞬間に声をかけられないでいた彼女の気持ちが、少しだけ分かったような気がした。

「しばらくぶり」

ようやく絞り出した声は、低く掠れて声にならなかった。「元気だった？」と唇だけを動かした。

彼女は黙ったまま、そして何かの言葉を添える思いをこめるようにゆっくりと頷いた。

「どこに行こうか？」

おいらはわざとぞんざいな言い方で余計な挨拶を断ち切った。気まずいわだかまりや意味の不確かな配慮を無視するためだった。

香織は両肩を小さく持ち上げて見せた。それに合わせて口角が同時に上がった。両頬のえくぼがきゅっと現れる。癖だった。自分にこれといった考えがない時、それを説明するにも及ばない時の。そして相手の気持ちを分かっていると知らせる時の。

おいらは握った拳で親指だけをひねって行く方向を指示した。精いっぱいの照れ隠しだった。歌舞伎町に向かって人混みに割って入ると、その後を香織が遅れてついてきた。すれ違う人が、二人の間に割って入るほどの距離が開く。

おいらは歩を緩めてさりげなく振り返った。その視線を受け止めて、香織は歩を速めた。

もうあたふたするような緊張感は薄らいでいた。遅れがちに横を歩く姿を視界の端にちらちらと捉えた。少し体つきがふっくらして見えた。服装のせいかもしれない。ライトグレーのジャケットコートを羽織っている。その首回りをタートルネックの襟ぐりがふっくらと覆っている。紺紫のニットセーターだった。濃紺のストレートパンツの折り目が歩調に合わさって裾で揺れる。しばらくぶりに会った香織は落ち着いた雰囲気を醸していた。

二人は黙ったまま人波に乗って繁華街を進んだ。

「どうしようか?」とおいらは出だしの勢いを失くして弱々しく問いかけた。

「どこか居酒屋にしようよ」。香織の方が溌剌とした声ではっきりと口にした。

結局、以前、ことあるごとに一緒に行った居酒屋チェーン店の一つに入った。

衝立《ついたて》に囲まれた二人用の席に通された。おしぼりが出て、飲み物などのオーダーを通した。店員が立ち去ったあと、二人で向かい合ったままになる。

何の話をしだせばいいのか、その糸口が見つからなかった。どんな立場にいるのかと、おぼろげに考えてしまう。やっぱりその立ち位置があやふやで、思うように口火が切れない。

普通なら近況を聞くのは自然なことだろう。だけど、今さら相手の暮らしぶりに触れる資格などおいらにはない。

ならば思い出話は？　共有する懐かしい思い出話を賭場口《とば》にするのはありがちな会話の始まりだろう。香織との生活にも楽しく素晴らしい出来事はたくさんあったはずだ。だけど二人して地雷を踏まずに、過去の思い出への迷路を遡っていけるだろうか。そう思うと迂闊《うかつ》にどんな端緒にも踏み込めなかった。

やはり今日の再会の意味を二人で解き明かしていこうか、そう考えた時にはさらに背すじに身震いが起こった。再会を語れば離ればなれになった訳が表裏一体に連なって現れ出る。あの頃、どんな問題に直面して、何に苦しんでいたのか、語らずとも胸に蘇るに違いない。挫折と敗北に叩きのめされたあげくにとった己の選択に、またここで向き合い自省を強いられるのか。おいらは顔を揺さぶり頬の肉が揺れる感触を味わった。

宵の口で、客はぼちぼちと入店しているようだ。雑談の端々が絡んだざわめきの中で、時折店員の声が高く通った。

自分たちが座っている一角だけが取り残された空間のようだった。まるで二人で息を殺して潜んでいるかのようだ。だが黙って差し向かいに居ることにすぐに慣れた。萎縮したまま沈黙の虜《とりこ》になっていいながら、不思議と苦痛は感じなかった。決して長いとはいえないが、さまざまな思いを寄せ合って暮らした過去の厚みが、それなりにあるからだろう。

生ビールの中ジョッキが二つ運ばれてきた。

「じゃ、お疲れさまでした」

香織が屈託なく乾杯の音頭をとった。

中ジョッキをカチンと合わせて、泡ごとぐびりと冷たいビールを喉に流した。

小さく息を吐きながらジョッキを置いた。ささやかな満足感が胃の腑《ふ》に落ちて、言葉が自然に出た。

「今日はしばらくぶりに会えてよかった」

何の照れも気負いもない自然な言葉だった。

素直に言えばよかったのだと思う。

香織も唇を結んだまま、小さく頷いて微笑んだ。

「仕事はどう？　相変わらず大変？」

おいらの方から、そう尋ねた。

「うん、まあ」

香織は曖昧な頷きでその問いの全体に答えた。香織は都内の総合病院に勤める看護師だった。

「ユウちゃんは？」

香織が呼ぶユウちゃんとは、芸名のロンリー・ユウのことだった。だから自然と英語の「あなた」と発音するように唇が丸まって突き出る。付き合い始めた頃、そう呼ぶたびにその口元を強張らせた。

おいらの芸人仲間の友人に「ヤジロベエ」という三人組みのコントをやるメンバーの一人がいた。メンバーというより雑役兼小間使い、兼運転手、つまりパシリだった。太った体を揺すっては手荷物を運んだり弁当を配ったりしていたものだ。「ハマー柴」という芸名の若い奴だった。

そいつがバイクで交通事故（スリップ転倒という自損事故だったが）を起こし、大腿骨《だいたいこつ》骨折の大ケガを負った。おいらは奴が入院した病院によく見舞いに行った。そこに勤めていたのが看護師の香織だった。

だから彼女はおいらのことを、当時から、お笑い芸人のロンリー・ユウとして見ていた。

だからそう呼ぶのは自然なことだし、これまでずっと気にしたことはなかった。

「まあ、何とかやってるよ」

そんなふうに答えるしかなかった。それ以上の生活の実態はあやふやで、自分でもうまく説明できなかった。だけど香織はまともに視線を合わせることをしないまま、何か次の言葉を待っているようだった。

「お笑いの方は、もう辞めてしまったけどね」

おいらは何となく察して、それだけを自嘲的に吐露した。喉以外のどこかに空いた孔から漏れ出た言葉を自分の耳で聞いた感じがした。そんなふうにいざ思い切って打ち明けてしまうと、何か言葉足らずのような気がした。

香織はやはり目を伏せたままで冷笑を忍ばせて見える。

もう少し素直に思いを尽くして何かを説明すべきなのだろうか。もしそうだとすれば、どんな心情を言い表すべきだろう。おいらは急かされるように口にすべき続きを考えた。

口に運びかけていたジョッキを、知らぬ間にテーブルに戻してしまった。

言いたいことを思い巡らせる。(――というより、もう完全に売れなくなったし――)

そんなひがみ混じりの身の上話など何の意味もない。ならば、今の生活のありさまをしおらしく語る方がましだろうか。(――バイトをしたりして、何とか食い繋いでるよ――)

と。

なんと惨めったらしい言い草だ。彼女にすればどうでもいいことかもしれない。同情どころか軽蔑さえも引き出しかねない。

(——結局、あの頃は世間知らずだったんだと思う——)、過去の自分を、ちょっとでも正当化する理屈が浮かび上がる。(——いい気になって周りが見えなくなっていたんだろう——)、そんな言い訳がましい弁解が引きずり出された。

いずれかの言の葉を聞かれてしまった錯覚を起こして、慌てて口を堅く結んだ。

(——でも後悔はしていないよ。自分なりに頑張ったし——)。それでもなお、とんでもない開き直りの言葉が、混乱しかけた頭からねじれ出る。

(——結局は香織につらい思いをさせて——)、(——自分勝手に逃げ出して、最低だ!——)。違う違う。そんなことを言いたいんじゃない。ただ近況を話すだけの何でもないことなのに、どうしても気持ちの弱みへと落ちていく。こすれるように欺瞞《ぎまん》の被膜が剝げていく。

どうしてもずるくて卑怯《ひきょう》な自分を隠しおおせない。香織の知り得ない自分を言い表したいだけなのに、どうしてこうも厄介なんだろう。なぜこれほど神経を使うのだろう。そして惨めになるのだろうか。

そんなことを言うために、そんなことを分かってもらうために会いに来たんじゃないはずだ。そんなことは分かっている。分からないほどばかじゃない。

おいらは、下に隠した拳を知らず知らずのうちに硬く握りしめていた。そして尖らせた中指の第二関節で太腿を打ちつけていた。言葉を打ち消すたびに、太腿の筋肉をぐりぐりと抉るように押さえつけていた。

「どうしたの？」

香織が怪訝《けげん》そうな顔をおいらに向けている。その視線を片側からテーブルの下へと覗き込ませた。

「ううん」、首を振る。「なんでもない」、こっそりとその手をテーブルの上に出した。

その顔はというと、目玉から魂が抜け出たような表情だと自分で分かった。膝の皮膚は紫色の痣《あざ》になっているかもしれない。そのひりひり感を振り切ってジョッキに口をつけた。

香織はおいらを睨んで、「へんなの」と訝《いぶか》しげにつぶやいた。

自分の内心に気づかれていないと知って、おいらは頬を引き攣《つ》らせ苦笑いでごまかすしかなかった。

せわしなく箸を運び、ほうれん草にだしジャコを和えたお通しだけでジョッキを空けてしまった。

香織の会話に合わせることにした。そもそも彼女が誘った再会なのだからと気を取り直した。

「勇ちゃん、焼酎がいいんでしょう」

香織が気遣ってくれた。

「あ、うん」、動揺が収まらぬまま返事を詰まらせた。

テーブルの呼び鈴を押した。店員がやって来て香織が注文した。

また二人の会話は途切れがちになった。その間を埋めるように、お互いの身体の好不調などについて確かめ合ったりした。

「じゃ、前みたいに、飲み会なんか、行かなくなった？」

「そうだね。もう行くことはないよ」と弱々しく答える。

「そう」

香織は焦点の合わぬ視線を自分の手元に投げかけていた。静止したままで一言、つぶやいた。

「寂しい？」、自分でそう訊いておきながら、はっと顔を上げた首を横に振った。

「ううん、なんでもない」吐息の中でようやく聞き取れた声だった。

「毎晩のようにあった飲み会がなくなって――寂しいかっていうこと？」

その質問の意味を確かめた。

彼女は渋茶を口に含んだように唇を真一文字に結んで、申し訳なさそうに頷いた。

「まさか」

「そうよね」

「そりゃそうだよ。仕事だったんだし」

即答したのが自分でも不思議だった。

「それに――」、言い切ったその訳を自らに問いかけようとした。

「それに、なあに？」

たぶん時の経過のせいだろうと思った。だけど、すぐにそれは言葉にならなかった。

当時は、本当の気持ちが分からなかった。我を忘れて、悦楽に浸り切って過ごした一時期があった。そんな飲み会にしても、すべからく先輩や業界人らと親睦を深めるため、そして自分の名と芸を売る絶好の場の一つだと思った。

少しばかり売れてきて、劇場ライブの打ち上げにも参加できるようになった。善意の相関関係はすべてを幸運へと導くと。将来の夢や生きる価値をその場から見出し、それは自然に、気ままに膨らんでいくものだと思っていた。

ところが危なげな気配が靄《もや》る迷路に迷うのに時間はかからなかった。

人脈は雑多に屈折していた。また、吹き溜《だ》まって澱《よど》んでもいた。中途半端に売れだしたおいらを取り巻く環境は、時として別の奇態を見せた。

当然と言えば当然だ。そこは何千人と連なる若手が、一握りの売れっ子芸人の座を目指してしのぎを削る場所だった。食えるほどに生き残るボーダーラインから転がり落ちていく者、自ら未練の燃えさしを残して去っていく者、爪を立ててしがみついている者。人を踏み台にしても上に這い上がっていく奴、逆に蹴落とされる奴。温和に協調と謙遜の態度を取り繕いながら、腹では何を考えているか分からない奴。陰湿な嫉妬や妬みの渦の中で失敗や転落を望み、さらには画策している奴もいる。

突然のように売れだしたおいらは、そんな業界の境目に頭一つを突き出してしまった。おいらは陰湿な妨害や嫌がらせ、悪質ないじめの木槌で、その頭を打たれることになる。良からぬグループの飲み会に呼び出されることもあった。地下に潜ったような不良グループと大差はない。

そこでリーダーからダメ出しを延々と繰り返し聞かされた。その間ずっと正座をさせられた。その姿勢を崩さずに〝鍛え上げ〟と称して、次から次と謎かけを強いられた。つまらなければ何度でもやり直しさせられた。膝頭や太腿を嫌というほど足蹴にもされた。罰だと言って煮え立つ鍋物を食べさせられ、強い酒の一気飲みも強いられた。

「ナンセンスな場面を与えられて一言」などのなぞかけを矢継ぎ早に出された。答えが遅いと囃《はや》したてられ、つまらなければ一斉にブーイングと怒号を浴びせられ、小突き回された。

正座も二時間以上経つと、腰から下の痺《しび》れで上半身を支えられなくなる。膝を少しでも崩すと菜箸で打擲《ちょうちゃく》された。考えるどころではなくなった。足首、膝の関節に感覚がなくなった後には、血流が止まった半身は腐っていくような、溶けていくようなはかない痛みに襲われた。支離滅裂な答えを、半ば泣き叫ぶように喚くたびに、周りから蹴られた。おいらは横倒しになってのたうち回った。

それが彼らには面白かったのだろう。皆、腹を抱え、指を指して笑い転げた。初めの頃は、それが〝うける〟ということなのかと思った。自分の中でウソとマジの紙一重の境にリアクションの神髄があるのだなどと信じた。信じなければやっていけなかった。愚かとしか言いようがない。愚かだと気づいても気づかないふりをして言いなりになった。

そんな悪辣な輩《やから》が巣食ういじめの宴席が存在していた。彼らは芸人志望などとは名ばかりの、とうにリタイアした悪漢集団にほかならなかった。

運悪く餌食となったいじめの乱痴気騒ぎは、おいらにとって大きな傷となった。

曲がりなりにも売れだしてからはどうだっただろう。やはり事態が大きく変わることはなかった。

おいらはその下劣なイジメ側の踏み絵の前に座らされた。その場にいない先輩やら、番組を仕切るMC芸人の批判の輪に与《くみ》されるのだった。批判というより、陰での罵詈雑言《ばりぞうごん》の類《たぐい》だった。それを肯定する発言を強要された。口にできるはずもなかった。おいらは煮え切らずにもぞもぞと口ごもって曖昧に明言を避けるしかなかった。

「芸については思ったことをはっきり言え」などとまことしやかな説教を垂れて、頭や胸を手加減なくどついてくる。「勘弁してくださいよ」などと泣き声を上げながらそれをかわした。繰り返されるうちに、やがて本当に涙が出てきた。

今の地位は何としても失うわけにはいかない。おいらはその一心で耐えた。口に押し込まれた熱湯おでんを、口内の皮膚が腫れようがむけようが必死になって飲み込んだ。涎《よだれ》と涙がとめどなく一緒に流れ出た――。

店員が衝立様の戸を引いて現れ、現実に戻った。海藻サラダ、焼き鳥、ポテトフライなどと酎ハイのセットをテーブルいっぱいに並べた。

呪わしい映像が千切れちぎれに消え去っていった。

店員が立ち去るが早いか、香織はサラダを小皿に取り分け始めた。心が潰れるような疲労感を引きずったままそれを眺めていた。

仕事でのつらい話は一度もしたことはなかった。そんなことで彼女を不安にさせたり心配させたりしたくなかった。二人のつましくも温かな生活をそんな低次元な出来事で壊されたくはなかった。言うに言われぬことをおいらは胸の内に隠し通した。それが優しさだと思った。

本当はそれもいけなかったと今では思う。その時のおいらにとって、その実態を含めて自分の人生だったのだから。

仕事に関わることは口をふさぐ習慣となった。それが、ついには売れなくなっていく末路をも話さずに隠し続ける原因となった。メディアへの露出度が激減していけば、いやでも気づいていただろうが。

「随分とピッチ、ゆっくりだね。それとも弱くなった？」と香織の声がする。

「え？」と顔を上げた。「こんなもんだよ」と返して苦笑いを付け足した。

「焼き鳥、美味しいよ」。分けて盛った皿を前に差し出しながら、「お代わり頼んでおこーっと」と歌うように独りごちて呼び鈴を押す。

香織はなぜか上機嫌に見えた。その理由はやっぱり訊けないでいた。

こんなふうに二人でよく外食をした。

そんな楽しいひとときにも、仕事での厭《いや》なことやつらいことなど話さないでいたが、それは香織も同じだった。病院での出来事を食事中の話題にするはずもなかった。思えば、本当は大切であることを語り合わずに始まったのかもしれない。人気絶調となった頃だった。二人は中野坂上のマンションで暮らし始めた。ごく自然な成り行きで、さして深い考えもなかった。浮かれていたのだと言えば、その一言で言い表せたかもしれない。

分不相応だとも思った。だけど、二人ならそうした生活にふさわしい身分になっていくと何とはなしに思い描いていた。何の根拠もなかった。なのにいつまでも人気が続き、使いきれないほどのギャラがずっと途切れることはないと信じていた。

いや、本当だろうか？　ほんとに信じていただろうか。

今、振り返ると不確かだった。まるで見ず知らずの他人の心中を推し量るように。あるいはそんな思慮に乏しい浅はかな若者の挙動を傍観するように。

有頂天というのは当たらない。その時の暮らしぶりを誰もが羨み憧れるものだと思いもしなかったのだし。ただおいらに将来を慮《おもんぱか》る余裕がなかったにすぎない。

何せ未知の世界で、初めての体験だった。ただがむしゃらに与えられた仕事に噛《かじ》りつき、ひたすら働き続けた。それでいながら、いつの間にか頂点からどん底へと転落していった。

香織との生活は二年足らずで終わった。責め合い誹《そし》り合って決別したとは思っていなかった。別れて間もなくしてからメールをしたこともあったのだから。

しばらくぶりに事務所の舞台ライブに出演が決まった時だった。まだ頑張れる自分を見てほしかった。だけど観客席に香織の姿を見出すことはできなかった。

それから父さんが脳梗塞で入院した時、自分の不甲斐なさを恥じるメールを送った。正直な気持ちだった。心配する短い返事が返ってきた。それから何のメッセージをやり取りしただろうか。

おいらは運ばれてきた焼酎の水割りを口にしながらぼんやり考えていた。

気持ちのどこかで、決定的に別れたのではないと思っていた。だからといって、必ずいつかよりを戻せるという強い思いもなかった。結局は自分の生き方のことでありながら、他人事のようにいい加減なのだ。なるようにしかならないし、なるようになればいい。当時の生きざまがそんな性根を物語っていた。

一緒に住んでいたマンションを、おいらは立ち去った。その頃、もう仕事はほとんどなくなっていて、家で悶々《もんもん》と苦悩の日々に耐えていた。

彼女は病院勤めで、朝早くから夜遅くまで働き、四日に一度は夜勤をしていた。だから家のことはほとんどおいらがやっていた。仕事もしない後ろめたさもあったし、せめてもの役目だとも思った。

そんな生活のなかでも、まだ何とかなるだろうという淡い希望もあった。何かもう一つ強烈なギャグを当てれば、きっと安定したレギュラーを取れると思っていたのだ。しかし、テレビのオファーはついになくなり、営業の仕事も入らず、ようやくおいらは自分がただのヒモだと気がついた。

それからおいらの生活はすさんだ。自暴自棄にもなった。しかし激情的な性格ではないおいらは、酒や暴力、女やギャンブルなどとは無縁だった。おいらが取った行為は、香織にそれと気づかれないように、足を忍ばせて現実から逃げ出していくことだった。

無責任で卑怯な行為は、男として人間として、破滅的な生活に溺れるのと同じほど最低だと分かっていた。だが香織の顔を見て生活するのがつらくて、地方営業だとか、友達と飲んでそのまま泊まるだとか言って、家を空けることが多くなっていった。

実際は、ハマー柴の安マンションに転がり込み、そのうち居ついてしまったのだ。ハマーとは同期だったが年齢はおいらの方が上だった。それにおいらの方が格段に売れたから、彼はおいらを慕っていた。デブキャラで人がいいのだけが取り得の男で、おいらとは気が合った。

ハマーも鳴かず飛ばずで演芸の仕事もほとんどなく、歌舞伎町の怪しげな和風スナックに勤めてかつかつの家賃と生活費を稼いでいた。働きもせず、部屋で引きこもっているおいらに対して、ハマーは以前と何一つ変わらずに接した。それどころか、夜遅くスナックのバイトから帰ってくると、寝ないで待っているおいらに、

「まだ、起きてたんすか、寝てればいいのに」。まるで飼っているペットでも扱うように、「勇ちゃん、腹減ったでしょう。店の残り物、持って帰りましたよ」などと言って、ラップにくるんだいくつかの余り物を並べたものだった。

黙っておいらを見守ってくれたのは香織も同じだった。なじったり恨めしい言葉の一つも口にしたりはしなかった。おいらのだらしなさや無責任を、なじり罵倒してくれれば逆にそれの方が楽なのにと身勝手に思ったりもした。

三日に一度帰っていたものが、五日に一度、そして一週間に一度となっても、香織はおいらの言い訳を信じているふりをして耐えていた。また香織はおいらに女が出来たと疑ったこともあった。その時もやはり表立って感情を露わにして、一方的に追及したり責めたてたりすることもしなかった。

そのうちに、厳しい仕事を続けながらつらい悩みを抱えて、みるみる痩せていき、表情も口数もなくなっていった。ストレスをため込みながらも、おいらのことを信じようとしてくれたが、とうとう心身ともに衰弱してただならぬ状態に陥ってしまった。

別れ話はおいらの方からした。意気地なしで自分本位で卑怯なだけと分かっていながら、これも香織のためだと都合よく自分に言い訳した。

話し合いを終えておいらは一人部屋を出た。その時のことは強烈に記憶に残っている。おいらは青梅街道を歩き続けた。真冬の夜だ。途中、酒屋でワンカップの酒を買って一気に飲んだ。年の瀬が間近い新宿の賑わいと無関係に、人波に揉《も》まれながら進んだ。

アルタ前のワイドビジョンがアーティストのパフォーマンスを映し出している。「瞳を閉じて——君を描くよ——」と突き抜けるような歌声が流れていた。

人混みを過ぎて靖国通りをふらふらと歩き続けた。コンビニで、今度はウイスキーの小瓶を買った。ラッパ飲みをしながら歩道をただ歩き続けた。ブアーンと猛スピードで通過するコンテナ輸送トラックに、酔ってふらつく体が煽《あお》られた。

ハマーの中古マンションは千駄ヶ谷の奥まった所にあった。そこにしか帰る場所がなかった。惨めだった。そのうち涙が出てきた。しかし、悲しさは別の場所に落ちていった。本当に悲しくつらくて泣きたいのは香織の方なのに——、そう思うと、ますますダメな自分に引きずられて、涙が止まらなくなった。もうハマーのアパートに帰ることもできなくなった。人目を避けて裏道をふらつきさまよった。

再び跨線橋《こせんきょう》を渡った。心がぐちゃぐちゃに乱れて、耐え切れずに欄干に寄った。高圧電線が遠近感を惑わす空間に張り巡らされていた。その向こうを、あるいは遥か下を中央線がひっきりなしにすれ違っていた。パアーンとけたたましい警笛とともに、自分が立っている地面の下を電車が行き過ぎた。冷たい空気が巻き上がってきた。突っ伏して、飲んだウイスキーを吐いた。何度も吐いた。黄色く苦い胃液を絞り出した。少し呼吸が落ち着いた。だが嫌悪感はべっとりと胸の奥に残っていた。

軌道の向こうから走ってくる電車が自分の足元の暗闇に突っ込み、そして自分の身体をすり抜けるように消えていく。その感覚に身が震えた。三次元の空間を意識した。転落防止ネットをよじ登る。乗り越えればどんな力も働かず、ただ重力に身を任せるしかない。闇の淵《ふち》に投げ出した自分の五体がいとも簡単に落ちていく。猛烈な勢いで通過する黒い塊の上に、その全身は打ちつけられてはじけ飛んだ。瞬きする間もなく、血しぶきのなかで五体は分解してどこかに消え去った。

あまりにリアルな映像を上から見届けると、背すじが凍り足がすくんだ。一瞬、考えたことに震え慄《おのの》きながら、信じられないほど愚かな自分をまざまざと見せつけられた。救いようのない自分を、その命を、必死に欄干に繋ぎ止めた。その欄干にのせた腕に顔をうずめて、おいらは嗚咽《おえつ》を噛み殺した。電車が真下ですれ違っていく。電車の通過する騒音の中で、おいらは動物が吠《ほ》えるように泣いた。その後の、記憶はなかった。

「勇ちゃん」

遠くから呼ばれたようだった。耳に綿でも詰まっているようで、無意識に耳孔に人差し指を突っ込んで出し入れした。

「どうしたのよ？　なんか、さっきからぼんやりして。疲れてる？」

「え？　あ、いや」

木製椅子の上で窮屈そうにもぞもぞと座り直した。それから香織の顔色をちらりと窺い見た。

おいらはなぜここにいるのだろう。心の奥で、ふとそう思う。香織と会うことになってからずっと心に絡みついていたこだわりが、だんだんと鮮明になってくるようだった。

取り繕うようにグラスをあおった。

おいらはまた香織とやり直すことができるのだろうか。鮮明になりつつあるのは、その時の自分の姿であり、つまりその時の生き方だった。香織の唇が動いている。

「なんか言った？」

「だから、お父さん、その後、具合はどうなの」

「え？」

「ちょっと前に、やっと退院できるってメールで知らせてくれたじゃない」

「ああ、そうだったね。あれから随分かかったけど、今は店に出て仕事してるよ」

「そう、よかったじゃない」

「まあ、リハビリ代わりのような仕事だけどね」

「頑張ってるのね。お父さん」

　おいらは黙って頷いた。

　香織を、散々傷つけ、あげくほったらかして逃げ出した自分の不甲斐なさにさいなまれ、どん底を彷徨《さまよ》っていた時に、父さんが脳梗塞で入院した。母ちゃんが大げさに知らせてきたので、初めは命に関わる状態だと思った。自分の生きざまを恨んで悲嘆にくれている場合じゃなかった。しかし幸いにも症状は重篤なものではなかった。それでも、おいらは母ちゃんと一緒に入院先の病院に通い詰めた。

　一か月ほどで治療を終えて、リハビリテーション専用の病院に転院した。左半身に麻痺《まひ》の後遺症が残ったためだ。おいらは母ちゃんを助けながら、父さんの歩行訓練などに付き添った。

　三か月後、自分の力で歩けるまでに回復して父さんは退院した。

「だから、今ね、父さんの定食屋、手伝ってるんだ」

「えっ、勇ちゃん、実家のお店で働いてるの？」

驚きの中にぱっと大輪の花が咲くような明るさが溢れた。

そんな表情を目にするのは、出会った頃にまで遡り、もう何年もの間、見ていなかった。

「店っていうか、主に宅配弁当をやってるんだ」

「宅配弁当？」

香織はくすっと笑って聞き返した。

「なんで、可笑しい？」

「ごめん、そうじゃなくて、意外だったから」

「そうかなあ、前は香織の弁当も作ってたことあったじゃない」

「そうだったね」。香織は嬉しそうに笑っておいらの顔を覗き込んだ。

「それで、売れ行きはどう」

「お弁当？」

香織はレモンサワーのグラスに口をつけ、視線はこちらに向けたまま頷いた。

おいらはまずきっかけともなった、母ちゃんと一緒に遭遇した出来事を話した。その話をしても、由紀のように面白がったり不思議がったりすることもなく真剣に聞いていた。

面白可笑しく語ったこちらの当てが外れて調子が狂ってしまった。話し終わっても、彼女は何のコメントもしなかった。続けて二件目の顧客となった渡邊さんのことを語ったが、香織は余計に深刻な顔で耳を傾けていた。

「それでね、店の惣菜売り場の所に貼り紙したんだ」と話を切り替えた。

「宅配のお弁当、承ります。バランスのとれた家庭料理をお届けしますってね」

おいらは自分で書いた文字を空中に書く仕草をしながら、得意げに肩をいからせた。

「どうだった？　反響」

「まあ、今のところ、あきまへん」とおいらは変な関西弁で返事をした。

二人は真剣な目つきで見つめ合い、ちょっとの間を置いて同時に噴き出した。

「店先だけなの」

「え、なにが？」

「その広告、貼ったの」

「うん、まあ、そうだけど」

「それじゃだめなんじゃない」

「ん？」

「店先に貼ったところで、見る人は限られるもの。もっと広範囲で、電柱とかなんかに貼っちゃわないと」

「なるほど、そっか」

そのとおりだと思った。

「よし、明日から、町内に貼って回るぞ」

唇を真一文字に結び、片手でガッツポーズをした。

「でも、勇ちゃん、少し変わったかも」

「えっ、なんで？　どこが？」

「分かんない、ただ何となく」

「むろん、いい方にだよね」とおいらは顔を綻ばせた。

「当たり前よ」

低くざらついた声だった。その言い方に怒りと冷たさを感じて、おいらはたちまち気圧《けお》されった。彼女の本心を察すれば、あの頃以上に最悪で救いようのないあなたがどこにいるのよ、とでも言いたいところだろう。

「そうだよなあ」

その曖昧なぼやきがどんな気持ちを言い表したかったのか、自分でも分からなかった。

彼女に話を継ぐ気配がないことを確かめると、

「でも最近、自分でもふんぎりがついたって気がするんだ」とおぼつかない感情を立て直した。

「そうなの……」。香織は消え入りそうな一言でそれを受け止めた。

自分では喜んでもらえると思ったのに、彼女の微かな笑みは暗く悲しげに映った。もう香織の心理を読み取ろうとする気力はしぼんでしまった。

「じゃ、新しい目標が見つかりそう?」

香織は言葉を区切って問いかけた。

「さあ、そこまでは——、具体的に何がやりたいってことはないから」

おいらははにかんだ表情で、香織の顔色を上目遣いに盗み見した。

「でも、気持ちは楽になった。何て言うか、窒息しそうなプレッシャーから解放された感じがするんだ。それで、何でもないことが嬉しかったり、楽しかったりする。この年になって恥ずかしいけどね」

照れながら言って、冷たいおしぼりで額を拭った。

「そんなことない。大切なことだと思う」

香織はおいらより五つ年下だったが、精神年齢は遥かに上のように感じた。

「おいらさあ、正直に言うと」と前置きして朴訥《ぼくとつ》に言葉を繋いだ。

「父さんの病気のことや、宅配弁当の仕事なんかして、思うことが……、っていうか今さらながら気づいたことがあるんだ」

「なあに？　どんなこと」

一瞬、息を引き込んで、「笑うんだろうな」とためらった。

「なによ、笑わないわよ」と言いながらうふと鼻で小さく笑った。

「これまでさあ、おいらは自分のことだけ考えて生きてきたなあって、つくづくそう思ったんだ」

下を向いてでなければ言えるセリフではなかった。真正面からの視線を感じて言葉を詰まらせた。

おいらはねじ曲げた唇の隙間から焼酎を流し込んだ。

「香織は、看護師さんで、毎日人を助ける仕事をしていて、そんな人の前で言うのもなんだけどね」。ちらっと視線を上げて様子を探った。そして続けた。

「人のために役に立てるってことが、楽しいことなんだって、今さらながらに気づいたんだ。いい歳して何言ってるのっていわれちゃうだろうけど」

おいらは香織の射すような眼差《まなざ》しから逃れるように、ポテトフライをつまんで口に放り込んだ。自分の言葉をなぞると、香織を前にして随分と調子のいい言い草だと恥じる自分もいた。

あの時、最後の言い訳に、

「自分に自信が持てるようになるまで時間をくれないか」、そう懇願した。

香織はうつむいたまま何も答えなかった。返事を待つ間にも彼女の顔を直視することはできなかった。香織が下唇を噛んで気丈にこらえている気配だけが、おいらの胸を震わすように伝わってきた。無言の圧力の前においらは押しつぶされそうだった。

それでも詫びの言葉は出なかった。償いの形がおぼろげながらも見えていなければ、謝る言葉さえも口から出てはこなかった。おいらはこの期に及んでも、まだ何とかなると思っていたのだろうか。思えば、そんなふうにまだ体裁を繕っていたのだろうか。

「勇ちゃん、飲んでばっかりいないで、食べないとよくないよ」

香織はそう言いながら、追加したピザを取り分けて差し出した。

おいらの心境の変化については、深く話は広がらなかった。

他愛もなくどうでもいいことを話題にしながら時が過ぎた。おいらは、当時の楽しかった頃が蘇るような気がした。そして香織もきっとそう感じているに違いないと勝手に思った。

もう、お開きにするかというタイミングで香織がぽつんと言った。

「勇ちゃん、私、結婚しようかと思うの」

その意味より、言葉の響きだけで心臓を何者かにぎゅっと握りしめられた感じがした。

お互いに黙って俯《うつむ》き合った。沈黙は長く長く感じた。ようやく、当たり前のことを言うのはおいらの方だという思いにたどり着いた。

「そう、おめでとう」

声がみっともなく震えて、おまけに掠れた。平静を保とうとするとかえって頬が引きつった。うすら笑いでごまかした。

ちらりと振った視線の中で、香織の冷めた目つきがじっとおいらの顔を捉えているのに気がついた。おいらは目を逸《そ》らし、さらに俯いてしまった。

「友達の紹介でね、普通のサラリーマン。向こうが気に入ってくれてね。それで、いいかなあって、そう思って」

下を向いたまま、ぽつりぽつりと言葉を置いた。言葉の切れ間には、彼女だけがたどった思いが潜んでいるようだった。それはおいらには行き着くこともできない悲哀や苦悶、覚悟の入り混じった情念のように感じた。

「よかったね」

まだ胸の中が熱くどよめいていた。おいらは気を静めようと、酎ハイの残りを一気に飲み干した。

「ほんとはさ、ドラマだったらさあ、結婚なんてやめろよ、君を幸せにするのは僕しかいないんだから、とか何とか言うところかな」。そう言って、へらへらと笑った。

香織は笑わなかった。うつむいたまま、固く閉じた表情を解くことはなかった。

その冷淡な面持ちに怒りの気配を察して、おいらは悄然《しょうぜん》とした。

しまった、なんてばかなことを言っちまったんだろう。後悔の念がたちまち胸中を暗澹と覆った。愚かさだけが自分の姿形をかたどって見えた。その愚鈍な言動の末に、やっと結論にたどり着いた。

そうか、今日会いに来た目的はこれだったのか。結婚のことを伝えるために——。

今頃、ようやく気づいたのだ。

おいらはといえば、密かに何かを期待していたのかもしれない。浮ついた気分で能天気に会話に興じもした。そのはしゃいだ気分は一瞬にして消し飛んだ。まったく、なんて三枚目なんだろう。我ながらいいざまだ。

それでも、心の隅で恨みがましく思う自分もいた。香織にしても随分じゃないかと。なにも当てつけがましく、それだけを言うために呼びつけなくてもいいだろうと。

だけど、さらにそれを打ち消す。

それくらいの復讐《ふくしゅう》が何だというのだ。おいらが犯した罪を思えば、それくらいの仕打ちは当然の報いだろう。その罰は、紛れもなくおいらの自尊心を打ち砕いた。そして、ぶざまな羞恥心に叩き込むのに十分だった。

　いずれにしても、もう何を語り合うこともなくなった。

「行こうか」とおいらは力なく言ったのだった。

　店を出ると、外は細かな雨が降っていた。駅のロータリーに向かう繁華街のネオンが秋雨に潤んでいた。香織はショルダーバッグから折り畳みの傘を出して、

「勇ちゃんのとこまで送ろうか」と言った。

「いいよ、すぐ近くだから」

「そう、じゃ」と差した傘を上下させた。

「駅まで送るよ」

「いいよ」

「そう」

　香織はにっこりと笑った。

「香織」

　香織は振り返った。おいらは人通りをさけて端に寄った。彼女も横に移動して向かい合った。

「おいら、香織にちゃんと謝ってなかったな」

香織は小首を傾げて、ほんの片時、何か別の世界を見るように表情を消し去った。それからおいらの目をじっと見つめた。本当に悪かったとそう思ってる？　とでも言いたげだった。

だが黙ったままで、ゆっくりと首を横に振った。それが意味のないことだと言い諭すように。

言いたいことが山ほどあった。でもその表情を見せつけられては、どんな言葉にもならなかった。

香織の方が、何かを思い出したように名を呼んだ。

「そうだ。勇ちゃん」

「え？」

何かを期待するように次の言葉を待った。

「お弁当屋さん、頑張ってね」

おいらは一瞬、拍子抜けして、ぽかんとした顔になったが、

「う、うん」と寂しく笑った。

「勇ちゃん、優しいから、きっと一人暮らしのお年寄りに好かれるよ」

それは違うと思った。優しいだなんて、それは思い違いだ。おいらはただの優柔不断で

だめな男なのだ。

そんなことを今さら口に出せるはずもなかった。黙って彼女の目を見続けた。

「香織」とまた、行きかけた彼女の名を呼んだ。

「うん？」

ほんの少し頭を傾げておいらの言葉を待っていた。

「幸せになれよ」

ようやくその言葉が言えた。

「ありがとう」

香織の目が潤んでいるように見えた。あるいは自分の目に細かく散る雨粒が入り込んで、見つめた香織の瞳が滲んで見えているのかもしれない。

香織はそっと背中を向けて立ち去っていった。歩道で重なり合うたくさんの傘を縫って、その後ろ姿はすぐに見えなくなった。

霧雨が強くなる。藍色のナイロンジャケットの表面を滲い、細かな水滴となった。街のさまざまな光を無数の輝きに反射させている。立ち尽くしたわずかな間に、ジャケットの生地は濃紺に濡《ぬ》れそぼっていった。

我に返ったように、おいらも逆の方向に向かって歩き出した。

ついさっきまでかなり酔っていたと思っていたのに、今はすっかり頭が冴《さ》えていた。しかし、その割には頭の中は空っぽで、何を考えるにしてもその手がかりらしき材料がなかった。不思議なもので、これで終わったという変な安堵《あんど》感が、これまた空っぽの心にぽかりと浮かんで消えた。

おいらが香織との生活から逃げ出したあと、彼女がどのように中野坂上のマンションを引き払って、自分一人で新たな生活を始めたか知らなかった。自分から聞けるはずもなく、今も知らないでいる。

纏《まと》わりついていた無責任な自分が、ようやく剝がれ落ちていくのだろうか、とそんなことを考える。

頭をフードで覆った。車に煽られた小雨が吹き込み、顔面が洗われていく。濡れそぼっていくのが気にならなかった。

おいらはとぼとぼと歩いた。

そんなことを思っていること自体、つくづく卑怯な自分だと気づく。

その時、香織が発した決定的な一言が蘇った。

「結婚しようかと思う」

そう言ったのだ。「結婚するの」ではなかった。それは結婚するかしないか、自分でも迷っているという気持ちの表れではないか。つまり、それを最終決断するところに彼女はいるのかもしれない。

そう考えれば――、おいらに失望や後悔といった自責の念を与えることが、今日、会おうとした本当の意味ではないのかもしれない。

おいらの本当の気持ちを確かめるために、それを見極めるために会いに来た。

おいらの歩調は緩まっていく。やがて秋雨が漂うただ中で立ち止まった。ブルゾンのポケットの上から携帯の在処《ありか》を確かめるように押さえつけた。

でも、なんて言うのだ。一瞬で冷静さを取り戻した。やっぱりおいらが口にすべき言葉はもう残されてはいなかった。

むろん、もう一度やり直して一緒に暮らしたいという思いはあった。ロンリー・ユウではなく、今の勇次として。

だけど外身が変わったからといって、果たしておいらは彼女を幸せにできるだろうか、またその自信がぐらつくのだった。そんな言い方は格好がいいが、所詮、そのために費やす男としてのもがきや苦しみに身を投じ、形にできない重荷を背負うのが怖いと感じているのだ。

少しは自信を取り戻してアクティブに変わった自分をして、今もそうなのだろうかとおいらの気はしぼむ。

なにも、すぐに仕事を見つけて経済的な生活基盤を拵えるとかいうことではない。貧しくとも二人で力を合わせて自分たちらしい将来を築いていく勇気があるだろうか、そう自らに問うと、やっぱりおいらの頭の中も心の中も空っぽだった。自分の不甲斐なさがほとほと嫌になる。

頬を濡らす冷たい雨が、心の中にまで浸《し》みて濡らしていくようだった。

そのうち、頬を伝う雫《しずく》のなかに、熱い一筋がすっと落ちていくのを感じた。

4　幸蔵さんが行く

電柱や空き地の囲いやらに広告を貼り出した。それを目にした初めての注文客だった。

電話で依頼を受けた母ちゃんから、おいらはその内容について説明を受けていた。わざとらしく威張りくさった母ちゃんの態度に、

「ちぇ！　なんだか女社長とぺーぺーの平社員みたいだなあ」とふてくされ顔でそっぽを向いた。

「だって、そのとおりでしょうが」

母ちゃんは鼻の穴を膨らまして目をむいた。おいらの顎を掴んで引き戻しかねない。その前に、おいらはベロをいっぱいに突き出してブーイングした。

そのやり取りは父さんにうけた。父さんはシャイだから笑いを噛み殺している。

依頼は息子さんからあったそうだ。夫婦二人暮らしの両親に、昼と夜の食事配達を頼みたいという。母親は人工膝関節の手術をして退院したばかりだった。母親が手術のために入院している間、父親は息子夫婦が、自分たちの家で面倒を見ていた。父親は普段から一

人では何もできない人間で、しかも認知症が進んでいるということだった。

母親が退院して家に戻り、以前の生活が始まるわけだが、手術後で無理はさせられない。室内を伝い歩きする状態で、とても夫の食事の世話まではできないだろうと息子さんは心配している。母親は大丈夫だと言っているが、息子としては放ってはおけない。そこでたまたま目にしたのが、あちらこちらに貼り出された手書きの広告だったというわけだ。

父親は白崎幸蔵、母親はマキといった。その住まいはとみ食堂の通りを真っすぐ行った住宅街の一角で、建て売り住宅のこぢんまりした家屋だった。

奥さんは気さくな下町気風の人だった。小柄でころっと太った容姿で、齢《とし》を感じさせない愛嬌は町娘の風情を匂わせた。

ご主人の幸蔵さんはというと、穏やかで至って常識人に見えた。奥さんとは正反対に、痩身でおいらの背丈に及ぶほどの高さだった。丸い黒縁の眼鏡は大正時代を思わすほど古風な趣を与えた。初対面のおいらの顔を、妙に人懐っこい笑顔で見入っていた。

ところが黒目の表情は生気が乏しく、柔和なというより、面相の全体が何かバランスを欠いた奇妙さを与えた。言ってみれば垂れ流しにされた無意味な笑みとでもいうのか。

ふとピエロの絵画を連想した。いうなれば、滑稽さの中に哀感と奇異が混ざったままで見据える瞳だった。

白崎宅の配達も、マキさんが出てくるのはつらいだろうと思い、渡邊さんと同じように玄関のドア付近に保冷バッグごと置いておくようにした。

二人目のお客さんは野坂先生からだった。これも母ちゃんからのレクチャーを受けた。

「野坂さんって？」

「あら、いやだ。ついこの前、行き会ったじゃないよ」と母ちゃんは呆れ顔をのけぞらせた。

「ああ、思い出した。ドラマの刑事みたいな感じの、確か英語の先生」

「そうそう、その奥さんなんだけどね、名前は志津江さん」

「認知症の疑いがあるとか？」

「ま、それはおいといて、この前、先生が来て頼むのよ。なんでも自分は週に三回だか、昼から仕事で出かけるんだって」

「確か、塾の講師をしてるんだよね」

「そう、だからその日は昼の食事を届けてほしいって」

「でも、母ちゃん言ってたよね。その奥さん、普通にやっているって。違った？」

「そこが私もよく分からないんだよね、食事のことぐらい自分でできるでしょうに」

カウンターの隅でスポーツ新聞を広げていた父さんが、

「たぶん心配なんじゃないか」とゆっくり紙面を畳んだ。

「なにが?」と母ちゃんが目をやる。

「それは分からんよ。一緒に暮らしていれば、はたから他人が見ても分からないこともいろいろあるんじゃないのか」

おいらと母ちゃんは顔を見合わせて互いの考えを探った。

「つまり、お弁当を届けるのは口実で、日中の様子を見てほしいってことかな」

おいらは推測の域に一歩踏み込んだ。

「そうじゃないか。野坂先生も、まともに様子を見てくれなんて頼めないだろうからな」

「何か問題になるようなことがあるのかね」

「だからさあ、それを見てほしいってとこだよ」

おいらは母ちゃんの方に向き直ると、同じことを繰り返した。

「それなら、それでいいじゃないの」と母ちゃんは面倒臭いと言いたげだ。

「まあ、それならそれでいいんだけどさあ」

おいらの方も何か煮え切らずに同じセリフを口にした。

「なによ。どうした?」

「大丈夫なんだよね、その人」

「だから、なにがよ」

「訪ねて行ったら、怒り出したりしないかな。ヒステリーで急にからんできたりして」

「そんな人じゃないよ」と母ちゃんは大口を開けて笑ってから、

「青木さんで懲りたか。あれはこっちの勇み足だったからね」

そんな軽口を叩く母ちゃんのしたり顔を恨めしそうに睨みながらも、

「まあ、それならいいんだけど」と肩を落とした。

「大丈夫だよ。志津江さんはあんた好みの美人のおばさんだ」

おいらはへらへらと泣き笑いの顔で母ちゃんを下の方から見やった。母ちゃんはしかつめらしく口をへの字にして二、三度頷いてみせた。

そんなふうにして、野坂志津江さんの話も決まった。


日一日と秋が深まっていく。校庭のフェンス沿いの落葉樹が絶え間なく葉を散らしていく。隣接する路肩に降り落ちた枯葉は町内会のお年寄りらが寄り合って、掃いても掃いても切りがなかった。

その日もおいらは自転車に跨《またが》って住宅街をさっそうと走っていた。

長く信号を待って大通りを横断すると町名が変わった。町名が変わると、同じ住宅街でも雰囲気が一変する。とみ食堂周辺の込み入ったごちゃごちゃ感とは別に、区画整理が行き届き、すっきりしている。だが町全体としては喧騒《けんそう》と静寂が微妙なシンメトリーを形成して広がっている。

東京下町の郷土に深く根ざす町作りの歴史が、どのように時代が移っても、その源泉から脈々と息づいているかのようだった。

懐かしくもあるそんな町の息づきに抱かれて、何かが起こりそうな予感が湧き立つのだった。

遠く目を転じれば、真っ青な空を突き刺してそびえるスカイツリーのゲイン塔がきらりと光った。

遠い方から配達してくるので白崎宅が最後になった。碁盤の目のような辻々を曲がって白崎さんの門前に自転車を止めた。二人分の弁当が入った袋を提げて門扉を開ける。ドアは施錠されていなかった。

いつもどおり玄関に入り、家の奥に向かって、「お弁当、置いておきまーす」と大きな声で告げる。あとは靴箱の上に置いて帰るだけだった。

奥の方から「ご苦労さまです」とマキさんの返事があったり、たまに、ご主人の幸蔵さんがのそのそと出てきたりすることもあった。幸蔵さんはいつもの人の良さそうな笑顔を満面に湛《たた》えつつ、袋を受け取ると、「ご苦労さまです」と丁寧にお辞儀をした。

しかし、その日は勝手が違っていた。

ドアを開けると、いつもとは異なる光景が目の前にあった。玄関の上がり框に幸蔵さんが黒艶の革靴を履いて腰掛けていたのだ。そしてその横にマキさんが床にぺたんとへたり込んでいる。

二人は、入ってきたおいらを同時に見上げた。が、その目が語りかけてくる気配はまったく別のものだった。マキさんは苛立ちと困惑の中で何かの救いを求めているようだし、幸蔵さんの瞳は虚《うつ》ろで焦点も定かではない。なのに何かしら焦燥感に迫られた異常さが漂っていた。

そんな光景を予想していなかったおいらは、一瞬たじろぎながらその場に固まった。それでも気を取り直し、「こんちは」と頭を一つ下げた。

幸蔵さんにいつもの人懐こい笑顔はなかった。まるで能面のようで、おいらを見つめた瞳は乳白色に曇ったガラス玉のようだった。その目つきと視線が合うと、一瞬、背すじが寒くなってご機嫌伺いの言葉を飲み込むしかなかった。

マキさんも厳《いか》つい顔から、いつもの愛想が振る舞われることはなかった。ご苦労さまとぶっきら棒な声を発しただけだ。それから幸蔵さんの方を見やると、

「ほら、お父さん、お弁当、届けてくださったわよ」とその肩口を軽く揺すった。

幸蔵さんの顔面には異様な気配が凝結していた。まるでそれが解凍されるかのようにゆっくりと、そして猟奇的な動きでマキさんの方に顔を向けた。そこにどんな表情も宿ってはいなかった。つゆほどの反応を見せることなく静止した後、またぼんやりと視線を流すに任せて前を向いた。

「お昼にしよう、お父さん」

相手の気分を変えようと語調を変えた言葉も、幸蔵さんの耳には遠かったようだ。

彼は何か別の意識にとらわれたまま、ようやくおいらの存在に気づいたようだった。ぼんやりとおいらの顔を見上げると、おもむろに頭を一つ下げた。それは身についた挨拶の習慣に従って自然に体が反応しただけのように思えた。

おいらも顎を突き出すように小首を振った。その後はなすすべもなく、成り行きを見守るしかなかった。マキさんは、立ち尽くすおいらの困惑を察したのか、

「お父さん、朝から仕事があるから出かけるって聞かないんですよ」と鼻にかかった声で訴えた。

「はあ、なるほど」

マキさんの疲弊しきった様子は、朝から今の時間に至るまで、幸蔵さんとの食い違う舌戦が続いていたことを物語っていた。

弁当の袋を靴箱の上に置いたものの、じゃ失礼します、とその場を立ち去れる雰囲気ではなかった。

「ねえ、ねえ、お父さん」

耳が遠くなっているのか、左耳に口を近づけて呼びかけた。

「お父さんは、十年以上も前に仕事は辞めたでしょうよ」

当たり前のことを当たり前に言って聞かせた。

幸蔵さんはそれを聞いて、小刻みに頭を縦に揺すった。それから手のひらを横に振った。相反する意思の伝達だった。だからその意味は釈然としなかった。たぶん、仕事を辞めていようがいまいが関係ないという言い分が的を射ているかもしれない。

マキさんは、「しょうがないねえ」と深く嘆息してから、

「朝、起きてからずっとこの調子なんですよ。この前もね、用事があるからって出かけたんだけど、待てど暮らせど帰ってこなくてね、これはなんかあったに違いないって、息子に来てもらって捜しましてねえ。結局、夜遅くになって警察に保護されて、どこだと思い

ます？　千葉の松戸ですよ、松戸。たまたま札入れに古い診察券が入っていて、身元が分かったんですけどね。まあ、心配して捜し回るや迎えに行くやらで大変だったんですよ」

「そうですか」

ここにきて、現在の状況がより鮮明になってきた。

その時だった。幸蔵さんは夢遊病者のようにふあーと立ち上がろうとした。

マキさんは慌てて腰を上げると、幸蔵さんが着込んだハーフコートの背中辺りを掴んで、

「どこ行くのよ、お父さん」と声の調子と合わせて力任せに引き下げた。

幸蔵さんは後ろに引っ張られるままドスンと腰を落とした。目を白黒させて唖然《あぜん》としている。だけどなぜ立てなかったのか、尻もちをついたのか、その理由には気づいてはいないようだった。もしマキさんの仕業だと気づけば、何をするかと文句の一つも口にするだろうから。

「そんなことよりお昼ご飯にしようよ。一緒に食べよう」

精いっぱいの説得も聞こえないかのようだ。鳩《はと》が豆鉄砲を食らったような顔で前を見つめている。

「ねえ、ねえ。お願いだから、出かけるならご飯を食べてからにして」

食事をしているうちに、取り憑いた妄想が解消されるとの願いが込められていた。だが

その祈りは虚しくはね返された。いくらか落ち着きを取り戻した幸蔵さんは気怠《けだる》そうに口を開いた。

「飯は——いい。食ってる——場合じゃーない」

言葉を留め置くようなしゃべり方で、唾液が口角から一筋、零れ落ちた。ゼンマイの切れた西洋人形（さしずめ老紳士）のように身じろぎ一つしない。

特に怒りや焦りに支配された興奮は見られなかった。

「仕事って、何？　何の仕事があるのよ」

奥さんの方が感情が高ぶって、強い言葉を浴びせかけた。

そう聞かれた幸蔵さんは、ゆるりと手のひらを横になびかせた。やはりその意図するところは計りかねた。

「お父さんは、もう仕事はしなくてもいいのよ。とっくに退職したでしょうが」

苛つきを懸命に抑えながら言い諭すと、おいらの顔を振り仰いで、

「この人、刑務官だったんですよ」と急にそんなことを打ち明けた。

「え、そうだったんですか」

意外な職業だったので、瞠目《どうもく》して発した声が裏返った。

その隙に幸蔵さんはすっくと立ち上がった。と思うが早く、つつっと前に進み出た。こ

れまでのどんよりとした緩慢な動作からは予測できない素早さだった。能の舞を連想させた。

「あれー、お父さん」

油断したマキさんは背中を掴み損ねた。慌てて立ち上がろうとしたが、回復途中の下半身に踏ん張りが利かなかった。

そんなマキさんを一顧だにせず、「別の仕事がある」と言い捨てて進み出た。

前にいたおいらの姿が見えないかのように向かってきた。おいらの体をすり抜けられるとでも思っているのか。だが、それを力ずくで押し留めるわけにもいかない。刑務官と聞けば、老人とはいえ気合一閃《いっせん》投げ飛ばされかねない。咄嗟にそんな恐れを抱いた。むろんそんな荒い気性ではないと承知はしているが、何分平常心ではないのだ。

ギブアップの両手を上げて身をかわし、行く手を譲った。幸蔵さんはまさに出勤するかのように迅速な動きでドアを開けた。そしてまっしぐらに外に出て行ってしまった。

「お父さん、お父さん、ちょっと待って、待って――」

マキさんは体勢を保てずに、その場で亀の子のようにひっくり返ってしまった。そして起き上がることもできず、まさに亀のように両手、両足をばたつかせた。

「お父さん、戻ってきて――」

もがきながらのその必死の呼びかけは、天井に向かって虚しく響き渡った。

「奥さん、とりあえずおいらがついて行きます。あとで連絡しますから」

マキさんを助け起こしている余裕はなかった。おいらは咄嗟にそう言い置いて幸蔵さんの後を追った。自転車を引いていくかどうか迷ったが、置いて行こうと決めるや素早く庭先に入れた。

急ぎ足で幸蔵さんに追いつき、その背中から目を離さぬまま携帯で店に連絡した。すぐに母ちゃんが出た。おいらは、事情を説明して、すぐには戻れないこと、弁当は全部配り終えていることなどを手早く伝えた。

母ちゃんはえらく心配してくれた。おいらは自転車で家に戻れない父さんのことが気になった。母ちゃんは、店の小室で休憩してもらうから大丈夫だと、電話の向こうで胸を叩いた。

携帯を切る前に「勇ちゃん、頑張ってよ」とえらく力んで励ましてくれたが、おいらにしてみれば、えらい災難だという気持ちが先立ち、やり取りのあとで、「ちぇ、人のことだと思って」と思わず舌打ちをした。

さて、面倒なことに巻き込まれてしまったという思いと、一体どうすればいいんだという不安がごちゃ混ぜになったまま追跡を開始した。

幸蔵さんの姿はすでに通行人の陰に見え隠れするほど先にあった。おいらは見失わないよう、側頭部に白髪を残した禿《は》げ頭を目印に小走りに差を詰めていった。

「幸蔵さん」近づいた背中に向かって呼んだ。まったくの無視だった。ただひたすら前を向いて歩いている。まったく聞く耳なしか、そうぼやきながらさらに近づいた。

「白崎さん、ちょっと待ってくださいよ」と強めに呼びかけてみた。背後を気にするそぶりも見せずに、ずんずんと歩き続けている。

「白崎さんってば」

おいらは横に並びかけながら、相手の二の腕を軽く掴んだ。そして前進する力を削ぐように制した。聞こえないのだから、触感覚で幸蔵さんを引き止めようとしたのだ。

彼はまったく歩調を緩めなかった。腕を組んで歩くような格好になった。

何歩か進んだろうか、その瞬間だった。

幸蔵さんはおいらの手首を掴んだのだ。親指と人差し指、中指の三本の指で、ぐっとつままれた気がした。と思った瞬間に内側にひねられた。そして彼の胸の方に引っ張り込まれた。同時に左腕を背中に回されると、おいらは身動きができなくなってしまった。

合気道か柔道の技だか知らないが、肘関節を決められれば、おいらは必死にタップしなければならないだろう。手首をさらにひねられれば、おいらは道路の地べたにひれ伏すしかない。驚きと焦りで、一瞬、息が詰まった。

幸いにも（むろんおいらにとって）そうはいかなかった。鮮やかな護身術でおいらを投げつけるには幸蔵さんは年を取り過ぎていた。おいらの躯体《くたい》を持て余してふらつき、自分が予測もつかない倒れ方をする寸前に陥った。おいらは、即、幸蔵さんの有利な組み手を振りほどき、彼の転倒を阻止すべく片側から体を支えた。

見知らぬ人がはたから眺めていたなら、父と息子が相撲をとっているか、さもなくば抱擁し合っているように見えただろう。

幸蔵さんはすぐに落ち着きを取り戻した。ふいに横合いから攻撃を受けたと感じたこと自体を忘れてしまったようだ。それどころか自分が転ぶところを助けてもらったと思ったのかもしれない。体が離れると、幸蔵さんはぺこりと頭を下げた。言葉はない。それでも感謝と謝罪の意が感じ取れた。

幸蔵さんは何もなかったかのように、再びすたすたと歩きだした。

こちらはそうはいかなかった。すぐさま追いかける一歩が出ないのだ。気力の喪失に思考がついていかなかった。少しの間を置くと、今起きたことが頭の中で再現された。

不用意にも体に触れて、おいらは危うく投げ飛ばされそうになったのだ。その感覚は体が認めていた。もし、逆に幸蔵さんが充実した心身を維持していたら、おいらは間違いなく関節を損傷するか、幸蔵さんの技と力次第では、大きく一回転して路面に体を叩きつけられていたかもしれない。大怪我に至るかもしれなかった。そう思うと冷や汗が出た。むやみやたらに幸蔵さんの身体に触れてはならないことだけは思い知らされた。いかに老いたりとはいえ、力ずくで強制するなどとても無理だと悟ったのだ。

つまり、幸蔵さんとの戦いは心理戦に限られる。その結論を得て、おいらは彼との距離を再び詰めていった。

確か「別の仕事がある」、そう言った。おいらはさっき家で交わしたやり取りを思い出してみた。果たしてそんな用事があるのだろうか。もしそれが本当ならば、その行く先を突き止めて奥さんに連絡してやればいいのだろうが――。

ともかく会話だ。

おいらはそれを念頭に置いて作戦を実行し始めた。ごく自然に相手と肩を並べると、「ご主人、お仕事でどこまで行かれますか」と、いかにも友好的に尋ねてみた。

返事を得られぬまましばらく歩いた。

横目でちらちらとその表情を探り見た。真っすぐに前を向いて、隣にいるおいらの存在すら眼中にないようだ。まったくの無視かい、とおいらは小さく声を出してツッ込んだ。相手は無反応。

一方では冷静かつ客観的に状況を分析している自分もいた。説得して連れ帰ることなど、到底できないだろうとうすうす悟っていた。奥さんが、朝から散々言い聞かせて納得させられなかったものが、弁当配達で顔を見知った程度の人間の言うことなどに従うはずもない。

強引な命令口調は厳に禁物だ。へたに感情を逆なでしようものなら、どんな荒技を繰り出すものやら知れたものではない。ともかく今は、相手のペースに合わせてついて行くしかないと諦めた。

幸蔵さんは、国道の歩道を錦糸町方面に向かって歩き続けている。幅広の歩道は疎《まば》らに人が行き交っていたが、自転車の往来も多かった。買い物の奥さんらは、器用に歩行者の間をすり抜けて行った。幸蔵さんは危険を察しては立ち止まり、どちらによけようか迷ってはふらついた。おいらは、そのたびに彼の肘に、そっと手をあてがって体を支えた。さすがにそれを攻撃の差し手と見做《みな》すことはなかった。抵抗するそぶりもなく、逆に小さく頭を下げて礼意を示した。

交差点ではきちんと信号を待ち、横断歩道の信号が青に変わってから真っすぐに歩き始める。

水路に架かる太鼓橋を渡った。やがてＪＲの駅前にさしかかり、そして雑踏を通過して行った。

「おいおい、どこへ行くんだ」とその背中に訊く。

むろん返事はない。

街道を急ぐいにしえの旅人のように、俯き加減にひたすらてくてくと歩く。彼の頭の中にだけある目的地に向かって。あるいは歩くことだけが目的であるかのように。

「おい、また松戸コースかい」とさらにツッ込まざるを得ない。

自分で口にして改めて思った。松戸までは歩いて行ったのだろうか。いや、それはいくら何でも無理だろう。ならばどこかで電車やらバスに乗ったのだろうか。でも夜に保護されたというのなら、やはり歩き続けたのか。そう考えるとぞっと寒気が襲った。と同時に、この先どうなるのか暗澹たる気持ちになった。むろんこのまま、例えば松戸などに付き合うわけにはいかない。

やがて疲れたら家に帰る気になるかもしれない。何分、高齢なのだから。その時に、うまくタクシーでもつかまえれば無理やりにでも押し込む。

柔術だかの心得があるにしても、先ほどの運動能力と体力ではかわす手だてはあると見切った。さもなくばせいぜい猫撫《な》で声で諭しながら一緒に乗り込むとしよう。あとは自宅まで一気に帰ればいいとそんな算段に行き着いた。

「疲れましたね、疲れたでしょう。そりゃ疲れるはずだ。こんなに歩けば――」

おいらは盛んに相手の耳にその言葉を繰り返した。

しかし、その洗脳まがいの試みは何の効果もなかった。幸蔵さんは脇目もふらずになおも歩き続ける。

こっちの方が、いい加減疲れてきた。大正時代を匂わす細身の老人が先に疲れるだろうという常識は、大きく覆えさせられた。

タクシー、タクシーとつぶやきながら、おいらは振り返っては、走ってくるタクシーを求めた。タクシーはやっては来ない。よしんばタクシーが通りかかったとしてもとおいらは思い直す。ひたすら前進することしか頭にない幸蔵さんが、どう考えても素直に車に乗り込むとは思えない。結局、その方法に勝算はないと諦めるのに時間はかからなかった。

大きな交差点に出た。進行方向の赤信号がなかなか変わらなかった。すると幸蔵さんは待ち切れずに、歩道を左に曲がって進み出した。その行動は、はっきりとした目的地があるわけではないことを表していた。そしてもう一つ、延々と真っすぐに歩き、自宅からひたすら遠ざかっていく最悪な状況は回避されたことも意味していた。

幸蔵さんは突然に立ち止まった。そして横にいるおいらの方にやおら視線を投げかけた。初めてその存在を認めたようだった。彼はおいらの顔をまじまじと眺めた。おいらは何事かと思って身構えた。掴みかかってくる気か、いやまさか。

「すみませんが、駅はどっちでしょうか」

拍子抜けする。

おいらが弁当を配達する人間だという認識はないようだ。であっても、しめたと思った。

「駅は行き過ぎましたね。戻った方がいいですよ」

おいらも通行人になりすまして初対面のふりをした。

総武線の高架橋が前方に確認できた。

「次の通りを左に曲がって行くといいですよ。案内しましょうか」とわざとらしい芝居を打った。

「ありがとうございます」

幸蔵さんはお辞儀をしたなり、何の不信感を抱く気配もなかった。

そして教えられた道を目指し、我先にすたすたと歩き出した。

「なんてタフなじいさんだ」と毒づきながらもあたふたと追いかける始末だ。

さっき奥さんが言ったように、刑務官だったら若い頃から体は鍛えていたんだろうとそんな推察をしてみる。

高架の上から電車の騒音が響く。肩を並べて、相手の耳を目がけて声を張り上げてみた。

「駅からどこに行くんですか」

その問いは耳に届いたようだった。

「仕事があるんで」

無視されると思ったら、そんな答えが返ってきた。

まだ「仕事」という目的が行動の動機づけであり続けているのか。そのことに落胆してしまった。「仕事」という目的が少しでも薄らいでくれていたら、帰宅するという目的を、彼の頭の中に差し入れてやれるのにとほぞをかむ思いだった。

「何の仕事ですか」と訊いてみる。

それにはすぐに反応しなかった。しばらくの間をおいて、

「勉強を教えます。子供らに」と答えた。

え、子供に勉強を教える？　何のことだ。頭が混乱する。野坂先生のように、今でも教室で教えているのか。いやいや、それはない。マキさんは一言もそんなことは言っていない。第一、無理だ。

では過去の思い出から蘇った妄想か。でも刑務官だった幸蔵さんが、子供に勉強を教える場面などあったのだろうか。いやいや、過去の仕事にとらわれていると考えるのは、

こっちの勝手な思い込みかもしれない。ただの思いつきか、さもなくば願望ということだってあり得る。そこに何の理由も根拠もないとすれば、こちらの思惟《しい》の及ぶところではない。おいらは幸蔵さんの頭の中を解析することの無意味さにすぐに行き着いた。

そして二人はまた肩を並べて、車やバスがひっきりなしに通る車道に沿った歩道を黙々と歩き続けた。

やがて自宅が射程距離に入る地域へと戻ってきた。

途中で横道を指して、「自宅はこっちの方向ですよ」と言ってみた。

幸蔵さんはちらりとそっちを見やったが、何の関心も示さず通り過ぎていった。

「ダメか」。がっくりと肩を落として、なおもついて行くしかなかった。

昼時を回り人通りが増していく。相変わらず自転車が肩口を掠めてすり抜けていく。若い女性はスマホに顔をうずめたまま、道をよけるのはそっちだと決めつけて堂々と向かってくる。幸蔵さんは雑踏の中を小さな歩幅を繰り出し用心深く歩んでいく。

飲食店が軒を並べ、駅に近づくにつれますます人通りが増えた。通行人は歩道を不規則に交錯していく。幸蔵さんは道を譲ってすれ違った。そして店を物色している人だかりを無関心に通り過ぎた。

二人して競うように駅前のロータリーに入っていった。

彼が駅の中に入っていったらどうなる？　ずっと付き添いながら考えていたことだった。もしも電車に乗ることに心を奪われたならどうなる？　逆にこっちがどこに連れて行かれるか分からない。

おいらは配達に出たのだ。わずかばかりの小銭しか持ち合わせてはいなかった。となると、何としても言いくるめて家に帰さなければならない。おいらはその覚悟を新たにした。

そんなおいらの杞憂《きゆう》をよそに、幸蔵さんはずんずんと駅の構内に突き進んで行った。周りの情景が変わったことで、何か閃くものがあったのだろうか。

道行く人々は一様に先を急いでいる。それぞれに目的を持っているのだ。

幸蔵さんは、その場の持つ緊張感やら切迫感に気持ちが刺激されたのだろうか。自分が行くべき場所がはっきりしたのだろうか。だがそれは訊いたところで明らかにはならないと分かっている。内心そんなことはあり得ないとも割り切っていた。

いずれにしても、幸蔵さんの行動を止めなければならない。そのことに変わりはない。が、今説得にかかっても聞く耳を持たないだろう。かえって感情を害して公共の場でどんな事態になるやもしれない。さっきのこともある。取っ組み合いや怒鳴り合いなどになったら最悪だ。そんな想像をするとそら恐ろしくなった。

さまざまな思案と、それに纏《まと》わりつく不安は堂々巡りだった。

幸蔵さんはコンコースをうろついていた。改札ゲートから出てくる者、ラチ内に向かっていく人流が入り乱れ、人の波で溢れている。

時として彼はそうした人と接触した。そしてよろめいた。おいらはすぐ横でその体を支えなければならなかった。彼は手助けに対して、「すみません」と小さく頭を下げた。どちらがぶつかったかではなく、何も言わずに行き去った中年男の背中を、おいらは腹立たしく睨みつけたりした。

幸蔵さんはおずおずと移動しながら、ようやく人だかりの中にキップ売り場を見つけた。そこに行き着くと券売機の前に立った。呆然と操作画面を見上げている。後ろに並んだ若者は小さく舌打ちをして別の売り場へと移った。

おいらは「幸蔵さん」と呼びかけ、腕を組むようにして後ろに連れていった。

「交通費はありますか」と率直に尋ねてみた。

幸蔵さんは理解したようだった。黙ったままコートやジャケットのポケットに手を差し入れてごそごそと何かを探した。やっとジャケットの内ポケットから札入れを取り出した。財布を開くと虚ろな目で中身を覗いている。おいらも見るともなしに中を確かめた。五〇〇〇円札一枚と一〇〇〇円が数枚重なって入っていた。

「あそこに、路線図があるんですが、どこまで行きますか」

耳に口を寄せて思い切って訊いてみた。

へたにごまかしたり気をそらせたりするのは、逆効果であるような気がしたのだ。直感だった。一時間にも満たない道連れ道中で得た教訓かもしれなかった。相手の心理に触れようとする思いが生んだ気づきかもしれない。率直に思いを伝えた方が、自然な会話が成り立つのでは——とそう感じたのだ。

幸蔵さんはキップ売り場の上に掲げられた大きな路線図を見上げた。横からその様子を窺い見た。

その瞳は動いてはいなかった。路線を追って駅を探そうともせず、目の焦点さえも定かではなかった。

そうは言っても、どんな言葉をかければいいのだろうか。かえって余計なことを言わない方がいいのかもしれない。おいらは、少し離れた所から様子を見ることにした。せわしなく動く人混みの中で、一人立ち尽くしている時間が流れていった。高速に流れる雑踏の動画の中で、幸蔵さんが一人、静止して見えた。

その立ち姿だけ別次元にあるようだった。通り過ぎる者たちの中に、その孤立した存在を意識する者はいない。

おいらは幸蔵さんの姿を注視したままマキさんに連絡した。今の状況を正直に伝えた。これまでの道程でのやり取りについては詳しく触れなかった。

マキさんは、電話口で泣きつくように、「すみません。どうかよろしくお願いします」と何度も頼むのだった。

幸蔵さんの様子が変化をきたした。彼は周りを気にしだしたようだ。

おいらはゆっくりと彼のそばに寄った。それを気にしたそぶりはなかった。だがその表情は周りの状況に注意が払われているかに見えた。

改札付近をせわしく行き交う人々、待ち合わせをして行き会った婦人たちの大げさな挨拶、何人かでたむろして嬌声を上げたり大笑いしたりする高校生、乗車案内の割れたアナウンスの響き。そんな喧噪《けんそう》の中で、幸蔵さんは我に返ったように思えた。

その時、彼は初めて自信なげに困惑した表情を露わにしたのだ。おいらはそれを察知するとなぜか安心した。たぶん面相に染み出た情緒に人間味を感じたせいだろう。人間らしさを取り戻した瞬間にも思えたのだ。

あれ、自分は何をしているんだろうと、自らに問いかけたかもしれない。または自分が迷子になってしまったことを認めようとしたのかもしれなかった。

自分のあるがままを客観的に捉えようとした瞬間に見えた。でもそれはつかの間見せた変化だった。幸蔵さんの顔に表れた思考の兆候は、一瞬の間にすっと消えていった。たちまち不安や動揺を秘めた表情は霧消した。そして再び、彼にとってのみ何らかの意味を持つ意志に取り入れられていった。

別人となった彼は周囲をぼうっと見回した。やがて何かに憑かれたようにその場から駅の外に向かって歩きだした。

構内を出ると、ロータリーの歩道の人混みに突き進んでいく。おいらも幸蔵さんと絡み合うようにして進んでいった。バスが大通りへと出ていく交差点の角に大型ショッピンセンターがある。幸蔵さんは、ふいとその自動ドアの向こうへと姿を消した。すかさず後を追ったが、その足取りはまるで追跡を逃れようとしているかのようだった。

しかし必ずしもそうではなかった。店に入ると急に歩を緩めた。

一階はアクセサリー、装飾品や革靴、鞄《かばん》、婦人用洋服などの売り場だったが、幸蔵さんはショーケースに目を移しながらゆっくりと進んで行った。メイン通路は周回になっている。大回りして歩く限り、切りがなかった。彼は何度か通った売り場を繰り返し歩いた。時々立ち止まり、陳列の隙間に行く先を迷うような仕草を見せた。

それを見計らって、「何か買い物がありますか」と訊いてみた。

幸蔵さんは何かを思い出そうとしているようだった。しかし、果たして買いたい品物を思い出そうとしているのか、その頭の中は予測もつかなかった。あるいは自分がやろうとしている行為自体を探し求めているのかもしれない。ともかく答えに結び付くイメージは、脳裏の暗い翳《かげ》に閉ざされているかのようだった。

そして飽くことなく、まさに迷路から出られない迷い人のように歩き続けるのだった。すでにどんな煌《きら》びやかな商品にも興味を示す様子は見られなかった。

エスカレーターの前を通りかかった時、彼ははたと立ち止まった。

「地下一階は食品売り場ですよ」と教えてみた。同じ通路を当てもないまま彷徨い歩くのを見ているのがつらくなったせいもあった。

すると幸蔵さんは、何の抵抗もなく、自分からひょいとエスカレーターに足を踏み出した。瞬間、前後にバランスを崩してふらついた。その長身を横から支えた。階下で降りる時も同じだった。

地下食品売り場は、さらに混雑していた。幸蔵さんはカートを押す買い物客らとすれ違いながら半歩ずつゆっくりと進んだ。そこでも、一階で周回した時と同じだった。迷路のような通路を、一体どんな判断で選んでいるのか推測は及ばなかった。

精肉店の前や、乳製品やジュースなどの飲料品の前を通過した。青果店、惣菜売り場の前を、調味料やレトルト食品の棚の間を抜けて通った。

何かを物色しているのだろうか、おいらは彼の肩越しからその横顔を探り見たりした。常識的な判断から、問いかけの言葉が浮かび上がる。何か探していますか。欲しいものがありますか。一緒に探しましょうか。彼が何かを買い求めるために歩き回っているという考えが、どうしても抜けないのだ。そう思うのがごく自然で当たり前だった。それ以外の動機を探し得なかった。

いつの間にか、「仕事」という目的が消え失せたかに見える彼の頭の中を、今は何が占領しているのだろう。残念ながら、おいらに想像がつくはずもなかった。

そういう意味では、おいらとて幸蔵さんと同じ心境で、ひたすら店内を歩き続けていることに変わりはない。その目的を知らぬまま、二人は肩を寄せ合って商品陳列の風景のなかを突き進んでいく。

美味しそうな手作りパンが並んでいれば、ついその一つ一つに目移りしてしまうものだ。幸蔵さんはちらりと見ただけで、パック入りの手作り惣菜コーナーへと進んだ。ひじきの煮物、カボチャの煮物、ポテトサラダ、ワカメの酢の物、別に買う予定はなくとも、なぜか目がいく。いつも世話になっている商品だった。幸蔵さんは脇目もふらず通り過ぎていく。軽快なＢＧＭが店全体を包んでいる。

ふいと右に曲がってしまう。瓶詰めのジャムが数々のフルーツが描かれたラベルを向けて並んでいる。その裏側に回って行くとチーズ製品のコーナーになっていた。フレッシュチーズ、スモーク、カマンベール等々、高価な物、珍しい物までいろいろと取り揃えられている。対面の酒類は、一段と照明が強く照り出して眩《まぶ》しいばかりだった。幸蔵さんは見向きもしなかった。

精肉売り場へと突き当たる。冷凍エリアの中を商品は延々と並べられている。さっきも通った通路だった。それは幸蔵さんには関係ないようだ。客の列が煩わしいのか、ひょいと右に曲がり店の中心の方へと向かう。

スナック菓子類が溢れている。チョコレート、キャンディ、ポテトチップス、煎餅、ビスケット、色とりどりにないものはないだろう。

彼は何となく目を配っているかに見える。だが手に取ることはなく、買い求める様子はない。目的はそこにもないのか、すぐに左に曲がってしまった。駆け回る幼児の動きが怖いのかもしれない。幸蔵さんの足がすくむ。すぐにその背中についた。

店の反対側になるのか、惣菜売り場が縦に伸びていく。一般に市販されている商品だった。豆腐、もずく酢、納豆、さまざまなメーカーの品物が並ぶ。

買い物客が渋滞している。そこから再び店の中に入っていった。

店内に落ちてくるのは景気のいい行進曲のリズム。麺類、パスタ、レトルト食品のコーナーとなる。ともかく品数が多い。目当ての物を探そうとすると、幸蔵さんならずとも、相当に歩き回ることだろう。

その陳列棚を脱すると、広々とした野菜、果物売り場となる。彼に興味はない。すたすたと歩き回り、調味料コーナーを抜けていく。贈答用の菓子折りが積まれている。台に置かれたケージには、安価なカップ麺が詰め込まれている。

パンコーナーにはロールパン、レーズンロールパン、窯焼きパンなど豊富だ。さっきその横を歩いて過ぎた。その裏の棚には装飾されたケーキ類が目を楽しませる。幸蔵さんの興味は注がれただろうか。

ショーケースを眺めるには人が多すぎた。幸蔵さんは混雑を避けて酒類の棚に分け入っていく。ワイン、清酒、ビール。どんな銘柄も手に入りそうだ。もう何回も通った。

再び調味料のコーナーへ移っていく。味噌、醤油、ソース各種、香辛料。まだ歩き続ける。鮮魚コーナーへ。その向こうには店内で調理された、刺身、寿司が食欲をそそる。幸蔵さんの目的はそこにもない。ご当地を冠したラーメン類のコーナー、冷凍レトルト食品のコーナーへと進む。真っすぐ歩くと、牛乳、ヨーグルトなどの乳製品の列に突き当たる。

迷わずに角を曲がって精肉コーナーを歩いていく。何度も通った通路を、また店の中へと入っていった。氷菓子、高級アイスクリーム、バニラ、イチゴ、コーヒー、パフェ。そのつもりがなくともこっそりと一つを選びたくなる。幸蔵さんにその気はないようだ。カップ麺の棚に挟まれて店を横断すると、また野菜売り場だ。季節に関係なくほとんどの野菜が並べられている。果物もしかりだ。特に梨、ブドウが季節の味覚として、安く売り出されている。

幸蔵さんはひたすら歩く。

なぜ疲れないのだろう。おいらは不思議というより怖くなってくる。そしてなぜか悲しくて胸が苦しくなる。

ひょっとすると、彼は迷路に紛れ込んでしまった感覚なのだろうか。本当はここから出る方法を探し求めているのではないか。おいらはそう思って、彼の肩口に身を寄せた。そして言った。「もう、ここから出ますか」と。

視線を振り向けることさえなかった。そのままただひたすらに歩き続ける。仕方なくその後をついていく。

その背中を見つめていると、なぜか涙が出そうになった。

ＢＧＭが遠のいていく。おいらは一体何をしているんだろう、ここに至って迷いの中でそう思わずにいられなかった。ただこうして相手について歩く以外に適切な対応はないのだろうか。果たして自分がしていることが正しいのか、その疑心にさいなまれた。

半強制的にも、彼の無意味としか思えない行動を制止すべきではないのか。それが無理だというなら、第三者の応援、援助を求めるべきではないのか。それがどんな部類の人間を指すのか分からないのだが。

幸蔵さんの息づかいが荒くなってきた。ここにきて歩調が衰え、歩く速さも遅くなってきた。足がもつれて倒れないように手を添えた。

そしてついに洋菓子店の前辺りで歩みを止めた。おいらも横に寄り添った。

ここに至っては、かける言葉もなかった。おいらはその顔を斜め横から見つめた。幸蔵さんはおいらの存在をまったく気にしていなかった。どこにも視線は留めてはおらず、呆然と虚空にあった。

先ほど駅構内で行き場を失った末に見せた時の表情を、おいらは見出した。赤みを帯びた蒸気が皺《しわ》を伝って表面を覆っていくかに見えた。同時にそれは憔悴《しょうすい》や恐怖の前触れを伝えているようにも感じた。

ここは一体どこだろう。自分は何をしていて、なぜここにいるのだろう。そんなふうに語りかける顔をしていた。因果関係の定かでない場所に、自分は誰かに連れてこられたのか。関係のない場所にいる自分と突然に出会ったというのか。その自分とはいったい何なのか。

幸蔵さんが虚ろな瞳で周囲を見回した時、おいらは彼の声にならないそんな叫びが聞こえたような気がした。眉間に深く暗い皺が寄っていた。その表情は戦慄にとらわれて凍りついていた。

一体、その目には何が見えているのだろう。例えば自分が自分でなくなっていく一瞬を見ているのだろうか。あるいは自分が自分であるための何かが失われていく瞬間を体験しているのだろうか。それは解《わか》りようもない。解りようもないが、そこには果てしのない絶望と悲しみ、拭い切れない不安と恐怖、そうした感情が、自分では明らかにできないまま心の中を混沌《こんとん》と埋め尽くしているように感じられた。

心の底からの絶叫とともに。

そして迷子になった子供のように泣きだしそうな顔が崩れていった。まるで水面に映った顔が波紋に揺れて消えていくさまのように。蝋《ろう》でかたどられた人面が、灼熱《しゃくねつ》の陽に晒されて溶け崩れるように。

「白崎さん」

おいらは小さく震える声で、ゆっくりと名を呼んだ。そしてもう一度、

「幸蔵さん——」と。

自分で自分の声が涙声になっていることに気づいた。

彼は立ち尽くしたまま、のろのろと首を回転させた。そしておいらの顔に焦点を当てた。

切なげな目つきだった。黒ずんだ下瞼は腫れていて、眼窩に溜まった涙をせき止めていた。

その表情はいくらか鮮明だった。だがおいらの正体を分かっているかというと、そうは思えなかった。

わずかに視線を留め、手がかりに触れたように「あっ」と上半身を引いた。弁当屋とまで思い出したかどうかは分からなかった。

おいらは半べそを隠さずに言った。

「帰りましょうよ。奥さん心配して待っているから——」

惻隠《そくいん》の情に浸った本心から、相手の心にそう語りかけた。

幸蔵さんはその言葉に微かに頷いた。

そしておいらに導かれてゆっくりと歩を進め始めた。幼い子供の仕草を連想させた。

初めて相手の前に出て、行く先を示していった。駅の雑踏を抜けて商店通りに入った。

時々、彼の様子を窺った。ショッピングセンターをさまよい続けて立ち尽くした時の、顔

面が歪んで崩れていくような絶望感は消えていた。

ただ、頭の中に何の思考もないような空虚な表情は依然、取り残っているように感じた。まだまだ油断はできないと、気を張って自宅を目指した。

そして、幸蔵さんとおいらは、無事にマキさんが心配して待つ自宅へと帰り着いたのだった。

「お父さん、どこまで行ってたのよ」

マキさんは開けた玄関のドアノブにしがみつくようにして、恨めしそうに一声を発した。

「ちょっと、そこまで、散歩に行ってた」

幸蔵さんは何事もなかったかのように平然と答えて中に入っていった。というより、今までの自分の行動をすでに記憶していないのだろうと思った。

だからと言って「仕事」の妄想自体は完全に消えてなくなったのだろうか。おいらの方には依然としてその不安が残っていた。

マキさんは廊下に這い上がると、土下座でもする格好で、「ありがとうございました」と何度も頭を下げた。

おいらもそれに合わせて何度も頭を下げた。頭を下げながら逃げ出すように出て行った。

一刻も早くその場を立ち去りたい、それが偽らざる気持ちだった。

決して忌々しい出来事に巻き込まれてしまった不満からではない。

幸蔵さんと共に、深い内面に宿る虚構の世界に一緒に分け入った生々しい体験から早く逃れたい、ただそんな思いだったのかもしれない。

【二、楽しきタンポポの音楽会】

1　カルテット「タンポポ」

野坂先生は、学習塾の帰りに決まってとみ食堂に寄った。晩秋の暮色がつかの間のうちに宵闇に包まれる頃だった。ひっそりと入ってくるなり誰もいないカウンターの端に座り、熱燗《あつかん》とモツ煮込みを頼んだ。

おいらは奥の厨房で、翌日の惣菜の仕込みをやっていることが多かった。一区切りつけてカウンターに出ると、挨拶代わりに、配達した時の奥さんの様子を伝えた。だが野坂先生はそれを聞くために立ち寄るわけではなかった。先生の方からそれを尋ねたことは一度もなかったのだから。

おいらも事細かく報告するわけではない。社交的な会話にぎこちないおうとつが出来ないよう気を遣いながら、志津江さんが留守だったか在宅していたかをさりげなく伝えた。在宅していた時は変わりなかったかをほんの一言二言、言い添える（留守の時はパック弁当を保冷バッグに入れてドアノブに掛けておく）。

そんな注進を、先生はいらぬお節介だと険悪に拒むことはなかった。ただ困ったように歪めた唇に、お猪口《ちょこ》をあてがっては耳を傾けている。

志津江さんは目鼻立ちがくっきりと鮮やかで、どんな時も派手めな化粧を施していた。そして通販カタログに載っているようなお洒落《しゃれ》な部屋着をさりげなく着こなしていた。掃除機を引いたまま現れる時も、洗濯物用のバケットを抱えて出てくる時も、外出前のように華やかな出で立ちに映った。

ふくよかな風貌はざっくばらんな気性を印象づけた。その外見のまま人懐っこく話好きな人だった。

彼女はお弁当を渡すだけの隙にたくさんのおしゃべりを折り重ねてきた。配達の途中だから長くなると正直イラつくこともあった。だからといって無下に突き放して立ち去るわけにもいかない。

決して苦情というニュアンスではなく、野坂先生にそんな実情をこぼしたことがあった。すると野坂先生は「すみませんね。お忙しいのに」と、その状況とおいらの心情を鋭く察してしまった。

「いえ、いいんです、いいんです」とおいらは頬を強張らせ、手のひらを振って取り繕った。

「時間の許す限り話し相手になってやってください」

すまなそうな上目遣いでそう頼むのだった。その瞳の奥に差した憂いを目の当たりにすると、おいらは言葉もなく頷くしかなかった。

志津江さんとの雑談に、特段、違和感は覚えなかった。言葉のキャッチボールは苦戦を強いられることもあったが、さりとて話題の向きを左右するほどの大きな食い違いやすれ違いはなかった。

単なるおしゃべり好きなおばさんであり、年齢とともにその傾向が増強されたにすぎない。そうおいらは思っていた。

だが本当にそうだろうか。何かの拍子にそれだけではないような気にもなった。どこが変だというわけではないのだが。

母ちゃんが志津江さんについて、その言動に言いあぐねた本音が何となく分かる時があった。表立って明らかにできないのだが、所作や態度に言い表せない奇異なものが表れて、つかまえきれないうちに消えてしまうのだった。

志津江さんの思いや感じ方というものが、その本心の周辺でふわふわとしていて、おいらの意識から零れ落ちる感覚がした。そんな上滑りするような疑念を抱きながらも、おいらは志津江さんとの雑談に付き合うのだった。

玄関の靴脱ぎ場に立って話し相手になることが多かった。

志津江さんはおいらがテレビタレントをしていたことを、それとなく知っているようだった。だけどほとんどそれに触れることはなかった。たぶん自分の記憶や経験の中に芸人としてのおいらが登場したことがないのだろう。だから触れようにもその手がかりすらないのだと推察していた。

その証拠に、弁当屋のおいらにはやたらと興味を持っていろいろな質問をしてきた。すでに「勇次さん」と名前で呼んで、例えば、

「お弁当は勇次さんが作るの？」などと好奇の瞳を輝かせて訊くのだった。

「ええ、大概はおいらが作りますよ」

「ま、そうなの」と大げさに驚いてみせて、「毎日毎日、おかずを考えるだけでも大変でしょう」と目を細める。

「献立は母が決めるんで――、それでもって指示どおりに作るだけだから」

「そうなの、でも大したものよ。いつも美味しく頂いてるわよ。特にちょっとした副菜がいいわ。なますとかの酢の物や煮豆とか、雑魚のツナ和えもおいしかったし」

身振り手振りで褒め上げる。

「量はちょっと少ないけどね」

あっけらかんと言われると嫌みには感じない。

「お年寄り向きに考えてますから」との言い訳も飲み込むしかなかった。

そうかと思えば、すかさず、

「どれくらい配達してらっしゃるの」と屈託なく探るような視線を流す。

「個数ですか？　まだ七、八軒ですよ」

「あらまあ、それじゃまだまだ儲けにならないじゃない」と露骨に損得勘定を振りかざす。

「でも頑張ってよ」と発破も忘れない。

「ありがとうございます」とおいらは苦笑いを返すのだ。

そんな前振りの後に語ることは、大抵自分の昔話、もしくは夫の野坂先生のことだった。とはいえ深刻な身の上話の類ではない。こちらが返事に窮するような込み入った中身ではなかった。

自分が小学校の音楽の教師だったこと、主人は今でも塾で英語を教えていること、そしてとんと物忘れがひどくなってきた自分のことに戻る。

「この前も、探し物をしているうちに整理整頓をし始めちゃって、そのうち何かを探していたこと自体を忘れてしまってね」と一人でカラカラと高笑いをする。

そんな一連の話が、何日か間を置いて繰り返された。

物忘れの自覚があるのに、同じことを繰り返して話していることには気づかない。つまり、自分の思慮の不自然さを気にかけることはないのだ。そのちぐはぐさに首を傾げたくなることもあった。

　ある日、こんなことがあった。野坂先生の住まいは都市水路に向かう途中の公営団地だった。階段で四階まで上がり、チャイムを押す。応答がないのでドアノブにバッグを下げて階段を下りた。

　自転車に乗りペダルを踏みだし勢いをつける。歩道を横切る手前でスピードを緩めた。すると向こうから志津江さんと中年の女性が二人連れでやって来るのが見えた。その場で自転車を降りた。

「どうもすみませんでした」

　陽気な志津江さんの声が、澄んだ空気を突き抜けてきた。

　もう一人の女性はにこやかに会釈を返すと、やって来た方向へと戻って行った。

　志津江さんは一人でこちらに向かって歩きだし、すぐにおいらの姿に気がついた。

「あらー、勇次さん」

　右手に、いっぱいに膨らんだレジ袋を提げている。もう一方の手を高く差し上げて大きく振った。

「お昼、届けてくださったの」

そう言いながらそばまで来ると、

「私、道に迷っちゃったのよ。買い物に行ってね。ちょっと違う道で帰ろうとしたら、途中で分からなくなっちゃって、今の奥さんに道を案内してもらってきたの」

一気に語りかけた。

どんな道を選ぼうとも自分が住む町内のことだ。ましてや自分の住むマンションに帰る道なのに。そんなことがあるのだろうか。俄かには信じがたかった。志津江さんはあけすけに、それを隠そうとはしない。恥ずかしいことだとも、公言できない失態だとも感じていないようだった。むしろ自分の身の上に起こったエピソードが、いかに滑稽で愉快なことかを自慢しているようにさえ思える。

だからおいらも「それは大変でしたねえ」とさりげなく笑って返したのだった。

そのことは野坂先生に伝えた。

先生は苦渋の表情で「そうですかあ。最近、たまにあるんですよ」とため息交じりに漏らした。

その裏には、自分自身が深刻になるまいという哀しい楽観の陰が微かに見てとれた。

空気は肌に凍《し》みる冷たさに圧縮されていくかのようだ。この前まで自転車をこぐと汗ばむような小春日和だったのに。

その日、最後に志津江さん宅を回った。

ピンポーンと鳴らすと、「どうぞ、開いてまーす」と志津江さんの溌剌とした音声が返ってきた。

ドアを開けると奥から志津江さんがスリッパを鳴らして出てきた。靴脱ぎ場にはパンプスやショートブーツがきちんと並んでいる。来客中だと思い、袋を差し出し早々に退散しようとした。

「ちょっと待って。ちょっと入って」と吐息の混じった小声を発して手招きした。

何事かと思い、上半身を玄関の中に戻して振り返った。

「配達、ここが最後でしょ」。ちゃんと知ってるのよという言葉が続きそうだった。

「ちょっと上がってくださらない」

「え?」。いきなり発せられた意外な要求にたじろいだ。

「あのー、何か?」

「いいからちょっと上がってよ」

志津江さんは眉間に縦皺を寄せて、じれるように繰り返した。

「でも、お客さんじゃないんですか？」

一瞬、胸が騒ぐが、すぐに冷静を取り戻した。

「大丈夫よ。さ、早く」

おいらはためらいつつ断りもできず、急かされて靴を脱いだ。差し出されたスリッパを突っかけて案内されるままに進んだ。つや光りした廊下はそのままリビングに通じていた。

志津江さんの後について部屋に入った。やはり来客のようだった。おいらは寄り合って座っている女性らを前に立ち尽くした。カウチソファに二人、向かいのセットソファ椅子に一人、そして正面の椅子には、今まで志津江さん本人が座っていたようだ。

リビングは決して広いとも豪勢とも言えない風情だった。けれどレザー張りの応接セットや背丈ほどの本棚などは家庭的で、ラックに組み込まれたオーディオセットも機能的な空間を醸し出して見えた。

おいらは、「ど、どうも、お邪魔します」とへんてこな動きで腰を折った。

迎え入れた相手側もそわそわと中腰の姿勢になってお辞儀をした。その間の、興味津々に浴びせられる視線から逃れて、

「どうも、こんにちは。お邪魔じゃないですか」

おいらは女性たちの中で目を泳がせてから、志津江さんに視線を戻した。

「いいの、いいの。どうぞ、座って」と気さくにソファを勧めた。

「さっきね、勇次さんのことを話していたのよ」

皆で互いに目配せをする。そして怪しげな笑顔で頷き合った。

おいらは促されるまま、空いているソファに浅く腰掛けた。それから、今囁くように浴びせられた言葉の意味について頭をひねった。なんでおいらのことが話題になるんだ？

女性たちの表情を、気づかれないほどの挙動で探り見た。

「私たちね、演奏グループのメンバーなのよ。今、お茶をいれるわね」

志津江さんはそう言い置き、ルームウェアのボトムスを翻してすたすたとキッチンに歩いていった。

「そうなんですか」とおいらは妙に納得して、その背中に返事を返した。

「地域のカルチャーサークルで知り合ってね。それからコミュニティイベントやボランティア活動なんかも一緒になって、すっかり意気投合して自然にアンサンブルを結成しようってことになっちゃったわけ。簡単に言うと私的な演奏グループね」

キッチンの中から朗らかに弾む声が聞こえてくる。

そうだ。一同を一瞥した時から気になっていたことだったと改めて気づいた。

つまり、どういう集まりなのだろうかという詮索を拭い切れずにいたのだ。年格好はばらついて見える。だから子供を通して形成される母親同士の交友関係には見えなかった。団地住民の親睦グループとも思えない。微妙に生活感が異なって見えるからだ。そうした世俗感とは別に、もっと強い共通した資質が感じられた。それがなんだか分からないでいた。

「なるほど、演奏グループですかあ」

おいらは合点がいき、改めて彼女たちのもつムードといった感覚を確かめた。

そういえば母ちゃんから志津江さんがそんな活動をしていると聞いたことを、その場面でふと思い出した。

「もう一年半くらいになるかしらね。磯川さん、勇次さんにメンバーを紹介してくださらない」とキッチンとのセパレートスペースからひょいと顔を突き出した。

磯川さんは最も年配に見てとれた。女性の年齢などとんと見当もつかなかったが、なぜか実際の年よりもさらに若く見えていると直感したのは自分でも不思議だった。

気品のなかに愛嬌を忍ばせた容貌だった。薄い紫に染めた（あるいは白髪に交じって薄まってしまったのか）細い髪をマッシュルームのようにボリュームを持たせた髪型だった。『徹子の部屋』に呼ばれた場面を連想してしまう。

磯川さんは、まず自分からアルトフルートを担当していると自己紹介した。下手の横好きで、ただ長くやっているだけだと謙遜のニュアンスを匂わせた。音楽以外のことは口にしなかった。今日は来ていないが、夫はアコーディオンとギターを弾くと付け足した。彼のキャリアは半世紀の年季を誇るのだと、半分は呆れ顔を交えて、半分は我がことのように自慢げだった。

続いて真向かいに座っている二人に視線を振り分けた。

「こちらは山口弘子さん。ピアノをやられるのよ。弘子さんは幼い頃から英才教育を受けてらしてね、コンクールでも優勝の常連さんでしたのよ」

彼女は手のひらを横に振りながら素っ気なくそれを聞き流した。その顔に愛想笑いの片鱗《へんりん》もなかった。そんな昔のことなど、どうでもいいでしょと言いたげな表情に自尊心の名残が見え隠れしていた。

磯川さんも直感的にその気配を察したのかもしれない。

「今もね、大勢の生徒さんに教えてらっしゃるの。将来のピアニストを育成されているのよ」と現状の貢献活動を褒め称《たた》えた。

自分で好きなように紹介しておいて、相手の反応などお構いなしに、

「そういえば、勇次さんは、楽器は何がお得意でいらっしゃるの」とおいらに向かって突然訊いてきた。

「え？」。いくつかの驚きがいっぺんに重なった。

些細なことに違いないが、まず「勇次さん」と呼ばれて面食らった。初対面とは思えない気安さだ。たぶん志津江さんの、おいらに対する親しさに感化されてのことだろう。

その次は――「なぜそんなことを訊くんだろう」という疑問だった。

つまりおいらは、何かの楽器を弾けなければいけないのか。そうあるべきだという決めつけはどこから来るのだろう。疑心暗鬼に陥る。楽器の一つも弾けないおいらが、やっぱり野暮なのか、いや無能なのか、いやいやばかなのか。

そして今さらながらに気づいた。そうか、おいらが元お笑いタレントだったという情報をもってして、タレント崩れならば、音を奏でる何かしらの道具ぐらいは操るだろう、そんなふうに思われても不思議ではない。

そう納得した後に、取り繕う体裁など残っていなかった。

「あ、いや、おいらは特に何もできないっすけど」という間抜けた答えを後ろめたい思いで返したのだった。

「あらま。どうして？」

「ど、どうして？」と声がひっくり返った。

磯川さんは悪びれる様子もなく瞳をくるくると動かす。

「おいらは、別に音楽やってる人じゃないし」

「あらら、そうなのね。わたくしったら、芸人さんだったっておっしゃるから――つい、ほほほほほ」

高らかな笑い声に、やっぱりそうかと思う。この人の頭の中にある芸人のイメージはどんななのだろう。

「ともかく、おいらのことはいいですよ」。不快感を隠さずに、「山口さんの話だったでしょう?」と言い放つ。

「あら、そうでしたわね。ごめんなさいね、弘子さん」

山口さんは白けた苦笑いの真ん前で、指をいっぱいに広げた手のひらをぱらぱらと振った。

彼女はおいらよりいくらか年上と見たが、そこはかとない清純な色気を匂わせていた。

「うちのメンバーでは一番の若手でガッツもあるのよ、だから皆さん頼りにしてるわけ」

そんなふうに持ち上げられた彼女は、いささかうんざりだというふうに下唇をめくる仕草を見せた。そして自分から隣の女性に両手のひらを差し向けた。

「そうね、お隣は東海林英子さん。音大を出てらっしゃるの。バイオリンをやられるのだけど、うちではソロのボーカル担当でもいらっしゃるのよ」と自分のことのように鼻高々だった。

当の本人には驕《おご》りの欠片《かけら》も感じられなかった。古風な面持ちで、地味な気配はそのキャリアのオーラを見事に消し去っていた。昭和のフォークソング時代の純真で素朴なシンガーのイメージを、今に髣髴《ほうふつ》とさせる風貌だった。

「こんにちは。東の海の林と書くしょうじです。よろしくお願いします」と、至って平凡な挨拶をした。

みんなの簡単なプロフィールを聞いただけで、素人のおいらでも音楽的にかなりのレベルにあるユニットであると想像できた。

加えて志津江さんの派手めなファッションで、年とは無縁な華と色香を惜しまず振りまけば、全員が醸し出す演奏はさぞや華麗なステージになるだろう。なぜかざわっと背すじを震わせて、おいらはそんな舞台を想像した。

「すごいメンバーですね」

正直な思いが、そんな感想を言わせた。

三人は互いに目を合わせて満足げにほくそ笑んでいる。

「もうCDデビューされてるんですか」

大真面目に冷やかしてみる。皆、それと分かっているのか、忌憚《きたん》なく高笑いを発した。

その破裂音のトーンはばらばらでありながら、不思議とハモっていた。

「ねえー、そうなればいいわよねえ」

磯川さんが、目の前に座っている山口さんと東海林さんに向かって、まさに歌うように語りかけた。

温厚篤実な礼節をまとった山口さんのことだ。真剣な面持ちで何かを求め、健気《けなげ》にも何かを決意するように大きく頷いた。

本気かい！　と突っ込みたくなった。が、さすがにそうもいかず至って神妙に、

「ところでグループの名前はなんていうんですか」と初手に押さえるべき質問に戻した。

「〝タンポポ〟っていうんです」

小声で言うと、山口さんは小首を傾げてぽっと頬を赤らめた。

タンポポとは、なんと愛らしい。

照れを押しのけて、その響きが表すイメージに負けまいとする健気さが覗いていた。

「へええ、可愛いですね。ピッタリじゃないですか」

おいらはわざと大げさに囃したてた。

また爆笑が起きた。

「そうでしょう、可愛いおばさんたちにぴったりでしょ」

そう言いながら、志津江さんがお盆を抱えて戻ってきた。

ローテーブルに、薔薇《ばら》の絵柄の紅茶カップとソーサーを置いた。それから小さなババロアケーキの小皿をおいらのために添えると、自分の所定の席に座った。

「どうぞ、召し上がって」さらにクッキーの入ったバスケットをおいらの手前に寄せた。

「いただきます」おいらは紅茶を一口啜り、すぐにケーキにも手をつけた。一挙手一投足を見られている窮屈さを壊したかったのだ。

そんなおいらに親しみのこもった目差しを向けていた磯川さんが、

「タンポポの綿帽子が、私の髪の毛に似てるからだなんて思ってるんじゃないでしょうね」

と、さらに目を細めて言った。

「まさか！」と即座に否定した。確かに似てはいるが。たぶんステージで使う定番のネタなのだろう。

志津江さんが言う。

「野原に咲き乱れたタンポポは綿帽子となって、風に乗って野山や川、村や町、浜辺や畑といろいろな所に飛んでいくじゃない。その土地でまた新しい花を咲かせるの。そんなふうに歌は遠く各地へと広がっていく。そんなイメージで私たちも活動できないかなって、そう思ったのよね――それで全員一致で名付けたの」

気恥ずかしさはあとから顔面に現れるようで、指先を唇にあてがって照れ笑いを隠した。

それがグループ紹介をする際の決まり文句なのだろう。

「なるほど、そういうイメージからくるネーミングなんですね。情景が目に浮かぶようで、なんだかじーんときますよ」

それは素直な感想ではあった。多少、生命保険のコマーシャル映像と混同しそうにもなったが。

「あら、本当に？　そう言ってもらえれば活動する甲斐があります」

純真な印象のままに山口さんは額面どおり受け取って、熱い思いを嬉々として伝え返した。

おいらもリップサービスを返す。

「初めは一人が、そして二人が、幸せとか勇気を心に求めて口ずさんだ歌だけど、それがだんだんに伝播《でんぱ》して、やがて大人数に、そして広範囲へと広がっていくって素敵じゃないですか」

自分で言い直しながらも白々しいセリフに、おいらはピン芸人の頃の語りをちらりと思い出した。

「それが音楽の持つ使命の一つだものね」と東海林さんが瞳を輝かせた。

さすがに昭和の名残が漂う彼女ならではの決めセリフだと思った。

「じゃ、皆さんで――」。おいらはスポンジカステラを飲み込んで、いったんフォークを皿に戻すと、

「全国各地、いろいろな所でコンサート的な活動をやられてるんですね」

言外に皮肉を込めたつもりだった。

「とてもとても。家事仕事に追われる私たちに、そんな夢みたいなこと叶《かな》うはずないじゃないですか。おばさんグループにできることなんて限られてますよ」

山口さんはまともに受け止めて不満を口にした。

「まさに理想と現実のギャップはそうそう埋まらないわね」

東海林さんが自嘲気味に口角をきっと吊り上げた。

「あくまでも気持ちの問題よ、英子さん」

リーダー格の磯川さんがやんわりと言い諭した。

「音楽の楽しさや素晴らしさを一人でも多くの人に伝えていければ、それだけで幸せなことだって、そう思えることが大切よ」

どこまで純粋な、そして単純な人たちなんだと、おいらはいたく感心した。こっちが気恥ずかしくなり、同時に茶化そうとした分、後ろめたくもなった。

磯川さんの励ましを聞いた東海林さんと山口さんの表情は、なお険しかった。

「でも、今回のことでは、その基本姿勢もちょっと揺らぐわね」

東海林さんが、傾けたこめかみを人差し指一本で支えて軽くため息をついた。

「そうね、さっきの話ね」

新しい紅茶を順番に注いでいた志津江さんが、その手の動きを緩めて、

「なあに、どういうこと？」、手先の動きから目を放すことなく聞き直した。

「なんか難しいこと？」

おいらはその質問の不自然さにすぐ気づいた。

志津江さん自身、さっきまでその会話に参加していたはずだ。なのに、どういうことと訊き質《ただ》すのはいかにもおかしい。談話の途中に放り込まれたおいらでも、何やら難しく厄介な問題を論じ合っていたことが想像できた。つまりは今話し合った音楽会の意義と、さっきまでの現実問題の食い違いに振り戻された場面だということが。

志津江さんにはその会話の筋道がうまく繋がらないのだろうか。それとも前提となる難問題だかを、おいらの登場によって、おしゃべりの狭間《はざま》に置き忘れたとでもいうのか。

おいらは控えめな態度を崩すことなく周りの様子を窺ってみた。周りの三人は志津江さんの手元に視線を定めて黙り込んでいた。

誰も気にかけた様子はなかった。なかったかに見えた。本当にそうだろうか。

志津江さんは慎重すぎるくらいにそれぞれのカップを配り終えると、「そうだったわね、趣向を変えてみたらどうかって、そんな話だったかしら」と腰を落ち着け、メンバーの顔を見回した。

おいらはなぜかほっと胸を撫で下ろした。

「でも、さっきも言ったけど、これまでの企画を早計に変更してしまうのもどうなのって、そんなふうにも思うのよ」と磯川さんが自然に流れを作った。

皆、暗い表情になって押し黙った。おいらを迎え入れた時の活気は嘘のように鳴りを潜めてしまった。

山口さんと東海林さんが同時にカップを取って口に持っていった。

「施設ではどう言ってるんですか？　磯川さん」

山口さんがカップを戻して、磯川さんの顔に鋭い視線を当てた。

磯川さんは目を合わせずゆっくりと首を横に振ってから、「特に何も――」とだけ答えたが、それだけでは、あまりにも素っ気ないと感じたのか、

「施設では、プログラムはお任せしますっていうスタンスなの。でもあくまでも入居者さん主体なので、皆さんが楽しんでくだされればそれでいいですって、そんなふうな言い方な

のよね。それは当初から変わらないわね」

「なんでしょうね、それって」

山口さんは唇を真一文字にぎゅっと結んだ。

「なんだかちょっと無責任な感じですね。人任せな感じで」

東海林さんも非難めいた言葉に斟酌《しんしゃく》しなかった。

「この前みたいに、入居者さんの中に騒ぎだす人が出たら、演奏なんて無理じゃない」

「でも、施設職員の方は一生懸命、対応してくださっていたしね。その方にうまく接して、いったん会場から連れ出してくれてたし」と、磯川さんがふてくされ顔の山口さんをなだめた。

「でも一人、二人の入居者さんの行動で、皆さんが動揺したり不安な気持ちになったりしたら、私たちだって演奏どころじゃなくなってしまう」

「そこはやっぱり施設の方の問題なんじゃないかしら、責任を持ってくれなくっちゃ」と山口さんの言葉が過激になる。

「でも私たちだって、お客様で呼ばれているわけじゃないのよ、山口さん。あくまでも支援の一環として、ボランティアスタッフの立場で関わってるんだもの」

磯川さんの反論も強くなった。

「それは分かりますけど……」

志津江さんはついていけずに、皆の顔をきょろきょろと追いかける。その行動はおいらも同じだった。志津江さんの首振りに合わせて、おいらも発言者を追いかけた。

やがてやり取りはぴたりと止まって、皆、テーブルに視線を集めた。山口さんが続けた。

「だから、私たちにできることって言ったら、皆さんを飽きさせない？　ほんとに喜んで聞いてもらえるパフォーマンスを工夫していくことしかないんじゃないかしら。私はそう思うのよね」

「なるほど」

おいらは無意識に納得の声を漏らした。それに気づいた磯川さんが、

「あら、ごめんなさい。勇次さんには何も話さないでおいて、勝手にこっちで話を進めちゃって」と謝った。

「いえ、何となく分かりますから大丈夫です」

「あらそうなの。ほら、私たちってボランティアで活動してるじゃない」

それはさっきから聞いている。今さらながらだ。それでも深く頷いて見せた。

「区役所や教育委員会が主催するイベントなんかから依頼があるの。あとコミュニティセンターのイベントスペースで定期演奏会もしてるのよ。あっ、それからカルチャーセン

ターでの年間フェスティバルにも欠かさず参加させてもらってるし——それはお話ししたかしらね」

「あ、いいえ、はい」。おいらはどっちつかずに唇を動かした。聞いた気もしたが、活動がイメージできないから耳の左から右に抜けてしまっていた。

「毎回、そんな活動の日程調整やプログラムの見直しやらをやってるんだけど、今日もそうした集まりなの。でも今日はちょっと課題があってね」

「ええ、そのようですね」と話を合わせた。

「有料老人ホーム、『ウェルビーング小岩』での音楽会の問題なんです」と山口さんが話を具体化に導いた。

「福祉協議会からの斡旋《あっせん》なんですけどね。レクリエーションの一環としてその施設に関わるようになって、もうじき一年になるんですけど。約三か月に一回の割合で開催してるから四、五回やったかしらね。毎回、午後の時間帯で、一時間くらいの催し物なんです。集まってくださるのは五十名ほどの入居者さん。私たちが伴奏をして入居者さんたちに歌っていただく。そんな会なんです」

「なるほど」

まずは前提となる背景が見えてきた。だがおいらがそこに座っている訳は依然として曖味だった。

「で、その音楽会で何かあったんですね」

「それなんだけどね」

磯川さんが引き受けて、皆の沈痛な顔を見回してから打ち明けた。

「やり始めた頃はよかったのよ。皆さん、真剣に聞いてくださったし、合唱は喜んで歌ってくださって――。でも慣れてきたというのか、飽きてきたというのか、この頃ではなんだか皆さん退屈そうにしたり、つまらなそうにしたり、途中で席を立って、どこかへ行ってしまう人もいるし、会場をむやみやたらに歩き回る人もいるの。中には、ああ、つまんないと言って、これ見よがしに欠伸《あくび》をしたりするおじいちゃんもいるし、私たちもそれが気になって演奏に集中できなくなるし、施設の職員は一生懸命になだめたり説得したりしてくれるんだけど、そんな様子を見せつけられれば、私たちメンバーも結構、ダメージが大きいのよね」

「まあ、それならそれでいいの」と山口さんが開き直った不平を漏らした。

「私たちは、ただ演奏するだけだもの。聴者が歌おうが歌うまいが関係ないんだって、そんな気持ちになってしまう。いけないことだって分かるけど――、私たちは音楽のことは分かるけど、介護の専門家じゃないし」

「その気持ちは分かるけど、でも弘子さん、この前みたいなことになったらそうもいかないわよ」

東海林さんが眉間を寄せて声を潜めた。

その後を誰もが繋ぎそびれた。俯いたままで、誰かが継ぐのを待っている気配が伝わった。仕方なくおいらが口を開いた。

「何があったんですか」

磯川さんがぽつぽつと話し始めた。

「前回、ちょっとしたトラブルがあってね。演奏の途中、半分ぐらい進んだところだったかな。ある男性の入居者が戻るから道を開けろと騒ぎ出してしまったの。それは別にいいんだけど、そうなる前にいろいろとあって、妨害というか、声を上げてずっと文句を言ったりしてたのよ。施設の職員が横についてなだめすかしてたんだけど、ついには大声で怒鳴りだして――」

「なんだって言うんですか」

「『ここは幼稚園か。ばからしい、やめろ、やめろ』ってそんなふうにね」

「そんなことを」

「高齢者といっても中年といった方がいいかもしれない。何か精神的な障害でもあるんじゃないのかしら」

　山口さんはその時の場面が蘇ったように不快感を露わにして、さらに続けた。

「車椅子でね。たぶん脳卒中か何かで障害を持たれたのかもしれない」

「まあ、その詮索はいいじゃない。ともかくその方は職員さんが車椅子を押して連れ出してくれたんだけど、でもほかの人たちにも影響しちゃってね。女性の中には驚かれたり怯《おび》えたりする方がいるし、もっと年を召された男性の一人なんかは、『なんだあのばか者は、あんな常識のない奴は入れるんじゃない』って憤慨するし。言ってることは分かるけど、その人も感情的になって普通じゃないし――。

　そうかと思うと、たぶん認知症の方なんだろうけど、何人かが急に落ち着きを失って立ち歩いたりし始めちゃって。そしたら会場の後ろの方で、いきなりすごい音がしたの。私たちは演奏してるから何が起こったのか分からなかったけど、職員の人たちが駆け寄って――誰かが転んだみたいなの。それで大騒ぎになって、演奏は一時中断。その転んだ方を介抱して車椅子で連れ出すまで中断して、それからまた再開したわけ」

　そこで磯川さんはメンバーの顔をゆっくりと見回した。自分の説明の正否を問いかけるようだった。

「だけど、それからなんだか白けちゃって」

山口さんが忸怩《じくじ》たる思いを隠そうとせず、

「モチベーションも下がって、やる気もなくなってしまってね」と俯く。

皆も悄然とした面持ちでため息交じりに頷いた。

東海林さんが独り言のような語り口から話しだす。

「どういったらいいのか難しいんですけど、いろいろな身体の状態にある方たちでしょ、皆さん。それにみんなが皆、ほんとに聞きたくて集まってくださってるとは限らないでしょ。中には無理やりって言ったらなんだけど、説得されて参加してる人もいらっしゃると思う。それは無理ないのよ。ほとんどの方がいろんな病気や障害を持っているお年寄りだと思うし——」

「じれったいなあ、英子さん、分かるようにはっきりおっしゃいよ」

歯に衣着せぬ志津江さんの言い方に、おいらはひやりとした。素早く視線を走らせると、その顔は悪戯っぽい笑みが見え隠れしていてひとまず安心した。

「何が言いたいかっていうと、やっぱりその辺の事情は考えていくべきだと思うの」

恨めしそうな目つきをちらりと志津江さんに当てて、

「参加してくださる皆さんの求めているものを、もっと考えるべきだって——」

「あら、いつもそれを考えて企画してるじゃないの、私たち。だから毎回、苦労してるんじゃないよ」と志津江さんがぴしりと言い返した。

「まあ、そうかもしれないけど……」

東海林さんは言葉に詰まってしまった。

「いつも、どんな感じでやってらっしゃるんですか」とおいらは訊いてみた。

その質問には磯川さんが答えた。

「大抵は季節の童謡や唱歌を伴奏して皆さんに歌ってもらうの。あとは懐メロなど。歌詞は施設の方でプリントしたものを前もって配ってくださるのね。

英子さんがおっしゃることも分かるの。いつもいつも童謡ばっかりじゃ、やっぱり物足りないかもしれない。誰かが言ったように、幼稚園じゃないぞって言いたくなるのも分かるのね。でも逆に皆さんの状態などを考えたら、やっぱり誰でも知っていて、誰もが歌える童謡ってことになってしまうのね。共通した最低限のところで選曲してるっていうわけ。

でも施設のお客さんに合わせようとしたら、どんどんと単純で汎用的な楽曲になってしまうものね。いつもそこが悩みの種なのよね」

「なるほど、難しいとこですね」

おいらはふーっと大きく息をついてから、

「で、なんか新しいことを試してみようってことになったんですね」と議論の流れを確かめた。

　山口さんがそれを受けて口を開いた。

「ちょうど、まる一年やってきて二年目になる矢先じゃない。やっぱり、マンネリ化ってあると思う。またいつもと同じことやるのかって思うのも無理ないんじゃないかなあ。となると、なんか新しい企画を工夫して試してみてもいいんじゃないかって思うんだけど」

「例えば、どんなことを考えてるの？　弘子さんは」と東海林さんが冷静に問いかけた。

「具体的にどうって考えてるわけじゃないけど……」

　山口さんの気負いは急にしぼんでしまった。それを自分から払拭するように、

「でも、今言えることは、いろいろな楽曲を考えてもいいんじゃないかって、ただそう思ってるのよ」と言いたてた。

「そうね、それも分かるわ。お年寄りだからみんながみんな童謡が好きでしょうよ、だから誰もが知ってる童謡を歌いましょう、だなんていう押しつけは安易にすぎるわよね」

　東海林さんが珍しく過激な表現をした。

「そうそう、私はそれを言いたいの。演者が演者の一方的な考えだけで演目を決めてはいけないってこと。もっと柔軟に聴者の状況や立場を考えるべきだってね」と山口さんも勢いづいて畳みかけた。

「でもそれだと、ある楽曲に対して好きな人、嫌いな人が細かく分かれてしまうという難点もあるわね。楽しめる人はいいけど、つまらない人にはつまらない、その傾向がますます強くなって、結局、選曲が余計に難しくなるんじゃないかしら」と磯川さんがその問題点を指摘した。

志津江さんが発言した。

「でも、そうした企画は検討してもいいんじゃなくって？　マンネリ化を排して新しいことへの挑戦って、お年寄りにも刺激になるんじゃないかしら」

志津江さんが発言するとなぜかドキドキして、まともな意見だと人知れず安心した。おいらの心配をよそにさらに続けた。

「私もいいんじゃないかと思う。よく知られた童謡や唱歌はそれとして、なんか変化がないとつまらないし、なんか違った演歌とか歌謡曲なんかも、もっと自由に取り入れてもいいんじゃないかって思うのよね」

「そうなの。ためしにちょっと違った曲や表現も取り入れてみましょうよ」

意を強くしたように山口さんが声を弾ませた。

「例えばどんな曲目を入れていくの？」と志津江さんが楽しげに訊いた。

おいらは会話に挟み込まれた志津江さんの言葉に不自然さを拭い切れなかった。例えばどんな曲を考えていくか、それはたった今、誰かが問うたことだ。そして具体的な話にはならなかったのだ。

他のメンバーとの会話に微妙に食い違いを生じていると感じたのはおいらだけなのだろうか。それとも、おいらが特別、志津江さんの言動を気にしているせいなのだろうか。

「それは、まだはっきりとは言えないけど――」

山口さんは困り顔で言い淀《よど》んだあと、少し考えてから、

「そうね、例えば逆に今、流行ってる歌謡曲なんかもいいんじゃないかしら」と言い足した。

案の定、会話は繰り返されたように思えた。

磯川さんが言葉を差し入れた。

「でも、お年寄りはそうした変化について行けるかどうかが問題ね。そこだけは十分に注意しないといけないわ」

東海林さんがその忠告を受け止めて返した。

「ずっと同じパターンでやってきて、結果、なんだか飽きられた感じで上手《うま》くいかなくなったじゃない。さっきも言ったけど、お年寄り相手だからこうあるべきだっていう固定観念はよくないと思う。だけど、あんまり考え過ぎなくてもいいんじゃないかなあ。もっ

と聞いてもらいたい曲を力を入れずにやればいいんじゃないかって」

「その聞いてもらいたい曲っていうのが難しいんだけどね」

議論は繰り返されている。

それは、必ずしも志津江さんのせいばかりではないようだった。

ここにきておいらは、ようやくメンバー一人一人の考え方や、それによって何が問題なのかが分かってきた。同時にその議論も堂々巡りに煮詰まりつつあることも。だけど自分が同席していなければならない理由はやはり見出せないでいた。むしろそこに座っている意味が遠のいていくようにさえ感じられた。

皆、屈《かが》み込むようにしてテーブルの上に沈黙を落とし込めた。

「勇次さんはどう思う?」

志津江さんがいたく真剣な眼差しで訊いてきた。

そう漠然とした質問をいきなり投げつけられても、答えるすべはなかった。

「どうって、な、なにをですか」と時間稼ぎが口ごもる。

「そうだったわ」

磯川さんも思い出したように相槌を打った。そして言い足した。

「なんでもプロのタレントさんがいらっしゃるって志津江さんがおっしゃったの。それじゃ、その方の意見を聞いてみようってことになったのよ」

人を食ったようなしたり顔で言ってのけた。だが、ようやくおいらがここに座らされている理由らしきものを明らかにはしてくれた。

同時においらは顔から火が出るほどの恥ずかしさを思い知らされた。コケる仕草でもなんでもなく、目まいがしてその場に倒れそうになった。その次に胸をよぎったのは、たった一つの持ちネタだけで廃れた、おいらに対しての痛烈なイヤミかというひがみ根性だった。それはいかにも考え過ぎだろうと、すぐに打ち消したのだが。

「でもちょっと待って」。自分で言っておきながら磯川さんは場を制した。

「勇次さんだって、さっき来たばかりで、いきさつだって何も分からないんだもの。急に感想や意見を聞かれたって、そりゃ無理な話だわね」

そのあとの磯川さんの言葉がいけなかった。こう続く。

「いくら一世を風靡《ふうび》した売れっ子芸人さんだって、状況が分からなければ判断も難しいでしょうしね。ねえー、勇次さん」

おいらは、今度は反対側に倒れ込んでやろうかと思った。だがソファの残り幅がないので床まで転がり落ちることになる。そこまでやることはない。

そう言っておきながら、磯川さんはおいらの動揺にまったく頓着せず重ねて聞いてきた。

「どうかしら、勇次さんはどう思われます？」

え？　またそれか。頭が真っ白になる。マンネリについてだっけか。新しい企画？　老人が喜ぶ歌？　なんだ、それ？　どんな回答も頭に浮かんでこなかった。

冷や汗が額に滲む。

その答えが自分で分かっていたなら、今頃、業界に生き残っていたはずだ。マンネリの是非についてはおいらの方が教えてもらいたいくらいなのだから。

だが気を取り直して背すじを伸ばす。

「あのー、すみません。今までやってきたプログラムってどんなものか、式次第のようなものってあるんですか」

おいらは冷静を取り戻し、もっともらしい質問を口にした。

そう問いかけたあとで、それがいかに適切な要請であったか我ながら感心した。思わず気が大きくなって鼻の先がぐぐんと伸びた気がした。

「そうよね、そうそう」。磯川さんは自分の大きなトートバッグを膝の上にのせて、中の書類を引っ掻き回した。そしてプログラムの束を取り出した。

手渡された数枚の小冊子は、すでに終わった音楽会の案内プリントだった。表紙には「タンポポの音楽会」と手書きの表題があり、開催日時などが示されていた。おいらはそれを一瞥した。一ページ目には演奏する曲目として、誰もが口ずさめる童謡のタイトルが七曲ほど並んでいる。ページをめくるとそれぞれの歌詞が、決して上手とはいえない風景のイラストなどと共に書かれていた。

取り立てて何を言うでもなく、礼だけを言って磯川さんに返した。

山口さんが、おいらの反応にはまったく関心を示さずに、再び主張を披瀝《ひれき》する。

「思い切って私たちが普通にやっているコンサート感覚でやってはどうでしょうか。私はそんなことも考えたんです。だから今も言いましたけど、ミュージックもランキングしてるものとか、なんていうかな、もう少し高度な楽曲を厳選してですね、形式もあくまでもコンサートスタイルでやってみるとか、そんな考えはどうでしょうか」

「弘子さん」と、磯川さんが手のひらを柔らかく差し出して制した。

「その話はちょっと待って。結論は性急に出せるもんじゃないから、まずは基本的な方針についてもっと話し合いましょうよ。今、勇次さんのお考えも聞いてみたいの」

「分かりました」。山口さんは素直に認めて口を噤んだ。

いやいや、おかまいなく。しゃべりたい人がどんどん意見を出せばいいんじゃないですか、おいらは心の中でそう言った。その願いは届かなかった。

四人の視線をまともに受けたまま、その場面は静止した。ますますハードルを高くしてくれた。額に脂汗が噴き出すのが分かった。仕方がない。

「いやあ、おいらには難しいことは分からないけど――」

取り繕いながらへらへらと笑ってみた。

皆、真剣においらを見つめている。

「マンネリですか？　マンネリね」と軽く咳《せき》払いをする。

磯川さんの顔を上目遣いにちらりと窺って、言うべきことを考えた。思いつかないまましゃべりだす。

「まあ、そうですね。そう思いますね、おいらなんかは」

磯川さんの口が、はあ？　と聞き返す形になったのが目に留まった。

「つ、つまり、ですね。お笑いの芸なんてほとんどマンネリなんですよ。そう、同じことばっかり」

四人とも、どういう意味だろうかと不思議そうな顔をしながらも、何となく頷いている。

「だって持ちネタなんて、そうたくさんあるわけじゃありませんから――」

見栄もカッコつけもいらない。本当のことを口にした。

「特に古くからずっと第一線で活躍している有名な芸人さんなんて、自分の持ちネタ一本でやってる人が多いんです。それってマンネリっていうんですかね。よく分かんないんですよ、すいません。

でも、そんな大御所の芸人さんは、自分のネタを何十年もやり続けてるんです。それってすごいことだなあって思います。がらりと芸風を変えて新しいネタをやるなんてことはないんです。長年やり続けていると、その人らしい芸に磨きがかかって、その芸人さんの持ち味っていうか、その人にしかない個性っていうか、そんなものがしっかりと出来上がっていくんですよね」

当時、考えていたことを思い出しながら言葉に置き換えていった。

四人ともが真剣な眼差しで聞き入っているのを意識した。

「もちろん音楽っていうか、演奏とは違うんでしょうけど。――そう思うんですよね。だから、やっぱりマンネリでもなんでも、まずは決められたことをやり続けていくことって大事じゃないでしょうかね。そしたら、それを土台にして個性っていうか、皆さんのグループらしさっていうのが出来上がってくるんじゃないですかね。もちろん、新しいことを取り入れていくのも大事なことでしょうが――」

何か言い足りない気もしたが、もう言葉が繋がっていかなかった。

皆、まちまちに視線を外して考え込む間があった。

胸の前で組んだ腕の一方を顎に当てて考えていた磯川さんが、軽く息をついてから、

「確かに勇次さんのおっしゃるとおりだわね」と深く独りごちた。

「分かりやすいお話だったわ」と東海林さんが静粛な微笑みの中で讃嘆《さんたん》した。

「勇次さん、いいこと言うじゃない。そんなアドバイスが欲しかったのよ」

志津江さんは冷やかすように言って、上半身をくねくねと揺らした。

よかった、おいらはほっと胸を撫で下ろした。

「でもねえ」と山口さんが濁った不満の声を詰まらせた。

「なあに、弘子さん」

志津江さんの促しに、山口さんは言葉を探しながら口を開いた。

「そのマンネリのパターンだって、まだ決まっている段階だといえないじゃないですかあ、まだ四、五回やっただけだし」不満を表す語尾が女子高生のような口ぶりだった。

「どういうこと？」

「季節の童謡はもちろん基本で、やっていくことに変わりはないのよ。でもずっと話し合ってるように、やっぱりそれだけじゃ物足りないのよ。何か別の趣向を取り入れた形で、『タンポポ』らしさを表現していければいいと思うのよね」

純情でおとなしそうに見えるけど、この山口さんはかなり頑固だと、おいらは恨めしそうに視線をさし向けた。

「じゃあ、どんなふうな趣向を考えているの？」と志津江さんが楽しげに訊いた。

だから、さっきも出ただろう、その話は！　また同じことを繰り返すつもりか？　おいらは歯ぎしりした口の中で言い放った、気になった。

「そうね、弘子さんも英子さんもなんかやってみたい曲があるんでしょう？　その話をしてみましょうよ」

磯川さんは、今度は気にした様子もなく議事を進行させた。

さすがに年の功だ、議論が尽くされたとの判断なのだろうと感心するとともに、こっちは脱力感を味わった。また同時に、おいらはこれでお役御免だろうと思った。その話に加わる謂れはないし、第一その素養がないのだから。

「基本は季節の童謡や唱歌などを演奏してみんなで歌うことに変わりはないの。さっきも言ったかな。あとはお年寄りの好む懐メロや演歌なんかを取り入れていく。それから、今はやりの曲や、逆に歌い継がれた歌謡曲なんかもいいんじゃないかって、そう思うの。

でも、皆さんが心から楽しんで参加してくださることが大切でしょ。だから選曲は難しいと思う。磯川さんがおっしゃったように、皆さんがお好きな曲は、十人十色でそれぞれに違うだろうし、こっちの勝手な思い込みで決めるのもどうかと思うし」

山口さんは溜まっていた鬱憤を晴らすように、息もつかずにまくしたてた。

東海林さんも流暢《りゅうちょう》に語りだす。

「ほら、一般の音楽会なんかだと、お客様の反応が、その場ですぐに直接に伝わってくるじゃない。ステージで演奏中にも、聴者が感動しているなあとか、楽しんでもらってるなとか、逆に退屈してるな、曲に馴染んでいないなあとか、分かるものね。演奏終了後にアンケートにも応じてくれるし、方向性を決めていくのに役立つのよ。でもねえ、老人ホームでの演奏会となるとそうはいかないじゃない。——なんていうかなあ……」

いったん言葉を閉ざしてから、また話を続けた。

「興味や知識があって参加してくださってる一般の方とは、やっぱり違うじゃない。施設ではレクリエーションの一環だし、そもそも意義づけが違うでしょう。なんていうかな、音楽療法という側面もあるんでしょう。

こう言ったらなんだけど、お年寄りだからやっぱり反応が薄かったり、果たして楽しんでもらっているのか分からなかったりするところもあるのよ。でもある意味、それはひとまず置いといても、演奏をやっていくっていう前提っていうか、現実があるのよね。お年寄りに音楽で楽しんだり感動したりしていただくという前提がね。じゃ、それはどんな音楽かってなると悩むのよね」

おいおい、またその話の繰り返しかい、もう勘弁してくれよ。うんざりした気分でおいらはその場を立ち去る理由とタイミングを計っていた。

だが話し合いに目途がつく気配はない。

おいらはここにきて、単に楽しむ会話のための会話だとそんな気がしてきた。

「そこはあまり神経質に考えなくてもいいんじゃなくって？　音楽療法の意義なんて考えていったら、ますますややこしくなってしまうし、第一、私たちはそうした専門家じゃないんだし――、だから今、英子さんがおっしゃったように楽しんでもらうということを第一義に置くことが大切よ」

「そうですよ。私は思うんですけど」と山口さんが代わって磯川さんの語尾にかぶせた。「私たち、公民館やコミュニティセンターで演奏会をしてるじゃないですか。あれって皆さんにすごく喜んでもらえるし、私たちもやってて楽しいじゃない。もちろん観客は一般の地域住民の方々で、ウェルビーング小岩とは環境も意味合いも違うけど、だからってあんまりそうした条件の違いを気にするのもどうなんだろうって、そう思うのよね。

だから一度、そういった、なんていうかな、きちんとしたコンサートみたいな感じでやってみるのはどうかしら」

「そうね。それが弘子さんのお考えだもんね」と磯川さんが優しく目尻を下げた。

「でも、その趣旨でプログラムを構成して、私たち自身が気持ちを切り替えるのって、難しいことだし勇気もいるわね」と東海林さんが腕を組み直す。

「いきなりがらりと変えるんじゃなくって、一曲でも二曲でもちょっと趣の違うジャンルの楽曲を入れるの。それだけでも、こういったらなんだけど、演奏のグレードって上がるんじゃないかしら」

「じゃ、クラシックなんてどうかしら？　ぐんと格調が高くなるわよ」

志津江さんが唐突に言い出した。思いついたことを前置きもなくぶつけた感じだった。志津江さんらしいと言えばそれまでだが。

それを耳にした三人は素早く視線を合わせた。

そのアイコンタクトの範囲においらも入っていた。意味は多少違っていても、他の人がどんな反応を見せるのかを探る目に変わりはなかった。

「そうねえ、いいかもしれないけど、ちょっと難しいかもしれないわね」と磯川さんがやんわりと判定を下した。

そのあとで、誰も口を利こうとはしなかった。何が難しいのか、おいらでも漠然と予想できた。誰も発言しない沈黙の片隅から、

「クラシックって、あれですよね。ベートーベンとかチャイコフスキーとか、バッハと

か？　あとモーツァルト？　そんな古典音楽ですよね」

常識的なことをあえてこわごわと切り出し、上目遣いにメンバーの顔に視線を這わせた。

「あれって、オーケストラで演奏するものですよね」と、分かりきったことを問い直さずにはいられなかった。

磯川さんだけが出来の悪い生徒を見る目つきでにこりと笑ってみせた。

「そう、さすがに勇次さん、鋭いご指摘よ」

ばかにされてる感がしなくもなかった。

「そうね。だから私たちのような四重奏カルテットでは、交響曲なんかやっても、その本来のよさはとてもじゃないけど表現できない」と東海林さんは目線を下げたままぼやくように注釈した。

「そうね。残念だけど、今の私たちの軽装な楽器だけでは、交響曲の編曲をするのだって程遠いものね。技術的なことを含めてね。どうあがいても、ドボルザークの『新世界』だのチャイコフスキーの『悲愴』だの、そんな勇壮さや重厚感も荘厳さも表現できないもの。

いつだったか、ミニコンサートでショパンの協奏曲を編曲してやったことがあったの覚えてる？　あの時だって、例えばアルペジオ（和音を一つずつ奏でる）は私のフルートでは協和音にならなかった。で、音が浮いてしまった。東海林さんのバイオリンも、ピアノの連続オクターブをカバーする伴奏では編集しきれなくて、そのまま半音上げて合わせたけど、結局、主旋律をカバーできなくてばらついてしまった。苦い経験だったわね」と磯川さんが半分、笑いだしそうになった。

「コミュニティでのミニコンサートでも、そうそう上手くはいかないのに、どうして高齢者施設での演奏会でやろうだなんて考えたんですか」と東海林さんが不思議そうに志津江さんの顔を覗き込んだ。

志津江さんは自分でも首を傾げて考え込んでから、そのままの表情で答えをひねり出した。

「だって、ミニコンサートなんかに来てくれる観客って、耳が肥えているっていうか、レベルが高いじゃないの」

「まあ、そうかもしれないけど。だからどうしたんですか」

山口さんはわずかに理解不能といった顔つきで身を乗り出した。

「だからね、バイオリン一本、フルート二本にピアノというだけの構成で『第五番　運命』を演奏してもたかが知れてるでしょう。ただメロディをなぞるだけで、レッスン課題曲をやっているようなもんじゃない。聞き慣れてる人ならすぐに分かる。つまらなくてがっかりするんじゃないかしら」

そう聞かされた三人は、そっと首を傾げて視線を交わし合った。

「そうかもしれないけど——」と東海林さんは聞き取れないほどにつぶやいた。

「まあ、言うまでもないわね」と磯川さんもぼそりと漏らしてから続けた。

「一般的にはオーケストラの演奏だと構成員は三十人から一〇〇人にもなるしね。その中で弦楽器は第一、第二バイオリンが合わせて十四本くらい？　ヴィオラ四本、チェロ二本、コントラバス二台って感じかしら。それに木管楽器ではフルート、オーボエ、クラリネット、ファゴット、金管でホルン、トランペット、トロンボーンでしょ。そして打楽器が入るわね。ティンパニーとか、楽曲によってはシンバル、トライアングルなど、もっと多彩な楽器が入ってくるし」

「それだけの管構成で、初めて交響曲は成り立つわけですものね」と東海林さんが引き継いで締めくくった。

「その音量と重量、迫力を欠いて、そのまね事をしたって何の意味もない、つまり視聴者に満足してもらえる音楽なんて与えられるわけがない、ってそう言いたいんですよね、志津江さんは。確かに磯川さんが挙げてくれた失敗例を引き合いに出すまでもなく、今までクラシックのカテゴリーに立ち入ることがなかったのは、そんな暗黙の了解があってのことだったかもしれないわね」

志津江さんは目をむいて何度か頷くと、

「そういうことよ。限りなく高度な楽曲を手がけて、無理すればするほど貧素な演奏を露呈するだけ、そんなことは言わずもがなよ」と言い切った。

「じゃあ、どうして施設なら、やってもいいって思ったんですかあ?」

山口さんは納得しきれないといった目つきで、そんな志津江さんの様子を捉えていた。

磯川さんと東海林さんは、お互いに見合って笑いを噛み殺しているようだった。

その東海林さんが、その本音を察したように、

「施設で演奏している分には、聞いているお年寄りはそれがクラシックの有名な曲だって分からないかもしれない。だから二、四人で演奏する音楽じゃないだなんて批判的な感想は持つはずがない、そう思ったんでしょう? 志津江さん」と意地悪そうな目つきで流し見た。

「まあ、そういうこともあるかなあって」と渋々認めた。

「でもたぶん――」、山口さんが逆説を述べた。

「施設の方だって、やっぱり同じ感想を持つんじゃないかしら。むしろ、一般の方以上に、全然つまらないと思うかもしれない。先入観が薄いだけにね。まあ、いずれにしたってオーケストラの演奏を聞いたことがないなんていう人はいないんだし、そしたらこの音

楽はなんだろうって不思議に思うかもしれないわ」

志津江さんは何かを言い返そうとしたが、ぐっと言葉を飲み込んでしまった。

「ともかくその話は置いといて、まずオーケストラの交響曲はちょっと無理だわね」と磯川さんが早々にその議論を結論づけた。

断定的な響きもあったが、それに異論が出る気配はなかった。

だが自分で打ち切ってしまったことに対して、いくらか後悔が残ったようだった。皆の様子を見回しながら、

「ねえ、覚えてらっしゃるかしら?」と話題の向きを変えた。

三人が注目した。

「この夏の区民フェスティバルで、山口さんと東海林さんのピアノとバイオリンのコラボ演奏をしたの。オープニングで、エルガーの『愛の挨拶』を演奏したんだけど、それから東海林さんは、確かショパンの『ノクターン第二番』を弾いたんじゃなかった?」

そう言われて二人は顔を見合わせて首肯した。むろん忘れるわけがないと暗に言いたげだった。

「志津江さんのフルート独奏も、東海林さんのピアノ伴奏で素晴らしかったわよ。覚えてる?　志津江さん」

志津江さんは、ほんの一瞬のうちに顔面を強張らせて考え込む仕草をした。

「そうだったかしらね」。すぐに調子よく苦笑いとともにやり過ごしてしまった。

「確か、ビゼーの『アルルの女　第二組曲メヌエット』じゃなかったかしら」と東海林さんがさらりと言ってのけた。

「ああ、そうだった」。磯川さんも曲名を度忘れしていたようだ。

「四重奏では、『パッヘルベルのカノン』を演奏したんだったわね。夏の昼下がりにぴったりの曲だった。皆さんゆったりとした表情で聴かれていたっけ。ついこの前だったのに、もう遠く懐かしい感じがするわ」

「どうしたのよ、磯川さん。何を言いたいわけ」

思い出に浸りかけていた磯川さんに対して、志津江さんは相変わらず思ったことがすぐに口に出るようだ。

「あら、ごめんなさい。言いたいことはね、この前のフェスティバルはすごく評判がよかったじゃない。だからああいった曲をやるのもいいんじゃないかしら。クラシックっていったって、なにも堅苦しい交響曲なんかを考えることはないんだし、やるならもっとポピュラーなもので、誰もが聞き馴染んだような曲を考えていけば」

「バッハの『G線上のアリア』とかシューマンの『トロイメライ』とか、一般向けで聴きやすい癒やしの曲なんかがいいわよね」と東海林さんがさりげなく提案した。

「確かにきれいなメロディだし、高齢の方には古き良き時代の喫茶店を連想するかもしれない。だけど反面、お年寄りには子守歌に聞こえて眠ってしまうかもね」

志津江さんが至って真面目に発した意見に皆、一様に苦笑した。その様子を見回してからさらに続けた。

「気の立ってるお爺《じい》さんには、優しく穏やかな気持ちになってちょうどいいかも。でもみんなでお昼寝されても困るから、その時は、『道化師のギャロップ』とかヨハンシュトラウスの『ラデツキー行進曲』なんかをテンポよく織り交ぜてやればいいんじゃない。皆さん、びっくりして目を覚まされるんじゃないかしら」。そう言って一人で高笑いをした。

山口さんが無視して、真剣な顔つきで場の雰囲気を引き戻した。

「でも、やっぱり違うんですよね、それって。だって馴染みませんよ。童謡を皆で歌っていて、急にクラシックのポピュラーミュージックだなんて。そう思われません？」

「そうかしら、私はバラエティに富んでていいと思うけどなあ。頭の切り替えにもなって脳にいいんじゃないかしら」と志津江さんが反論した。ふざけて言っているようでもなかった。

「確かにブレイクタイムっていうのもあるし、私たちが参加する演奏会でも二部構成でやることもあるし、どうなんでしょうねえ」と東海林さんが方向性に苦慮して唸った。

「テーマに沿った演奏の間に入れる弘子さんのピアノ演奏は、いつも素晴らしいもの。ブラームスの『ピアノ協奏曲』とかベートーベンの『月光』とか、一緒にいる私たちだっていつも聞き惚れてしまうもの」

磯川さんの讃嘆に山口さんは首を横に振って謙遜しながらも、ぴんと伸ばした上半身をきちんと倒した。

「この前みたく、幼稚だと感じる人がいるなら、いっそのこと弘子さんにリストの『カンパネラ』かなんか、まじで弾いてもらいましょうよ。反抗的なお爺さんだって目を丸くして驚くわよ」

志津江さんが言い終わるのを待って、磯川さんが当惑気味に、

「でも、楽曲にギャップがありすぎても、聞く方の皆さんを疲れさせてしまうかもしれないわね」と真面目な話に戻した。

「じゃ、逆にもっと馴染みのあるポップス系を入れてみるとか」

志津江さんが思いもよらぬことを言いだした。おいらはのけぞるように彼女の顔を見た。これまでの話の何を聞いているんだ、とその目が言っていたかもしれない。

その驚きは皆も同じだった。だが、その注目した視線を平然と受け流して、志津江さん

は続けて言った。

「そうだ。それならジャズなんかはどうかしら」

「さあ、それはどうでしょうか。お年寄りに向きますかねえ」

意外と大真面目に東海林さんが顎の先を細やかな指先で包んだ。

「だから、そんなレアでマニアックな曲はやらないわよ。誰でも一度は聞いたことがあるような古いやつよ。例えば、そうだな、レイチャールズの『我が心のジョージア』とか、ナットキングコールの『モナリザ』とか、それから――」

志津江さんは黒目を上瞼に寄せ上げて考えている。

「そうね。私も古いけどグレンミラーの『ムーンライトセレナーデ』なんて好きだわね。娘時代、『グレンミラー物語』を見て感動して、憧れてね」

磯川さんが珍しくその気になって、自身の思い出に浸りかけた。

「それで今のご主人と大恋愛をして添い遂げたのね」

志津江さんは真面目に言っているのか、からかっているのかよく分からなかった。

「あら、いやだ」

磯川さんはむき出しになった前歯を慌てて手のひらで覆い隠して大笑いした。そしてはぐらかすように、

「でも、そういうのも、やってみてもいいかもしれないわね」と聞き取りにくい口調で賛同した。

一区切りついたように沈黙が間延びしていった。

おいらはその機に乗じて、

「それじゃ、おいらはこれで」とあえてゆっくりと頭を下げた。

「あら、勇次さん、悪かったわね。お忙しいところを付き合わせちゃって」

「いえ、大丈夫です」

腰を浮かせたところで志津江さんがさらに言葉をかけてきた。

「貴重なご意見、ありがとうございました」

山口さんと東海林さんがデュエット演奏の前のような振りで同時にお辞儀をした。磯川さんは零れるような微笑みを浮かべておいらの顔を眺めている。

おいらも相対して再度、丁寧に頭を下げた。その時、ふと頭に浮かんだことがあった。思い直したようにそっと尻をソファに沈めると、ある話が口をついて出てきた。

「実はおいら、『幸齢クラブ』っていう区民サークルにボランティアで参加させてもらってるんですけど」

急に何を言い出すのかと四人の注目を浴びた。

「あら、そうなの。初耳だわ」と志津江さんが答えた。

「それはどんなものなんですか」と磯川さんも興味を示した。

「別に変わったことはしていません。『コウレイ』は高齢者の『高齢』ではなく、幸せの『こう』に『齢』と当てて、毎回、みんなでただおしゃべりするコーナーなんですが、その進行役を受け持ってるんです。題して『お笑い・脳活セミナー』って名付けています」

「へえー、なんだか楽しそうですね」

短い会話が途切れると、みんなで何となく視線を交わし合った。志津江さんは、それが何か？　と問いたげに頭を傾けておいらの出方を待っている。

「それで、思うことがあるんですが――、いいですか、ちょっと話して」

「もちろん」志津江さんと磯川さんが合わせたように首を大きく縦に振った。

「参加者は三十人ほどの元気な高齢の方々なんですけどね。おいらが事前に健康に関する情報を集めていて、それをクイズにしたり、面白おかしく話したりするだけなんです。でも、半分は皆さんの経験や意見なんかをしゃべってもらうんです。そこで思うことは、皆さん、自分がしゃべるのが一番楽しいみたいなんです。それが一番のストレス発散になるし、一番の健康の秘訣《ひけつ》でもあるんじゃないかと。まあ、それが言いたかっただけですけど」

聞き終えた四人は、微妙な疑問が残る目つきでそれぞれ見合った。おいらの話の中身を、それぞれに咀嚼《そしゃく》しているかのようだった。

「よい活動をなさってるのね」と磯川さんが無難に受け答えた。

「いいえ」と目の前で扇ぐ。

なぜそんな余計な話をしたのか、自分でも分からなかった。

ただ言えることは、「タンポポの音楽会」が行われる中で、何か欠けているものがあり、それが「幸齢クラブ」で享受している楽しみにヒントがあると直感したのだ。

おいらはそっと腰を上げて、送りに出た志津江さんを尻目にすごすごと退居したのだった。


後日談があった。

三日ほど経った配達の時だった。玄関先に立った志津江さんが、おいらに「ウェルビーング小岩」での音楽会の司会を依頼してきたのだ。打ち合わせで、おいらが帰った後に皆で話し合った結果だという。

これまでの進行では特に司会などという役割はなく、磯川さんが曲目だけを告げて、すぐに演奏に入るという流れだったそうだ。参加者が物足りないと感じる理由の一つはそこにもあるのではないかと、おいらの話を聞いたあとで気づいたそうだ。つまり、全体としてコミュニケーションや笑いが不足しているのではないかと。

おいらにしても、そこまで明確な原因として、そのことを指摘するつもりはなかった。なぜあの時、そんな話を持ち出したのかさえあやふやだったのだから。

しかし今は、あの時直感した音楽会の難点といったものが、徐々に具体性を帯びて明確になってくるようだった。

ともかく意外な方向に事態は展開したものだ。おいらはその依頼を聞いてたまげるしかなかった。さて、どうしたものか、配達の途中ですぐさま返事のできる話でもなかった。おいらはともかく意向を了解して、返事はあとですると伝えてその場を辞したのだ。

仕事を一段落つけて考えた。だが考えるまでもなかった。何も断る理由がなかった。問題は店のやりくりだった。母ちゃんに相談したら、一も二もなく賛成してくれた。

おいらは電話で引き受けることを伝えたのだった。志津江さんは大して喜ぶ様子もなかった。当然の返事だと、すでに読んでいたのだろう。

後日、演奏会の式次第を渡された。

それには、しゃべりの間や時間割まで事細かく記されていた。これはいい加減な仕事はできない、その内容を見ておいらは思った。

おいらは気を引き締めて、司会の仕事に挑戦する決意を固めたのだった。

2 近くて遠い思い出

配達し終わり帰途に就く頃には、西の空の赤みはすっかり消えていた。

裏口から店に入ると、奥から父さんが「お帰り」と声をかけてくれた。父さんは最近はよく声が出るようになった。今にして思うと二か月ほど前はよほど体がつらかったのだろう。

その日も店の入りは変わり映えしなかった。

カウンターの一番奥の席にアキちゃんが座っているのに気がついた。兄ちゃんの嫁の明子だ。アキちゃんは半身になっておいらに向かって手のひらをひらひらさせて、悪戯っぽく目配せしている。その向こうから一人娘の優奈も愛らしい笑顔を覗かせている。優奈は中学一年になる。突然だったせいもあるが、アキちゃんの独特な華やかさと色気に動揺を隠しきれず、不愛想に顎をしゃくるのが精いっぱいだった。

テーブル席には二人連れの客が入っていた。

おいらは前掛けを着けながら注文を確かめた。チャーシューメンとタンメンの伝票が切られている。

父さんがオーダーを仕上げてカウンターの台に並べた。おいらはトレーに器を載せながら、

「父さん、あとはやるから、もう上がった方がいいよ」と言い残してテーブル席に向かった。

「そうさせてもらうよ。明子さん、すまんが失礼するよ。優ちゃん、今度は家の方にもおいで」

そう声をかけて帰り支度を始めた。

「お父さん、帰る？」

惣菜売り場から戻った母ちゃんが、心配そうに見送った。

「明子さんが顔見に来てくれて、勇ちゃんが戻ってくるの待ってたのよ」

おいらはカウンターの中を移動して二人の方に近づいた。ちょうど、食事を終えたところのようだった。

「今日はどうしたの？」、ぼそりとした調子で訊いた。

「勇次君の仕事ぶりを見に来たんだよ」

アキちゃんはからかうような含み笑いを忍ばせておいらを見上げた。

ありきたりな冗談だと分かっていながら真に受けてしまう。そんな内心を見透かされたようで、気恥ずかしさを隠しきれなかった。

だからその冷やかしを無視して、アキちゃんの横で黙って笑顔を見せている優奈に向かって、

「優ちゃん、元気にしてる?」と声をかけ、「また背が伸びたみたいだね」と自分の肩あたりに手のひらをかざした。

前回会ったのは、入院している父さんを見舞いに来た時だった。病院で親子二人と顔を合わせたのだ。二年前になる。

「今、大会ないもん」

「記録、伸びた?」と続けて訊いた。

「あ、そうか」

優奈は水泳をやっていた。種目は平泳ぎだった。この夏、地方大会ジュニアの部で入賞したのだった。

その背丈もスタイルも中学生とは思えなかった。

「来シーズンには、またぐんと記録が伸びるね」

優奈は微かに体をくねらせて首を傾げた。

「楽しみだね。東京オリンピックはどうだ？」と母親と優奈の顔を見比べながら言った。

「その時は、まだ高校生だよ」とアキちゃんは笑い飛ばしたが、自慢げな目つきからまんざらでないことが分かった。

「岩崎恭子だって中学生で、無名だったんだよ」とおいらは得意げに語った。

「優奈ちゃん、知ってる？　岩崎恭子。バルセロナで金メダル取ったんだよ。まだ子供でさ、インタビューで『今まで生きてきた中で一番幸せ』って、有名なコメントしたんだ」

「知ってるよ。ジュニア大会で会って声をかけてもらったもん」

おいらは目が点になって言葉を失った。

「ばかね、勇ちゃんは」

「恐れ入りました。じゃ、ますます期待が大きいね」

「どうかしらね。優奈、練習、嫌いだもんね」と言いながらも満足げな眼差しを娘に送った。

優奈は尖らせた口から反発の言葉が出にくそうにしている。

「じゃ、天才肌なんだね。やっぱりアキちゃんの血だね」

「なんでよ。私は天才じゃないし、練習も一生懸命やったわよ」と低い声を発しておいらを下から睨んだ。

アキは高校でバスケットボール部のキャプテンだった。おいらが一年で入部した時、三年生だった。女子部とはいえ、いわば雲の上の存在で口を利くのも憚《はばか》られた。おいらは兄ちゃんと同じ高校に行った。だけどおいらが入学した年に卒業していたから、同じ学校で高校生活を共有してはいなかった。

入部して間もなく、練習後の片付けをしているとキャプテンのアキがやって来た。

その時、初めて口を利いた。

「藤井勇次君って君？」といきなり声を浴びせられた。

おいらは体育館の隅で屈んで何かの仕事をしていた記憶がある。たぶん道具の手入れか何かをしていたのだろう。同学年の部員もいたのかもしれない。でも俯瞰《ふかん》の風景には一人しかいなかった。他の運動部の掛け声や声援なども聞こえなかった。雑音は無声フィルムのようにかき消えていた。

相手を見上げて、それが女子バスケット部のキャプテンだとすぐに分かった。その時の姿は今でもくっきりと目に焼きついている。白地のユニホームを着ていた。胸に校章の葵《あおい》のデザインが鮮やかに映る。が、直視することはできなかった。その上から紺青色《こんじょういろ》のトレーナーを羽織っていた。前のチャックは閉めてはいない。真っ白なストライプが二本入った同色のタイツは、その裾でシューズの結び目を隠していた。

なぜか強い光を背景にして（今は、それが天井に近い壁の採光窓から無数に差し込む光の束だと分かる）、自然体で見下ろしていた。片手だけを腰にあてがっていた姿をアニメグラフィックのように鮮やかに記憶している。

おいらは眩しそうにその表情を探した。だけど彼女の背後が眩《くら》むように明るくて、ただ暗いシルエットしか見えなかった。それを見出せないまま、目の焦点はぼやけていく。

おいらはてっきり何かのミスを叱られるのだと思った。

「はい、そうです」

緊張して発した声が裏返った。

「真一さんの弟だよね」

ハスキーで大人びた声質だった。

「はい」

おいらは返事をしてゆっくりと立ち上がった。向かい合うと、おいらの方が少しだけ背が高かった。目線はほとんど水平に合わさったはずなのに、ずっと上から見下ろされている感覚が残っている。

「君のお兄さんの真一さんから聞いたの」

そう言われてもまだ意味が分からず、ぽかんと口半分を開けていたように思う。その様子を見ていたアキの零れるような笑顔も、褪《あ》せることなく心の奥に生きていた。

「お兄さんから言われたの。弟がバスケット部に入ったからよろしく頼むってね」

その一言においらの頭は混乱した。その意味を、紐《ひも》をなめすように理解するには、いくつかの疑問点を繋がなくてはならなかった。

最も大きな謎があった。それは、なぜ兄ちゃんがそこに登場するのかということだった。兄が、全校でも有名な女子キャプテンと親しかったことなど知るはずもなかったのだから。おいらはくらりと頭が揺れる感覚がした。そうか、兄ちゃんは目の前の女子キャプテンと親しかったのか。朦朧《もうろう》とした頭でその事実に行き着いた。

同時に体育館の風景が、ゆっくり揺らいでいく。それほどの衝撃を受けた。

アキを中心にして背景が回った。親しかったというより、もっと親密な関係だと感じた。そうか、兄ちゃんは、女子キャプテンと付き合っていたのか。心の中で言葉にした。そんなことなど知りようもなかった。知らなかったということにおいらは胸が高鳴った。秘められた特別な関係という不文律を意識した。そしてさらにくらくらした。彼女の後ろにあったバスケットゴールがゆっくりと動いていた。天井の照明器具へと視界が移った。そして舞台の緞帳《どんちょう》が背景になった。中二階の観客席へと、非常口に向かうピクトグラムへと回転していく。ゴールボードに戻り通り過ぎて行った。

くるくると、だんだんと速く回った。ふっと意識が遠くなりながらも、おいらは彼女の表情を求め続けた。そのあとで、どんな返事をしたのか、覚えているはずもなかった。

それからというもの、アキは練習中においらのことをいつも気にかけてくれた。それとなく声をかけてくれたり、練習の合間に飲み物やおやつなどをそっと差し入れてくれたりもした。

アキは髪をショートカットにしているボーイッシュな（今でもそのヘアスタイルは変わっていないが）女子生徒で、全校の男女を問わずファンが多かった。だから部員はもちろん、他の生徒らの目も常に気をつけていた。そのことで変に誤解されたり噂になったりすることが怖かった。その思いは二人とも共通していた。ある意味、兄ちゃんを介しての特別な関係なのだとお互いに感じていたのだ。

特においらはその思いが強かった。彼女の態度というものは、兄ちゃんに頼まれたからだと強く心に留めていたのだ。

いずれにしても、短い高校生活の中で、二人とも秘められた関係という意識がずっとあったように思う。

若い男性客が入ってきた。少し迷ってテーブル席に座った。母ちゃんが注文を取りに行って、炒飯の大盛りと餃子一人前のオーダーを通した。

料金受取人払郵便

新宿局承認

2524

差出有効期間
2025年3月
31日まで
（切手不要）

郵便はがき

160-8791

141

東京都新宿区新宿1－10－1

（株）文芸社

愛読者カード係 行

ふりがな お名前		明治 大正 昭和 平成 年生 歳
ふりがな ご住所	□□□-□□□□	性別 男・女
お電話 番号	（書籍ご注文の際に必要です）	ご職業
E-mail		
ご購読雑誌（複数可）		ご購読新聞 新聞

最近読んでおもしろかった本や今後、とりあげてほしいテーマをお教えください。

ご自分の研究成果や経験、お考え等を出版してみたいというお気持ちはありますか。

ある　ない　内容・テーマ（　）

現在完成した作品をお持ちですか。

ある　ない　ジャンル・原稿量（　）

書　名				
お買上 書　店	都道 府県	市区 郡	書店名	書店
			ご購入日	年　月　日

本書をどこでお知りになりましたか?

1.書店店頭　2.知人にすすめられて　3.インターネット(サイト名　　)

4.DMハガキ　5.広告、記事を見て(新聞、雑誌名　　)

上の質問に関連して、ご購入の決め手となったのは?

1.タイトル　2.著者　3.内容　4.カバーデザイン　5.帯

その他ご自由にお書きください。

(　　)

本書についてのご意見、ご感想をお聞かせください。

①内容について

②カバー、タイトル、帯について

弊社Webサイトからもご意見、ご感想をお寄せいただけます。

ご協力ありがとうございました。

※お寄せいただいたご意見、ご感想は新聞広告等で匿名にて使わせていただくことがあります。

※お客様の個人情報は、小社からの連絡のみに使用します。社外に提供することは一切ありません。

■書籍のご注文は、お近くの書店または、ブックサービス(☎0120-29-9625)、セブンネットショッピング(http://7net.omni7.jp/)にお申し込み下さい。

おいらは父さんが書いてくれたレシピノートをアキちゃんに気づかれないように閉じた。一つ息を吸い込み調理にかかった。

コンロにかけた二つの平鍋と中華用のフライパンに油を引いた。

仕込まれた餃子を六つ並べて火を弱火に落とし、蓋をした。もう一つには溶き卵を流して手早く混ぜる。フライパンから白い油の香りが立つと、ネギとナルト、焼き豚の千切りを入れて軽く返したあとで、炒《い》り卵の鍋の火を消した。

フライパンに一人前の大盛り飯を入れる。強火にして大きく振り、オタマを添えながら飯をばらして具と馴染ませる。自家製の中華ダシを一振りして、外から手前に返すと一瞬炎が立ち上がった。米と具材は直火をくぐってフライパンの中に納まった。

その隙を見て餃子の鍋に少量の水を差し、ジャーという音と水蒸気を蓋で閉じ込めた。炒り卵をほぐして飯粒がぱらぱらと空中で躍り始めると塩、コショウで味を調える。火を消して、醤油をほんのわずかフライパンの肌から回し入れる。香ばしい醤油の香りが立つ。

大きなオタマで出来たての炒飯をすくい取り、中華皿に返して丸く盛り付け、最後にグリーンピースをのせた。餃子も皿に取り、中華スープと一緒に並べた。その間、およそ三、四分だった。

アキちゃんはカウンターに両肘をついて、手のひらに両頬をのせた格好でそれを眺めていた。母ちゃんが湯気の立つ料理をトレーに移して運んで行った。

「夕食は?」。おいらはフライパンを洗いながら、二人の顔を見比べた。

「済んだ。お義父《とう》さんが賄いご飯、ごちそうしてくださったの」

「賄いご飯?」

「うん。もんじゃ焼き定食」

「なんだ、それ。おかずになるのかね」

「他にもいろいろお惣菜添えてくれたし、もうおなかいっぱい。ねえ、優奈」

「うん、おいしかったよ」と優奈は真顔で答えた。

「じゃあ、コーヒーでもいれようか?」

「サービス?」

「もちろん。だけどインスタントだよ」

「いいよ。優奈は?」

「私はいい」

「じゃあ、酎ハイにする?」

優奈はぽっと頬を赤らめて下からおいらに大きな瞳を向けた。

「優奈、一杯飲むか」とアキちゃんも調子を合わせてからかった。

インスタントコーヒーとオレンジジュースをカウンター越しに出した。

勤め帰りのサラリーマン風の青年と、若いカップルが続けざまに入った。

「随分と繁盛ね」とアキちゃんがほとんど唇を動かさずに伝えた。

確かにこんなことは珍しかった。おいらと母ちゃんの二人で夜の時間帯をやり始めて、おそらく初めてだろう。カウンターにあか抜けした女性とその娘らしき少女が座る光景が、暖簾の隙間から見えるせいだろうか。おいらにはそんなふうに思えた。

お冷やを運んだ母ちゃんが、その場に立ったまま、ビールとタンメンのオーダーを通した。

体が先に反応した。麺を湯切り笊《ざる》に落とし込み深鍋の湯にかけた。即、豚肉、キャベツ、ニンジン、玉ねぎの炒めにかかる。

母ちゃんが次にオーダーを通す。

「ミックスフライ定食、生姜《しょうが》焼き定食」

平鍋に火を入れる。冷蔵庫から生姜とニンニクのタレに漬け込んだ豚肉スライスを出して、油を熱した鍋に丁寧に引いていく。バチバチと音を上げて生姜とニンニクの香りが一瞬立ち上り、真上の換気扇から消えていく。温めた中華どんぶりの底に父さん秘伝のタンメン用ダシ汁を入れる。

豚肉を返したあとで、麺を熱湯から上げて湯を切る。ゆで汁をどんぶりに注ぎ麺を落とす。タンメンの野菜をふんだんに盛り付けてカウンターの台に出すと、すぐに生姜焼きの鍋の火を閉じる。

ミックスフライのエビとイカのフライ、カニクリームコロッケは惣菜売り場にも出しているのですでに出来上がっている。二つの真っ白な洋食皿にキャベツの千切りを盛って、一つはレンジで温め直したフライを盛り付け、もう一つはこんがりと炒めた生姜焼きを敷いて鍋に残った油汁を回しかける。最後にトマトとパセリで彩りを添えた。

定食には三枚の沢庵《たくあん》と、その日は油揚げとワカメの味噌汁を出した。五分とかからない手さばきだった。

アキちゃんはさっきと同じようにおいらの仕事をうっとりと眺めていた。母ちゃんは惣菜売り場で常連の客と話し込んでいる。アキちゃんはふと思いついたように、カウンターの前の台に並べられた出来たての料理と母ちゃんの様子を見比べた。そして、そわそわと辺りを見回し、また母ちゃんの方を窺いながら腰を上げた。

「勇次君、これ、私、運ぼうか?」

そのしおらしさにおいらは戸惑った。

「いいよ、アキちゃん、おいらが行くから」

そう答えた時には、アキちゃんは立ち上がりざまにワインカラーのニットのジャケットを脱いでいた。隣の丸椅子の上に二つに畳んだ上着を置いた。

トレーを自分で取ってタンメンの器を載せた。黒のタイトパンツにヒールの高いブーツで大股に歩いて行く。古めかしい大衆食堂にはおよそ似つかわしくない容姿だった。

奥のテーブルでスマホに夢中になっていたサラリーマンの席へ行くと、「お待たせしました」とテーブルに器とレンゲを揃えて置いていく。

客は当然、店員だと思って何気なくちらりと目をやった。視線を戻そうとして、思わずアキちゃんの顔を見上げた。そしてタンメンが置かれる間、ぽかんとした表情で見惚れていた。

おいらはその客の様子を盗み見して、思わず顔が綻んだ。――無理もないよな、いきなり宝塚の男役スターのような女性が料理を運んできたら。心の中でつぶやいた。

二人前の定食も卒なく配膳した。それに気づいた母ちゃんが立ち話を切り上げて戻ってきた。

「あらあら、明子さん、悪いわね、ありがとう」

言いながら、カウンターの中に入って洗い物を始めた。

「ちょっと早いけど閉めようか」

おいらはそう言って暖簾を下げに行った。

客が引けると、母ちゃんはカウンター席に座って、やれやれと人心地ついた。おいらはまだ仕込みがあって中で仕事を続けた。

「今日も一日、お疲れさまでした」とアキちゃんが声をかけた。

「ごめんなさいね、ろくすっぽ相手もできないで。優ちゃんも退屈しちゃったでしょう」

「大丈夫です」。きゅっと唇を結ぶとそのまま笑顔をつくった。

「お義母《かあ》さん、勇次君がお店やってくれて心強いですね」

「ほんとにねえ。ひょんなことからそんなことになっちゃたわね」

二人は同時においらの方を見た。おいらは、それを無視して餃子の種を皮で包んでいた。いつもなら狭い厨房でやるのだが、奥に引っ込んでしまっては悪いという気がしたし、本当は自分もそばにいて話を聞いていたいという思いもあった。

「すっかり料理人が板についちゃって、カッコいいわよ」

アキちゃんが盛んに冷やかす。

どんな顔をしていいものやら、どうにもきまり悪くて、

「さすらいの料理人だから、またひょんなことで旅に出るかもしれないよ」と茶化した。

「またそんなばかなこと言って、寅《とら》さんじゃあるまいし」と母ちゃんは鼻で笑い飛ばしな

がらも、どこか不快感を臭わせていた。

優奈はケラケラと楽しげに笑ったが、アキちゃんは聞き流したまま、

「でも料理の腕前もすごいのね。びっくりしちゃった」と冗談抜きで褒め言葉を重ねた。

「だてに長々と独り者をやってないからね」

アキちゃんは優しく微笑んで見せただけで、おいらの私生活に話を持っていくことはしなかった。

「それに、お弁当を届けながら、お年寄りの話し相手もしてるんですってね」

そんなことまで聞いたのかと思いつつ、

「まあね、それも成り行き」と受け流した。

「でも、なかなかできないわよ。勇次君は根が優しいからなあ。ねえ、お義母さん」

「そうね、それにサービス精神が旺盛なのよ。人を楽しませる商売をやってたくらいだもん」

「随分と持ち上げてくれるじゃん。なんか出せったって鼻血も出ないよ」

「おやじみたいなつまらないセリフは言わないの」とアキちゃんから叱られ、おいらは肩を窄《すぼ》めた。

「今度、老人ホームに音楽会で訪問するんだって？」

それも知ってるんだと呆れながら、おしゃべりな母ちゃんを睨んだ。母ちゃんは一向に気にもせず、嬉しそうにおいらの返事を待っていた。

「だからそれも成り行き」と同じ返事を繰り返した。

「物まねのネタなんかやるの」

「やるわけないだろ」

「じゃあ、何をやるの」

「音楽グループの司会だけだよ」

「司会？」

おいらは面倒臭そうに瞼をちょっとだけもたげて見せた。

「それだけ？」

「そうだよ。なんで？」

「だってそれだけじゃ物足りなくない？　勇次君ならもっといろんなことできるじゃない」

「そんなもん何もないよ」

アキちゃんと話していると、物言いが押しつけがましく感じて苛ついてしまう。おいらが学生の頃やフリーターをしている時からそうだった。何か自分の格好悪くてダメなところを見透かされているような気がした。多分に思い過ごしだと分かっていながら、触れられたくない弱点をあえて弄《いじ》られている気がしてしまうのだった。

それでつい口論になってしまうこともあった。そのあげくに癇癪《かんしゃく》を起こしたように言葉を荒らげることがしばしばあった。だからアキちゃんの次の言葉も予想がついた。たぶん、なんでそんなにふてくされた言い方するのよ、となじるはずだった。

しかし、違った。

「勇次君、変わったね」とまったく逆のことを言ったのだ。

それはあまりにも意外で、こっちの調子が狂った。だから、その意味について類推するまで頭が回らなかった。

その意味を聞き質そうとしたが、そんな余裕はなかった。

「どう思う？」とアキちゃんは優奈の方を振り返ってしまった。

優奈は首を傾げて答えを渋った。しばらく考えてから、

「なんか、普通になった」。そう言って唇をすぼめた。

おいらは軽くこける仕草をして、

「そっかあ、これまで普通じゃなかったかあ」とぼやいた。

「ごめんね、勇次君」とアキちゃんが謝ったが、顔は笑いをこらえている。

「どういうこと？　優ちゃん」と母ちゃんがおいらに代わって優しく訊いた。

「分かんないけど、何となく」

「そうね。そういえば、お父さんが倒れて、店に来てくれだした頃から変わったかもね」

「どういうことだよ」

「そうだな。あの頃はなんだかいつも気が張っていたっていうのかな。何かを気にしてるっていうか、無理してるっていうか――」

「そうかなあ」

口ではそう言いながらも、その変容ぶりというのは、自分でも何となく気づいていた。

「今は、なんかすっかり穏やかな感じになったもんね。普通になったってそんなことじゃないかしら」

言われてみれば確かにそうだと、より鮮明な形で納得できた。あの頃は、何かしら人の目を意識して（実際には誰も気にかけている者などいないのに）、卑屈な生き方を強いられていたように感じていた。刺々《とげとげ》しい心の中に自身を閉ざし込んでいたかもしれない。

「お料理してる姿が、なんか自然だものね。無理してないっていうか、カッコいいよ。ね、優奈」

優奈はちょっと困った顔で、こくんと一度首を振った。

おいらは三人の視線をやり過ごして、父さんから言いつかった惣菜の下拵えを続けた。

「アキちゃんは仕事はしないの」包丁を動かしながら訊いた。

「あら、なんで?」

大した意味はなかった。ただ話題を変えたかっただけだった。

「いや、別に」と口ごもった。

しいて言えば、正直、若々しい義姉の華やかさや美貌が、このまま社会で生かされないのがもったいないと感じた。だけどそんな気持ちを伝えられるはずもなかった。

いつもそうだった。おいらはアキに自分の気持ちをうまく伝えられなかった。バスケ部に入部して出会った時からそうだった。

初めて口を利いた時から、彼女は兄ちゃんが付き合っている女性だと、おいらの頭にアキの存在が位置づけられた。それは兄ちゃん同様に憧れや尊敬の対象であることを意味した。それ以外の感情が介在してはいけないのだと自分に言い聞かせたのだ。

閉じ込められた感情の動きや迷いは心の秘めた部分に隠蔽され、誰にも明かされることはなかった。今、遠く淡い心の内を覗いてみれば、無理やりにも目を背けていた自分があったと認めずにはいられなかった。

自分の本当の想いを封印し、そしてアキ本人の気持ちを確かめる手だてもないまま——。その悶々とした思いは一年足らずというあまりにも短い時だったのだが。

高校三年のアキは夏の合宿を最後に、バスケ部を後輩たちに引き継ぎ、練習に顔を出すことも少なくなっていった。二学期の終わりになると、もうコートでアキの姿を見ることはなくなった。胸にぽっかりと穴が空いたような感じがした。

練習の時、よくアキの視線を感じた。おいらの方も女子部と合同の練習の時は、チームを指導しているアキがいつも視界の隅にいた。

だが、もうそれはなくなった。練習中においらに注がれる視線も、もうなくなってしまった。おいらは張り合いを失った寂しさに耐えなければならなかった。

そんな頃だった。練習を終えて下校する時、校庭周りは真っ暗になっていた。校門を出た所で、後ろから呼び止められた。振り向く前にアキだと分かった。

「今、帰り?」

そう言って暗闇の中から近づいてきた。制服に紺のハーフコートを着ていた。大人びて見えて、ますます自分と離れていってしまうと感じた。そんな気持ちを気取られまいとして、

「はい、先輩。今、帰るところです」と畏《かしこ》まった。

アキは笑いながら「先輩はよしなよ」、おいらを追い抜きざまに言って、どんどんと先に歩いて行った。おいらは慌ててそれについて行った。

それからどんな会話をしたかは覚えてはいない。おそらく高校生活や部活などについてアキが一方的にアドバイスしてくれたのだろうと思う。

兄ちゃんとの関係は、一緒だった短い学校生活の間で一度も尋ねたことはなかった。その時も訊かなかった。もし訊いて、はっきりとそれを知らされると、アキに対する感情が変質してしまうような気がした。

そんな危なげな心の流れを無意識に予感していたから、おいらはアキを関心事の外に置こうと努めたのだった。

アキが卒業した後もそれは変わらなかった。

何年か経った後、一人暮らしを始めた兄ちゃんとアキは家に来るようになった。家族と一緒に食事をしたこともあった。妹の由紀も連れて四人で遊びに行ったこともあった。

アキはその時からもうおいらに対して弟のような口を利いていた。おいらはそれにはやっぱり抵抗があって、心の壁をさらに強固に塗り固めた。

そんなわだかまりが解けていったのは、二人が結婚してしばらくしてからだったと思う。だけどふと気づくと、いまだにその壁の名残がどこかに残っているようにも感じた。同時に、今は、アキの方はどうだったのだろうと、その気持ちを察する余裕も出来た。少しは大人になって、そんなことを考える感情の隙間が出来ただけで、今さらアキ自身に確かめられるわけもないし、それを具体的に埋める意味もなかった。

帰り際においらは、

「兄ちゃん、仕事どう？　この前会った時、重い役職で悩んでたみたいだけど」と訊いてみた。

「毎晩遅いけど、まあ、頑張ってるよ」

兄ちゃんは、もともとは生命保険会社に就職した。それから五年ほどして関連企業によるＩＴ会社の立ち上げに参加した。いわば生え抜きの幹部候補社員だった。

前に飲んだ時、兄ちゃんはそんな組織の軋轢に悩んでいたように思ったのだが。

優奈の身支度を手伝ってやりながら、

「でも、パパも同じこと言ってたよ」

そう言って微笑ましく表情を緩めた。

「え、どういうこと？」

「勇次君のことだよ」

「おいらがなんだって」

おいらはその意味するところに強く惹《ひ》かれて、間髪いれずに聞き返した。

「『勇次が仕事のことで悩んでるみたいだ』って気にしてた」

そう聞かされるとおいらは絶句してしまい、しばし突っ立っているしかなかった。あの時、おいらは自分の仕事について話なんかしただろうか。むろんお笑いの仕事の話などするはずもない。食堂の話が出たのもその後だ。

無意識のうちに、おいらは将来の仕事について思い悩んでいたのだろうか。それを鋭い兄ちゃんの洞察力で見抜かれていたということか。

ま、今さらどうでもいいことだけど。

「でも、今日の様子をお兄さんに話しておくね」

アキちゃんは表裏ない顔でにこにこしている。

「え？　なんて言うの」

「勇次君、お店をお父さんに代わって、一生懸命切り盛りしてたって。真ちゃん、安心すると思うよ」

おいらは自然と顔が綻び、かといって返す言葉も見つからなかった。

おいらは母ちゃんと一緒に、アキちゃんと優奈を店の外まで送った。二人は駅の方の有料駐車場に向かって歩いて行った。

少し歩くとアキちゃんは振り返った。

「勇ちゃん、仕事頑張ってね。音楽会も、きっと勇ちゃんならうまくいくよ」

晩秋の夜気に、澄んだ声を耳もとまで届かせた。

おいらは何も言わず、敬礼するようにこめかみにかざした指先を振り上げて見せた。

コンビニの角を通り過ぎて、アキは真っすぐに帰って行く。おいらはそこを左に曲がる。

あの時と同じだった。別れて数メートル歩いた所で振り向いて、

「勇次君、頑張るんだよ。来年から後輩が出来るんだからね。でも君ならチームを引っ張っていけるよ。中心になってしっかりやっていくんだよ」

甘く優しい声を冷たくなった風が運んだ。街灯の灯《あか》りの中で手を振る姿がおぼろげに見えた。なのにその笑顔はくっきりと瞼に映った。おいらは発する言葉が喉に詰まり、直立不動のまま頭を下げた。

もう長く思い出すこともない、またその必要もなかった二十年ほど前の出来事だった。

3　幸蔵さんを探して

校庭の裏側に沿った歩道に銀杏《いちょう》の葉が降りしきる。

とみ食堂に通う遅い朝、冬の到来を感じた。通勤や登校の列が途絶え、犬の散歩もひとしきりついた往来。昇った陽《ひ》の光が路地路地にゆっくりと行き渡る。その機を境に地域は片時静まり返る。

だからといって密集した住宅や団地が無人になったわけではない。町に息づくもののほとんどが高齢者となるのだ。その一軒一軒にはそれぞれの事情を抱えたお年寄りがひっそりと暮らしている。

やがて十時を過ぎる頃、元気なお年寄りの散歩や買い物が始まる。しかしそれとてごく一部で、大抵は家庭や生活の事情を隠すように、家の中で過ごしている場合が多い。

渡邊幸子さんもその一人だった。

右手首と左足首の怪我は、今では普段の生活に差し障ることはなくなっていた。手首を保護するサポーターだけをしていたが、むろん重たいものを持ったり、手をねじったりする動きはできない。簡単な調理ならできるはずだし、歩き方を見ていると買い物にも行けそうだった。しかし配達は幸子さんが断らない限りは続けていた。

それはまだ、右手、左足が不自由だった頃のことだった。

いつものように昼の弁当を届けに行った。引き戸を開けて中に入った。薄暗い廊下の中ほどに異様なものが視界に飛び込んできた。おいらは首を突き出して凝視した。

それは仰向けに横たわってもぞもぞと動いている。

「渡邊さん？」

おいらはつぶやくように呼びかけた。

「す、すみません、助けて」と、か細く掠れた声がした。

おいらは靴を脱ぎ捨てるやいなや廊下に上がり、そばに駆け寄った。傍らに座ってその顔を覗き込んだ。

「どうしたんです。転んだんですか。怪我は？　どこか痛むところはありますか」

渡邊さんは床に背中を張り付かせて、鼻と口を両方の手のひらで覆った顔をいやいやをするように横に振った。

その体に無理な動きが重ならないように、ゆっくりと半身を支え起こした。

聞けば、玄関の鍵を開けて戻る時急に足が出なくなり、その場に座り込んだそうだ。そうしたら体を支えていられずに尻餅をつき、そのまま後ろに引っ繰り返ってしまったらしい。その状態になると掴まるところもなく、左の手だけではどう動こうにも起き上がれなくなってしまったというのだ。

転んで倒れたわけではなかったから、既往の怪我を悪化させることもなく、どこも痛めている様子はなかった。手を貸しながらじわじわと立ち上がらせた。そしてリビングまで手を引いて、ソファに座らせた。

助けが来るのを待って、三十分ほど冷たい廊下に仰向けでじっと横たわっていたそうだ。しかし戸が解錠されていたからよかったものの、もし中から鍵がかかっていたら、何時間もそのまま放置されたかもしれない。

そんなことがあったので、単に食事を届けてもらうだけではなく、定期的に訪ねてもらえることに安心感を得ているのかもしれない、そう思った。

＊　＊

白崎幸蔵さんも世間と隔絶した家の中に、家族の意志で閉じ込められて暮らしている老人の一人かもしれない。仕事に行くと言って制止も聞かず家を出るという一件以来、落ち着いた生活をしていると聞いていた。

弁当を届けに行った時も、至って自然に出迎えてくれた。

「寒くなってきましたね。風邪などひいてませんか」と社交的な挨拶をすると、

「ええ、おかげさまで。あなたはいかがですか」とまともに応じたし、

「今日は何をされていたんですか」と尋ねてみると、わずかに考えるそぶりを見せて、

「別に何もしてはおりませんよ。何せ隠居の身ですからね」と朗らかに笑って見せた。

そうかと思えば、「今年の流行語大賞はインスタ映えとかだそうですね。そういうのは、私はとんと不案内ですがね。もう一つ、上半期の『忖度《そんたく》』ってやつは、まさに流行語になりましたな、わっはは」と政局ネタを持ち出すこともあった。

同じことを何度も聞き返したり話したりする以外には、別段異常もなく過ごしているとマキさんは話していた。

そんな安息が、突如破られた。

配達から店に戻った時だった。おいらはかかってきた携帯を耳に当てながら店内に入っていった。昼の客はもう一人も残っていない。食器を下げて戻ってきた母ちゃんと目が合った。父さんはカウンターの中で揚げ物をしていた。

ただならぬ気配を察したのか、母ちゃんはちらちらと視線を送ってきた。おいらは送話

口を押さえて、口パクで相手の名前を告げた。

早口で聞き取りにくい話を要約すればこうだった。

知人から電話があり、幸蔵さんが歩いているのを見かけたというのである。てっきり自室でテレビでも見て過ごしていると思っていたマキさんはびっくりしてしまった。話のあらましを聞くと、その人いわく車で京葉道路を走っていてたまたま信号待ちをしていた。すると小松川方向に向かって、歩道を歩いている幸蔵さんを見かけたという。その人は幸蔵さんの事情を知っていてすぐに知らせてきたというわけだ。

マキさんの悲痛な語り口調が意味するところを、おいらはすでに感じ取っていた。何はさておき、おいらに一報を伝えてきたことがそれを物語っていた。つまり捜しに行ってほしいという懇願だ。

反射的にその時間差を確かめた。知人からの連絡を受けてから五分と経っていないという。

おいらは携帯での通話をいったん中断した。いつの間にかそばに寄って耳をそばだてている母ちゃんに窮状を伝えた。

「自転車ですぐに追いかけな。今なら見つけられるでしょ」

おいらの考えていることをずばりとついた。さらに母ちゃんはその場を仕切った。

「お父さん、幸蔵さんが出かけちゃって迷子になるかもしれない。勇ちゃんが捜しに行くんで、自転車、貸してあげて」

父さんは仕事の手を止めて、言われるがままに頷いている。

携帯を握り直して、マキさんに今から追いかけることを告げた。

マキさんは複雑な気持ちを思うに任せて並べたてた。あまりにも申し訳ないとの謝罪から始まり、迷惑はかけられないこと、そんなつもりではないこと、お店の方は大丈夫かとの配慮、息子を呼んでも一時間はかかるとの言い訳。おいらはつらつらと取りとめのない泣き言を、やんわりした返事で断ち切った。

父さんに一言詫びて、取るものも取りあえず店を飛び出した。自転車に跨り、表通りに出た。変身もののヒーローになった気分だ。

切羽詰まったマキさんの訴えを耳にした時には、すでに腹が決まっていた。自分が何とかしなければという思いだったのだ。だがいざ自転車で走りだしてみると、またこの前のような先の見えない戦いを強いられるのかと、すぐに憂鬱な気分に見舞われた。——いやいや、頼りないヒーローなどいないはずだ。

商店街を抜けて国道に出ると、弱気な思いを断ち切るように路側帯を突っ走っていった。その間にも幸蔵さんはひたすら歩いているに違いない。あの時の健脚ぶりが蘇る。連絡を受けた時間を基準にして、たぶん十五分も必死に自転車をこげば追いつくだろうと根拠の薄い計算をした。

それにしても人騒がせなじいさんだと、踏むペダルに力がこもる。

そんな不安をいつも抱えているマキさんと話したことがある。聞きかじった介護保険の知識で、介護認定を受けてなにがしかの援助を求めてはどうかと勧めたのだった。

それに対してマキさんは実情を語った。話はこうだ。あまりに物忘れがひどくなったので、半年ほど前に、かかりつけの病院で診てもらったそうだ。その時に認知症と診断され、医師の勧めで介護認定はすでに受けたとのことだった。そして区役所の相談窓口でケアマネージャーの斡旋もしてもらったとの話だ。

マキさんは幸蔵さんが一人でぼーっとテレビを見て過ごしていると余計にぼけてしまうと心配して、ケアマネージャーに相談したそうだ。ケアマネはデイサービスの利用を提案して適当な施設を紹介してくれた。デイサービスは、日中、介護施設に通うものだ。そこで入浴や食事が提供される。その他、皆で体操をしたり、おしゃべりやゲームなどを楽しんだりするのだった。

しかし、幸蔵さんはテレビの情報やらでデイサービスがどのような所かを知っていて、通うことを嫌った。乱暴に拒否するのではない。それならまだ説得のしようもあるという。

熱心に勧めるそばから、「まあ、そのうち考えておきましょう」とか「私のようなものがもったいなくて行けませんよ」など洒落た文句、あるいは人を食ったような理屈を並べたてるから取り付く島もなかった。結局、マキさんは諦めて、もう少しの間、静観することにしたのだそうだ。

雲一つなく晴れ渡っていたが、午後からの風はひんやりと冷たかった。それでもスポーツジムのマシンさながらにペダルを踏んでいると、体の中から発熱してきた。

やがて中川を渡り幸蔵さんの姿を発見することなく小松川まで行き着いた。これまでの時間の中で追い抜いてきたとは思えなかった。この先を歩いているはずだから、もうやみくもに先を急げばいいというものではない。また、反対側の歩道を歩いていないとも限らない。車道を絶え間なく流れる車を透かして、向こうの歩道を歩く人々にも目を配らなければならなかった。そして交差点では、自転車を止めて交わる道路の先を遠く眺めた。視界が及ぶ限り見渡して幸蔵さんの後ろ姿を求めた。脇道の歩道を行き交う者はそう多くはなかった。そしてさして興味を引く風景もない。幸蔵さんがそうした交差点を曲がって行ったとは、どうしても思えなかった。

とうとう荒川の新小松川橋まで行き着いてしまった。向かって左側の歩道は河川の堤下の道路に突き当たる。徒歩で橋を渡るとなると鋼構造の狭い螺旋《らせん》階段を折れ曲がりながら登り、橋梁《きょうりょう》の歩道まで上がり切らなければならない。広い荒川を徒歩で渡ろうとする目的がなければ、見上げる暗い桁下に向かって複雑な階段を上がって行く気にはならないだろう。

幸蔵さんは果たしてここにたどり着いただろうか。そして河を渡ろうと考えただろうか。渡るためにはここを登頂しなければならないと思い至っただろうか。おいらにはどうしても幸蔵さんがこの階段を上がって行ったというイメージが湧かなかった。

それでもおいらは橋脚の根元に、後輪のスタンドを下ろして自転車を停めた。

そして一歩一歩階段を上がっていった。

橋梁の欄干にまで上り詰めた。視界は一挙に広がった。大きな秋の風が体を包んだ。ウインドブレーカーの襟がバタバタと激しく鳴った。

二人がすれ違えるほどの歩道が車道に沿って真っすぐに伸びている。おいらはその行く先を遠く眺めた。遥か向こうからウォーキングして近づいてくる姿が、一つ見えるだけだった。幸蔵さんが歩いている姿はなかった。

おいらは荒川の河川敷が見渡せる位置まで歩道を進み出て、河川敷を眺め下ろした。河の上流から強い風が吹きつけた。ヒューヒューと泣き叫ぶような風音とともに体が煽られる。眼下には芝の運動場や公園が見渡す限りに続いている。サッカーの練習をしている者たちや、その向こうでは野球の試合をしている光景が見渡せた。

広々とした公園のどこか片隅にでも、目指す相手の姿を見出せないだろうかと目を細めて眺めた。人らしき物は蟻粒《ありつぶ》にしか見えない。とても肉眼で発見できる距離ではなかった。それに広大なグラウンドはいかにも場違いな気がした。おいらはすぐに諦めた。やり残した感がなくもなかったが、後戻りして階段を下りていった。

自転車の前に立つと、どうしたものか呆然自失のていで立ち尽くした。

そうだ、ともかくマキさんに連絡してみよう。そう思いついた。相手はすぐに出た。携帯を握って待っていたかのようだ。おいらの声を確認すると、

「どうも、す、すみません。それで、それで――」

甲高い声が掠れた。

「主人はいましたか」と息せき切って発したあとで咳き込んだ。

「今のところ、見当たりません」

お互いに次の言葉を譲り合う間があった。

「今、荒川の手前まで来ています。捜しながら来たんですが、見かけませんでした」

車の騒音で知らず知らず声が大きくなった。

「聞きたいんですが、この先に、まだ行かなければならない用事がありますかね」

「さあ、分かりませんが、ないと思います」とつられるようにその声は高く上ずった。聞いたあとで、質問に何の意味もないことに気づく。それでも、何か手がかりが欲しくて、出て行く前の言動について尋ねないわけにはいかなかったのだ。

しかしマキさんは、その日は朝から普段どおり、のんびりとリビングでテレビを見たりうたた寝をしたりしていたと繰り返した。結局は、幸蔵さんが出かけなければならない目的は、推し測れないことを確認したにすぎなかった。

「ともかく、もう少し捜してみます」と会話を終わらすしかなかった。

「どうも、すみません」

懇願する掠れた声が最後に耳に残った。

何を目的に歩いているのか分からない相手の足跡を追うことは不可能に近い。ならば余計な推測は不要だといえる。こちらも特別な考えにとらわれずに適当な道順を選んで自転車を走らせ、その視界に偶然に幸蔵さんの姿が飛び込んでくることを期待するしかなかった。

これ以上先にいることはないと決めて、おいらは戻りながら捜すことにした。一心不乱にペダルを踏んで追跡した状況とは違い、歩行者の流れを妨げずにゆっくりと進んだ。交差点では必ず曲がって入り、さらに奥まった辻々を確かめ、再び幹線に出ては、その広い道路を横断して向こう側のエリアもくまなく見て回った。

しかし幸蔵さんの姿はなかった。

そして幸蔵さんを発見できぬまま、ついに幸蔵さんの住む町まで戻り着いてしまった。もうこれ以上のことはできないと思った。だからといって、いかに一生懸命捜したが見つからなかったという報告を、すぐにマキさんにする気にもなれなかった。

その時、ふと思い出したことがあった。それは、初めて幸蔵さんの後を追って歩いた時、いきなりショッピングストアーに自分から入って行ったことだ。今まで、自分は相手が歩道なり道路なり、ただひたすら歩いているものだと考えていた。だが幸蔵さんならば、興味を持った店などにひょいと入ってしまうことが十分に考えられるのだ。

そうだ、もう一度、歩道沿いの店の中に注意しながら行ってみよう。

おいらはまた小松川方面に向けて自転車を反転させて出直した。ところが、歩道沿いは古いビルと新しいマンションが無秩序に建ち並び、その一階は会社や昔ながらの機械製作所など、かと思えばクリニック、歯科、鍼灸《しんきゅう》など医療施設が多かった。歩行者がふと自由に立ち寄れるような店は、コンビニ以外にはこれといってなかった。

コンビニは必ず中に入って一回り捜してから先に進んだ。期待はみるみるうちにしぼんでしまった。思案も尽きたが、ここまで来たらこのまま進むしかなく、結局、三十分ほどかけて、また小松川大橋まで来てしまった。

往復して折り返した京葉道路の区域には、もう幸蔵さんはいないのではないか。そんな暗い予感が胸をよぎった。

例えば車両と人流を分断する大きな交差点を荒川に沿って上がって行けば、向島から千住の込み入った住宅地に迷い込んでしまうだろう。あるいはその反対側の歩道から、いくぶん町の情緒が漂う街路へと曲がってしまえば、砂町を過ぎて、なお葛西方面から臨海副都心に向かって延々と歩き続けているかもしれなかった。

そうなれば、もう自分一人の手に負えることではない。先日、報道で、認知症の行方不明者の捜索願が年間一万件に及ぶとされていたが、幸蔵さんもそのうちの一人になるしかないのだろう。

おいらはマキさんに連絡するために自転車を止めた。

もう捜し出すのは無理だから、しかるべき手を講じた方がいいと言えばいいのだろうか。

その言葉を心の中でなぞってみると、発信ボタン一つ押すことがためらわれた。

どうしたらいいんだろう。おいらは途方に暮れて自転車を支えたまま、その場で深いため息をつくばかりだった。

その時、手にした携帯が鳴った。なぜか母ちゃんが心配してかけてきたかと思った。

違った。相手先の表示は「白崎マキ」だった。瞬間、幸蔵さんが家に帰り着いたという吉報を期待した。期待は外れた。

「どうですか、主人いましたか」とマキさんは噛みつくように訊いてきた。

その失望と、その勢いに圧されたおいらに瞬発的な言葉は出なかった。

「もしもし」

マキさんの切羽詰まった呼びかけに、

「ダメです。見つかりません」と力なく答えるしかなかった。

失望を共有する沈黙の間合いをこらえた。

「仕方ないわねえ、勇次さん、もういいですよ」

諦めの気持ちの裏に、恨めしさが漂っていた。

「今、息子が来ますから――、車で捜してみて、それでも見つからなければ、捜索願を出しますよ。本当にすみませんでした」

「いや、何の役にも立てなくって」

「とんでもない。本当にありがとうございました」

少し涙声になって聞こえた。

「それじゃ」と結んで連絡を終えた。

晴れてお役御免か。複雑な思いがそんな言葉になった。何やらほっとしたようでいて、頼りにならないと烙印《らくいん》を押されたような落胆があった。いずれにしても今まで重い責任を感じていたことを意識した。

何としても幸蔵さんを見つけなければ取り返しがつかなくなるという重圧を背負って自転車をこいでいたようだ。今、マキさんがその責任から解放してくれたのだから、おいらは憚ることなくこの役目を放って帰っていけばいいのだ。

しかし自転車のハンドルを動かす気にはなれない。おいらはそこに固まった。どうしても足が帰路に向かって動き出そうとはしなかった。

さっきとは違い右側の歩道をやって来ると、そのまま歩道は橋梁の欄干に導かれていく。おいらは前方に急勾配で上がっていく歩道の行く手に視線を送った。ここを歩いてきたら橋を渡るという感覚を持たずに、そのまま先に進んで行くかもしれない。

おいらは深く心を決することなく、自然に自転車を押して坂を上りだした。歩道は緩やかに弧を描いて荒川の上空へと導いていった。

河口側を眺め下ろすと、遠く岸辺には何艘《そう》もの中型船が連なって碇泊《ていはく》しているのが見えた。五〇〇メートルに及ぶ川幅に満々と水を湛えてゆったりと流れていく群青色の川面は、すでに傾きかけた秋の陽射しを浴びて眩しく輝いていた。

円弧を登り切ると自転車に跨り、向こう岸を目指して下った。風が耳元で鳴った。びゅーびゅーと唸り、一切の音をかき消した。強風に自転車ごと煽られそうだった。最頂部から下りを加速し始めると、欄干に寄って走るのが怖かった。

橋梁の上を横断して河川に沿って高速中央環状線が走る。その上を連なって流れる車はまるで玩具のようだった。レーンに従って内回りに北上するミニチュアカーのような車列は遠くハープ橋に向かって消えて行く。橋梁を渡り切り、さらに一般道へと下って行く。

ここは江戸川区になる。沿線に繁華街の装いはない。殺風景な風景のなかを、移動するという機能だけを持った国道がただ真っすぐに伸びている。人通りもほとんどない。歩道側には昭和色の染みついた古い建物が居並ぶ。自転車を引いて、おいらはその歩道をゆっくりと歩いて進んだ。

遥か前方に幸蔵さんの後ろ姿が幻のように現れては消えた。つや光りした頭頂部、後頭部だけを保護するような白髪、ひょろっとした長身。焦げ茶のジャケットを着て校長先生のように闊歩《かっぽ》していく。

そんな幸蔵さんは本当にここを通過しただろうか。その可能性はあるのだろうか。あるとすればどれくらいの確率か。そんなことで頭の中を満たしながら歩を進めていく。

もし通ったとしたら、おいらが一度引き返して往復した時間のうちにあるはずだ。一時間も前のことだろうか。だとすれば、今現在はどれほど先を歩いているのだろう。この沿線上にあればのことだ。その背中を捉える確率はどれくらいだ。

国道は環状七号線の陸橋をくぐってさらに延々と伸びていくはずだ。千葉へ向かう京葉高速道路高架に沿って続き、やがて江戸川の土手に突き当たる。上流を目指して行けば市川で大橋を渡ることになる。そして分岐した松戸街道をひたすら北上することになるだろう。

一方、江戸川を国道十四号線で下って行けば船橋市へと導かれていく。無数の商業施設、飲食店などが密集する市街地の雑踏に、幸蔵さんの姿は溶け込んでいくだろう。

台風の進路予想円のように捜索エリアは広がっていく。まさにそれは関東の北東部を、あるいは内房沿岸部を網羅していた。

おいらは目まいを感じて、歩道の隅でふわっと立ち止まってしまった。自分がやっているることを見つめるために冷静になろうとした。それは幸蔵さんをあてどもない土地から見つけ出すこと。その可能性を問うことだった。やがてそれがいかに非現実的なことであるか、その結論に行き着く。その自信がしぼんでいく。

幸蔵さんは、彼自身でさえ推し量れない場所をなおも彷徨《ほうこう》しているのだ。それを他人が何の当てもなく追跡できるはずもなかった。いつの間にか、自分さえどこをどう歩いているのか、その疑問がくらりと揺れる頭から零れ落ちそうになった。あげく、今、どこにいるのか一瞬、分からなくなってしまうほどだった。

すでに京葉陸橋をくぐっていた。中川の河川橋を目前にして、おいらは再び諦める決心をした。

もうマキさんに伝える必要はなかった。小松川橋を渡ってからは自分を納得させるための行為だった。捜索を継続したことをマキさんは知らない。その責任も問われないはずだ。もともと責任などない。どだい無理な要望だったのだ。そう自分に言い聞かせた。譬えて砂漠の砂から一本の針を見つけ出すようなものだろう。相手が移動しているのだから、広大な森林に放たれた子ネズミを見つけるようなものか。そんな譬え話を思い浮かべる。断念した思いを正当化するためと知りながら。

葛藤は続く。なにもおいらが必死に追いかけて捜し出すことではない。行動のきっかけにまで遡った。元はと言えば、誰かが京葉道路の歩道を歩く幸蔵さんを見かけたという場面から始まっている。それは確かなことだろうが、時間差は何ともしがたい。籠から飛び去った小鳥を、空のかなたに見えなくなってから追いかけるようなものだ。直線距離をひたすら走ったのはこちらの都合だ。その延長線上に彼がいると思い込んだのも安易な発想だった。そこに彼がいることの方が希少現象だといえるかもしれない。はなから無謀な発想で初動を起こし、すべては徒労に終わろうとしている。

なにも慌てふためいて出てくることはなかったのか。出発点から疑わしくなってくる。じゃ、どうしたらよかったのだろう。おいらは歩くほどの速度で自転車のハンドルを左右に切りながら思い巡らした。捜し出すのが無駄な行為だとすれば、最初からしなくてもよかった？　マキさんには無理な話だろうが、せめておいらは泰然自若としていてはどうだったろう。

前例では、いくら捜しても見つからなかったことは聞いた。その時は松戸で保護されたのだ。それからは本人が持ち歩く財布などに氏名、連絡先が分かるメモをきちんと入れ込んでいるという。ならば、行き着く果てで、誰かがそれを目にする場面がないとも限らない。それを自宅で気長に待っていればいいのだ（マキさんにそれができるかどうかは別にして）。

ただ、そこには懸念が残る。幸蔵さんに付き従って延々と歩き続けた体験をして言えることがあった。それは、彼の様相や行動をして、誰かが訝しむかということだった。一緒に歩いている限り、あるいははたから眺める限り、彼はどこにでも見かける至って普通の老人だった。服装も奇抜で目を引くものではない。常識的な社会人であり、いかにもリタイアしたシニア族に見える出で立ちだった。歩く様子も一定で、きょろきょろするなど不審な動作は含まれていなかった。

だから誰一人として声をかける理由はない。ただいったん、声をかける動機や機会があれば別だ。不自然な会話の中からたちまち奇妙な言動の一端を見出すことになるだろう。

幸蔵さんの彷徨の道程の中で、一体、いつその場面が訪れるだろうか。何か小さな事件が起こって、通行人の中で注意力の長けた、さもなくば好奇心の強い他人と出くわすという偶然が重ならなければならない。それは彼が歩き始めて三十分後かもしれないし、半日経った頃に起こるかもしれない。悪い方に想像すれば、夜になってもそのチャンスはやって来ないことだってありうる。

連絡もなく、逆に何事もなく夜になったらどうする？

おいらは交差点の信号待ちで立ち止まった。まだ諦めきれずに四方向に向かって視線を遠く投げかけた。横断歩道用の信号が青になって、ますます重くなっていくペダルを踏んだ。

幸蔵さんが何かに取り憑かれている時は、会話は成立しない。「何かお困りですか」と、異常を敏感に感じ取った通行人がそう尋ねたとしても、おそらく彼の耳には届かないだろう。無視して前のめりに猛進していくはずだ。

だが、その憑き物が落ちた時、彼は至極、まともな好々爺《こうこうや》に転じる。おいらはその変身の妙を目にしている。彼はその時、周りの見知らぬ風景を目の当たりにして、自分が道に迷ったことに気づくはずだ。その時、彼は意外にもまともな振る舞いをするに違いない。通りすがりの者に、特に第一印象のよい人を選り好みしてこう尋ねる。

「いやあ、お恥ずかしい話だが道に迷ってしまいました。この住所に行きたいのですが、道を教えてはもらえんでしょうか」

相手は差し出されたメモを覗き込んで、その行く先を親切に教えるはずだ。そのとおりに幸蔵さんは歩き始める。それで一件落着だ。

問題は、彼がいかなるきっかけで本来の幸蔵さんに戻るかということだ。それは彼が彼でなくなるきっかけと同様に計り知れないことだった。マキさんにも分からないほど、それは謎めいていた。

おいらはふと考えが及んだ。もしも幸蔵さんを見つけ出したとしても、その時、彼が何かに取り憑かれたままだとしたら——。そう考えると、はたと思考が止まるほどの喪失感に見舞われた。よしんば見つけたとしても、そこから第二ラウンドの戦いが始まることになるのだ。それは、前回と同じように帰宅を促すための悪戦苦闘にほかならない。そう思うと、見つからなくてよかったのかもしれない、そんなよからぬ下心が覗いてはひょいと胸の内に隠れてしまった。

やれやれ、姿も見えぬ相手との心理戦にほとほと疲れ果ててしまった。その戦いも、思わぬ場面で大詰めを迎えることになった。

陽はすっかり傾いた。

さあ、帰ろう、おいらはペダルを強く踏み込みだした。

昼を食べそこなったとふと思う。忘れていた空腹を感じた。車道が切り込んだ歩道沿いに、牛丼チェーン店の看板が目に入ったせいだろうか。

さっき通過した時は自転車に跨ったままで止まり、ウィンドウ越しに中を覗き込んだのを覚えている。おいらはそう熱心にキョロキョロと見回すことなく発進したのだ。

いくら昼飯抜きだからといっても、まさか悠長に牛丼など食ってはいられない。しかしこんな中途半端な時間に飯など食ってる人間もいるもんだと思う。打ち合わせがタイトに詰まった営業マンか、習慣どおりに間食する若者か、あるいはカウンターで丼を抱えていた様子から察すれば、昼食をとるのを忘れた老人か——。

一瞬で焼き付けた画像が、数メートル進むうちにより鮮明になった。

その老人は枯草色のネルシャツに藍色のトレーナーを羽織っていた。丼の中に顔半分をうずめてひたすら飯を掻き込んでいた。はげた頂頭部がより目立っていて、その顔は定かではない。ただ座ってはいてもその背格好はよく似ていた。いつも着込んでいる一張羅の茶系ジャケット姿ではない。だがその顔は——。

両手で思い切りブレーキレバーを握りしめた。タイヤが鳴って止まった。

おいらは自転車を降りてUターンをした。店内ホールに面したウィンドウに顔を寄せた。中を覗き込む。目をすがめて残像と実物を合わせた。

紛れもない、幸蔵さんだった。

おいらは腰が砕けて膝から崩れ落ちそうになった。ウィンドウのサッシを掴んで体を支えた。

「こんな所にいたのか」。思わず零れ出た言葉だった。

身体を端に寄せた。無意識に身を隠そうとしたのかもしれない。その位置からさらに目を凝らして中を窺う。

何人かの客の向こうに座っていたが、角度があるため、幸蔵さんの斜め横向きの姿はよく見えた。周りを一切気に留めることもなく、頬を膨らませて咀嚼を続けている。

安堵と軽い怒りがない交ぜになった感情が激しく胸を揺すった。が、それも吹き溜まりから抜けるように消えていった。幸蔵さんがどんな行動をとろうとも、おいらの働きかけとは無縁なのだ。夢中になって飯を食っていることに、おいらが関与すべき感情などあるはずもない。早い話、彼が旨そうに丼を食っていたからといって、おいらが腹を立てる理由はどこにもないのだ。当たり前のことだ。

それは切り取られた一枚の画像にすぎなかった。その場面が意味する因果の繋がりは無意味に思えた。どのみち計り知ることもできなかった。その場面とおいらの行動の先端とが合致したことだけが事実であり、それだけが重要なことだった。それ以外のことはどうでもよかった。

幸蔵さんは背を丸めた姿勢で、なお黙々と飯を口に運んでいる。おいらはウィンドウににじり寄ってその様子を見つめた。誰からも不審者と思われないほどに注意を分散させて。

出くわした偶然の不思議さと驚きに脳が慣れると、やはり遭遇までの道筋とその必然をあれこれ考えずにはいられなかった。自分の追跡の軌跡に対して、幸蔵さんはどんな位置で移動していたのか。おいらが千葉方面に歩を進めていた時に、どこから現れてこの牛丼屋に入ったのか。どんな心境で何を求めて歩き続けた末なのか。

やはりそれを類推しなければ、今の幸蔵さんの現実に軽はずみに関わることはできない。少なくとも幸蔵さんが本来の幸蔵さんであるのか、そうではないのか、それだけは知りたかった。それが分からないまま、やすやすと店に入っていって、こちらの勝手な感覚で声掛けをするわけにはいかない。見知らぬ者と警戒して感情を荒らげたりしたら大変だ。意味不明の言葉の応酬になって、暴漢者だと勘違いされでもしたら最悪だ。

おいらは店から少し離れ、歩道の逆側に寄った。その位置から時々、中を覗き見ることにした。その態勢を整えてから、携帯を取り出しマキさんに連絡した。

てっきり捜索を断念したものと思っていたマキさんは、幸蔵さんが見つかったことを聞いて喜悦の一声を張り上げた。その経過について質問攻めに遭った。こっちは最小限の言葉で、マキさんが納得するように説明した。

行き着く結論は、今、本人は東小松川の先の牛丼屋で食事をしているということだった。

幸蔵さんの呑気《のんき》な行動をなじりながら、今度はおいらに何度も謝った。夫の情景を思い浮かべているのだろう。マキさんは情緒をかき乱し、その声は泣き笑いに交じり合った。

落ち着きを取り戻すと、ちょうど今、息子が仕事の都合をつけて来てくれたことを伝えてきた。車でそちらに向かわせると言って電話を代わった。

相手は落ち着いた声音で丁重に礼を述べて、現在地と状況を訊いてきた。おいらは京葉道路沿いの牛丼屋の前にいること、幸蔵さんは中で食事中であると短く伝えた。

「ご本人とは、まだ会って話はしていません。外で待っています。出てこられたら、声をかけて一緒に歩いて帰ろうかと考えています」と早口にそう言った。

息子さんはそれだけで状況を理解したようだった。

「なるほど、それがいいかもしれませんね。食事中に入っていったら驚くかもしれませんからね」

おいらの考えを見抜いたようで、低い笑い声が小さく伝わってきた。

「私もすぐに向かいます。連絡を取り合っていきましょう」

そんな短いやり取りで、おいらの胸に覆いかぶさっていた災いの種のほとんどが解消されたようだった。これで、もしも店から出てきた幸蔵さんが予想だにしない行為に走ったとしても何とかなる。息子さんの到着を待つ間、どんな知恵を講じてもしのぎ切ればいい。

そんな安堵感をもってウィンドウ越しに幸蔵さんに目をやった。彼はいまだ無心に箸を動かしていた。

そんな姿を眺めていると、孤独な老人が一人で遅い昼食をとっている光景としか見えなかった。だが彼の場合、明らかにそれとは違う。だが外観からそれは分からない。カウンターに並んで座って食事をする客の誰一人として、彼の振る舞いに違和感を抱くものはないようだった。

幸蔵さんも周りの人間の目を気にするふうもなかった。むろん外から注視しているおいらの存在にも気づくはずもない。まったく気にもかけずに、依然として自分の世界に浸りきって一心に食べている。

その光景を見ていると、思わず笑いがこみ上げてきた。周りの心配をよそにあまりにも無邪気で、年端のいかぬ子供のように思えてきたのだ。そして、そんな彼に対して必死な思いを強いられているマキさんや自分が滑稽に思えてきたのだ。

一体、本人は何を考え、何にとらわれ、何を探し求めてここまで歩いてきたのだろう。また幸蔵さんの抱いている心情に思いを馳《は》せた。そして何を思い、どんな気持ちでこの店に入ったのだろう。

今はただ無心に食べることだけに集中している。その心中にはどんな思いを宿しているのだろうか。そんな彼の行動も滑稽に映る。が、その無邪気さの奥にある心理に触れようとすると、可笑しさもなぜか悲しみの薄色に包まれていくようだった。

おいらはなおも外で待っていた。

そこで幸蔵さんが店から出てきたところで、偶然を装って声をかけようと思っていた。あとは相手次第だ。何かに憑かれていることもありうる。その時は否定も抑制も禁物だ。本人の行動を優先させて付き従っていくしかない。おいらは、頭の中でシミュレーションを重ねた。

幸蔵さんが店内を見回している。どうやら食べ終わったようだった。席を立ち出入り口に向かうようだった。

さあ、いよいよだと気を引きしめた。幸蔵さんが店を出た時のファーストコンタクトが勝負だ。

おいらはその場から少し離れた位置で、自転車を携えたまま彼が出てくるのを待った。

レジは問題なく済ませたようだった。間もなく店の外に姿を現した。トレーナーを羽織った腰から下は、きちっとしたスラックスだった。足元は海老茶の履き古した革靴だが、そのバランスの悪さをいちいち気にする者は誰もいなかった。

幸蔵さんは歩道に出ると、左右を見比べた後、こちらの方に向かって歩いてきた。おいらの存在などまったく気にするそぶりも見せず、横を通り過ぎようとした。

「あれ、幸蔵さん」と慌てたふうに声をかけた。

視線が合ってから、おいらは満面の笑みを作って見せた。

「おっ！」

幸蔵さんもおいらの顔をそれとなく見やると、ぱっと明るい表情になった。だが、確かに知っている顔だが誰だかは分からないといった困惑の色が、曖昧な微笑に混在してもいた。

「幸蔵さん、奥さんが、用事があるんで帰ってきてくださいと言ってますよ。それで迎えに来たんです」

親しげにそう言った。偶然を装うつもりでいたが、咄嗟にそんな作り話が口を衝いて出た。

「おや、そうですか」

幸蔵さんはつゆほどにも疑う気色を見せず、自分からすたすたと歩き始めた。たまたまだろうが、幸いにも方向は帰路だった。おいらの方が慌ててその後に従った。

「今、息子さんが車で迎えに来てくれるそうですよ」

それは、暗にここで待っていたらどうかという意味を込めてのことだった。しかし、それにはまったく関心を示さず、歩みを止めることはなかった。

あえて余計なことは言わない方がいいだろうと思い、黙って付き従った。幸蔵さんの後ろで、息子さんと連絡を取り合い、現在の場所を知らせた。

人とすれ違う歩道なので、自転車を引きながら並んで歩くわけにはいかず、会話を交わすこともできなかった。これといって、どうしても話すべきこともないのだが。

幸蔵さんの後ろ姿を眺めながら、訊きたいことは胸の内に押し殺した。おいらが無我夢中で捜して回っていた時に、一体どこにいたのか。どこをどう歩いていたのか、それを問い質してみたかった。だがその回答は得られないこと、そしてそれは意味をなさないことだと分かっていた。

幸蔵さんは前を向いたままひたすら歩いている。今この時にも、おいらの存在など頭から消えてなくなり、これまでの彷徨の途中に舞い戻っているのかもしれない。

そこでは自分だけの目的が記された特殊な地図に拘束されて、周りの一切に盲目になってしまうのだ。いや、たぶんその目的さえあやふやで、いつでも脳に掘られた暗部に溶け込もうとしているに違いない。自分と目的を結び付ける糸は何とも頼りないのだ。

おいらのどんな一言で、その相互関係はたちまち立ち消えて、混迷の坩堝へと滑り落ちていくとも限らない。

「何をしてたんですか」「どこへ行くんですか」「何か気になることでも？」

普通の気遣いは、それがゆえに禁句だった。それは嫌というほど体験していた。

その問いかけの答えを自ら導くために、幸蔵さんは誰も知り得ない苦悶の淵に落とされるのだ。彼は今にも崩れ消え去ろうとする記憶を、見えない糸で紡がなくてはならない。そのために費やす負担を、迷いの表情の中においらは垣間見た。ある時は空虚であり、ある時は苦痛であり、また怒りである。さらには焦燥であったり、諦めであったり、欺きであることもある。気分が散漫で気移りが激しいと、傍目《はため》からその区別を見出せない。本人にとっては、それほど多様な感情に翻弄されるのだ。そして予想を超える行動に連動する。

そのきっかけは何だろう。それは計りようもなかった。幸蔵さん自身も分からないはずだ。

大通りを、自分が住む町に向かって突き進んでいく。それ以外の目的に逸脱しないことを願うしかなかった。

煌めくような夕日がちりばめられて照らす小松川橋の路面を、二人は縦に並んで上っていった。橋を下りきると河川敷の景観を頂いた高層マンション群に入る車道と交差する。歩道は変則的な多角形状をもって造られていた。街路樹が公園の風情をかたどっている。サークル上の縁石に沿って擬木の簡易ベンチが設えられていた。

いきなり幸蔵さんがとった行動に狼狽《うろた》えることはなかった。おいらでさえそうしたかったのだ。彼はベンチの方にすたすたと寄っていき、やおら向きを変えて、よいしょとばかり腰を下ろしたのだ。おいらも後に続き、自転車を止めると横に座った。

幸蔵さんはそれを気にする様子はなかった。膝に両手を置き、背すじを伸ばしてぼんやりと車道の方を眺めている。その隙に息子さんと連絡を取り合った。ベンチで休憩している場所などを伝える会話にも、幸蔵さんはまったく興味を示さなかった。目の前を行き来する通行人を追って瞳が動くこともなかった。

肩を並べて二人は黙って座っていた。

やっぱり相手の気持ちや意思を確かめるような言葉はかけなかった。というよりどんな言葉も思いつかなかった。どんな問いかけもふさわしくないように思えた。

体は触れ合うほど近いのに、そこには厳然とした境界を感じた。そこにあるのは、遠く理解の及ばない幸蔵さんの揺らぎ続ける内面をせき止める壁かもしれない。

それは軽々と、安易に踏み込めない危うさを与えていた。

簡単に言ってしまえば自分の世界に入っているということだ。思いに耽《ふけ》る。それは誰にもあることだ。誰にしても、そんな時にそばから不意に語りかけられたり、余計な刺激を与えられたりすれば不快な気分にもなるだろう。

ましてや、自分の思いに没入しやすい幸蔵さんにとって、どんな影響を及ぼし、どんな感情を引き起こすかは分からない。

今は、沈黙を守ってそばにいるしかない。かと言って、あまり長い時間、同じ場所に居座り続けて、どんな思考にはまり込まないとも限らない。時間が経つにつれて、おいらはそんな不安を抱き始めていた。

息を詰めて相手に気取られないように、ちらちらと横目で様子を探り見ていた。その気配を察したのだろうか。彼はゆっくりとおいらの方に顔を向けた。怪奇な気配を引きずりながら。

自《おの》ずとその視線を受け止めた。

幸蔵さんはもそもそと唇を動かした。よく聞き取れず、おいらは手のひらを片耳にあてがって身を寄せた。

「え？」

「私の後をついてくるようだが、何か用事でもあるのかね」

そうはっきりと聞こえた。

ドキッとした。あまりにも明確な発語だったからだ。そしてはっきりと抗いの意思が感じ取れたからだった。

「ああ、そ、そうですね。奥さんが用事があるから、早く帰ってきてくださいって言ってます」

牛丼屋の前で言ったことをしどろもどろに繰り返した。

「ほう、そうかね。なんだろうね」

彼の不信感はたちまち解消したようだった。

「さあ、それは聞いてないんで、分かりません」

「ならば、早く帰ってやらねばならんな」

口ではそうは言ったものの、本当にそう思っているのかは疑わしかった。

第一、おいらのことを誰だか分かっているのかも定かではなかった。しかし、それを確かめる気はしなかった。幸蔵さんにとってそんなことはどうでもいいような気がしたし、あえてそれを聞き出そうとすれば、おそらく彼は思考の迷路に入ってしまうだろう。

おいらは気長に相手の出方を待った。やがて彼は何かを納得したのか、短く一つ息を吐いて立ち上がる気配を見せた。

「間もなく、息子さんが迎えに来ますよ」と先手を打った。

幸蔵さんは前に倒しかけた上背を元に戻した。が、何を答えるでもなくじっと前を見つめている。

「息子が――」とつぶやいた。

「ええ、車で迎えに来てくれるので、ここで待っていた方がいいかもしれません」

意味が伝わっただろうかと不安になるくらいの間があいた。

忘れた頃に幸蔵さんが訊いた。

「何かあったのかね？」

「いえ、別に」反射的にそう答えた。

「じゃあ、帰るか」

また腰を浮かせた。

「幸蔵さん」

おいらはその二の腕を掴もうとして、慌ててその手を引っ込めた。また関節を取られそうな気がしたからだ。

「ここで、待ちましょう」とだけ言った。

幸蔵さんはスローモーションで首を傾げた。その意味は分からなかった。それから、ぴくりとも体を動かすことはなかった。


白のワゴン車がクラクションを鳴らして路肩に停車した。

それに気づくと、ほっとして体の力が抜けた。

すぐに五十代後半ぐらいの男性が降り立った。息子さんだとすぐに見定める。ジャケット姿で生真面目そうな人物だった。息子さんは車道から車を回り歩道に入ると、

「どうも、ご迷惑をおかけしました。本当にすみません」と厳しい顔つきのままで挨拶した。

丁寧な言葉の割には、お辞儀という動作が備わってはおらず不自然な感じがした。こちらの方が恐縮して頭を下げたくらいだ。

「どこに行ってたの」

幸蔵さんに向かって腹立たしげに言葉を投げつけた。おいらが真っ先に訊きたくとも訊けなかったことを、いとも簡単に口にした。

幸蔵さんはそれにはまったく答えることなく、

「迎えに来たの？」としれっとして言ってのけた。

息子さんはちらりとおいらを見て、バツの悪そうな顔をした。

「まったく」と舌打ちをして、「だめだよ、黙って出かけたら。みんな心配するでしょうが」と咎めた。

「ああ、悪かった」と今度は素直に謝った。

息子さんはおいらの方に向き直って、

「勇次さんでしたね。母からよく伺っています。いつもお世話になっているそうで、今回も本当にありがとうございました」

そう言って深々と一礼した。

おいらは、勝手な先入観で失礼な思い込みをしたことを恥じて、また平身低頭して、

「いえ、何でもないことです」と小声を返した。たぶん、さっきは息子さんも慌てていたし、父親に対して怒り心頭の状態だったに違いない。

「じゃ、車に乗ってください」とおいらは幸蔵さんを誘導するように声をかけた。

息子さんは幸蔵さんの肩を抱くようにして助手席に乗せると、自分は車道に回り、後ろから走ってくる車が途切れるのを待った。そして運転席に乗り込む前に、背伸びするようにこちらを向いて、

「ありがとうございました。お礼はまた改めて」と一段高い声を張り上げた。

その時、息子さんは初めて破顔した。その笑みがあまりに親しみやすくて、「なんだ、普通の人か」と心の中でつぶやき、片手を振った。

車は走り去って行った。

おいらは、母ちゃんに事が無事終わったことを手短に伝え終えた。それから、すっかりと見覚えてしまった京葉道路に沿った街並みを眺めながら、ゆっくりとペダルを踏み踏み帰っていった。

後日談となるが、それから息子さんは区役所の相談窓口に出向いて、認知症の徘徊《はいかい》対策のアドバイスを受けたと聞いた。そして、居場所が分かるGPSを装着した特殊なシューズを履かせることにしたそうだ。

遅きに失したと言わざるを得なかった。

4　懐かしの調べ

「タンポポの音楽会」の日、霧雨が初冬の冷たく澄んだ空気の中を舞っていた。

おいらは磯川さん夫妻と志津江さんが乗る車に同乗した。運転する磯川さんのご主人は銀髪で、お洒落に黒い蝶《ちょう》ネクタイを結んでいた。髭こそなかったが、カーネル・サンダース人形を連想させた。

おいらと志津江さんは後部座席に並んで乗った。発車すると、隣に座った志津江さんが一人でしゃべった。おいらは甘ったるい香水の香りが気になったが、すぐに慣れた。

「今日は、勇次さんが来てくれて楽しみだわ。きっと盛り上がるわよ」と華やいだ声を上げた。

おいらは野坂さんの住む団地の階段下で待ち合わせをして、志津江さんは下りてくると、同じ言葉を口にしながら車に乗り込んだのだ。

「まあ、期待にそえるように頑張りますよ」

おいらはその時の返事をそのまま繰り返した。

磯川さんが助手席から心もち首を後ろにねじり、

「勇次さん、曲の間はお任せするから、打ち合わせどおりの時間割でお願いしますね」と優しく笑った。

「あなた、プロの方に向かって失礼でしょうよ」

ご主人が前を向いたまま磯川さんをたしなめて低く笑った。その言い草の方が嫌みに聞こえた。おいらは唇をねじって苦笑いを隠した。磯川夫妻の表情は後ろの席からは確かめられなかった。

「とにかく、楽しくやって盛り上げてくれればいいのよ」

志津江さんがピクニックにでも行くようにはしゃいだ。

「今までは、私と磯川さんと交代で進行役をしてきたんだけど。でも、何となく堅くってね」

司会の依頼を受けて、打ち合わせをした時にそのことは聞いていた。

「そうですってね」と聞き流しながら無難に応じた。

「ともかく皆さんに楽しく歌っていただければいいんでしたね」

おいらはその時のことを思い出しながら、口酸っぱく言われていたことを復唱した。

事前の打ち合わせの時にプログラムを渡されていた。全員で悪戦苦闘して練り上げたものだと察しがついた。バラエティに富んでいるようでいて、そう奇抜な印象は感じなかった。

その内容は志津江さんの手書きだった。

「時間割や司会者のト書きなんかも入れてあるのよ」と自慢げに解説したのだった。

十一月　タンポポの音楽会　プログラム（打ち合わせ用）
司会者・藤井 勇次　開会の言葉（三分）

　童謡コーナー
　一、「虫のこえ」文部省唱歌（一九一〇年）
　二、「故郷の空」作詞：大和田 建樹　スコットランド民謡
　三、「里の秋」作詞：斎藤 信夫　作曲：海沼 實
司会者のフリートーク・各曲の紹介を含む（十五分）
　各曲の合間のお話（各二、三分程度）

懐メロ特集
四、「お富さん」作詞：山崎正　作曲：渡久地政信
五、「憧れのハワイ航路」作詞：石本美由起　作曲：江口夜詩
六、「鐘の鳴る丘」作詞：菊田一夫　作曲：古関裕而
司会者のフリートーク　各曲の紹介を含む（十五分）
流行歌を題材に皆さんと交流する（各三分程度）

名曲コーナー、演奏と合唱
七、「エーデルワイス」作詞：オスカー・ハマースタイン二世　作曲：リチャード・ロジャーズ

独唱　山口弘美
八、「365日の紙飛行機」作詞：秋元康　作曲：角野寿和・青葉紘季
司会者のフリートーク　各曲の紹介を含む・エピソード・雑学など（十分程度）

フィナーレ

九、「手のひらを太陽に」（手話入り）作詞：やなせ たかし　作曲：いずみ たく

司会者　手話説明

程なく目的地に着いた。一方通行の狭い道路を、ご主人の運転するセダンはゆっくりと旋回して施設の正門に入っていった。

正面に四階建ての建物が見える。臙脂色《えんじいろ》の煉瓦《れんが》張りで、古めかしく重厚な雰囲気を放っていた。駐車場は花壇と倉庫のような建物に囲まれて、六台ほどの公用車などが止まっていた。

空いたペイント枠にカラーコーンが置かれている。助手席から磯川さんが降り立って、そのコーンを取り除いた。いつもの手順のようだった。

そして横に停車している車の中の人間と何やら言葉を交わした。それが山口さんと東海林さんだとすぐに分かった。

運転席から山口さんが、助手席から東海林さんが降りてきた。

ご主人は後部座席のおいらと志津江さんに下車するよう促した。座席シートの上で尻を滑らせて車を降りる。車は残った一台分の駐車場に納まった。

傘を差すほどの雨ではなかった。おいらは、先に降り立った二人に会釈した。山口さんは気取りのうちにも照れたような、また東海林さんは清楚《せいそ》な微笑を返してくれた。

東海林さんは淡いピンクのブラウスに同系色のセーター、ベージュのボトムパンツ、山口さんは乳白色のワンピースにさらに純白のカーディガンを羽織っていた。そして東海林さんはサファイアのブローチ。山口さんはエメラルドの宝石が霧雨に一層、輝きを放つネックレスをあしらっている。二人とも目鼻立ちが冴える濃いめの化粧を施していた。

志津江さんは一足早く施設の中に入っていた。ご主人が車との間の隙間から体をねじって降りてきて、トランクから楽器や器具を降ろした。

志津江さんと施設の職員が台車を押して出てきた。ご主人とおいらは職員の手を借りて荷物を台車に積んだ。それから台車を押して自動ドアから玄関に入った。

メンバーに従って、持参した内履きに履き替えて二重の自動ドアを通って中に入った。右手に事務所があり、窓口が受付になっていた。皆はそこを素通りして、ホールから通路へと進んだ。

リノリウムの床を鳴らして最後尾を歩いていった。いくつかのドアの前を通り過ぎると、案内していた職員がスライド式ドアの前に立った。ステンレスの縦手すりを横に引いて中への入室を勧めた。

磯川さん、志津江さんが入り、続いて東海林さんと山口さんが並んで入った。ご主人とおいらは台車を押して続いた。

二十人ほどが着席できる多目的室だった。皆は台車からそれぞれの楽器を降ろして、すぐに支度にかかった。それぞれに楽器を組み立て、チューニングや音合わせを始める。

おいらも自分のスポーツバッグを取って部屋の隅で着替えた。白のワイシャツにラフなジャンパーを羽織り、チノパンという出で立ちだったが、上着を脱いで赤い蝶ネクタイをした。その上に昔の仕事着だった濃いクリーム色のブレザーを羽織った。ズボンも舞台用のスラックスに穿《は》き替えた。

フルートで音階を奏でていた磯川さんが吹くのをやめて、

「あら、素敵じゃない。ちょっとしたことなのに映えるわね」と眩しいものを眺める目つきで褒めそやした。

「ほんと、さすが、堂にいってるわ」

志津江さんの横目にも、冷やかしが半分、混じり込んでいた。

「じゃ、最終打ち合わせをしますか」

ご主人が楽譜を広げて皆に呼びかけた。おいらも少し離れて着席したが、もっぱら演奏に関する音程やテンポ、タイミングの摺《す》り合わせなどで、おいらには無縁の話のように思えた。

「でもバイオリンはピアニシモで一小節、遅れた方がよくありませんか」と東海林さんが言う。

「出だしは東海林さんのバイオリンがいいと思うの。それの方が皆さん、歌い出しやすいと思う」

磯川さんが和らかく反論しながらも、逆に東海林さんを立てている様子だ。ご主人はエアタクトを振って低く口ずさんでから、

「うん、そうだね。僕もそう思うな」と同調した。

やっぱりおいらには分からない話だった。その打ち合わせに司会者は不要な気がした。開始の時間まで十五分ほどある。

「すみません」と皆に呼びかけた。

「一足先に会場に行って前ふりをしたいんですが、いいですか」

四人一斉においらを見た後、皆、自然にご主人の方に視線を送った。彼はちらりと腕時計で時間を確かめ、

「そうですか、じゃ、お願いします。僕らもおっつけ行きますから」

そう言ってにっこりと笑った。

「あ、勇次さん、三階よ、会場は——」

　磯川さんが、部屋を出て行きかけたおいらの背中に向かって念を押した。

　おいらは振り向いて、誰にともなく頭を下げて廊下に出た。来た通路を戻り、玄関ホールからエレベーターの方に歩いた。一階がどういった施設になっているのか知る由もないが、午後からの日課が始まる休息の時間が緩やかに流れているようだった。

　エレベーターのボタンを押したが、四階で止まったまま一向に下りては来なかった。階段を探す気にもなれずにそこで待っていると、通路の向こうの自動ドアが開いた。

　車椅子のお年寄りが、若い女性職員に押されて入ってきた。ピンク色のユニホームを着た職員の傍らには、もう一人の高齢の女性がついてきた。自分で歩いてはいるが、幼児のようなよちよち歩きだった。

　おいらはやって来る一行に向かって、「こんにちは」と明るく微笑みかけた。

「こんにちは。『タンポポ』の方ですよね」と職員が親しげに訊いてきた。

「そうです」

「今日は、よろしくお願いします」

　職員は愛らしく微笑み、機敏で清々《すがすが》しいお辞儀をした。

「初めてお会いするわね」と車椅子に座った八十代とおぼしき女性がおいらを見上げて

言った。

「そうですね。今回、初めて伺いました」

おいらは心持ち腰を屈めるようにして答えた。

その時、エレベーターのドアが開いた。

職員はエレベーターの中に半身を入れて開閉の延長ボタンを押した。それからおいらに乗るよう勧めた。おいらは、どうぞお先にという意思を体全体で表した。職員は車椅子を半回転させ、後ろ向きにエレベーターに乗り込んだ。おいらはもう一人の女性にも、お先にというジェスチャーをした。女性は表情を強張らせて、取り残されまいとするように慌てて中に入った。

おいらはドアの横に体を納めると三階のボタンを押した。身体の向きを正すと自然にあとに乗った女性と向かい合った。彼女はおいらと視線が合うと、息を漏らすような愛想笑いをして頭を斜めに下げた。その頼りない笑みを見た時、おいらはふと白崎幸蔵さんを思い出した。性別や性格を超越して共通する何かを感じたのだ。それが相手への親近感に通じた。

「音楽会に行くんですか」とおいらはゆっくりした口調で訊いてみた。

彼女は返事の代わりに、くしゃりと目鼻をつぶしたような笑顔をつくった。

「今日はおいらが司会をしますから、よろしくお願いしますね」と車椅子の女性の方にも視線を移して言った。

「そうですか。それで、そんな派手な衣装を着てらっしゃるのね」と冷やかすような目つきでおいらを見上げた。

「派手ですか、これ」

おいらは両手を広げてモデルのようにポーズをとった。

「いいえ、どうして、どうして。よくお似合いよ」

なんと横に立っているよちよち歩きの女性が言ったのだ。にこにこと微笑みながら、あまりに言い得たセリフをさらりと口にした。車椅子の女性と職員が、一瞬、顔を見合わせて同時に大笑いした。その爆笑の訳はおいらにも何となく分かった。

エレベーターを降りて、おいらはその三人のグループと一緒に会場に入った。小学校の教室よりも広いだろうか。その正面は一段高いステージになっていた。すでに楽譜スタンドやマイク、パイプ椅子などがセットされている。

先ほど出迎えた職員が、パソコンから歌詞を大型モニターに映し出す作業をしていた。ステージに向かって、小劇場といった感じで椅子が並べられている。

前の方の席には、すでに何人かの高齢者が座っていた。

その広間の周辺では、職員や入居者らがそれぞれの動きのなかで会話を交わしていた。おいらに、その一つ一つの意味を計り知ることはできなかった。だからステージに出ていって、会場を目の前にしてどんな前ふりをしたものか慎重になった。

だがここで怯《ひる》むわけにはいかない。おいらはステージに立ってマイクを取った。

まず会場にやって来る入居者に向かって、

「こんにちは。いらっしゃいませ。どうぞ、前の席に」と声をかけ始めた。

その呼びかけに驚く人もいたし、足をすくませながら会釈する人もいた。なかには聞こえないのかまったく反応しない人もいる。杖をついて歩いて来る人、歩行器を押して来る人、職員に手を引かれて来る人、そして車椅子を自分で操作して来る人とそれぞれだった。

「ご苦労さまです。どうぞゆっくり、ゆっくり。気をつけてください」

おいらはそんなお年寄りの一人一人を招き入れた。

着席した人の中には、初めて見るおいらを不審げにねめ回す人もいたし、興味深げな視線を釘付けにする人もいた。

会場が埋まりだすと、おいらはワイヤレスマイクを手にして参加者席の中へと割って入った。語りかけることは一つだけだった。

「お元気ですか！」

そう言って相手にマイクを差し向けて回った。アントニオ猪木のような叫び上げる調子ではない。そんな大声を出したら、お年寄りはびっくりしてどうなってしまうか知れたものではない。身を屈めて順番にゆっくりと優しく声をかけていった。

それでもどぎまぎして返事に窮したり、照れ笑いをして俯いたりする人がいた。中にはきちんと「おかげさまで元気です」と答える人もいたし、「はーい、元気です」と子供をまねた調子外れの声を張り上げる男性もいた。

おいらはその反応や返事の一つ一つに、

「お元気そうですね。何よりです」という言葉を繰り返して伝えていった。

席が埋まってくるに従って賑やかに盛り上がっていった。

あるお年寄りは両手でおいらの手を握り、

「あんた、いい男だねえ」と言ってその手を自分の頬に撫でつけた。

周りの人たちが、そのさまを見ながらくすくすと笑った。

「じゃ、今度、おいらとデートしてくれるかい」

おいらは芝居がかった口調で切り返した。

「ほんとかい、嬉しいよお」

相手も泣き笑いの顔で答えると、そんなベタなかけ合いで会場は爆笑した。

入居者の中で、特別に下調べをしたり、問題のある人物を特定したりすることは一切しなかった。不要な先入観にとらわれたり、余分な意識に影響されたりしたくなかったからだ。あくまでも自然な流れに任せて進行させていこう、そう考えていた。

「タンポポ」のメンバーが会場の壁伝いに入場してきた。メンバーらは、集まった入居者の方に向かって一礼して、一段高い簡易ステージに上がった。

磯川さんと志津江さんはフルートを両手で大事そうに支え持って上がった。東海林さんはバイオリンと弓を片手に持ってエレガントな動作で舞台を踏んだ。山口さんも楚々とした容姿でキーボードの前に立った。ご主人は最後にギターを胸に掲げて段に上がり、淡々とした面持ちでパイプ椅子に腰を下ろした。

会場からパラパラと拍手が起こった。

会場の中でおいらはさらに続けた。

「こちらのお父さんは随分とダンディですね」

マイクを通して言いながら男性に近づいた。丸い銀縁眼鏡を掛けて、派手めな色の格子柄のベストを着ていた。難しい顔つきだが、目が合うたびに笑いを噛み殺すような人懐こさを覗かせている。

「若い頃は随分とモテたんじゃないですか」と踏み込んだあとで、マイクを相手の口元に添えた。

「そう、若い頃はね。女も泣かせた。でも今はもう全然だめ！」と言って渋い顔をした。

「またまた、ご謙遜を」

「ほんと！　もう腰が立たないの」

その泣き声にドッと笑いが起きた。

おいらも笑いながら、足早にステージに戻った。

「勇次さん、ありがとう。盛り上がってるわね」

磯川さんが準備の手を止め、近づいて耳打ちした。

「その調子で進行お願いね」

「それじゃ、三分後に入ってください」と応えてまたステージを下りた。

すでに入居者の集合はほぼ終わっていた。おおよそ五十人ほどの参加者だった。

会場の周りには職員らも、それぞれの定位置についていた。会場の後方には何やら他の部署の職員らしき人も集まっているようだった。そしておいらの立ち居振る舞いを遠巻きに眺めていた。その好奇心が何に由来するものか分かっていたが、おいらは気にしなかった。

「それでは、皆さん。これより『タンポポの音楽会』を始めたいと思います」

一段高い声量で開演を告げた。

ぱらぱらと拍手が起こった。

「あれ、皆さん元気がありませんね」

全体を見回した。

「ちょっと発声練習をしましょうか」と会場全体に語りかけた。

「それでは皆さん、アーという声を、思いっきり出してみてください。一、二、三、はい」

あちらこちらからバラバラに「アー」という発生声が起こった。中には痰《たん》の絡んだながら声も聞こえてきた。

「皆さん、元気ありませんよ。もう一度、はい」

結果は大して変わらなかった。

「急に大声出せって言っても無理ですよね。じゃ、ちょっと違うことをしますよ。普段やられているかもしれませんが、腹式呼吸です。皆さん、鼻から大きく息を吸い込みます」と言って自分がやって見せた。

「お腹に息をためるように――、いっぱいに吸ったら、口からゆっくり吐き出します。全部、吐き出します。そして――また鼻から吸います」

皆、自然とおいらに合わせてやり始めた。

「ゆっくり――、口から息を吐いて――お腹を縮めて――そう、そしたらまた鼻から大きく息を吸います――、もう一度」

八回、繰り返した。

「はい――、ありがとうございます。歌の発声も同じです。はい、鼻から息を大きく吸います」

全員が反射的に背すじを伸ばし、顎をこころもち上げて、こちらに集中している。

「さあ、息を吐く時に、アーと大きく声を出してみましょう、アー」

全然違っていた。お腹の底から出る声が、会場全体でぴったりと合わさった。

周りの職員から「おーっ！」という感嘆の声が漏れた。おいらはパチパチと手を打って、

「素晴らしい！　その声です。その声で、これから元気いっぱい歌っていきましょう」

再び開会を告げてから、一曲目に入っていった。

「歌は楽しく歌いましょう。楽しくなければ歌は歌えませんよ。楽しい時に歌いたくなる。皆さんはどうですか？　いいことがあった時、楽しいことがある時、鼻歌が出ませんか？　逆に落ち込んでいる時、悲しい時に、皆さん歌を歌う気になれますか？　一曲目は『虫のこえ』です」

おいらは実際に、子供がしくしく泣くようなまねをした。その泣き声で「あれ松虫が鳴いている、ちんちろ ちんちろ ちんちろりん」と歌ってみせた。会場の皆は突然のことに驚いて、おいらの仕草から目を外せなくなっている。

「これじゃ歌っても楽しくないですよね」

今度は満面の笑顔で、簡単なふりをつけて歌い直した。会場の皆は初めこそ唖然としたが、すぐに顔の緊張がほぐれていくのが分かった。

そのフレーズを全員で何度か練習してから、

「それでは、『タンポポ』の皆さん、伴奏をお願いします」と進行した。

伴奏が始まった。フルートが秋を奏で始める。

あれ松虫が　鳴いている　ちんちろ ちんちろ　ちんちろりん
あれ鈴虫も　鳴き出した　りんりんりんりん　りいんりん
秋の夜長を　鳴き通す　ああ おもしろい　虫のこえ

おいらは会場の中に入り、特に大きな声で歌っている人の口元にマイクを近づけて回った。

きりきりきりきり　こおろぎや　　がちゃがちゃがちゃがちゃ　くつわ虫

自分でもマイクを使い、「がちゃがちゃがちゃがちゃくつわ虫」と身振り手振りで歌った。

あとから馬おい　おいついて　ちょんちょんちょんちょん　すいっちょん
秋の夜長を鳴き通す　ああおもしろい　虫のこえ

おいらはマイクを脇に挟み、会場の中で拍手をした。それに続いて周りの職員らも手を打った。

「皆さん、すごく声が出ていて素晴らしかったですよ」

その讃嘆を理解する人は皆、誇らしげな顔になった。

「ここで、いつも演奏してくださる『タンポポ』のメンバーを改めてご紹介します。皆さん、拍手をお願いします」

おいらはメンバーの一人一人を紹介した。

「次は『故郷の空』です」

二曲目に入った。

「私たちが昔から慣れ親しんだ唱歌ですよね。でも、もともとはスコットランドの民謡なんです。知ってました？」

大きく首を縦に振り、知ってますと自慢げな顔をする人もいたし、口をぽかんと開けてそうなのかと感心する人もいた。

「原曲は、『ライ麦畑で出逢ったら』という、若い男女の恋仲を歌った大らかで開放的な曲なんです。ライ麦畑の中で男の子と女の子が出逢ったら何をしているのか——、そんな歌詞です。さあ、皆さん、何してると思いますか？」

そう聞くと、困ったように照れて笑ったり、隣の人と顔を見合わせてくすくすと笑い合ったりしていた。その答えも質問の意味も分からないといったふうに、表情のない目をこちらに向けているお年寄りもいた。

「その原曲に近い歌詞もあるんですよ。聞き覚えがあると思いますが、ザ・ドリフターズが昔、歌ったんです。『誰かさんと誰かさんが麦畑　チュッチュ　チュッチュしているいいじゃないか　僕には恋人ないけれど　いつかは誰かさんと麦畑』と、こんな歌です」

おいらが歌って聞かせると、皆、聞き覚えがあって顔を綻ばせて頷き合った。

「これが明治時代の日本では、故郷を遠く偲《しの》ぶ抒情《じょじょう》豊かな歌になるから不思議ですよね。皆さんはどっちの歌詞が好きですか？　やっぱり情緒的で奥ゆかしい日本人の気質では、故郷への思いや父母を慕う気持ちを歌う方がしっくりしますよね。やはり私たちにとってこの旋律は、軽快で大らかな中にも、そこはかとなく哀愁を感じさせるんでしょうね。

それでは私たちは、古き良き時代の日本人の心情を歌った歌詞にのせて、でも故郷を離れても頑張っているんだという明るい気持ちを感じながら歌っていきましょう。ちなみに作詞は大和田建樹氏です。

それでは『タンポポ』の皆さん、お願いします。どうぞ」

アコーディオンから前奏が始まる。フルートとバイオリンが伴奏に加わった。

夕空晴れて　秋風吹き　月影落ちて　鈴虫なく
思えば遠し　故郷の空　ああ　我が父母いかにおわす

おいらは会場の中には入って行かず、舞台袖に控えてみんなの歌声を聞いていた。

澄み行く水に　秋萩たれ　　玉なす露は　すすきに満つ
思えば似たり　故郷の野辺　　ああわがはらから　たれと遊ぶ

おいらが強く拍手を送ると、周りの職員たちも一斉に拍手をした。

「感情がこもった素晴らしい歌声でしたよ。故郷を思い出した方も、たくさんいらっしゃるんじゃないですか」

おいらは前列に寄って、

「ちなみに故郷はどちらですか?」と四、五名の人にマイクを向けた。

「長野」、「福岡」、「北海道」、「岩手」と全国にわたってさまざまだった。中には「満州」と答えた人もあった。

「それでは、それぞれの故郷を偲んでもう一回、歌ってみましょうよ。いいですか?『タンポポ』の皆さん」

アドリブだった。メンバーは全員、にっこり笑って頷いて見せた。

二回目、おいらはステージの横の場所で両手を大きく使い、リズムを取って指揮をした。皆がステージの横のスクリーンに映された歌詞を目で追いながらも、おいらの仕草や呼吸に合わせて歌おうとしているのが分かった。一回目より、誰の声も伸びやかに合わさり、周りの職員たちの歌声も大きく響いた。

「次の歌は『里の秋』です。この季節になると、つい口ずさむ唱歌の一つですよね。お母さんと二人でお父さんの帰りを待っている情景を素朴に語った歌です。

お父さんはどこにいるのか？　そう、戦地ですよね。今ではあまりピンとこないかもしれませんが――。終戦後、引き揚げてくる兵隊さんを迎える歌がラジオで放送されたのが、この歌だったそうです。でも、この歌詞は戦時中に東北の田舎の子供が戦地の父に宛てて綴《つづ》った手紙だとも聞いています。だからもともとの歌詞では、最後の方に、『ぼくも兵隊さんになって必ずお国を守ります』というような一節があるそうです。戦後、その歌詞は省かれて、この平和な時代、今に歌い継がれています。でも、そんな背景を知ると考えさせられるし、やっぱり悲しくなってしまいますね。

作詞は斎藤信夫氏です。

それでは、『里の秋』――、皆さん、それぞれの思いを込めて歌いましょう。『タンポポ』の皆さん、お願いします」

前奏に山口さんと東海林さんのハミングが入る。物悲しい秋の夜の情景が広がる。

静かな静かな　里の秋　　お背戸に木の実の　落ちる夜は
ああ　母さんとただ二人　　栗の実　煮てます　いろりばた

おいらは袖にはけて、その場所で控えめに指揮を執った。
一番が終わると、静寂の間を乱さないようにそっと拍手を送った。

明るい明るい　星の空　　鳴き鳴き夜鴨の　渡る夜は
ああ　父さんのあの笑顔　　栗の実　食べては　思い出す

間奏をバイオリンが奏でる。

さよならさよなら　椰子の島　　お舟にゆられて　帰られる
ああ　父さんよ御無事でと　　今夜も　母さんと　祈ります

歌が終わると盛大に拍手を送ったが、会場全体はしんみりとした雰囲気となった。
間を取って「さあ、次は、懐メロです」とプログラムを進行した。

「一曲目は、ご存じ、『お富さん』です。歌ったのは誰でしたっけ?」といきなり問題から入った。

曲を与えられた時、おいらはその答えを知らなかった。会場の中でもざわつき、はっきりした答えは出なかった。おいらは準備していたクイズの出題メモを手のひらの中で見ながら

「小畑実でしたっけ、霧島昇でしたか?」と古い歌手の名前を挙げた。

「小畑実は『勘太郎月夜』じゃなかったか?」

前の方で車椅子に座っている男性が、大きな声で周りに語りかけた。

体格がよく、壮年といった風貌だった。ただ面相はいかにも神経質そうで、目つきも猜《さい》疑心《ぎしん》にとらわれた卑屈さが感じられた。

「そうなんですか」

おいらはその声に負けないほど大きな声で受け止めた。豆知識が正しいかどうか知らなかったが。

「でもこちらの方は詳しそうですね。いかにもカラオケが得意そうにお見受けしますが」とハンドマイクを持っていくと、

「昔は随分やったがな。今はもうさっぱりだよ」とぼそぼそ口先を動かした。

「それじゃ、大いに歌ってくださいよ。これからやるのは、カラオケじゃなくて生伴奏ですからね」

その男性は上目遣いにちらりとおいらを見上げると、少し悲しげに笑った。

聞かされていた前回の音楽会のトラブルが脳裏をよぎった。

だがまったく気にはしなかった。

「霧島昇でもないですよ。霧島昇は『旅の夜風』を歌ったのよ。『愛染かつら』の主題歌よ」と、端の方からしっかりとした口調で正す声があった。

来る時にエレベーターで一緒になった車椅子の女性だった。

「花も嵐も——踏み越えて——っていうやつですね」

「『誰か故郷を想わざる』も霧島昇だよ」と後ろの席の方から別の男性の声がした。

「じゃ、『お富さん』は誰の歌ですかね」

「それが、名前が出てこない」と最初に発言した男性がじれったそうに顔をしかめた。

後ろで見守っていた職員の一人が観客席に入って行って、片手を挙げた。

「こちらの方が、知っているそうです」と大きな声で伝えた。

おいらはマイクを手に、すぐに真ん中の通路を通り抜けて近づいた。

「どうぞ」とマイクを一人の女性の口元に持っていくと、

「春日八郎じゃないでしょうか」と恥ずかしそうに答えた。

「正解です！」とおいらは言って拍手をした。「そうだった、そうだった」という囁きがあちこちで起こった。

「この歌は、もともと落語の演題だとも、歌舞伎のお話だともいわれています」とステージに戻りながら、早口に言った。

ステージに戻ると、そのまま続けた。

「江戸の大店《おおだな》の息子、与三郎は遊蕩《ゆうとう》に身を持ち崩し、木更津の親戚に預けられます。そこでお富と知り合い深い仲になりますが、お富はやくざの親分の妾《めかけ》だったんですね。二人の関係を知った親分は激怒して、子分たちに命じ与三郎をめった斬りにします。あげく、与三郎はす巻きにされて流されます。お富は逃げ出したけど追い詰められて海に身を投じます。ところがある大番頭に助けられ、その囲い者になるわけです。

三年後、かろうじて助かった与三郎は、全身の切り傷を売り物にしてゆすり、たかりをするごろつきになっています。その与三郎がたかりに行った先に妾となったお富がいたわけです。死んだと思っていたお富とばったり再会するわけです。その時の様子を歌ったのが、この『お富さん』です。

山崎正の作詞です。そんなストーリーを考えながら歌ってみると、また一味違うかと思います」

間を置いて、

「生きていたのかあ、お富――」と歌舞伎調に見得を切った。

そこで打ち合わせどおり、テンポよく軽快な前奏に入っていく。手拍子とともに歌が始まる。

粋な黒塀 見越しの松に　仇《あだ》な姿の洗い髪
死んだはずだよ お富さん　生きていたとは お釈迦さまでも
知らぬ仏の お富さん　エッサオー 源冶店《げんやだな》

おいらは歌いながら、また歌舞伎調の見得をみよう見まねで演じてみせた。

笑いを含みながらの歌声が続いた。

過ぎた昔を 恨むじゃないが……と二番に入る。
掛け合い声を入れて手拍子を強く打つと、一段と声の調子が上がった。

かけちゃいけない 他人の花に　情かけたが 身のさだめ
愚痴はよそうぜ お富さん　せめて今夜は さしつさされつ
飲んで明かそよ お富さん　エッサオー 茶わん酒

歌い終わると、皆の手拍子が自然と拍手になった。

「宴会でも始めますかぁー」と大きな声で冗談めかしに言うと、どっと笑いが起きた。

「次の歌は『憧れのハワイ航路』です。これから寒くなっていきますが、常夏のハワイに旅立つ気分で楽しく歌っていきましょう。

岡晴夫さんの歌声が世の中に流れた時代は戦後間もなくで、国民はみんな貧しかった。そうですよね、皆さん」

聴者の何人かは、盛んに首を縦に振った。

「まだまだ敗戦の混乱などで、ハワイ旅行などは夢のまた夢だったんじゃないですか。そんな時に、まさに憧れの歌を庶民は口ずさんだ。これから世の中は平和になるんだ、豊かになっていくんだと希望を持ったことでしょうね。今でも多くの歌手によって歌い継がれていますよね。憧れとか希望とかはやっぱり永遠のものかもしれませんね。どんな時代でもどんな境遇にあっても、夢や希望は失いたくありませんね」

おいらは皆の顔を見回した。ぽかんとした顔が多かった。話が少し堅かったようだ。

「おいらの父親も子供の頃、ハワイに行くのが夢だったと言ってました」

アドリブで挿話を入れる。

「ハワイでは木にバナナがたくさんなっていて、いつでも勝手にもいで食べられるんだと思っていたそうですよ。そんなばかなことはないんですが、無理もないです。父の子供の頃はバナナは高級果物で、よく言われるように、病気にならなきゃ食べさせてもらえなかったそうだから」

うんうんと首を振る皆の表情が緩んだ。

「それではいってみましょうか。憧れを乗せて海の旅路へ――。作詞は石本美由起氏、伴奏は『タンポポ』。よろしくお願いします」

出航の合図とばかり、ご主人のギターが景気よく弦を鳴らす。

晴れた空　そよぐ風　港出船の　ドラの音たのし
別れテープを　笑顔で切れば　のぞみはてない　遥かな潮路

ああ　憧れの　ハワイ航路

波の背を　バラ色に……と合唱は二番に入った。

常夏の　黄金月　夜のキャビンの　小窓を照らす
夢も通うよ　あのホノルルの　椰子《やし》の並木路　ホワイトホテル
ああ　憧れの　ハワイ航路

「次の曲も戦後の大変な時代に大ヒットした歌です。『とんがり帽子』――、自分も物心がつくかつかない頃、祖母が歌ってくれたのを何となく覚えていて、すごく懐かしい気持ちになります。

敗戦後、空襲で家も親も失った子供たちがたくさん出ました。そんな戦災孤児といわれる子供たちは浮浪児になって生きるために、かっぱらいなどをしてその日暮らしをしました。また施設に収容された子供もいましたが、その生活環境や待遇はひどいものだったんですね。

皆さんはよくご存じと思いますが、そんな時にＮＨＫのラジオドラマ『鐘の鳴る丘』の主題歌として流れてきたのが、『とんがり帽子』の歌だったんですね。当時の子供たちはむろんのこと、大人たちもこの歌から元気と勇気をもらい、戦後復興へと踏み出して行ったわけですね。それでは童心に帰って元気に歌っていきましょう。

緑の丘の赤い屋根　とんがり帽子の時計台
鐘が鳴ります　キンコンカン　メーメー子山羊も啼いてます
風がそよそよ丘の家　黄色いお窓はおいらの家よ

おいらはスクリーンの横に立って大きく手を打ちながらリードして、自分も大きな声で歌った。

緑の丘の麦畑　おいらが一人でいる時に
鐘が鳴ります　キンコンカン　鳴る鳴る鐘は父母の
元気でいろよと言う声よ　口笛吹いておいらは元気

その時、おいらはふいに胸が詰まってしまった。何が心の襞《ひだ》に触れて感動したのかはっきりとは分からなかった。三番を歌う声が震えてしまった。

とんがり帽子の時計台　夜になったら星が出る
鐘が鳴ります　キンコンカン　おいらはかえる屋根の下
父さん母さんいないけど　丘のあの窓おいらの家よ

胸が熱くなるのが分かった。決して初めて耳にする歌詞ではない。どういった内容なのかも漠然とではあるが知っていた。それなのに今さらながらに目頭が熱くなった。突然に、昨日まで一緒に暮らしていた両親、兄弟がいなくなり、家も何もかも失い、それでも一人健気に生きていく少年の思いに感情移入したのだろうか。何の罪もない子供たちが、なにゆえそんな目に遭わなければならないのか。戦争の不条理に今さらながら噴き上げる怒りに胸が震えたのか。

まさかと思いつつも泣き声になりかけてしまった。歌うのを自分から控えた。最後は大振りの指揮をとって節を終わらせた。

おやすみなさい　空の星　おやすみなさい　仲間たち

鐘が鳴ります　キンコンカン　昨日にまさる今日よりも
明日はもっと倖せに　みんななかよく　おやすみなさい

おいらは慌てて、次のプログラムに入った。

「ここで『タンポポ』の演奏と歌を二曲、お聴きください。最初の曲は『エーデルワイス』です。

これはドイツ語で『高貴な白』という意味で、高山植物の名だそうです。ご存じのようにミュージカル映画『サウンド・オブ・ミュージック』で歌われた曲です。青春時代にあった磯川さんのご主人は、主人公の女優ジュリー・アンドリュースの美しさに目が釘付けになったとおっしゃっていました」

打ち合わせ済みのトークで、振り返ると、磯川さんは苦い顔で大きく頷いて見せた。

会場からこもった笑い声が伝わった。

「また、こうも話されていました。トラップ大佐は妻を失くして七人の子供を持つ父親、その家庭教師としてやって来たのが、修道院見習いのジュリー演じるマリアです。マリアと子供たちの交流が始まる。そしてトラップ大佐との心の交流も――、二人はさまざまな葛藤の末、結婚する。

磯川青年はそれが、どうしても納得できなかったそうです。映画の中なのに失恋感があったとおっしゃっていました。ホームパーティーで、大佐は子供たちにせがまれて歌うことになる。トラップ大佐がギターを弾いて歌うのがこの歌です。その時、密かにマリアと互いに見つめ合って愛を意識するわけです。そして終章、ドイツのオーストリア併合に反対する大佐はスイスに一家で亡命する。あるコンクールに出場して舞台から消えて脱出するんですが、その時も彼は『エーデルワイス』をギターで歌う。

歌いながら思うことは、戦争がもたらす不幸。なぜ幸せな暮らしが侵されるのか。二番は感極まって声を詰まらせてしまう。舞台袖で見ていたマリアが出て行って一緒に歌う。マリアが手招きすると子供たちも出てくる。そして家族で歌い出す。歌声は重なり、やがて会場からも起こり大合唱となっていく。

そしてラストシーン。ナチスから逃れ、家族で手に手を取り合って逃げていく。ドイツの南部国境、オーバーザルツベルク山地、白雪を戴く連峰を家族全員で越えていく。向こうは永久中立国スイスです。エーデルワイスはアルプス連峰などの高山に咲く高貴で美しい花です。

一番は磯川さんが、ギターの弾き語りで思いを込めて歌います。二番はタンポポのメンバー全員が歌唱します。そして、二番をもう一度、皆さんが入って大合唱してください。

では磯川さん、お願いします」

エーデルワイスの美しいメロディーをギターが奏でていく。磯川さんのご主人の低音がエーデルワイスを呼び掛けていく。ミュージカルの歌唱の発声だった。素朴でいながら甘く、憧れと羨望が秘められた歌声に会場は引き込まれた。

エーデルワイス　エーデルワイス　一番が静かに終わった。

二番は山口さんのエレクトーンがギターの音色に重なっていく。同時に山口さんの歌声と、東海林さん、磯川夫人、そして志津江さんの高音が清らかな愛の歌を歌いあげていく。

トラップ大佐が歌いながら嗚咽した気持ちが、ふと分かった気がした。気だかく誇り高く祖国を愛し、大切な人を、そして家族を守り、とわに幸せに生きていくとの願い、どうしてそれが叶わないのだろう。そんな悲しみと怒りが歌に満ちている。

おいらは二番を、全員で歌うように大きな仕草で促した。誰もが聞き慣れたメロディーで、もう二回、聞いているから、全員が大きな声で合唱した。

まさに映画「サウンドオブミュージック」の終章の一場面のようだった。会場の後ろで参加者を見守っていた若い女性の職員が、指先でそっと頬をぬぐったのが分かった。会場に入る前にエレベーターで一緒だった、あの女性職員だった。

歌い終わると、束の間の静寂があった。感動を皆で共有する一時だった。

「次は『タンポポ』の演奏と歌をお愉《たの》しみください。ＡＫＢ48の曲です」

会場にどよめきが起こった。

「ご安心ください。『タンポポ』の皆さんは踊りません」

どよめきは爆笑に変わった。

「若い人向きの賑やかなダンス曲はやりません。第一、できません」

今度は「タンポポ」のメンバーの方から笑いが起きた。

「ご存じの方もいらっしゃると思います。『365日の紙飛行機』という曲です」

ほんの数人が自慢げに頷いている。

「以前、ＮＨＫの連続テレビ小説で放送された人気のドラマがありました。『あさが来た』というドラマです。覚えてます？　自分は見たことないんで分からないんですけどね、すみません。

いつも欠かさず見ていた母に訊いてみたら、主人公のはるという女性は女性実業家の広岡浅子さんという方がモデルだそうです。明治の激動期、大阪を舞台にした波乱万丈の物語とのことです。覚えてますか？」

全体にそう問いかけてみた。中ほどに座った女性が、「あるけど、忘れちゃったわよ」とふくれっ面を見せた。

「そ、そうですよね。母が言うには、まだまだ女性の人権が認められていない時代で、老舗の両替屋に嫁いだはるは商売の才覚を発揮して、どんな苦境や困難にも明るく勇気をもって乗り越えていく。厳格ながらも温かい家長も浮世離れした夫も、そんなはるを温かく見守っていくという話とのことでした。

ま、それはいいとして――そのドラマの主題歌がこの曲だそうです。作詞は秋元康さんですね。歌そのものは聞いたことがあるし、いい歌だと思っていました。

今日は、山口弘美さんに歌っていただきます。それでは山口さん、よろしくお願いします」

バイオリンだけの伴奏で始まる。

朝の空を見上げて　今日という一日が　笑顔でいられるように
そっとお願いした

時には雨も降って　涙も溢れるけど　思いどおりにならない日は

明日　頑張ろう

ずっと見てる夢は　私がもう一人いて　やりたいこと　好きなように
自由にできる夢

人生は紙飛行機　願い乗せて飛んでいくよ
風の中を力の限り　ただ進むだけ　その距離を競うより
どう飛んだか　どこを飛んだのか　それが一番大切なんだ
さあ　心のままに　３６５日

星はいくつ見えるのか　何も見えない夜か　元気が出ないそんな時は
誰かと話そう

人は思うよりも　一人ぼっちじゃないんだ　すぐそばのやさしさに
気づかずにいるだけ

甘く清楚な歌声に皆耳を澄ませる。

合唱は続き、やがて終わりのサビに入っていく。

人生は紙飛行機　願い乗せて飛んでいくよ
風の中を力の限り　ただ進むだけ　その距離を競うより
どう飛んだか　どこを飛んだのか　それが一番大切なんだ
さあ　心のままに　３６５日

飛んで行け！　飛んでみよう！

飛んで行け！　飛んでみよう！

飛んで行け！　飛んでみよう！


「アイドルの歌声をありがとうございました。『タンポポ』の皆さんと山口さんでした。もう一度大きな拍手を――」

拍手が納まってから、

「楽しく過ごしてきましたが、最後の歌となりました。『手のひらを太陽に』を元気いっぱいに歌いましょう。今日は手話をつけて歌います」

会場からざわめきが起こった。隣同士で不安げに顔を見合わす人たちもいた。

「全然、難しくはありませんよ。一つ一つ振りを教えますね」

そう言って。「僕らは」と歌い自分自身を指さす仕草をした。「みんな」は、会場に座っている人たち全体を指すように大きく片手を左から右に旋回させた。「生きている」は元気に拳を握り、両手でこうしましょう、と言って力コブを出すポーズをとった。

大体のフリは考えてはいたが、その場に合わせたアドリブもあった。ひととおりやって見せてから、

「じゃ、練習を一回、やってみましょう」

伴奏なしに、ゆっくりやってみると、ほとんどの人ができていた。

「それではラストソング、行きまーす。二回繰り返してやります。二回目はテンポが速くなりますよ」

伴奏に合わせて歌い出した。

ぼくらはみんな　生きている　「自分を指して、大きく手を回す」
生きているから　歌うんだ　「元気に力こぶ、口の前でぱくぱく」

ぼくらはみんな　生きている　「はい、自分、みんな、両手で力こぶ」
生きているから　悲しいんだ　「はい、目から涙」
手のひらを太陽に　すかしてみれば　「手のひらを上にかざして腕を回して大きな太陽」
真っ赤に流れる　ぼくの血潮　「唇の赤、手のひらで全身に流れる、拳で心臓を」
ミミズだって　「指先でミミズ」
オケラだって　「顔の前で指をモゾモゾ」
アメンボだって　「すいすいと泳いで」
みんなみんな　生きているんだ　友だちなんだ　「自分で両手を握って――」

皆、おいらの手振り身振りを見ながら、スクリーンの歌詞も目で追うことにも必死になっている。
「声が出てませんよー」と呼びかけた。
二番に入ると少し歌声が大きくなった。

ぼくらはみんな　生きている

生きているから　笑うんだ
ぼくらはみんな　生きている
生きているから　うれしいんだ
手のひらを太陽に　「太陽――手を上げて丸く」
すかしてみれば　「両手を頭の上で大きく振って――」
真っ赤に流れる　ぼくの血潮　「心臓に拳を――そう」
トンボだって　「両手の指でトンボ――」
カエルだって　「手のひらを閉じて開きましょう、ガアーガアー」
ミツバチだって　「手のひらでせわしく飛びまーす」
みんなみんな　生きているんだ　友だちなんだ

「はい、もう一度繰り返します。今度はテンポが速くなりまーす」

真剣になってついて行こうとする人もいたし、うまくいかず苦笑いをしながらやっている人もいた。ふりを間違って自分で笑いだしてしまう人もいた。曲が終わると、皆、一斉に大笑いした。

「初めてやってこれだけできれば大したもんですよ」

そう言って拍手をした。皆もつられて拍手をした。

「上手にできたり歌えたりすることが目的ではありません。楽しくなることが大切なんです。最後は皆さん大きな声で笑っていました。うまくできないから自分で笑ってしまいましたね。だから失敗することはいいことなんです。何でもできたらつまりませんよ。失敗したり下手くそだったりすることがいいんです。失敗した時は、どうぞ気にしないで大声で笑い飛ばしてください。どうってことはないんだってね。元気に明るくいきましょう。それが大切です。

さあ、今日はこれで終わりです。どうでしたか、皆さん。楽しく過ごせたでしょうか」

また、大きな拍手が巻き起こった。

「それは良かったです。次回はもう新しい年になりますね。楽しみにしていてください。それではまた、元気にお会いしましょう。皆さん、本日はありがとうございました」

「タンポポ」のメンバーと一礼すると、大きな拍手がしばらく続いた。

＊　　＊

暮れも押し迫った頃、香織からメールが入った。もう二度と連絡はないものだと思っていたのに、もう何も伝えることはないはずなのに。

心が乱れ、動悸《どうき》がした。

メールを開けてみた。

『三か月ぶりですね。宅配のお弁当は順調ですか？ 実は、結婚のことなんだけど、私、やめることにしたの。理由は私たち二人のことで、よく話し合って別れることにしました。こんなこと勇ちゃんにお伝えすることじゃないと分かっているんだけど、でも、私の幸せを願ってくれていたから、ちゃんとお知らせしなければって、そう思ったの。それではお元気で、お仕事、頑張ってくださいね。さようなら』

何とも複雑な心境になった。居酒屋で結婚することを告げられた時の衝撃とは違っていた。あの時はただ感情だけが導火線になって爆発しそうだった。だけど、結婚をやめたと聞かされると、思考のいろいろな回路が血流を妨げるように心臓を圧迫した。

単純に自分にとって良かったという喜びには直結しなかった。確かにそれは、縒《よ》りを戻す可能性がゼロではなくなったことを意味しているといえた。

本当だろうか。最後に書かれた一行は、何も変わらない決定的な別れの意志を表しているとしか思えない。となると、「別れ」を二重にだめ押しされたような気がした。

一言一句にこだわって三回目を読み終えた。破談になった理由は、「私たち二人のこと」

だという。なのにその結論を、もう何の関係もないおいらに伝える意味があるのだろうか。「そんな必要はないと分かっている」と香織は言う。でも、おいらが、「幸せを願ってくれたから」伝えるのだと。そして別れの言葉で結ばれていた。

それだけで酌み取れる彼女の情感はあまりに希薄だった。結局は何も分からなかった。

「こんなメールをよこして……」

おいらは心の中で俄かに腹立たしく思う。

「おいらにどうしろっていうんだ」

無意識に返信に画面を変えた。

そんな憤りから始めるか。そう思いながらも、書き込みだす最初の言葉はまったく出てこなかった。香織の気持ちが読み取れないまま、伝え返すべき自然な思いも見つからなかった。

結局、そのまま携帯を閉じた。

三、がんばれ！　宅配弁当

1　新年会の夜

宅配を終える頃には、日はとっぷりと暮れていた。帰り着くと防寒ブルゾンのままで店仕舞いをした。いつもどおりの戸締まりを済ませて裏口から外に出た。

軒の隙間を、いくらか肩を斜めに通り抜ける。表通りはやむことなく吹きすさぶ北風が行く手を阻んだ。おいらは前傾姿勢で商店街通りを早足に突き進んでいった。

大通りに出て駅まで歩くつもりだった。

襟元の隙間から、先端を尖らせた冷気が温《ぬく》もった懐に忍び込む。おいらはマフラーをきつく巻き直した。その動作で緩んだ歩調に合わせて、また頭をよぎった。

そういえば――、いつだったか母ちゃんが言っていた。

「遅い正月で真一たちが来るから、勇ちゃんもおいでよ」

誘うというより懇願するような目つきだった。おいらは食器を棚の中に納める手を止めることなく、

「いいよ。おいらは」。それがやっと聞き取れるほどの声で伝えた返事だった。

母ちゃんは呆れたように、また切なげに笑い交じりのため息を漏らした。そして帰り仕度をしている父さんに視線を走らせた。下を向いたままでジャンパーコートを羽織っている。その横顔はひどく悲しそうに見えた。

その場面が脳裏に浮かぶと胸がぎゅっと疼《うず》いた。今は後悔する自分がいる。なぜあんな態度をとってしまったんだろう。一体何にこだわって、何に対して意地を張り、何のための体裁なのだと。

頭では分かっているのだ。父さんも母ちゃんもおいらのことを心配して言ってくれていることを。いい歳をした息子に、孤独でいないよう、寂しい思いをさせないようにと気遣ってくれているのだ。

なのに素直になれなかった。「そう、いつ？　行くよ」と、何のわだかまりもなくごく当たり前に受け入れることができなかった。尻ごみしながら、自分から孤独の檻《おり》に閉じこもろうとしてしまう。

その訳は、気持ちの中で陰鬱にもやっていて掴み切れない。その性根に巣づくものは、やっぱり臆病な自分が引きずり出す自虐やら嫌悪だったりするのだろうか。

確か今日だった。母ちゃんは自分の仕事を早く切り上げて帰っていった。でももうそのことは口にはしなかった。おいらが断るためにまた苦しむと思ったからだろう。

そんな自問自答に何の意味があるのだろうか。おいらはやっとその結論に至った。身を切る寒さの中で、もう深く考えることをやめた。考え込まなければ迷うことはない。迷うことをせず、とるべき行動にしがみついてしまおうと決めた。

駅に向かう大通りを横断して道筋を変えた。さらに右折して繁華街の賑わいに背を向けて歩く。コンクリート護岸の水路沿いに続く歩道が、冴え冴えと灯る街路灯に照り出されている。オーバーコートで身を固めた会社勤め風の男性らと同じ方向に競って進む。

工場や倉庫などが立ち並ぶ殺風景な風情となる。鋭利な刃と化した凩《こがらし》に顔面を晒して黙々と歩く。白く吐き出す息の間隔がどんどんと速くなる。ハアー、ハアー、ハア、ハッ、ハッ、その息づかいが耳元で大きく収縮する。

やがて団地群の展望がひらける。澄んだ真冬の空気を透かして窓々の灯りが遠く煌めく。街のジオラマに自分が入り込んだ感覚になった。それらはだんだんと実物大に変貌して迫りくる。窓照明のちりばめられた縦壁を、夜空に見上げながら通り過ぎた。

民営のマンションはその向こうにあった。

訪れたのは二年ほど前だった。脳梗塞を発症して長期入院した父さんが、ようやく退院する時だった。病院から母ちゃんと二人で付き添って自宅に帰ってきたのだった。

それから一度も顔を出していない。つくづく自分勝手で親不孝な息子だと、今さらながらに自分を責めてはまた気持ちがもやもやしだした。更けていく夜の寒気が余計に身に沁みた。

花壇に沿って敷地に入る。数段のタイル張り階段を駆け上がりエントランスに飛び込んだ。

エレベーターで七階まで上がった。巻き上げてくる強風に煽られながら外通路を急ぐ。だが、その一連の勢いも徐々に萎えて、ドアの前まで来ると動作は留まってしまった。

「藤井」の表札を見つめて戸惑った。

ドアの向こうは、皆揃ってさぞ盛り上がっているのだろう。誰もが喜色満面に語り合っている映像がありありと浮かぶ。おいらはどんな顔をして、どんなテンションでそこに交わろうか。どうすればこれまでの自分の振る舞いと、そのまばゆい場面との整合性が保たれるだろうか。どうやって屈折した性根と無垢《むく》な歓喜の輪とのギャップを埋めようか。大げさではなく、そんな煩悶がこの期に及んで胸をふさいだ。

ええい、考えまい。自然体でいこう。ここでも迷いを振り切った。

ベルを押す。ピンポーンと中に小さくこだまする。

通話器が外れる音が伝わる。ドアホンのモニターには、不愛想な顔面を晒して突っ立っているおいらの姿が映っているはずだ。

微妙な間があった。次の瞬間、母ちゃんのどすの利いた声がおいらを脅す。

「何をお客様気どりだ。早く入っといで」

おいらは思わず口を尖らせた。その顔つきもモニターに映ったかもしれない。ちぇっ、なんていう言い草だ。緊張して損したと心の中で文句を言いながらドアノブを回した。鍵は開いていた。おいらは中を覗き込むようにして、身体が入るだけの隙間を開けた。

玄関に体を滑り込ますと、奥のリビングのドアがバンと開き母ちゃんが走り出てきた。自然と身がのけぞった。

「よし、来たか。勇次、えらいぞ」と兄ちゃんの可笑しな奇声がその後を追ってくる。

おいらのここへ来るまでの心の葛藤を覗いていたのかと思いたくなる。さもなくば、家族の輪に馴染めないでいるおいらの貧しい心情について、何やら雑談の端にのせていたのかと勘ぐった。

「寒かったでしょう、さ、入って入って」と子犬を呼ぶように手招きした。

「なんで来るだけでえらいのよ」。暖かい空気が由紀の甲高い声を運んできた。

母ちゃんの後について、おいらは身を縮こませてリビングに入った。リビングは鶏だしの香りを含んだ湯気が立ち込め、眩むような明るさの中にあった。そしておおらかな笑顔が重なるようにおいらを迎え入れた。

「お兄ちゃん、遅いよ。もうみんな始めちゃったよ」と由紀が鼻にかかった声で責める。

「勇次君、待ってたのよ。会えてよかった」

アキちゃんが、少しだけ体を斜めにしておいらを見上げた。

「勇次、しばらくだな。元気そうでなによりだ」

兄ちゃんの口ぶりは、まるで直属の上司のようだ。

父さんは専用のリクライニングソファに浅く座っている。優しく笑みを湛えてのんびりとこめかみに手をかざした。

もぞもぞと防寒具を剝ぎ取りながら入っていく。

優奈と真美がダイニングテーブルを挟んで座っていた。二人とも頰を赤らめて、似かよった照れ笑いを見せておいらを見上げている。

「まあまあ、よく来てくれたわね。座って座って」

母ちゃんは自分が座っていた横に座布団をしつらえて、指先でとんとんと打った。

おいらはブルゾンジャンパーやマフラーなどを畳んで傍らに置いた。

そして、やおら座布団を前にして正座した。

「今日は新年会に呼んでいただきありがとうございます」と第一声をあげた。

皆あっけにとられて言葉を失った。

「兄ちゃんたちとは今年、初めてでしたね。本年もどうぞよろしくお願いします」

両手をついて深々と頭を下げた。

「勇ちゃん、なに改まっちゃって、何の冗談よ」

母ちゃんは、ひれ伏したおいらの背中に手のひらをのせて言った。

だが兄ちゃんとアキちゃんはそうは受け取らなかった。二人は大慌てで座布団からずり下りて、後ろにいざりながら居ずまいを正した。

そして大真面目な顔つきになって、「こちらこそよろしくお願いします」と二人同時にお辞儀をした。

「まあ、改まった挨拶はそれくらいにして」と父さんが含み笑いの中でとりなした。

母ちゃんが言ったように、半分は照れ隠しの冗談だった。そんなわざとらしい芝居をしないと、今の自分の心境では、和気藹々《わきあいあい》とした家族の雰囲気にうまく溶け込めそうになかった。家族団欒《だんらん》の場面を目の当たりにして、慇懃《いんぎん》な振る舞いはある意味で逃避の目論見だったのかもしれない。

「ささ、食べな」と鍋のコンロに火を入れ直してくれた。

「天ぷらに刺身ですか。豪華ですね」

まだ照れ臭さを引きずっていた。

「うちは毎日、こんなもんよ」

母ちゃんの取り澄ました返しを無視して、

「あれ、ばあちゃんは？」とテーブル周りを見回した。

「おばあちゃんは、早い時間に食事して、もう寝てる」

鍋の具材を足し入れながら母ちゃんが答えた。

「勇次、何飲む？」

「あ、うん。兄ちゃんと同じものでいいよ」

「そうか。由紀。悪いけどグラス持ってきてくれる？　それとアイスと」

由紀はすぐにキッチンに立って、頼まれたものを持ってきた。

「お兄ちゃん、最初はビールがいいでしょ」

ついでに持ってきた缶ビールを持ち上げてウィンクした。

「乾杯するでしょ」

「ああ、そうだな」と兄ちゃんが背すじを伸ばして言う。

「父さん、音頭とってよ」

「私はいいよ。真ちゃんに任せる」

兄ちゃんは早速、皆にそれぞれの飲み物を促した。初めからやる気満々だ。

咳払い一つ置いて、「えー、それでは――」と得意げに一声を発した。

「今年も健康で良い年でありますよう、とみ食堂のますますの繁盛を願って、乾杯」

皆それぞれにグラスを合わせ、一口飲んだ。グラスを置いて自然と拍手をする。

兄ちゃんは焼酎の水割りを手早く作っておいらの前に置いた。

「これ、おつまみ」母ちゃんがミックスナッツの小鉢とスルメが盛られた平皿を寄せた。

「この松前漬けとアサリの佃煮《つくだに》は、お父さんがわざわざアメ横まで行って仕入れてきたのよ」

そのほかにもいろいろな器をおいらの目の前に集めてくれた。アキちゃんも天ぷらの大皿から、レンコン、ピーマン、車エビなどを小皿に取ってくれた。

「配達の方はどうだった。変わりなかった？」と母ちゃんが訊いてきた。

サツマイモの天ぷらを頬張ったおいらは喉に詰まらせて、胸を叩きながら飲み込んだ。

「う、うん。変わりない」と返事を絞り出した。

焼酎のグラスをあおってから、「でもね、母ちゃん」

ふと思い出したことがあった。

「なあに、何かあった？」

「あっ、いいや。仕事のことだし――」

「仕事のことなら、なおさら話しておいてもらわないと」

「うん、でもお客さんのことなんだ」

「お客さんのことでなんかあったの」と畳みかける。

「うん、まあ、ちょっと問題があるかなって」

おいらの口は重くなった。配達先のある人に関することだった。その人の言動について怪訝に思うことがあったのだが、他人のおいらがあれこれと詮索するのがためらわれた。

「なんかトラブルでもあった？」

「いやいや、そんなことじゃないんだ」

差し向かいに座っている兄ちゃんが、それを察したように言った。

「勇次は、お客さんのプライバシーを侵すんじゃないかと気にしてるんじゃないのか」

「まあ、そうなんだけど」

「でも仕事で関わっている以上は情報として共有すべきだよ。勇次が一人で胸の内に秘めておくのも不自然だと思うよ。むろん、その情報を誇張したり曲解したりするのはだめだけどな。ねえ、父さん」

ゆったりと背もたれに身を沈めていた父さんは、急にふられて身もだえするように座り直した。

「そ、そうだなあ」と発した声が喉に絡んだ。父さんは咳払いを一つして、

「そのお客さんにとって、放っておくことが、もしも不利益になることだとしたら、逆に関与しなかったことが、結果的にまずいことにもなりかねないからね」と思案を巡らすように訥々《とつとつ》と語った。

「そう、父さんの言うとおりだ。まずはその判断をするためにも話した方がいいよ。勇次が一人で悩むことはない」

「まあ、悩むって、そんな大げさなもんじゃないんだけど」

「そうよ、お兄ちゃん。難しく考え過ぎなんだよ」

由紀があっけらかんとして続けた。

「それってあれ？　幸蔵さんっていうおじいちゃんだっけか。またどっかに行っちゃったとか」

「由紀。そんなこと言っちゃだめよ」と母ちゃんが強い口調で叱った。

「ごめんなさーい」とふくれっ面で謝る。

おいらはまったく気にせず、「そうじゃないよ」と由紀に笑いかけ、その視線を母ちゃんに移した。

「岩井さんなんだけどね」

母ちゃんは両のまなこを上瞼に張り付かせて、その人物を思い出そうとしているようだった。少しの間を置き、

「ああ、岩井さん。岩井則子さんね。都営住宅に一人暮らししてる人だったわよね」

おいらの肩口からにじり寄って、

「その岩井さんがどうしたのよ」とせっつくように訊いてきた。

「どうしたってわけじゃないんだけど」

おいらは慎重に言葉を選びながら、

「お弁当を配達する時にさあ、おいらに変なことを言うっていうか、おかしなことを訴えてくるんだよね」

皆の視線が集まった。

「どんなこと?」と母ちゃんが代表して尋ねた。

「夜中に、寝てたら誰かが入ってくるって、そんなことをね、ちょっと前から、時々言ってたんだけどね」

「なによ、それって心霊現象?」と由紀が目をむいて叫んだ。

母ちゃんがそんな由紀を恐い顔で睨んだ。由紀はぺろりと舌を出して肩をすくめた。

優奈がけらけらと笑った。横でアキちゃんが微笑みながらも、たしなめるような目つき

で優奈を見た。

「いや、そんなんじゃないと思うよ」と真面目にきちんと否定した。

話を聞いた初めの頃は、おいらもそんなことを考えなかったわけではなかったからだ。

「誰かが寝室に忍び込んできて、箪笥《たんす》などを物色して財布とか封筒なんかからお金を取って行くんだって。いつも大体そんな内容なんだけどね」

おいらはぐつぐつと煮立ち始めた鍋から、白菜や春菊、えのきやらがくたっとなって絡み付いた具を箸ですくいながら説明した。

「ほんとのことかしら」と母ちゃんが首を傾げる。

「まさか、そんなことはないと思うよ」。ふうふうと息を吹きつけながら口に入れる。

「それじゃ寝とぼけちゃうのかしら」

母ちゃんはごく自然な推測に行き着き、声を潜めるように漏らした。

「それもちょっと違うんじゃないかなあ」

おいらはすでに用意された自分の考えに誘導するように否定した。

「その泥棒が二つ隣に住む奥さんだって、そう言うんだよ」

「そうなってくると、妄想だな」

おいらたちが、あえて口に出さないでいたことを、兄ちゃんが容赦なく断定した。

「まあ、正直おいらもそう思うんだけどね。今日も、また足止めされちゃってね。鬼のような形相で訴えるんだよ。夜中じゃなくて、日中、買い物に出た隙に家に入って、いろんな物を取っていったって、そう言い張るんだ。おいらも困っちまったよ」

「それで、勇次君はどんなふうに対応したの」とアキちゃんが同情を露わにして訊いた。

「別に何も――、答えようもないじゃん」

「じゃ、黙って聴いてたのね」と母ちゃんがすがめた目で確認した。

「まあね。『そうですか、ああ、そうですか』って首振って聞いてるだけ」

「うん、それは賢明だ」。兄ちゃんは腕組みをしてもっともらしく頷いた。

「賢明もくそもないよ。うっかり、それはあんたの思い過ごしですよなんて言おうものなら、大変なことになるって直感的に思ったからね」

「そうよ。そんなこと言ったら、お兄ちゃんが敵になって、今度はお兄ちゃんが泥棒扱いされちゃうよ」

「そのとおりだ、由紀。鋭いこと言うじゃないか」

兄ちゃんは酔い心地に任せて、由紀の顔を指さし、ぐっと唇をつぼめた。

そう指摘された由紀は、何の反応も見せず平然と鍋をつついている。

「岩井さんっていくつくらいだっけ」

「さあ、七十代後半かな」と母ちゃんの方を見やった。

「よくいう被害妄想ってやつかしらね」

「認知症からくるんじゃないか」

兄ちゃんの言い方にデリカシーが感じられず、少しむかついた。「そうかもしれないけど――」と、おいらはうやむやに言葉を濁し、

「でも、それ以外のことは普通なんだよね。普通にしゃべるし、それどころか口はすごく達者なんだ。それなのに認知症だからって、あんなに強い妄想を抱くもんだろうか」と誰にともなく問いかけた。

もとよりそれに対して明確な見地を示せる者はいなかった。誰もが、しばし俯いて押し黙ってしまった。

「認知症の症状の一つで、『物取られ症候群』というのがあるって聞いたけど」

アキちゃんが自信なげにつぶやいた。

「まあ、なんにしてもだ。この場合は勇次がどうこう関わることじゃないよ」

兄ちゃんはそう言い切ったものの、依然、家族が無反応だったから、

「ねえ、父さん」と同意を求めた。

父さんも、うむ――と眉間を寄せて頷いた。その後、一呼吸置いて、

「でも、実際に毎日、顔を合わせる勇次としては、放っておけばいいっていうわけにもいかないんだよな」

父さんはおいらの気持ちを代弁してくれた。

アキちゃんも、おいらの顔を凝視したまま共感の頷きを見せた。

「そうなんだよ。毎回、そんな話を聴くのもつらいしね。それと、そのうち何か大ごとにならないか心配だしね」

「大ごとって、なによ」と由紀がこわごわと訊いた。

「さあ、それは分からないけどね」

具体的な出来事を想定するのは、おいらには難しかった。

「近所同士のトラブルがエスカレートしたあげくの事件なんて、確かによく聞く話だものね」と母ちゃんはしかつめらしく一同を見回した。

「じゃ、ちょっと相談してみたらどうだ」

「どこによ、真一兄さん。警察とか？」

「いや、そうじゃないよ」兄ちゃんはふふふと小さく笑って、

「区役所の福祉課とか支援課とか、地域の相談室とか、なんかそういった行政の窓口があるんじゃないのかな」

社内会議さながらに説明して皆の反応を窺った。

「でも、一人暮らしとはいえ――」

父さんがおもむろに口を開いた。

「家族、親族はあるんだろう。なあ、母さん」

「そうそう、確か娘さんがいるのよ。離れて住んでいるけど、お弁当も最初は娘さんからの問い合わせだったのよ。母親を訪ねてきた時、街角で貼り紙を見たとかで」

「それじゃ、まずその娘さんに連絡するのが先じゃないか。まず、そんな状況を伝えたらどうかな」

「そうね。どうする？　勇ちゃん」

「そうだね。確かにこっちで勝手なことはできないからね。まずおいらが連絡とってみるよ。連絡先、分かるの？　母ちゃん」

「店に行ったら、たぶん連絡ノートにメモってあったと思うけど」

「じゃ、あとで教えてよ。まずその娘さんと話してみるよ。行政の相談窓口とやらはそれからだな」

自分に言い聞かせるように言い終えて、焼酎の水割りをぐびりとあおった。そして「パハアー」と満足げに大きな息をついた。

グラスを置くと、皆の視線が集中していることに気づいた。何やら不思議そうな目つきでおいらの顔をまじまじと見つめている。ぐるりと見回して言った。

「どうしたの？　おいらの顔になんかついてる？」

「うん？　ううん」。アキちゃんが鼻先で手のひらを振った。

身をのけぞらしておいらの横顔に視線を張り付かせていた母ちゃんも、ぽかんとした表情のまままぶるぶると頬をゆらした。兄ちゃんは逆に身を乗り出して、不思議そうに頭をひねりおいらの顔を覗き見ている。

父さんはというと、何か思うところがあるのか、視線を下げたまま密やかに微笑んでいる。

「お兄ちゃん、なんかすごいね」と由紀がぼそっともらした。

「なにが？」

「なにがって――」

「つ、つまり、あかの他人のために、よくそんな厄介な仕事を引き受ける気になるなって、そう思ったんだ」

兄ちゃんが視界をぐるりと半回転させると、その中で皆、首を縦に振っている。

「え、そうかなあ」

おいらにはその意味するところが、いまいちぴんとこなかった。

「なんかまずいの？」

また、皆でリハーサルでもしたかのように、ぴたりと合わせて頭を横に振った。

「勇ちゃん、偉いわよ。人のために役に立とうとするなんて」

「大げさだよ。母ちゃん」

「勇次君、なんだか民生委員みたいね」

アキちゃんが口にしたその譬えも、おいらはよく分からなかった。どういうことか聞き返す気にもなれなかった。その説明を聞くのも面倒だったし、聞いてもよくは理解できないだろうと思ったからだ。

おいらは鍋の底の方からエビやタラの切り身を探り出して小鉢に取った。

その話は一件落着といった雰囲気で、皆、目の前にある食べ物に箸を差し出したり、飲み物を口に運んだりした。

「母さん、あれはまだ出さないのか」

父さんが遠慮がちに問いかけた。

隣の真美にゴボウや人参の煮物を食べさせようと悪戦苦闘している母ちゃんが、「ん、あれ？」と呆《ほう》けた顔を振り向けた。

瞬間、「あ、いけない。忘れてた」、引きつった頬を紅潮させ、「ごーめんなさーい」と演歌のような節をつけて立ち上がった。

「ひどいな」とつぶやいて父さんが苦笑した。

「なに、どうしたの」

おいらは父さんの表情を確かめ、その視線をキッチンに急ぐ母ちゃんの背中に合わせた。

「お父さんがパエリア作っててくれたのよ」振り返ることなく進む先に向かって声を張り上げた。

ダイニングキッチンに入ると、せわしなく動きながらしゃべる。

「なんだか宴会料理ばっかりじゃない。だからお父さんに頼んでご飯ものを作ってもらったのよ。お父さん、それじゃパエリアがいいだろうって、早い時間から作ってくれてたの」

「そんなごちそうがあったんなら最初っから出してればいいじゃん。お腹いっぱいになっちゃったよ」

二本の箸先を唇に挟んだまま、由紀が恨みがましく頬を膨らませた。

「お父さんの手料理だもの、食べられるわよ。ほら由紀ちゃん、ちょっと手伝って」

由紀はすぐに腰を上げ、リビングを隔てるカウンターを回ってキッチンに入っていった。

「お父さんが家でも腕を振るってくださって、お母さんいいですね」

アキちゃんが上半身を後ろに捻って声をかけた。

「いつも二人でいれば、味噌汁一つ作らないわよ」

カチャカチャと食器を打ち鳴らしながら、憎らしげに暴露した。

父さんはばつが悪そうに顎の先を撫でている。

電子レンジがいくたびも鳴った。

程なく由紀がミトンをつけた両手で平皿を胸に抱えてしずしずと入ってきた。

「お待たせしました」

アキちゃんが、急いでダイニングテーブルの真ん中にスペースをつくった。腰を屈めた由紀は恭しくその皿を置いた。色彩に目を奪われる魚介類のパエリアだった。

おいらと兄ちゃんが、「おーっ」と唸った音が低く合わさった。アキちゃんは口の前で小さく拍手した。音はしない。ニンニクと西洋風の香辛料の香りが漂った。

テーブルに肘をついて優奈が顔を突き出し、その香りを吸い込んだ。向かいの真美がそれをまねたあとで、きゃっと嬉しそうにはしゃいだ。

「もう一皿あるのよ」。由紀はそう言ってまたキッチンに戻った。

入ってきた母ちゃんと進む先を譲り合ってもたついた。母ちゃんは大きなお盆をお腹で支えてテーブル前でひざまずいた。取り皿や銀色のスプーンセットが入った舟形のバスケットなどが載っている。

「明子さん、取り分けてちょうだいね」

アキちゃんは慌てて膝を立てて、重ねた取り皿を手元に引いた。上から一枚ずつ取って木製ヘラで盛りつけていった。

「ムール貝と海老は一人二個ずつね。イカとアサリは適当でいいわ」と母ちゃんが真顔で指図した。

「俺は少しでいいよ」。兄ちゃんがトングで氷をつまみ取りながら、「勇次にたくさん盛ってやりな」とアキちゃんの方に体を傾けた。

奇麗に盛り付けられた皿を受け取った優奈と真美は、「おいしそう」と感嘆の声を上げて真っ先に食べ始めた。

「私も少しでいいよ」と父ちゃんがアキちゃんの手を押し留めるように言った。

由紀が二皿目のパエリアからアキちゃんと母ちゃんの分を取り分けた。自分の分を盛りながら、

「真美、たくさん食べな。うちじゃ食べられないんだからね」と顔色一つ変えずに言った。

真美はこくんと頷いて、スプーンを口に運ぶ。

「こいつは旨いな、イタリアンレストラン並みだ」と兄ちゃんはやたら感心して口を動かしている。

「ニンニクがよく効いてるよ」

あっという間に平らげてしまうと、自分で大皿から取って盛り足した。

「あら、少しでいいいんじゃなかったの」とアキちゃんに嫌みを言われている。

「香辛料も絶妙だね」おいらも素直な感想を口にした、

「どんな味付けをするんですか」

アキちゃんが父さんの方におっとりした視線を投げかけた。

「そんなに凝ったもんじゃないよ」と父さんが苦笑いする。

「みんな市販の香辛料だよ。スーパーなんかに売ってるやつさ」

「例えばどんな？」。由紀がスプーンを舐《ねぶ》りながら訊いた。

「そうだな、パプリカとかコンソメ、それとアンチョビ、サフラン、ガーリックだろ、黒コショウ、あとは素材の魚介からの出汁。配合と調理法は企業秘密だな」

珍しく父さんが上機嫌に饒舌《じょうぜつ》となった。

「よく言うよ」とすかさず母ちゃんが突っ込みを入れたあと、

「でも、さすがお父さんの料理だわ。本格的だ」と褒め上げた。

「お店のメニューにはないの？」と由紀が言う。

「大衆食堂ではそんな手間はかけられないよ」。父さんは鼻で笑って答えた。

「おいらにはとても無理だもんな。この味は出せないよ」

「そりゃそうだよ。お父さんはプロだもん。お兄ちゃんみたく見よう見まねのど素人と違うよ」

由紀が辛辣にこき下ろしてくれたが、別に腹は立たなかった。本当のことだと思う。

「そうなんだよなあ」と泣き顔を装って返した。

「そんなことないわよ、由紀ちゃん」とアキちゃんがきっぱりと否定した。「お兄さん、料理、上手よ。手際もいいし」

「そうですよ。由紀、なんてひどいこと言うの」。母ちゃんも語気を強めて咎めたてた。

「毎日、昼、夕合わせて二十食のお弁当を作って、一軒一軒時間どおりに配達して、今までクレームの一つもないんだから。素人でそんなことができるもんですか！」

言い終わる頃には涙声になっていた。

「待ってよ、お母さん。な、なにもそんなつもりで言ったんじゃないじゃん」

感情の起伏が激しい母ちゃんを相手に、由紀は面食らってしどろもどろに言い訳した。

「まあまあ、いいじゃないか」と父さんが仲裁した。

「おいら、ちょっとしょんべん」

　こういう時は逃げるに限るとばかり場を外した。当事者がいなければ、この話は立ち消えるはずだと目論んだのだ。

　用を足しながら、ふーっと息を吐く。その時、母ちゃんが口にした配達の件でふと思い出したことがあった。そうだ、あの話をしなくっちゃ。

　トイレを出ていそいそとリビングに戻った。誰もが気まずく押し黙って黙々と食べている。

「あー、すっきりした」。わざとらしい明るさで独りごちて自分の場所に座り込んだ。そして切り出した。

「ちょっと思い出したことがあるんだけど」

「なになに？」

　母ちゃんが待ってましたとばかりに反応した。全員が、何かを期待するようにおいらに注目した。

「そうだな、これは父さんに相談する話なんだろうけど」

　そう言い出したものの次の言葉が継げず、間をもたせるようにグラスを取って一口喉を湿らせた。

「なんだい？　給料上げろってかい」。父さんはにんまりと笑って上目遣いにこっちを探り見た。

「まさか」。思ってもいないことで慌てて否定した。

「でも、まあ、お金のかかることではあるんだけど」

「勇ちゃん、なんなのよ」。母ちゃんが不安げに急かした。

いつの間にか優奈と真美がテーブルの端に並んでいた。頭を寄せ合ってゲームに熱中していた二人は、同時にキャッと笑い、その後もくすくすと笑い続けた。アキちゃんが、そのゲームの液晶を覗き込んで、その可笑しさを共有したようだった。

「今も話に出たお弁当の配達だけど」と前置きして、もそもそとした口振りで続けた。

「今、父さんの自転車で三回転でやってるじゃない。そろそろ限界かなって。時間内に配達できなくなってきてるんだよな」

母ちゃんと父さんは、それを聞いてちらりと目を合わせた。

「父さんの自転車だと、後ろの荷台に固定したクーラーボックスには、どう入れても五食分のパック弁当しか入らないんだよ。前のカゴには集金バッグくらいしか入らないしね。だから、どうしても三回に分けてやるしかないんだ。

昼の配達を十時から始めて、三回目の配達に出るのは十一時過ぎになっちゃうんだ。頑張って走ってるんだけど、急な注文が入った時なんかは時間の遅れをお願いするしかないんだよ。愚痴を言うわけじゃないんだけど――」

語尾が弱々しく消えていった。

最後の言葉に対して「いやいや」と父さんが手を何度か横に振った。それから、しばし考え込んでいたが重たい口を開いた。

「うむ――、確かにそうだな」と胸の前で腕を組んだ。

誰もが神妙な顔で、一様に視線を下げたまま黙り込んだ。それを受け止めて語るべき者はいなかった。その先の方向を曲がりなりにも示すのは、やっぱり自分であることは分かっていた。だがどう切り出していいものやら、うまく言葉が見つからなかった。

おいらはもそもそと手先で頬を掻いたり、グラスを取りかけた手を宙ぶらりんに止めたりした。

見かねた母ちゃんが、「それで、勇ちゃんはどうしてほしいの」。年端のいかぬ子供を諭すような口調だった。

「うん、だからさあ」。引っ張られてつい甘えたように言い淀んでしまう。

こうしてほしいとか、こうしたらいいなどと言えた義理じゃないとも思った。

「どうした勇次。遠慮しないで言ってみな」

兄ちゃんのかけた発破で、「う、うん」と頷いた。

「なんか、こうスクーターのようなやつがあると助かるなって思ってるんだ」

そう切り出して、恐る恐る周りの反応を窺った。

父さんと母ちゃんが目にも止まらぬ速さで視線を交わし、二人して暗黙のうちに頷き合ったように見えた。

「ピザなんか配達してるやつだね」と由紀がうきうきした調子で身を乗り出した。

「ふーん、いいんじゃないかな。ねえ、父さん」

「真ちゃん、そんなに簡単に言って」。アキちゃんが半ば呆れ顔を振り向けた。

「でも、そんなものがあれば随分と楽だわよね。どう、お父さん」

「そ、そうだな、まあ、いいんじゃないか」

「勇ちゃん、それってどれくらいするの」

「ごめん、実は最近の思いつきで、何にも調べてないんだ」

おいらは兄ちゃんに助けを求めるようにもぞもぞと尻を動かしながら、

「中古なら十万くらいで買えないかなあ」と自信なげに言ってみた。

「いや、そんなもんじゃないと思うよ」

兄ちゃんは首を傾げて考え込む。

「業務配達用の三輪スクーターだろ？　中古でも二十万くらいはするんじゃないか」

「えっ、中古でもそんなにするの？」

由紀の驚きは、たぶんおいらと同じように、その業務用の三輪スクーターの価値とは無関係に、ただ二十万という額そのものに対するものだと思った。

「むろん、おいらもいくらか出すよ」

父さんは片手を上げておいらの言葉を制するような仕草をした。早計な思案をたしなめる意味だと分かった。

「よし、それなら、オレも五万、寄付するぞ」

兄ちゃんがお構いなしに割って入った。

「よっ、真一兄さん、太っ腹。でも、アキ姉さん、いいの？」

「もちろん、いいわよ。どうせ真ちゃんのへそくりから出すんだもん」

それに対しては、兄ちゃんはまったくの無表情で焼酎のグラスを口に運び、そのあとで、

「ともかく、それはいいアイデアじゃないか。いろいろ提案してくれれば父さんたちも心強いと思うよ」

その助言が、具体的に何を示唆しているのかはっきりしないまま、おいらはうんと一つ頷いた。

「パパが応援するなら、私だって二万円カンパするわよ」。アキちゃんが二本指を立てるとVサインにも見えた。

「じゃ、お母さんもヘソクリから三万」

「すごい、すごい、すぐに買えるじゃない」由紀が手を叩いて、座ったままで跳ねた。

「でも、私はお金ないからダメだよ」

ゲームの手を休めた優奈が話題の中に向かって、

「ロンリー一号だね」と思いもつかない発想を投げ入れた。

おいらが言ったら冷たくしらけるところだ。何せ、惨めな芸名をもじった愛称なのだから。なのに無邪気な優奈の口から発せられると、爽やかで純粋な響きが和やかなムードにさせるから面白い。

それから皆、思うに任せて好き勝手な話題の輪を重ね合って過ごした。

そんなタイミングで父さんが唐突に切り出した。

「勇次。ちょっと父さんからも話があるんだがな」

改まった言い方になると、おいらも自ずと背すじがぴんと伸びた。

「なんでしょうか」

そう言って箸を置いた。

慇懃無礼というか、一見、人をおちょくっているような言葉遣いに聞こえたのか、父さんが厳しい顔つきになった。だがおいらは至って真面目だった。

「実はね、住まいのことなんだが。今、どこで寝泊まりしているか知らないけど、いや、まあ、それは個人的なことでどうこう言うつもりはないんだ。とはいっても、やっぱり親だからね」

おそらくそんなことじゃないかと予見していたことを、その時認識した。

「おいらの住んでる場所のことだね」

「まあ、携帯で連絡がつくから、どこにいるのかなんて、あまり意味がないのかもしらんが」

みんなは黙って、その話の成り行きを見守っていた。

「今は毎日、店の仕事をしてるんだから、生活のベースもこっちに移した方がいいんじゃないかと、そう思うんだ」

母ちゃんは周知のことのようだった。前もって話し合っていたのだろう。父さんの言葉を一つ一つ噛みしめて微かに頷いていた。

「つまり、こっちの方に移ってこいってこと？」

「いや、まあ、アパートでも借りるとなると出費がかさむことだからね。そこで父さんの考えなんだが、今、住んでいる所を引き払って、とりあえずだが、店の休憩室を使ったらどうだろうか。むろんこの家に来てもらってもいいんだけど、それは勇次だって嫌だろうからな」

おいらは当惑して俯いたなり黙り込んでしまった。

「まあ、勇次にも、いろいろ事情や考えがあるだろうが――」

父さんも目を伏せがちに、自分自身にも言い聞かせるようにゆっくりと言葉をなぞった。そして続く言葉を詰まらせた。

「それに、あんな小さな部屋に住んだらなんて、言いにくいんだけどね」

母ちゃんが口をへの字に結び、すまなそうに後を継いだ。

沈黙に閉じこもったおいらを一瞥して、また父さんが続けた。

「とりあえずこっちに移ってきて仕事をしながら、それで落ち着いたら、新しい住まいを考えていけばいいんじゃないかと思うんだ」

両親の控えめで、どこか弱々しい働きかけに、おいらは何か秘められた意図を感じ取っていた。明確に言葉で言い表せない本音のようなもの。だが、何らかの決断を迫られるこっちの立場では、それを分析するための頭は働かなかった。

ただ漠然と感じたことは、二人が逆においらを頼っているのだということだった。それは負担の重さを感じさせる前に、なぜだか言い知れぬ悲しさを胸の奥からじんわりと引きずり出した。

なぜそんな気持ちになるのか自分でも分からなかった。たぶん、その期待に応えられる自信が揺らぐ自分を卑下してのことかもしれなかった。そんなおいらでも頼りにしてくれる両親の気持ちが嬉しくも、また切なくも感じた。

おいらは放心したように、角皿の端に残った三切れほどのマグロの切り身から視線を離すことができないでいた。

「どう、勇ちゃん、聞いてる？」

母ちゃんが横合いから顔を覗き見るのが分かった。そして何か言おうとしたが、諦めて自ら緊張を解くように、ふっとため息をついた。

「もちろん、聞いてるよ」

ちょっと遅れて、つっけんどんに応じた。不機嫌なその言い方は、ふてくされた出来の悪い高校生のようだと自分でも嫌になった。

しかしそれに対して、父さんからも母ちゃんからも、腹立ちや怒りといった気配は伝わってこなかった。顔を上げられないでいると、

「まあ、父さん、そんなこともあるってことで、あとは勇次にゆっくり考えてもらえれば

いいんじゃない」と兄ちゃんが仲立ちに入った。

「勇次だって急に言われて、さあ、今すぐ決めろって言われても無理な話だし。なあ、勇次」

兄ちゃんからの助け舟に、「うん、まあ」と視線を振ったが、すぐに前に向き直り目を伏せた。

「お兄ちゃん、ちゃんと考えてよ」と由紀が、いつものように生意気な口を利いた。

おいらはまったく気にならなかった。そんなこまっしゃくれた言い草も、どんな感情も刺激しなかった。それほど気持ちは重く淀んでいた。

「自分の生き方のことだから、父さんたちに気遣って決めることでもないからな。好きなようにすればいいよ」

子供の頃に抱く安堵感に触れたほどの、父さんの優しげな言葉だった。

「よかったね。勇次君」

アキちゃんがテーブルを挟んだ向こうから、そっと声をかけてきた。

何だか癇に障った。よかったね、とはどういう意味だとわだかまる。おいらはじろりと相手を射すくめた。何か言おうと口を尖らせたが、言葉が出ない。

「勇次君、本当は嬉しいんだよね」と、さらに分かったようなことを言う。

おいらは無視して、「由紀、焼酎、作ってくれる」不愛想にそう言って、溶けかけた氷だけになったグラスを差し出した。由紀はそれを受け取ると、そうしたことには従順で、黙って焼酎の水割りを作った。

氷の当たる音が、静まり返った空気に響いた。

「アキはオレより勇次のこと、よく分かってるからな」

兄ちゃんがなぜか自慢げに言った。

「はいよ、お兄ちゃん」と由紀がグラスを手渡した。

おいらは黙ってグラスを受け取ると、そのまま口に持っていき、その半分を減らした。

「だから、おいらはアキちゃんがきらいなんだよ」

舌打ちして小さくつぶやくように吐き捨てた。大人気ない態度だと分かっているがどうしようもなかった。

「また、そんなこと言って」

すぐ隣で母ちゃんが呆れたように目を細めた。

「あら、嫌われちゃったわ、私」

アキちゃんは、戸惑いを兄ちゃんに差し向けるように横目を流した。

「だからいつもオレが言ってるだろう。男の気持ちを何でも分かったふうに言うなって」

「私はただ、勇次君が本当の気持ちを言いにくいだろうと思っただけよ」

「それが余計なお世話だっていうんだよ」

「なんで余計なお世話なの？　今、オレよりよく分かってるなんて言ってたくせに」

「だ、だからって――」

「だから何？」

「だからって、なんでも言えばいいってもんじゃないだろ」

優奈が二人の顔を代わる代わる見た。その顔は半笑いだった。

「ともかく、それが悪いってんだよ」

「なによ、私が悪いの？」

「そうだよ」

「ま、ひどい！　なんでよ」。決して声を荒らげたのではなかったが、強い息に言葉を込めてつぶてのように吐き出した。

「分かんないかねえ。いいかいママ、勇次には勇次の思いがあるんだから。むやみやたらに踏み込んじゃだめだよ。男には面子ってものがあるんだから」

「なによ。勇次君の気持ちに寄り添っただけじゃないの」

「勇次のことばかりを言ってるんじゃないよ。オレは一般論を言ってるんだ」

「い、一般論？」

アキちゃんは素っ頓狂な声を上げると、頭のてっぺんと目玉をくるくると回して呆れ返った。

「なにをわけが分からないことを言ってるのよ」

「なにが分からないんだよ。大体、アキはオレに対しても、すぐに自分の価値観を押し付けるもんな」

「いつ、私が押し付けたのよ」

「お兄ちゃんのせいで喧嘩《けんか》になっちゃったじゃない」と由紀が口を尖らせおいらを睨みつけた。

「なんで俺のせいなんだよ」

「お兄ちゃんが優柔不断だからよ」

「なんで？　関係ないだろう」

「さっさと、こっちに移ってきますって言っていれば、とっくに話は済んでたのよ」

「だから、由紀。男が生き方を決めるのはそんなに簡単なことじゃないぞ」

兄ちゃんが身を乗り出して由紀に言い聞かせた。

「そうかしら。どうってことないと思うけどな。なんにしてもお兄ちゃん、素直じゃないんだよ」

「なんだと！」

母ちゃんがパンパンと手を叩いて、「はい、終わり終わり」と掛け合いを止めた。

「私は、もう疲れたから先に休ませてもらうよ」

父さんがつまらなそうに言ってゆっくりと立ち上がった。

皆、ぴたりと口を閉ざして座り直した。そしてなぜかテーブルに向かって深く一礼した。

「まだ、ゆっくりしていってくれ。みんな仲良くな」

父さんはそう言いながら注意深く歩を進めた。そしてリビングを出て行きかけて、ドアの前で振り返った。

「じゃ、勇ちゃん、よく考えておいてくれな。今日は来てくれてありがとう」

片手を上げて言い残すと廊下の方に出て行った。

おいらは正座をしたまま、若侍のようにお辞儀をした。

2　ロンリー一号

　車中からの視界は、靖国通りを真正面に切り取っていた。近づいては両側に流れる秋葉原の街並みは、白黒の古いニュース映像のように殺風景だった。建ち並ぶ商業ビルも家電量販店の看板も、防寒着で身を包んで行き交う人々も、一様に霜がかかっているようだった。

　助手席にうずくまってヒーターからの温風を胸から鼻に受け続けると、心地よい反面、鼻孔は乾いて息苦しくなってくる。おいらは杓文字《しゃもじ》のようなレバーを無造作に跳ね上げて温風の向きを変えた。

「雪にならないだろうな」

　信号待ちをしている間、フロントガラスから見上げられる限りの空を睨み上げた。

「なぜっすか」

　ハマー柴も同じようにハンドルに向かって前屈みに胸を預け、灰色に垂れこめた空を見上げた。

「なぜって、雪になったら困るだろうよ」

いた。

ハマーはもう完全にお笑いの仕事は辞めてしまっていた。ヤジロベエも解散して跡形もなくなっていた。だからあえて太っている理由もなくなり、見事なダイエットに成功していた。

ダイエットの訳をそんなふうに言うのも気の毒だった。実は彼はバイク事故で大腿部を骨折して以来、体重を減らさなくては、脚がその負荷に耐えられなかったのだ。リハビリは同時にダイエットへの挑戦でもあった。体重は減少したものの、退院後、身体を張った過激なコントもできなくなってしまったのだ。

ハマーは本名を中島秀喜といった。だからおいらはいつの頃からか自然に「ヒデ」と呼ぶようになった。

「スタッドレスタイヤじゃないんだろ?」

「雨でもつるつる滑る、坊主タイヤですよ」

「じゃ、早速、おいらたちは困るだろうよ」

「その時はその時で、何とかなりますよ」

ヒデはちょろりと舌先を出して、アクセルを踏み込むと黄色信号に変わった交差点を走り過ぎた。

「ま、確かにな」とおいらはあっさりと納得した。

「去年は大雪があったろう。覚えてる？」

「当たり前っすよ。去年のことじゃないですか」

「雪で東京の交通はマヒしちゃって、スーパーやコンビニでさえ食糧が無くなっちまってな。その日暮らしのおいらたち、苦労したよな」

「そうでしたっけ」

「そうだよ。やっぱ覚えてないじゃんか」

「ああ、思い出した。喰いもんないから、大雪の中を四谷まで歩いて、やってるモツ鍋屋を見つけて飲んだんっすよね」

「そうだっけ、それは覚えてないな」

　嘘だった。確かにそんな放埒な生活の場面もあった。だが、その時のことを面白おかしく語るネタとして思い出す気になれなかった。

「勇ちゃん、帰りに酔っ払って、『八甲田、雪の行軍だ』って叫びながら、わざわざ雪の多く積もった所に入って行って転げ回ったんですよ。ちょうど、ＢＳでそんな古い映画を見たばっかりだったから、えらくはしゃいじゃって」

「そんなこともあったか」、苦い思いが喉を伝って口まで上がってきた。

「『天は我を見放したか』、なんてまねしちゃってさあ。でもあの時は本当にそんな気持ちだったんですよね」

「よし、その話はやめよう」

「そうっすよね、あの頃、かなり落ち込んでましたもんね。鬱みたくなっちゃって。へへ、あまり思い出したくないですよね」

しゃあしゃあと言ってのける。が、腹を立てる気にもならなかった。おいらは片頬をひくひくさせて聞き流した。それでもヒデの言ったことがきっかけで、結局、当時の暗澹とした気持ちが内に蘇った。

「そうだったなあ」。自分でも意識せずにつぶやいていた。

もうその状態は脱しているのだろうか。依然そんな疑問が鎌首を上げる感触が拭いきれなかった。

「なんかもっと、ぱっと明るい話はないもんですか、ヒデ君」

おいらは漫才口調で気分を変える。横目で相手を牽制《けんせい》しながら気の利いたボケを待つ。

「それじゃ、流れ者の勇ちゃんのこれまでの苦労と行く末でも占いまっか」

ヒデは節をつけて唸るような渋い声を返した。

「おい、大丈夫かいな、その話。ますます暗くなりゃしないか」

「それは勇ちゃん次第ですよ」

「確かにな。確かにおいらはヒデにはその話をしなくっちゃいけないな」

「どうしたんですか、また急にマジになっちゃって」

「そりゃ、ヒデはおいらの身元引受人だからな。これからのことを打ち明けないとな。

――このたび、おいらは、晴れてヒデの庇護《ひご》を離れて生きていくわけよ。艱難辛苦《かんなんしんく》、雨も嵐も踏み越えて、一人、旅立って行く、ああ、その姿」

　ヒデは前を向いて運転しながら、「ウォー、ウォー」と大きな声で泣きまねをした。

「泣くことはないだろう」

「だってこれまで苦労してきて、ようやく立ち直って去っていくんでしょ？　二人の暮らしも終わってしまって寂しいじゃないっすか。いろんなことがあったし、だけどおめでたい門出だし、複雑な気持ちっすよ、おれ。泣くしかないじゃないっすか、ウォーン、ウォーン」

　ヒデはまだ泣きまねをやめなかった。

「よし、やっぱこの話題も終わりだ」

「またですかあ。都合が悪くなるとすぐそうなんだから」

「辛気臭いのはいやなんだよ」

「そうっすよね、あの頃の、二人の暮らしは暗くてつらいことばっかりでしたからね」

「そうだったかあ?」

「そうっすね、よくよく思い出すと楽しかったかも」

「どっちなんだよ」

「だから両方ですよ」

「そうだな、両方だったな」

赤信号を待った。錦糸町の駅前ロータリーから、大通りを切れ目なく人が渡る。その人波を、二人は黙ったまま眺めていた。

青に変わり発車した。

「この中ぶるアルトもおいらのためによく働いてくれたしな」

「オレの愛車をそんなふうに言わないでくださいよ」と愚図るようになじった。

「愛着を込めてだよ。何せ、あの時の夜逃げと、今回と、ほんとに世話になったもんな」

「今度でまた、荷物が少なくなりましたね」

おいらの財産は、後ろの座席とさらにその後ろのトランクルームに押し込められていた。

そこにはパソコン機器、小型テレビなどが詰められている。後部座席に置かれた紙袋には、
ほとんどが衣類で少しばかりの日用雑貨が詰められていた。家具などは皆無だった。居候

の身では当然だった。

ヒデが言うように、香織との暮らしから逃げ出した時、一体、何度このスズキアルトで運んでもらっただろう。おいらの記憶では、香織が仕事でいない隙を見計らい、三回ほどに分けて、ヒデと二人でコソ泥のように荷物を持ち出した。

ヒデ自身がガラクタ置き場にしている小部屋の隅に、それらをひとまとめにして積んでおいたが、そのうち一つ二つと処分していったのだ。

「まさに裸一貫だな」

「これからは、新しい財産を築いていくだけですよ」

ヒデのけだし名言の前に、返事のニュアンスが定まらなかった。

「でもマジな話、急に出て行くと言われた時は驚きましたよ。しかも実家の店に住み込みで働くって言うんだもの」

「なんで？　そんなに意外なことだった？」

「だって勇ちゃん、普段、何にも話してくれなかったから。時々実家の店を手伝っているくらいのことは、何となく知ってたけど」

「すまなかったな」と真面目になって詫びた。

「それに、実家にはみっともなくて出すツラもないよって普段言ってたし。それが、いきなり実家の店の仕事をやるってんだから驚きますよ」

「そうだな、ヒデにあまり話さなかったな。悪かったよ。でもおいら自身、迷っていたから」

ヒデは運転しながらちらちらとおいらの横顔を探り見た。

「何から何まで、気持ちを晒しちゃって、結局、何の結果にも結び付かないで、尻切れトンボに終わっちまったら、それこそみっともない話じゃないか。だから黙ってたんだ、はっきりと身のふり方が決まるまではね。本当にすまなかったな」

ヒデは真っすぐ進路の先に視線を留めて、

「いいえ、いいんです。分かりますよ、その気持ち」としみじみと感慨を深めるようにつぶやいた。

年明けに、家族集まって食事をした時も、そんな思いだった。父さんたちの、生活の基盤をとみ食堂に移してはどうかという提案に、おいらは何らかの意思表示を迫られた。おいらは本心を知られたくなくて、と言ってもそれは自分でも把握できない感情の蠢《うごめ》きにすぎなかったが、大人気なくふてくされた態度でその場をしのごうとした。今、ヒデに打ち明けてみれば、本心に投影される影は、喪失感に絡み取られて切れ切れになった意欲の端々だったと自覚した。

例えば店の小室に移り住むこと、それは取りも直さず家業の今後を引き継ぐことを意味していた。そしてたぶん、父さんや母ちゃんが期待する将来を合わせて背負うことも直感的に分かった。そんな期待や重圧に、今の自分が耐えられるだろうかと単純に思ったのだ。

そうでなくとも、目標や夢、信念やら理想などといった人生を支える土台とはほとんど無縁な生き方をしてきたのだ。そんな自分だから、決心というプロセスも経ずして言われるままにやすやすと移ってきて、とどのつまりに「やっぱり、無理だった」とか「早まったことをした」などという気にならないだろうか。あげく、置き忘れてきた心のこだわりを取り戻しに行くように、再び予期せぬ世界へと逃げ出していくことはないだろうか。もし、仮にそんな事態になれば、今度こそ最後の帰る場所を失ってしまう。

「でも、よく決心しましたね」。ヒデの親身な口ぶりは、じんわりと心に染み入ったが、それだけに照れ臭さがまさった。

「ふん、決心なんてもんじゃないよ。散々世話になったヒデには悪いけど、今のままじゃよくないってそう思っただけよ。三十半ばになる男が、いつまでも芸人崩れのプータローでもないだろうよ」

結局、その思いが迷いを振り切ったのだ。

移転を意識しながら、半月ほど店の仕事をした。あの時以来、父さんも母ちゃんもその話には一切、触れなかった。とみ食堂に賭けようという強い決意があったわけではなかった。ただ、ともかく両親と一緒に、この町で暮らしていこうという気持ちだけが、真綿のように温かく心に膨らんでいったのだ。

そこにたどり着くと、あの時、アキちゃんがいみじくも言った「本当は嬉しいんだよね」という言葉に出会った。迷いとか不安という前に、まさに、本当は嬉しかったのだと気づいた。

いつも寡黙で、おいらに対して何を求めることもない父さんが朴訥に語った将来の思いと、いつも毒舌の母ちゃんがおいらに気を遣いながら、あるいはおいらが傷つかないように見守ってくれた優しさに、本当は泣きだしたくなるほど嬉しかったのだ。かなり飲んでもいたから、へたにしゃべり出したら感極まってどうなるかしれないと、おいらは思った。だからあえて不愛想な態度で貝のように口を閉ざしているしかなかったのだ。

「あっ、次の信号を右に曲がってくれる」

素早くウィンカーを出してハンドルを切り、右折車線に移り、赤に変わった信号で停車した。

「オレも将来のことを考えなくっちゃな」

おいらは、ヒデがどんな表情で口にしたのか確かめるために、ちらりとその横顔を盗み見た。つい油断して声になったようで、彼もおいらの力を瞬間見返して顔を赤らめた。

ハマー柴で太っていた頃は、一〇〇キロはあったろうが、今は、おそらく七十キロ代で、背はおいらより少し低いが、ほぼ同じような体型になっている。

はなから不細工な男だと決めつけていたが、ぐんと痩せた顔を新鮮な気持ちで見てみると、トレンディドラマのイケメン俳優にも思えてくるから不思議だ。風貌についてそんな新しい発見をしただけで、ヒデの独り言については触れることをしなかった。

区画整理された一直線の車道はすいていて、高層マンション群をスムーズに抜けて行った。

「ここが、両親の住まい」

その一角にさしかかった時に、おいらは助手席の中で左側を指さした。ヒデが進行方向から視線を移した時には、車は次の風景の中に入っていた。

「そうなんですか」とヒデは申し訳程度の生返事を、後からくっつけた。

「その先を道なりにカーブ」

高架をくぐる。沿道に倉庫や運送会社が続く。

「次を右」

カチカチカチカチと方向指示器の音を鳴らして商店街に入って行く。

「そのクリーニング屋さんの所を曲がって」

中古電気屋があり、古い和菓子屋がある。ゆっくり進むと、カラオケスナックのうらびれた看板が見えてくる。

「その先のビルの一階なんだ」

「車、どこに停めるんです」

狭くなった道をのろのろと走らせながら、ヒデは慌てて周囲の道筋を見回した。

「そのぼろっちい建物の駐車場に入れちゃって」

おいらは、すぐ隣の三台ほどが停車できる車寄せを指示した。

「えっ！　いいんですか」

ヒデはいったん車を停車させて、

「隣の会社じゃないですか」

「いいんだよ。以前、印刷会社だったらしいんだけど、もう辞めて随分経つらしい。長くテナントが入ってないんだ。管理している不動産屋さんとは懇意にしていて、断っておいたから」

ヒデは狭い道幅を使ってバックでハンドルを切っていく。コンクリート敷きの車寄せに、閉まったシャッター近くまでつけて停車した。

ヒデは車を降りると、後ろに回りバックドアを上に押し上げた。むき出しのままのパソコンのモニターと機器を取り出した。

おいらはダンボール箱を二つ重ねて持ち出すと、建物との隙間に入って行った。非常階段の横から、赤茶色の塗装がくすんだ鉄扉を開けて、背中で押さえながら中に入った。

店はがらんと静まり返っていて、母ちゃんが厨房の中で仕事をしている気配だけがした。

「着いたよー」と声を通らせた。

奥の方で、母ちゃんは体を中に残したまま、顔だけを覗かせ、

「お帰り。大変だったでしょう」と早口にそれだけ言って引っ込んだ。

通路の途中にある幅の狭い戸を開けた。その中がこれからおいらが寝泊まりする個室だった。

もともと倉庫として造られたものだから、ただ四面の壁に囲まれたコンテナのような部屋だった。だけど、母ちゃんが業者に頼んで壁の内装を新しくしてくれた。床はモスグリーンの真新しいカーペットを敷いて、折り畳み式の簡易ベッドも備えてくれたから、寝るだけなら十分だった。持ってきた荷物をその中に収めて、さらに二、三回、二人で往復したら、引っ越し作業は終わりだった。

「ヒデ、こっちに来て」

おいらは、ジャンパーを脱ぎながら店の方にヒデを招いた。彼は店全体を見回しながら入ってきた。

「座ってよ、今、酒でも出すから」

「オレ、車っすよ」

「あれ、そうなの」

ヒデを席に座らせると、おいらは真っ白なエプロンを着けてカウンターの中に入った。

厨房を覗いて、

「お疲れさま、どう？　お弁当」と様子を窺った。

「ちょうど、出来たとこ、これから盛り付け」

「そう、よかった。こっちに出して一緒にやろうか」

「でも、勇ちゃん、そっちでお友達の相手しなくっちゃ」

「大丈夫だよ、そんな奴じゃないよ」

「聞こえてますよー」とヒデが潜めた声を放ってきた。

おいらと母ちゃんは顔を見合わせた。おいらは肩を窄《すぼ》めて、母ちゃんは下唇を鮭《さけ》のように突き出し首を引っ込めた。

「ともかく、ヒデとは初めてだろ？　紹介するよ」

おいらの後ろから母ちゃんが現れると、ヒデは見習いの営業マンさながらにしゃんと一直線に立ち上がり、

「これはお母様、勇ちゃん、いや、勇次さんにはいつも大変にお世話になっています」

そう言って、四十五度に倒した上半身をちょっとの間、静止させた。

「あれま、どうしましょ」

母ちゃんはタオルで両手を拭いながら、おいらの方を見やった。

「ヒデ、よせよ、そんな挨拶。かえっておちょくってるみたいだぜ」

「おちょくるなんてとんでもない」

「ヒデさんっておっしゃるのね、こちらこそ勇次がお世話になって、いつもすみません」

ヒデは右手を鼻先でせわしく振って、

「いえいえ、とんでもありません」とまた体をくの字に曲げた。

「まあ、座って」母ちゃんは、普段はめったに見せない優しい笑顔を振る舞った。

おいらは、大きなカップにインスタントコーヒーの粉だけを入れて湯を注いだ。かつてのダイエット生活を知ってのことだった。

ブラックコーヒーを出すと、おいらは母ちゃんと慣れた手渡し作業でキッチンパットや大型ボウルなどをカウンターの調理台に並べていった。それから、使い捨ての弁当容器を

並べて盛り付け作業にかかった。主菜はサバの味噌煮だった。魚が苦手だという客にはポークソテーを用意した。副菜として、八宝菜、揚げ物、添え物に酢の物とお新香という夕飯の献立だ。それらを菜箸で所定の枠に詰めていく。

コーヒーを啜っては、背すじを伸ばしてそれを覗き込んでいたヒデは、

「勇ちゃん、オレにも手伝わせてくださいよ」とついには立ち上がった。

彼はその返事を待ってはいなかった。

おいらと母ちゃんは一瞬作業の手を止めて、カウンターを回ってくるヒデの動きを目で追った。ヒデは小さな洗面所で、備えられたソープのノズルから洗剤を手のひらにとり、手洗いを始めた。横に立っている母ちゃんは、その様子を見届けたあとでおいらに向かって目配せした。おいらは軽く頷いて、

「ヒデも飲食店で働いているから、じっとしてられないんだろう」

母ちゃんにも、そしてヒデ本人にも伝えるような言い方をした。

母ちゃんが洗いたてのエプロンを渡すと、彼は慣れた手つきで身に着けた。

「それじゃ、こっち側でご飯、よそってもらおうかしら。ねえ、勇ちゃん」

「そうだね。惣菜を盛りつけた弁当パックをそっちに並べて、飯を詰めてくれるか」

二升炊きの釜が二つ炊き上がっていた。

ヒデは余計なことは口にせず、おいらたちとは背中合わせになって仕事を始めた。

「これくらいでいいですか」と振り返って詰めたパックを差し出した。

「ちょっと、多いかな。お客さんはほとんどお年寄りだから」

ヒデは納得したように頷き、表面の盛り上がったご飯を釜に戻すと、もう一度差し出して見せた。

母ちゃんは指で輪を作り、ＯＫのサインを出した。

ご飯が詰まった弁当から、母ちゃんがフタをはめて輪ゴムで閉めていく。おいらは、空いた釜を洗い場に移し、新たに飯を炊き込む仕度にかかった。

宅配の弁当が出来上がった。三人でやると嘘のように早かった。

「三人でやると早いものね」。母ちゃんが、おいらが思ったことをそのまま口にした。

「さっ、一服しようよ。ヒデさん、そっちに座って」

ヒデは仕事が物足りなさそうだった。

「これ、今から勇ちゃんが配達するんでしょう？」

「ああ、そうだよ」

「大変でしょう。去年だか、自転車で一人暮らしのお年寄りにお弁当を届けているって聞いたけど、まさか、こんなにたくさんだとは思っていなかったっすよ」

「あの頃はまだ数個だったからね」

ヒデは母ちゃんに急かされるままカウンターの椅子に戻された。おいらは調理場で二つ目のジャーの残りをボウルに移し、夜の営業のために新しく飯を仕掛けた。

「実はな、この前、ホンダ三輪バイクの新車を入れたんだ」

「すごいじゃないですか。ジャイロキャノピーですか」

「なんで知ってるの？」

ヒデはそれには答えず、

「そうだな、それならこの量のお弁当でも楽勝っすよね。たぶん一発で配達できるでしょう」と自分の方がドヤ顔で顎を突き出した。

ヒデの席から二つほど離れたカウンター席に腰を下ろした母ちゃんが、

「その前は自転車でね、三往復して配ってたんですよ」とよそ行きの言葉を使った。

「今は一回で終わるから楽なんですよ。それも三、四十分でね。ねえ、勇ちゃん」

おいらはカウンターの中で夕方からの仕込みをしながら、

「自転車で配っていた頃は、この時間から出て行かなくっちゃ間に合わなかったんだけど、今は、かなり余裕が出来た」

「勇ちゃん、張り切ってるんだな」

ヒデはきらきらと輝く羨望の眼差しを差し向けてきた。そんなふうに見つめられると、純真無垢な子供になったように嬉しかった。

「おいらが帰ってくるまで待つかい？　晩飯、食って行けよ」

「だってオレも仕事だもん」

「あ、そうだったな。じゃ、ちょっと待てよ」

おいらは、急いでもう一人前の弁当を詰めた。

「うちの弁当、持っていってくれよ」

そう言って、作りたてのパック弁当をカウンター越しに差し出した。

「いくらっすか」ヒデは少し腰を浮かせてポケットに手を突っ込んだ。

「バーカ」

「へへ、一応、建て前ですよ」

「それじゃ、建て前で、定価の四八〇円、もらいましょうか」

「えっ、これで四八〇円っすか」とマジに驚きの声を上げた。

「うちの店で深夜営業で出前をしたら、二個のおにぎりセットで一〇〇〇円とりますよ」

「それとは違うよ」

おいらは笑い混じりに、何が違うのかよく分からないまま誇らしげに胸を張った。

「確かにそうですよね」

「そうだ、ヒデちゃんに、あれ持っていってもらったら？」と母ちゃんが急に何かを思い出したようだった。

おいらは口を開くことなく、上瞼だけで、何を？　と尋ねた。

「干し柿よ。渡邊さんの奥さんから、たくさんおすそ分けしてもらったじゃない」

「ああ、あれね」

おいらは厨房に取りに行った。

「いいですよ。そんなに気を遣わないでくださいよ」

カウンターの方からヒデの声が届いた。

「高血圧にいいそうだよ」と言いながら、レジ袋に入れた包みを手渡した。

「すみません。オレ、血圧、高いしな。じゃあ遠慮なく頂いていきます」

ヒデはおいらと母ちゃんに視線を配りながら礼を言った。

「今まで、散々お世話になったんだから」と母ちゃんがにこりと笑う。

「とんでもない、世話になったのはオレの方ですよ。昔、毎日のように飯を食わせてもらってたんですから。まだまだ、何の恩返しもしていませんよ」

「それを、言うなって」。おいらは母ちゃんの手前、きまり悪くて片目をぎゅっと瞑《つむ》ってみせた。

ヒデはぺろりと舌を出したなり、ついと立ち上がった。

「じゃ、オレ、行きます。勇ちゃんも配達の時間でしょう」

弁当と干し柿が入ったレジ袋を手に提げて、

「じゃ、お母さん、失礼します。お土産まで頂いてありがとうございます」と深々とお辞儀をした。

「またゆっくり来て」

おいらは防寒具を羽織ると、先に立って裏口から出た。

壁沿いの狭い隙間に霙《みぞれ》が降り込んでいた。ダウンジャケットを車に置きっ放しにしてきたヒデは、

「ひえー、さっむいなあ」と節をつけて叫び、ぶるりと身震いした。

「ヒデ、これだよ」

荷物を運んで何回か往復した時は、特に三輪車の購入を自慢する発想がなかったから、そのまま二人でスルーしてしまったのだ。

「すげえ、新車じゃないっすか」

ヒデは非常階段の下のスペースに純白のスワンのような佇まいで停められているジャイ

ロに寄った。そして前面のスクリーンの曲線を、張り付いた霙《みぞれ》の粒を拭き取るように片手で撫でた。

「高かったでしょう」

「まあな。初めは中古でいいと思ったんだけど、分割が利かなかったから新車にしたんだ。頭金を皆で出し合って、あとはローンだ」

「勇ちゃん、頑張ってくださいよ」

言いながら外の通りに出て行った。通りに出てみると、霙混じりの雨は結構、降っていた。

「雪にはならないみたいですね」

車に乗り込む前に、ヒデは振り返って、

「勇ちゃん、手が足りない時は言ってくださいよ。オレ、手伝いますから」

「ありがとう。でも、まだ給料が払えないからな」

「やめてくださいよ。そんなのいいですよ」

「そうはいくかい。でも、その時は頼むよ」

「はい。じゃ」

「おお、気をつけてな」

汚れが沈滞したシルバーの愛車は、クラクションを一つ残して、狭い道をのろのろと立ち去っていき、次の路地を用心深く曲がって見えなくなった。

なんやかやで三、四年ほども続いた不規則な同居生活は、そんなふうにしてあっさりと終わった。

＊　＊

本当に、その数年間の生活がピリオドを打ったのだろうか。漠然と連続する生活状況を顧みて判然としなかった。芝居の次の幕が開けるように、場面が変わったからといって、人生そのものが劇的に変化することもなかった。

長い間、ヒデの所に厄介になってはいたが、その間に地方を営業で回ることもあった。その後のスケジュールが空っぽの時は、そのまま帰る気になれなかった。そんな時は地方都市のカプセルホテルやネットカフェにねぐらを求めながら、虚しい旅をしたこともあった。

ヒデことハマーには、『二、三日仕事で戻らない』とだけメールを送った。

お笑いの仕事が減るのと反比例して、清掃や警備のバイトが増えていった。さらに夜のカラオケ店でのバイトやコンビニの店員をやっていた時期も重なり、ハマーとはすれ違いの生活で何日も会わないこともあった。終始、顔を突き合わしていては、いかに人のよいハマーでも愛想を尽かし、そんな同居生活もそこそこで破綻していたかもしれない。

つまりは確固たる志も見えない不規則な暮らしぶりが、すっかり身に染みついているのだ。となれば、新しい自分だけの寝床で目覚めてみても、どこかの安ホテルで一泊したのかという幻覚にとらわれることもしばしばあった。別の夜明けには、瞼を重く開けて常夜灯が映し出す四角い部屋の輪郭を、ドラマや映画で見知っている留置場だと勘違いしたこともあった。

結局はハマーの所で居候になっている生活が、いまだにだらだらと続いているような錯覚が抜けないでいた。

とはいえ、おいらの生活とその意識は、ほんの少しずつ変わり始めた。まるで厳冬の中で春の兆しをつかまえるように、心の萌芽《ほうが》を求めるように光の方に向かっている感覚がした。

窓のない寝室では朝の明るさを感知できなかった。だが、目が覚めた時にテレビのスイッチを入れると、画面の時刻表示は決まって四時半だった。トイレに行って戻ると、ボリュームを下げたテレビの明かりを残したまま、毛布と掛け布団にくるまってまた浅い眠りに入った。

次に目を覚ますと、いつも六時だった。おいらはそのまま起床した。インスタントコーヒーとトーストかロールパンなどの簡単な朝食を済ませると、すぐに仕事にかかった。

通っていた時は九時頃に店に入っていた。もう母ちゃんは来ていて、惣菜作りを始めていた。おいらはすぐにその仕事に合流した。今はそのシフトが逆転した。おいらの方が朝早く仕事にかかるから、母ちゃんには、ゆっくり出てくればいいと言うのだが、やはり九時前にはやって来た。その分、早めに開店することになったが、その時間帯に客が入ることはほとんどなかった。

日中の仕事ぶりはこれまでと変わりはなかった。開店時間と同じように、住み込みで時間と体力の余裕が出来たのだからと閉店時間を遅くしてみたが、客足が伸びることはなかった。結局、店仕舞いはこれまでの時間に戻った。

賄いの夕食は、仕込みや片付けの時間帯にとった。

母ちゃんは夕飯を食べに来るよう誘ったが、おいらはそのたびに当たり障りなく断った。風呂も店の仕事が終わって夜遅くに銭湯に出かけた。繁華街から裏路地に入った下町風情の銭湯で、それはそれで楽しみの一つともなった。母ちゃんはそんなおいらの生活ぶりを忍びなさそうに見守るのだったが。

とみ食堂でのつましくも悩める日々が重なっていった。

早春の気配が冬の檻から抜け出す頃、おいらの意識の中でとみ食堂の比重も大きくなっていった。だからといって、とみ食堂が具体的なイメージを持って自分の将来に関わってくるという実感には結び付かなかった。

仕事自体は自分に向いていると感じたし、楽しかった。親元で何に気兼ねすることもなく自由に働けて、これまでやってきた仕事に比べれば、その環境は天国のようだった。何の不満もなかった。

だけどその中においらの将来を安定に導く保証は見つけきれなかった。毎日どれほど平穏につましく母ちゃんらと生業に生きても、拭い切れない不安がつきまとう。それというのは、とみ食堂と共に自身の生活がいつまでも続くとは思えないことに起因していた。

そうだと分かっていれば、解決法は簡単明瞭なはずだ。自らの不甲斐なさを殲滅《せんめつ》して、どんな形であれ、とみ食堂と共に確固たる将来を築いていけばいい。まずはそう腹を決めることだ。

そこまで思いを巡らせて、おいらは、なお動揺する。その結論は一面的な理屈で、ひどくきれいごとのように感じるのだ。現実はそうはいかない。その決心が思うに任せないから、なお揺れるのだ。不安なのだ。悩むのだ。そこに戻ってしまうのだ。

これから嫌でも直面する将来の問題に向き合うことは、そんなに生易しいことではないと、そう思う。やがて直面する問題とは、とみ食堂の将来のことにほかならない。

これまでの商売の形態を変わることなく存続させるのか。現代の飲食店のニーズからそんなことが可能なのだろうか。おいらには分からない。分からないなりに知恵を絞った。

今のまま細々と店を存続させていくのか。せっかく始めた弁当配達だから、このまま宅配サービスとして拡張していくのか、そこに自分の人生を見出していけばいいのか。

いやいや、自分のことはひとまずおいておこう。この食堂をどうしていくことが父さんや母ちゃん、そして常連の客にとっていいことなのか。

新装開店してムードを売りに客層を広げるか、さもなくば商品を限定し、例えばラーメンやカレーなどの専門店にするなり、さらにはフランチャイズ制の店舗として加盟するとか。だけど思案すればするほど現実性から遠のいていくようだ。

そんな難解な問題を分析する能力などあるはずもなかった。第一、選択を試みるための情報がなかった。そもそも、その経験則がないのだ。勤めだして半年ほどしか経ってはいない。由紀がいみじくも言い放ったように、ど素人なのだ。それでも否応《いやおう》なく、いずれその選択を迫られるだろう。食堂をどうしていくかを両親と共に考え、どう切り開き歩んでいくかということを。

逃げては通れない道だった。どんなシチュエーションでその時が訪れるか。そんな近い将来の映像が、時として頭の中に重なってぼやけていく。それは必ずしも明るい展望を表してはいなかった。怪しく迫る不吉な予感も混じり込んでいた。それを明確化することはできなかった。ただ漠然と大きく打ち広がり、将来の行く手に立ちはだかる不安となった。

世相を背景にどんな時にも変化は強いられる。常に平穏な暮らしが続く保証などどこにもないと思う。その時、おいらたちは否応なく選択を迫られる。おいらは父さんや母ちゃんと決断しなくてはならない。せめてその覚悟だけはしていかなければならない。

その時、より好ましい道を選び取れる判断力や決意を意識していかなくてはならないと自らを叱咤《しった》する。

そんな心の在り方を固めることが、せめて今、できることだと感じた。そう割り切れば怖気《おじけ》づくことなく、毎日の平凡な仕事の繰り返しも、確かな未来に通じているかに思えた。

優奈が名付けた「ロンリー一号」で商店街を抜け、水路を抱く緑地沿いを走れば、紅梅が厳冬の中で灯りを点すように咲き始めていた。

3　遠間さんの登場

この季節では前触れもなく、緩んだ梅の蕾《つぼみ》が再び固く閉ざすほどの真冬に戻る。日中は、わずかばかりの陽射しが商店街の路地裏にも零れ落ちていたが、夕暮れともなると急激に冷え込んだ。

夕食の宅配をいつものように始めていた。真冬並みの完全防具でロンリー一号に跨り、迷路マップを解くように一方通行路を機敏に走り抜けて、一軒一軒回って行く。

青木さんの異変はそんな日に起こった。

昼の弁当を届けた時、呼びかけても青木さんは出てこなかった。何度か寝室に向かって、控えめな声を送った。何の応答もなかった。

寝ているのだろうと思った。それならばと、弁当を上がり框にそっと置いて行こうとした。

その時、思い留まった。初めて訪ねた時以来、そんなことは一度もなかったのだ。いつも彼は、玄関まで出てきてそれを受け取った。そしておいらに労《ねぎら》いの言葉をかけた。たまには、どこまで本気だか、「今度、一緒に飲もうじゃない」と誘われることもあった。どう受け答えしたものか、ただ苦笑いで逃れていたが、最近は「店の方に来てくださいよ。いつでもお相手しますよ」と返したりした。すると彼は唇を小刻みに震わせるような薄笑いを浮かべたきり黙ってしまった。窪んだ奥の目の表情はただ暗くくすんでいて、その心の内までは読み取れなかった。

ごくたまに出てこないこともありはしたが、そんな時も奥の方から、「すまないが置いておいてくれるかい」と痰の絡んだような声が弱々しく返ってきたりした。その声音の具合から、横になっているのだと想像できた。

おいらは嫌な予感がして、勝手に狭い靴脱ぎから上がり込んで中に進んだ。

寝室を覗いてみると、布団にくるまった背中がこちら側に向いていた。微かに寝息が聞こえた。

「青木さん」と喉を絞って吐息に囁き声をのせた。

もそりと背中が動いた。巣にこもった獣が小さな物音に反応して揺り動いたようだった。無理やりに起こすことはないだろうと思った。そんなことをして、またどんな悪夢から現実に引き戻すことにもなりかねない。それも気の毒だし、こっちも迷惑だ。

おいらは、居間の座卓の上に弁当の袋をそっと置いた。そして引き戸を半分だけ閉めて退室したのだ。

そして夕食の配達の時だった。

ドアを開けると中は真っ暗だった。静まり返っている。一瞬、留守なのかと思ったほどだ。が、そんなはずはないとすぐに否定した。

息を殺して中の様子に集中すると、その暗闇の奥に確かに青木さんの存在を感じた。寝息でも身じろぎでも、また臭気でも温もりでもなく、ただ奥に横たえている気配だけを察知した。

それが逆に異常さを予感させた。おいらは開けた玄関ドアの隙間から忍び込む外電灯の薄明かりを頼りに、壁際のスイッチを入れた。窮屈な靴脱ぎ場が、暖かみのない電球の明かりに照らし出された。迷わず框に上がり狭い台所を通って、居間の電気をつけた。

無意識に鼻から深く息を吸って気持ちを落ち着かせた。

初めて母ちゃんと来た時のことが蘇った。

あの時と同じように、そおっと隣の寝室を覗いた。居間の天井から漏れ出す豆電球の光が、浅い濃淡をつくる寝室の全体を浮かび上がらせていた。積まれた衣装ケースがあり、ホームセンターで買ったような組み立て式の書架があった。埃をかぶった書類が山と積まれて撓《たわ》んでいる。

不釣り合いなガラス製の座卓があり、その上には置き場の定まらない品物が無雑作に積み重ねられていた。その隅っこには、昼間届けた弁当のレジ袋が手つかずのまま取り残されていた。

その向こうに青木さんの寝床がある。昼間と同じようにその布団は盛り上がっていた。その状態に変化は見当たらなかった。

おいらは摺り足で、そろそろと小さな歩幅を前に繰り出した。エアコンの暖房はついていたが、なぜか部屋の中はひんやりとしていた。昼、訪ねた時についていたかどうかは覚えていなかった。寝たままで電気をつけたり消したりできるように、天井のリング式蛍光灯から紐が吊り下げられている。それを二度引っ張ると、陰影に沈み込んだ部屋が照らし出された。それだけでほっと安堵の息が漏れ出た。

その場で獲物を狙う猫のように身を屈めて、その背中側で膝をついた。両手で上半身を支え四つん這いになる。後ろから布団にうずもれた顔を覗き込んだ。布団のかかった肩越しにその横顔を確かめる。やはり熟睡しているのだろうかと目を凝らした。

昼間はよく眠っているのだと思った。しかし、その時とは明らかに違っていると感じた。

また昨夜から飲酒が止まらず正体不明に陥ってしまったのか。そうも思って周りを見回したが酒類は見当たらないし、その飲み残しもなかった。そして部屋にこもった空気にアルコール臭もなかった。

この状態を説明する手がかりを探して、見回した視線を元に戻した。なぜだか声をかけるのも、手を触れて揺り動かすのも憚られた。

おいらは這うように布団の足元から向こう側に回った。正面にしゃがみ込んで、青木さんの半分だけ露わになった顔に目を近づけた。左半分は煎餅蒲団《ぶとん》との間に潰れていた。右の目と口は顔面の筋肉が弛緩《しかん》したように閉ざされている。その顔色は蒼白《そうはく》で血の気がなく、打ち捨てられたマネキンのようだった。

呼吸もしていないように思われた。盛り上がった布団は石像を包んでいるかのようにピクリとも動かない。気がつくと、自分もしばらく息をするのを忘れていた。思い出したようにゆっくり呼吸を整えながら視線を戻し、またその顔を凝視した。

適切な判断を得るための行為が思い浮かばなかった。その前に最悪な予想にとらわれていたせいだ。

死んでいるのか、とそう思った。

命の有無を確かめる方法も思いつかなかった。それよりも、自らの冷めた心情を意識していた。

結局、青木さんとは、この場面に遭遇せずにはいられない運命だったのだ。そんな思いがあっけないほど滑らかに胸の底に落ちていった。

感情を衝き上げるどんな衝動も意識しなかった。畏怖や恐怖の念にとらわれてすくむこともなかった。憐れみも同情も、むろん悲しみの感情もなかった。そして依然、命が抜け去った骸《むくろ》を見下ろして、人としてなすべきことが何であるのか、遺体を目の当たりにしたところで、自分とは無関係であればこんなにも冷酷に受け流せるものなのか、そんなことを茫然《ぼうぜん》と考えていた。

そうだ、母ちゃんに知らせなければ、とそんなことを考えた。

その時だった。錆《さ》びた蝶番《ちょうつがい》が開くような、または腐った床が軋《きし》むような音が手の甲の肌を震わせた。確かに布団の中から伝わってきた。

おいらは青木さんの顔を穴のあくほど見つめた。また彼の喉が鳴った。おいらはその時になって、ようやく肝心なことを試みたのだ。口と鼻に手のひらを近づけた。生暖かい空気が針の穴を通すように動いた。

生きている。

奇妙なもので、死んでいると思った時から無意識に包み込んでいた虚脱感が払われていった。打って変わって生きていると知ると、逆に強張るような緊張感に見舞われた。

「青木さん、青木さん」

震えて頼りなく立ち消えそうな小声で呼んだ。応答はない。布団の上から、恐る恐る肩を揺さぶってみた。能動的な動きには連動しなかった。さっきの微かな音声が喉から漏れ出ただけだった。

ここに至って、ようやく生死に関わる状態にあることを認識した。にもかかわらず、やはりすぐになすべき行動に繋がらなかった。

おいらは配達の途中だし、何もしてはあげられないという、そんな自分の都合が頭の中をうずめた。だから、することと言えば、頼りなげに彼の肩の辺りを摩《さす》るだけだった。配達の途中であろうとなかろうと、自分ができることはないと気づくまで、長い時間を要したようにも思えた。だが実際は一、二分だったろう。

おいらはようやく気を取り直し、携帯を取り出した。だが頭の中は真っ白で、連絡すべき関係者は一つも思いつかなかった。

そうだ、まずは一一九番だ。

救急車を要請した。本人の状況を説明できる範囲で伝え、その自分が何者かを明かした。

通報を終えると、おいらは冷静な自分を見出してほっとした。しかし、その後はまたすべきことも分からぬまま、救急車の到着を待つしかなかった。それは四、五分ほどだったろうが、自分にとってはとてつもなく長い時間を、ただ彼の様子を見守るだけで耐えた。

遠くからピーポー、ピーポーとサイレンが聞こえてきた。その音はゆっくりだが、直線的に、確かにこの場所を目がけて近づいてくる。おいらはアパートを出て路地の街灯の下で到着を待った。間もなく救急車は曲がり角を窮屈そうに入り込んでこちらに向かってきた。煌々と照らされたヘッドライトの中で、両手を高く振り目的地であることを知らせた。

サイレンを止めて救急車はアパートの前に停車した。密集した暗闇の隙間から犬の吠える声が響いた。近所の人が何人か道路脇に出て、何事かと首を伸ばして窺い見ている。

二つ手前のドアが少し開いて男が顔を出す。労務者風の男だった。男は隠れるように引っ込んでドアを閉めた。

三名の救急隊員がばたばたと降り立った。おいらを先頭に縦一列になって進んだ。戸口まで案内すると、おいらに出来ることはもうなく、どかどかと奥に入っていく隊員らの後ろ姿を見送った。

隊員の青木さんに対しての呼びかけが聞こえた。応急的な診察をし始めたようだ。

二人の隊員が救急車に戻り、バックドアを上げストレッチャーを引き出した。それから簡易担架を持って再び中に入っていった。時を置かず青木さんを載せた担架が出てきた。

ストレッチャーに移され、救急車の中に搬入された。

一人の隊員が近づいてきて、いくつかの質問をした。事態を発見した時間とその状況、おいらの連絡先などを訊かれるままに答えた。聞き取りを終わらせると、隊員は礼を述べて車に乗り込んだ。救急車は赤灯を回転させたまま、しばし停車していた。搬送先が決まったようだった。病院名を告げるとけたたましいサイレンを再開して救急車は発進して行った。

近所の犬がまた甲高く吠えたてると、それに呼応するかのように遠くから低い遠吠えが響いてきた。

おいらは屋主のいなくなった部屋に戻った。寝室に入ると、強い臭気が鼻を衝いた。掻き乱された寝具を見ると、その布団がぐっしょりと濡れているのが分かった。毛布の中に閉ざされていた汗と、失禁した尿の臭いが部屋に充満した。今すぐどう処理しようもなく、おいらはそのままにした。

そしてやっと母ちゃんに連絡することを思いついた。事の顚末《てんまつ》を簡単に知らせて、おいらは部屋の明かりを一つずつ消していき、最後に玄関を閉めて青木さんのアパートを後にした。続きの宅配を急ぎこなさなくてはならなかった。

翌朝、青木さんが搬送された病院に出向いた。

厳しい寒さも緩み、往来には心なしか散歩をするお年寄りの姿が増えたようだ。そんな町並みを自転車で抜けて駅前の大通りに出た。場所は母ちゃんに聞いていたから、迷うことなく四階建ての近代的な建物に行き着いた。

診察受付の待合室は患者でいっぱいだった。ほとんどがお年寄りだった。一階ホールに掲げられた案内板で入院病棟が三階、四階であることを確認した。そのまま通路を進みエレベーターで三階に上がった。ドアが開き通路に出ると、すぐにナースステーションになっていた。中で数名の看護師が立ち働いている。

ステーション前のカウンターに寄ると、気づいた若い看護師が応対に出た。青木さんの入院事情を短い言葉で確認すると、首を傾げて、「少々お待ちください」と決まり文句を口にして、パソコン画面の向こうに腰掛けた。キーボードを叩きマウスを操作して、モニターに顔を近づけながら、下の名前と生年月日を訊いてきた。こちらを見ることもなく素っ気ない口ぶりだった。

名前は芳彦と答え（弁当代金の請求書に書いていたので知っていた）、生年月日は分からないと答えた。昨日、救急車を呼んだ者だとも付け加えた。それを聞き流して検索を続けている。

そして半分独り言のように、

「まだＩＣＵで治療中ですね」

最小限の単語を並べて感情の読めない視線を振り向けた。

「アイシイユウ?」

「集中治療室、地下一階になります。そちらでお聞きになってください」

愛想の欠片もない女だと思いながらも、礼を言ってその場を離れた。来た通路を戻り、エレベーターで地下一階に下りた。ドアが開く。

出ると、そこは研究所のような風情だった。多種多様な人々で雑然としていた一階ホールとは雰囲気が違っていた。いくぶん照明が暗く感じる。一定の静寂が保たれ、冷たく機能的な空間が縦に広がっていた。

人の行き来は少なかった。クリーム色の塩ビ系タイルの床に、各順路を示すラインが引かれている。オレンジ、青、黄色のラインテープが間隔を置いて平行に伸びていた。ラインに沿って「Ｘ線検査」、「ＣＴ」、「ＭＲＩ」などと記されたステッカーが貼られている。ラインは枝分かれして、そろそろと歩く患者らを各検査室へと導く。

おいらは「ＩＣＵ」と床面に表示された緑色のラインに沿って歩いた。やがて奥に「緊急搬入口」と表示された通路の途中を直角に曲がった。すぐに行き止まりとなる。飴色《あめいろ》のボードドアに突き当たり、その先はなかった。

「ＩＣＵ」とだけ記された乳白色のプレートを目の前にして立ち尽くした。直感的にその扉の向こうに、自分が入ることはできないのだと感じた。その簡素な建て付けが逆に厳重さを与えるのだ。おいそれとステンレス製のハンドルに触れることさえためらわれた。

見回すと、ドアの横の壁にインターホンらしき機器が設えられていた。キャラメルのような四角いボタンを一回だけ押してみた。手ごたえはなかった。

どうしたものか、おいらはまた辺りをきょろきょろ見渡した。人影はない。しかしここで待っていれば、誰か関係者がやって来るか、あるいは出てくるかするだろう。そう思って気長に待つことにした。

しびれを切らし苛つく前に、果たしてジャケットタイプの白衣にスラックスパンツ姿の女性職員がやって来た。おいらの存在に気づかないほどまっしぐらに前を行き過ぎようとした。慌てて呼び止めた。次になすべき仕事で頭の中がいっぱいだったのだろうか。一瞬ぎくっと身を震わせて立ち止まった。

「すみません。昨夜こちらに入院した青木芳彦さんの知人なんですが」

若い職員は口をぽかんと丸く開けて、ああ、と合点したような顔をした。

「少々お待ちください」、認証カードを読み取りリーダーにあてがいながらそれだけを告げた。

厚い扉がスライドした。仕切りの衝立の向こうにその姿が消えると、ドアは自動で閉まった。

遮断された壁の外で、おいらは機械的に取り残された。数歩後ずさって端に寄り、控えめに待機することにした。

待つ時間は不安を溶かし込みながら滞る。特に次の場面の予測が不確かな場合はなおさらだった。実際には分刻みで過ぎていく時のなかで思惑が揺れる。よほど重体なのか、治療の手が離せないほど重篤な状態なのか、今、まさに危篤状態なのだろうか。

不安が募り切ったところで、いきなりドアが横にスライドした。

いくらか年配に見える看護師が姿を現した。年配といってもおいらと同じくらいの年代か。

しっかりと向き合うと、下半分がマスクで覆われていたが、切れ長の目が微笑んでいると分かった。看護師長だと名乗ったあとで、

「青木芳彦さんの関係者でいらっしゃいますか」と落ち着いた物腰で尋ねてきた。

その口調と穏やかな態度はおいらを安心させた。たった今、胸裏を巡っていた憂慮が、たちまち取り越し苦労だったと思えた。

「ええ、まあ」と気が抜けた返事になる。

「どういったご関係でしょうか」

微かに不信感の陰が視線に宿った。

「ええ、それは、つまり……」

関係者としてしっくり合致する言い表し方が咄嗟に出なかった。

「青木さんにお弁当を宅配している者です」

結局、身元をそう明かすしかなかった。

「そうなんですね。藤井さんでしたね」

「は、はい」

「救急車を呼んでくださった方ですよね」

おいらは訊かれるままに頷いた。その内心では、知ってるなら聞くなよと言いたかった。

「来てくださって助かりました。当院も困っていたところでしたので」

「はあ」

「青木さんはお一人暮らしのようですが」（それも搬送される時、おいらが救急隊に伝えた情報だった）

看護師長は続けた。

「ご家族の方、ご親戚の方など、藤井さんは連絡先などご存じないですか？」

「さあ、それは――」と首を傾げた。

「本人からは聞けないんですか？」

「ええ、まだ、意識が」と曖昧に応じた。

やっぱり容態は予断を許さない状態にあるのだと思うと、胸の鼓動が高まった。

一瞬、気を削がれたおいらを呼び戻すように看護師長の声が追ってきた。

「入院の手続きをしていただかなければなりません。治療に関する同意書などもありますし。何よりも現在の容態を説明しなくてはならないんです」

「かなり悪いんですね、青木さんは」

「それはまだ、何とも」。自分で状況を話しだしておきながら、その質問には取り合わず、

「どうでしょうか。身内の方など、どなたか連絡がつきませんか？　アパートの大家さんとかは知りませんかね？」と重ねて尋ねた。

「一介の弁当屋ですからね。家族と言われてもおいらは知らないし、それに大家さんと言われても――」

こっちも冷たく突き放した言い方になった。

空々しい自分の声が、どこか別の所から聞こえた気がした。

青木さんのここ数か月に限り、その様子を知っているのは紛れもなく自分だろうと思う。それを認めると、わずかばかりの責任が心の表面をじんわりと覆った。「それは知りませんよ」といくらか感情的になったのは、その責任が表面化するのを防ごうとする気持ちの表れでもあった。

だけど、どんな責任かというと確かなものではなかった。家族の情報などを、宅配人のおいらが知っていなければならない道理など、どこにもないのだと改めて自分に言い聞かせていた。

一方で、我、関せずの立場で放棄する態度をいさめる自分もあった。分別を取り戻した自分が言わせたことだった。

「でも、調べれば分かることもあるかもしれません」

そう答えた時に、おいらの頭の中には母ちゃんの顔が浮かんでいた。

「そうですか。分かったら教えてください。至急、担当医と会っていただかなくてはなりませんので」

おいらは、黙ったまま軽く頭を下げた。

相手も一礼すると、向きを変えてＩＣＵへ戻ろうとした。

「すみません」と呼び止めた。

「面会はできないのですね」

「できません。家族以外は面会謝絶です」

「じゃあ、一つだけ。青木さんはどうして急にあんな状態になったんでしょうか」と素朴な疑問を投げかけた。

「検査中なので、はっきりしたことは申し上げられません」

それについてもけんもほろろに言い残し、扉の向こうに去っていった。

おいらはその残像を扉の向こうに見ながら、茫然と立ち尽くしていた。

特に深い感慨もなく、青木さんはやっぱり自分で死を選んだのだろうかと思った。


帰り着いて、おいらは母ちゃんに状況を話し、家族などの連絡先を知らないものか尋ねた。それほど期待もしていなかったが、案の定、母ちゃんは何かを思い出そうとしたあげく、「知らないなあ」と間抜けな顔で首をひねった。

父さんが横から、

「橋爪不動産の社長に当たってみたらどうだろう」と知恵を貸してくれた。

おいらたち二人は、その訳をすぐには掴みきれず、鶏ガラのスープから丁寧にアクを取っている父さんの顔を窺った。

「あの社長に分かるかしらね」と母ちゃんが不審げな顔つきでつぶやいた。

「社長が分からなくたって、アパートのオーナーに問い合わせてくれるよ。それに、賃貸契約の保証人が誰になっているかなど聞いてみるといい。必ず保証人が要るはずだからね。それに今は不在状態なんだろ、青木さんの部屋。いずれにしても伝えておかんとまずいだろう」

おいらと母ちゃんは顔を見合わせて、同じように大きく頷いた。

「じゃ、おいら橋爪不動産に行ってみるよ。青木さんの部屋、鍵も開いたままだしね」

＊　＊

食堂や宅配とは別に煩雑な仕事に追われた。

まず橋爪不動産を訪ね、青木さんの件を話した。そのうえで病院から家族について尋ねられたことを伝えた。もし分かるようなら病院に知らせてもらいたいと頼んだ。

父さんのアドバイスに従って連帯保証人の話はいきなりしなかった。それが個人情報に不用意に触れかねないことは、おいらでも何となく分かった。それに、やっぱり自分が関わるべきではないという逃げ腰の思いが、まだくすぶってもいた。

橋爪社長はいちいち大げさなリアクションで、その顛末を聞いていた。病院の方に家族情報を伝えてほしいという結論に至ると、骨張った顔面を曇らせて、

「さあてと、そいつはこっちで分かるかなあ」とつぶやきながら席を立った。

そして書類棚から一冊のファイルを取り出して戻ってきた。相談カウンターに向き合って座ると、改めてファイルを開きながら、

「そうした身上調書は、青木さんについては、確か、なかったなあ」

類人猿を連想させる風貌で書類を繰る様子に親しみを覚えた。だからなのか、余計な距離感を感じることはなかった。すると用意していた言葉がすんなりと出た。

「連帯保証人はどなたになっています？　ご家族の方じゃないんですか」

眼窩の奥から小さなまなこをちらりとおいらの方に向けて、またファイルに頭をかざした。

「家族ではないと思いますねえ」

「そうですか。いずれにしても社長さんの方から、その方に連絡するか、または病院にその方の連絡先などを知らせていただけませんか」

「まあ、それは構いませんが」と言葉を濁して、

「ただ私どもとしては、そうしたプライベートな事案に関わるのはどうかというところも

あるんですよ。そもそも連帯保証人を立ててもらっているのは、債務が果たされない時やしかるべき責任を履行してもらえない場合などに、本人に代わってやっていただくためのものでして、それ以外のことで、例えば本人が健康上の問題があるからといって保証人の方に何とかしてほしいなどと頼む筋合いではありませんのでね」

「確かにそうかもしれませんけど――」。何か違うような気がした。

事態は人の生死にかかわることなのだ。それに入院費など金銭的な問題も発生するではないか。そんな考えを巡らせながら相手の目を見つめた。

橋爪社長は石膏《せっこう》を削ったような無表情な顔つきで真正面からおいらを見た。そのうちなにやら、おどおどした視線を契約書面に落としてしまった。

また考えた。それを言うなら、おいらこそなにも関わる謂れはないのだ。だが意地になったように反対の言動となった。

「社長さん、おいらの方でその保証人さんに連絡してもいいですか」と。

社長はまた顔を上げて小さな目を瞬かせた。

「それは構いませんよ。事情が事情ですし。それに、とみ食堂さんのことですからね」

あっさりと認めると、ファイルをこちらに向けて差し出した。

氏名の欄に、「遠間和樹」と堂々とした筆跡で署名がなされていた。その末尾に実印が押印されている。住所は世田谷区深沢の番地が記されていた。おいらは愛用の古い手帳をジャケットの内ポケットから取り出し、電話番号までをきちんと写し取った。

「この方に尋ねたら、家族のことなども分かるかもしれませんね」

そんなことを言いながら、手帳を仕舞い込んで立ち上がった。

「何か分かったら、私にも知らせてください」

立ち去ろうとしたおいらに、社長が人懐こそうな笑顔を見せた。


裏口から通路へと入っていく。その先の調理場が照明に照らし出されて、古風な西洋画のモチーフを連想させた。そこには父さんの姿があった。おいらはそのたびにほっと心が和んだ。ちょうど、カウンターの客に餃子とラーメンを出すところだった。母ちゃんは惣菜売り場で往来の客の相手をしていた。

店内を見回した視線の行き着くところで父さんと目が合った。

おいらは店を後にして、通路に戻ると携帯を取り出した。忙しさにかまけてやり過ごすと、厄介な仕事はついつい取り置かれてしまう。思い切って連絡を済ませることにした。

六回目の呼び鈴で相手が出た。おいらは一瞬、緊張して携帯を耳にあてがい直した。落ち着いた女性の声だった。

「はい、遠間でございます」

たぶん、当人の奥さんだろうと推測しているうちに言葉が詰まった。

「あっ、あの、藤井と申します。あの、遠間和樹さんはいらっしゃいますか」

「主人は不在ですが」

その語尾に不信感が表れていた。今どき、置き電話にかかってくる相手は誰だって怪しむだろう、それを感じ取りながら、

「そうですかあ」と小声を漏らした。

どうしたものかと迷っているおいらの気配を察したのか、

「主人にどのようなご用件でしょうか」

口調はいくぶん柔らかくなった。

「実は青木芳彦さんのことでお電話しました。自分は青木さんの所にお弁当を配達している者なんですが」

相手の反応をわずかに待って、

「その青木さんを、遠間さんはご存じかと思って」

「そうですね。確かに夫は、かつて青木さんの元で働いていたことがありましたが」

「そうだったんですか」

ほっとした。同時にその情報が与える意外性に対してそんな返事になった。それは青木さんが社員を雇用する立場の人間だったという事実だった。そこには、自分のことを語らない青木さんの意外な正体が潜んでいるようだった。

「青木さんが何か？」

そう促されて、

「あっ、すみません。実は青木さんが入院されまして、その件を遠間さんにお伝えしたくて電話しました」

今度は、向こうが言葉を閉ざした。

「もしもし」

「はい」

「遠間さんに伝えてほしいんです。お帰りになられたら連絡いただけるように」

はっきりと要点を言い切って反応を待った。相手の思案しているような息づかいが伝わってきた。

「あの、すみませんが、もう一度お聞かせくださいますか。青木さんが入院されたのですね」

「はい。そうです」

「どうした事情でしょうか」

「持病を悪化させたようですが、詳しくは分かりません」

「それで、青木さんが連絡してほしいと、そうおっしゃってるんですか」

「いえ、青木さんはまだ意識が戻っていないそうです。だから本人の意志は確認できませせん」

相手は黙って、自分が次に口にすべき言葉を吟味しているようだった。

「本来ならご家族の方に連絡すれば済むことなんですが、こちらでは分からないもので」

「どうして、お宅様は主人のことを？」

当然な疑問だと思った。おいらは、青木さんが住むアパートを管理している不動産会社に出向き、賃貸契約書の保証人に記載されていたことから知ったということを正直に話した。

あらましのことを知ると、奥さんはそれ以上の追及をしなかった。

「事情は分かりました。主人には申し伝えます」とだけ答えた。

その裏には、伝えはするが、夫がどうするかは自分は関知しないという意思が隠れているかのようだった。

おいらは自分の氏名をもう一度伝え、連絡先として自分の携帯番号を教えた。

用事を済ませると、カウンターの中に舞台裏から忍び込む裏方のようにさりげなく入った。麺の湯切りをした父さんと、また目が合った。二人は自然と真顔で頷き合った。父さんが、おいらが通路の隅で何の連絡をしていたか気づいていることが分かった。

カウンターの内側のボードに置かれた注文伝票に目をやる。醤油ラーメン二丁、餃子一皿、オムライスが一皿、肉野菜炒め定食一人前とあった。その他、ビールや肉豆腐、田楽、ポテトサラダなどにはチェックが入っていた。すでに母ちゃんが出したのだろう。客席から戻った母ちゃんが、「勇ちゃん、お疲れさま」と声をかけて、餃子一皿をトレーに移し五番テーブルに運んだ。

おいらはすぐに大鍋に強火を入れて、玉ねぎ、ピーマンの微塵切りと細切れの鶏肉のトレーを用意した。サラダ油ごとしっかりと熱を加えたフライパンに食材を入れて素早く炒める。ライスを投じて返したフライパンで具と混ぜ合わせ、ケチャップを加えて米粒にトマト色の輝きを染みつける。平鍋に流した溶き卵が半熟に煮えたところで、ライスを形を整えてのせ、真っ白な洋皿に取って返す。ふんわりと艶やかな卵色に、オタマですくったケチャップをのの字にのせる。昔風のオムライスだった。

「いらっしゃいませ」と母ちゃんの一オクターブ高い声がする。

仕事帰りの三十代の男性に続いて、交通整理員の服装をした年配者が身を屈めるように入ってきた。夕方から夜の時間帯に向けて、客入りは二回転目に入っていた。

「オヤジさん、ごちそうさん」

そんな呼びかけに、父さんは愛想は言わない。軽く頷くだけだった。

「マスター」と呼ぶ常連客もあった。「体調はどうですか」などの挨拶にも、気分が良ければ顔を綻ばせることもあるが、大抵は無視だった。

そんな態度を気にする者もなく、若者の中にはそんな不愛想な対応が逆に良かったりもするようだ。客と店主だけの関係で、余計な干渉がない雰囲気がいいのかもしれない。そんなふうに父さんは、どんな常連客とも個人的な付き合いはしなかった。

どうも、そこら辺りが親子でありながらおいらとは違うのかもしれないとうすうす感じていた。


客足が引けていくと、そんな父さんはこっそりと裏口から帰って行った。店の片付けを終わらせ、おいらが明日の仕込みにかかると母ちゃんも帰った。

豚肉スライス一キロを生姜ダレに漬け込み、最後にぬか漬けの手入れをした。大根、ニンジン、ナスなどを丁寧にぬか床に収め終えた。

それから焼酎の水割りを作った。立ったままで、一口喉を湿らせた。

大型の冷蔵庫を開けた。小鉢などに惣菜が盛られて丁寧にラップが掛けられていた。きんぴらゴボウ、エビチリ、炒り鶏など中身を確かめたが、あまり食欲は湧かなかった。その奥の小皿には、小さめのおにぎりが二つ、ラップ掛けされていた。取り出してみると、その上にメモがのっている。母ちゃんの字だった。「ちゃんと食べろ」とあった。

おいらは、グラスとほうれん草のお浸しの小鉢だけを手にして部屋に入った。

その時、ポケットの携帯が振動した。急いで持ってきたものをテーブルに置いて携帯を開いた。登録されていない携帯番号が表示されていた。少し迷ったが出てみた。

「藤井さんの携帯でしょうか」

落ち着いた声が響いてきた。

「そうですが」とおいらは少し警戒してそれに答えた。

間を置きながらベッドに腰掛けた。

「遠間と申しますが、遅い時間に申し訳ありません」

アナウンサーのように低く丁寧な口調だった。

「あっ、遠間さんですか」

そうだ。遠間さんから連絡が来るのだった。遅ればせながら気づくと、おいらは無意識に立ち上がっていた。

「今、お話しして構いませんか」

「はい、大丈夫です」と声を張る。

「家内から聞きました。青木さんが入院されたんですね？」

「はい。そうなんです」

「持病が悪化したとか。糖尿ですか？」

「詳しいことは分かりません。昨日の夜、自宅で急に容態が悪くなって、救急車で」

「そうですか。で、今も意識がないんですって？」

遠間さんは、おいらが奥さんに伝えたことを、繰り返して確かめた。

「ええ」

「そうですか。藤井さんにはいろいろとご迷惑をおかけしたんでしょうね」

「いえ、自分は何も」

相手が自分のことを弁当の配達人であり、青木さんとはそれだけの関わりしかない人間だと知っていることを意識した。

「それでですね、病院の方から言われたんですが、青木さんのご家族と連絡を取りたいんだそうです」

相手は黙ったまま、おいらの次の言葉を待っているようだった。

「いろいろ手続きもあるし、何より治療などについて話し合わなくてはならないそうです」

「それはそうでしょうね」

「遠間さんはご存じないですか、ご家族」

少しの沈黙が流れた。

「もし、家族の事情なりが分かるようでしたら、病院の方に連絡していただきたいんですが」

見ず知らずの者が、間接的にその情報を経由するという状況に抵抗があるのかもしれないと気づき、おいらは相手に委ねる言い方に変えた。おいらがそう感じたことを、相手もまた気づいたようだった。

「私の知っている限り、現在、青木さんに身内はないと思いますよ」

「そうなんですか」

「しかし、事が事なだけに、前妻さんには私の方から連絡してみましょう。もう完全に絶縁していますがね。確か息子さんと娘さんがいたかと思います。詳しくは私は存じませんが……」

それから何か言いかけたが、口にすべき言葉を失ったように口を噤《つぐ》んでしまったようだった。

「よろしくお願いします」

「ええ。ただ、どんな対応をしてもらえるのかは、期待できませんよ」

「そうですか」

もうおいらがどうこう関わり合うことではないと冷たく割り切った。おいらの投げやりな反応を、相手もさして気にする気配はなかった。

それでも、彼の昔のことは聞かれていますか、と単刀直入に聞いてきた。

「いえ、それほどは。そんな関係ではありませんし。ただ、今の暮らしぶりから、いろいろとあったんだろうとは思っていました」

「なるほど」

電話の向こうで相手は何かを考えている様子だった。そしてふと思い切ったように言った。

「それでは、入院先を教えていただけますか」

「そうですね」

おいらは医療機関名と住所、電話番号、そして今はまだＩＣＵに入っていることを伝えた。

「ともかく私が行って話してみます。仕事の都合をつけて明日には出向きたいと思います」

「そうですか。ぜひお願いします」

「病院に行く前に、彼の住まいに寄りたいんですが。必要なもの、つまり本人に、ないし病院に届けるものを取っていきたいんで」

「そうですね。遠間さんは青木さんのご自宅の住所はご存じですよね」

「確か聞きましたが、そのメモが残っているかどうか……」

「では念のためお伝えします。部屋に行かれる時間がはっきりしたら連絡ください。おいらも行ってみますから。管理人さんから鍵を借りておきますので」

「そうですか。よろしくお願いします」

そして、初めての連絡を取り終えた。

急に空腹を感じ、母ちゃんが握ってくれたにぎり飯を取りに行って戻り、遅い夕食をとった。

＊　＊

遠間さんとの待ち合わせまでには間があった。

おいらは橋爪不動産から借りた合鍵でドアを開けた。散らばっているサンダルの片割れを蝶番の隙間に挟み込んで、閉まらないように固定した。古雑巾のようなカビの臭いが外に逃げていく。その代わりに湿り気を含んだ春花の香りが、主のいない住居へと忍び込んでいった。

落ち着かず道路まで出てみた。手持ち無沙汰に、「一〇五号」と記された郵便受けのカバーを下ろす。郵便物やチラシなどを掻き出して手のひらの中に揃えた。

その場所もやっぱり居づらくて、またドアの前まで戻った。郵便物を上り口に置いて、しばらくドアの前で時を待った。

ふと振り向くと、道路からこちらを探るように見ている男性の姿があった。離れた距離の間で、目が合ったことを互いに意識した。おいらは探るような会釈をした。相手は表情を変えず、コンクリート土間を一段上がり、真っすぐこちらに向かって歩いてきた。

「遠間さんですか」とおいらの方から声をかけた。

「ええ、藤井さんですね」、無表情で返してくる。

「初めまして。今日はどうも——」、言葉が続かず愛想笑いで誤魔化した。

遠間さんは白髪交じりの髪をオールバックにしていた。雇用関係にあったと聞いていたから若い人だと想像していたが、意外に老けていると感じた。開襟シャツに長袖のサファリジャケットを着て、小型のショルダーバッグを掛けていた。一見しただけで上品で鋭利な教養が伝わってきた。

「いろいろと、お世話になったようですね」、やはり表情は崩さない。

「いいえ」

「ここが、青木さんの自宅ですね」

遠間さんは、おいらの肩越しに半開きのドアの隙間を覗き見た。

「どうぞ」

おいらは入り口のスペースを譲った。

「いえ、どうぞお先に」と遠間さんは手のひらを返した。

薄暗く臭気漂う部屋に率先して入る気にはなれないのだろう。おいらは先に入って電気をつけた。

「窓を開けましょうか」後から遠間さんがしわがれた声をかけた。

無人の家の窓という窓は全部締め切られていた。

おいらは放置されたパソコン機器やコピー機越しに手を伸ばして、窓のカーテンを開けた。その向こうのサッシ戸を全開にする。新鮮な空気が流れ込み、二人の体をよけて戸口の方に抜けていった。

寝室の窓も開け放った。外の空気を吸うように顔を突き出してみる。見上げると、狭い空が隣接したアパートとの隙間から垣間見えた。そして、乱雑なままの布団を畳んで壁の隅に寄せた。

遠間さんは居間の入り口で立ち止まって部屋全体を、またその隅々をゆっくりと見回した。目の焦点は朧《おぼろ》げに見えた。部屋の情景が語る生活を慮る意思は、そこに宿ってはいなかった。何かを感じ取ろうとする鋭敏な輝きもない。ただ空間であることを認識するための、成り行きに任せた挙動に思えた。

そんな延長で、遠間さんは寝室の方に進んだ。

おいらは彼の背中をかわし、紐を引っ張って天井の照明をつけた。

彼は無言のままでガラステーブルの前にしゃがみ込んだ。ふっとため息をついてから、その上に散らばっている書類などを見回した。そして気になったものを手に取ったりした。刑事が犯行現場を検証するように見えた。

何かを納得したかのように二、三度頷いた。結局、書類の一枚も手に残すことはなかった。

それからおもむろに立ち上がり、壁際に置かれた戸棚の前に移動した。

下段の観音開きには見向きもせず、中段からの引き出しを下から順番に引いていった。一番上の段は左右に分かれている。迷わずその片方の取っ手を引いた。彼はがさごそと中を探り、鍵束を引っ張り出した。

「この中に部屋の鍵があるか見ていただけますか」と後ろに控えて突っ立っているおいらに手渡した。

それから小さな書類バッグを見つけて取り出した。そのチャックを開けて中を物色している。

「これが部屋の鍵ですね。たぶん」

橋爪不動産から借りた鍵と溝を照合して、おいらは一つの鍵をつまんで差し戻した。

「あとで実際に確かめてみましょう」と言って受け取った。

それから通帳やキャッシュカード、健康保険証、運転免許証などひととおり手に取って見て、またバッグの中に戻した。

引き出しの中をもう一度探って「携帯電話もあるな」と独りごちて、充電器と一緒に取り出した。それもバッグに詰め込んだ。

「初めて来てよく分かりますね。貴重品の場所」とおいらはつい思ったことを口にした。

書類バッグのチャックを閉めながら、遠間さんはそれに答えた。

「ああ、そうですかね。何せ青木とは長い付き合いですからね。物品の管理方法などは自然と分かっているのかもしれませんね」

「なるほど、そういうことですか」

顎の先を指先で撫でながら二、三度頷くと、

「おいらはてっきりコソ泥商売でもしてるのかと思いましたよ」と真顔で言った。

遠間さんは一瞬、その意味を測りかねたように、ぽかんとした顔つきでおいらを凝視した。冗談だと気づくと困惑気味に苦笑いを見せた。

その呼吸は互いに巡らせた垣根を、少なからず越えさせる役割をしたようだ。彼はまだ薄ら笑いを残したまま言った。

「これから病院に行って入院手続きやらをして、容態や今後の治療などを聞いてきます」

「そうですか。よろしくお願いします」

軽く頭を下げたあとで、おいらが言うべき言葉としてはおかしいかと首を傾げた。相手は特に気にかけた様子もなく続けた。

「私も彼にはいろいろと世話になったし、恩義もあるのでね」

「そうだったんですね。奥様との話で知ったんですが、遠間さんは青木さんの所で働いていたそうですね」

何気なく訊いたつもりが、出過ぎた軽口だったかもしれない。

遠間さんは眉根をひそめてその質問を受け止め、細めた目を射し向けた。

「あ、すみません。余計なことを言って」。即、無難に謝った。

あながち気分を害したわけではないようだ。彼はさりげなく目線を切った。そして過去に思いを馳せるようにつぶやいた。

「そのとおりですよ。青木は昔、私の雇用主だった」

ある物語を語りだす前置きのようだった。

おいらに返す言葉はなく、身を斜に逃がしたままの姿勢で目を伏せていた。そのまま黙りこくってしまった彼の様子をちらりと窺い見た。

遠間さんは部屋の全体を、また一度だけ見回した。そして深いため息をついた。ため息というより、口を尖らせて不快な空気を体の中から吐き出したというふうに見えた。

「今の彼は、私が知っている青木ではないようですがね」

それは独り言のようであって、何か強い感情を伝えるもののようにも聞こえた。

寝室の窓の庇《ひさし》を雨音が打ち、不規則な旋律を奏でだした。

「降ってきましたね」

遠間さんは言いながら壁に寄って外を覗いた。隣の建物の外壁が、すぐ先の視界に張り付いているだけだ。彼はその真上の狭い空を見上げている。

「青木さんは会社の社長さんかなんかだったんですか」とおいらはその背中に問いかけて

みた。

聞こえなかったのだろうか。返事はなく、外に顔を向けたままでいる。そのふりをしているのだろうか。

「どうしてこうなっちゃたんですかね」と重ねてそんなふうに訊いてみた。

遠間さんは開け放たれたすりガラスをカタカタと滑らせ、バチンと閉め切った。ひんやりとした外気が遮断された。その窓ガラスに向かって、ふっと息を吹きつけて肩を落とした。何かを吹っ切ったように見えた。

「それは、私には分かりません」

遠間さんはゆっくりと振り返った。そして続けた。

「私の方が聞きたいくらいです」

「え？」

半身になった彼と目を合わせたままになる。

「藤井さんの方がご存じなのでは？」

「まさか」。咄嗟に出た言葉の語尾は、鼻で笑った息と混じった。

そこには不快な気持ちが込められていると自分でも分かった。

遠間さんは部屋の中ほど、ちょうど布団が敷かれていた辺りで静々と腰を沈めた。見た目にも清潔とはいえないくすんだカーペットに、さして気にかけずに胡坐《あぐら》をかいた。

「藤井さんは、青木さんに食事を配達されていたんでしたね」とおいらを見上げた。

突っ立っているおいらも彼を見下ろすわけにもいかない。何を言いたいのだろう、不審に思いながらもその場に座り込むしかなかった。同じように胡坐をかき、近距離で相対する格好になった。二人して禅問答でも始めるような絵面だった。

「ええ、そうですが。昼と夕にお弁当を届けていますよ」と若干気負った物言いになった。

「もう長いのですか、配達されて」

「そうですね、かれこれ半年になりますかね」

「そうですか」、自分だけの連想を巡らせているような間があった。

「半年も、お弁当をねえ――」、ぽつりともらした。

その間合いが意味するところは、おいらには測りかねた。何を言いたいのかも。

「藤井さんには随分とお世話になったんでしょうね」

「いいえ」と小さくつぶやくと、なぜか肩の力みが抜けた。

「昨晩、あれから病院に連絡しましてね。青木さんの容態を聞きました」

一つ頷いて、続く言葉を待った。

「何とか命は持ちこたえたような言い方をしていました。でも意識はなく、危険な状態に変わりはないと、そう言っていた。もしも、もしも藤井さんがあの夜、訪れて彼の様子を確認することがなければ、救急車を呼んでくれなかったら、次の朝までに、彼は息を引き取っていたでしょう。孤独死していただろうと思います」

おいらは唇を固く結んで俯いていた。何を語るべくもなかった。遠間さんもそのあとは目を伏せて、煙草の焦げ跡らしき茶色の斑点を見つめていた。

黙し合った時間は長くはなかった。たった今、彼が深刻に語った内容を心の中で復唱し、その意味を自らに問いかける間だった。

その時間のなかでおいらは嫌な気分になった。

自分が青木さんの運命とまでは言わなくとも、何かの影響を与えたというのだろうか。そう思うと自分が意識しないうちに、何かの責任が生まれ出ている気がしてならなかった。たとえ、それが良い結果をもたらしたとしてもだ。

急に黙り込んだおいらの顔を、遠間さんが覗き込んだ。

そして、繰り返し礼を述べた。おいらはあえて返事をしなかったが、遠間さんに気にする気配はなかった。平然と、

「藤井さんは、彼とは親しく話されていたのですか」と、またそんなことを訊いてきた。

ことさら青木さんとの関係性を詮索されているようで不快だった。

「いいえ、そんなことはありません」と憮然《ぶぜん》と答えた。

「半年もの間、届けていて？」

「当たり前じゃないですか。ただお弁当を届けるだけですから——、何を話すっていうんです？」

腹立ち交じりに語気が強くなる。なぜむきになっているのか自分でもよく分からなかった。

遠間さんは相変わらず平静な態度で、それどころかうっすらと笑ったような気がした。

「そりゃ、寒くなっただの、いい天気ですねなどの挨拶くらいはしますよ。だけどこっちは仕事中ですからね。配達の途中なんですよ。つまらない世間話などしてられませんよ」

「——」

「どうして、そんなことを訊くんですか」

「いいえ、他意はありません。気に障ったのなら謝ります」

「いいえ、別にそんなことはないですが……」

おいらは鼻孔を膨らませながらも気を落ち着かせた。

「戦友みたいな関係ですからね、青木とは。今の状況で分かることがあれば、知っておきたいと思ったのです。もし可能であれば、あなたの口から。彼と面会した時、意識があるかどうかは別にして、こちらも心の準備ということもありますしね」

そう聞かされれば、至極もっともな動機に思えた。なにも意固地になることはないのだ。知っている限りのことを伝えればいいのだと腑に落ちた。

おいらは、初めて青木さんを訪ねた時のことを話した。母ちゃんの言動は話半分に抑えて。それがお弁当を届けるきっかけとなり、奇しくもとみ食堂が宅配弁当を始めるきっかけになったことも。その後も腰痛などが悪化し、ほとんど部屋で横になって引きこもっていたこと、ゴミ出しや、生活用品などを時々代わりに買って届けているなど、生活の様子をかいつまんで話した。

「健康状態についてはおいらには分かりません。ただ、日増しに心身衰弱が進んでいるということは感じていました。いつも顔色が悪くて、どんどんとやつれていくし気力もないみたいだし、そんな見た目のことしか分かりません。それ以外の詳しいことは何とも。

一日二回、玄関先で覗くだけですからね。食事だって、ちゃんと食べているのか、届けているお弁当だってどれほど食べているのか分かりませんし。お酒など大量に飲んでいないか、医者にはかかっているのか、そんな詳しいことまでは関われませんからね」

思いつくままに羅列して、何となく締めくくった。

遠間さんは沈痛な面持ちで聞いていた。

雨音が強まった。

「そうでしたか」

折から吹きつけられた雨粒がガラス窓を打ちつけて、そのつぶやきをかき消した。

青木さんがここで寝ていれば、強弱をもって庇を打つ春嵐の調べをどんな思いで聞いていただろう、ふとそう思う。そんな感傷的な気持ちに浸ったままで訊いてみた。

「しばらく会っていないんですか？　青木さんとは」

「そう。かれこれ十年以上経ちますかね」

「じゃ、今現在の様子は分からないわけですね」

遠間さんは軽く唸っただけだった。

「あれ、でも賃貸契約の保証人になった時には会ってないんですか」

「あの時は郵送で文書のやり取りをしたと思います。本人も、私と面と向かい合うことを望まなかった」

なぜかとは聞かなかった。かつて雇用していた者に対する思いを、現在の生活を透かして見れば、それは察するに余りあった。

「なるほど、そうでしたか」とだけつぶやいた。

「ですから今回、十年のブランクを置いて、私は彼と対面することになります」

そう言い終えて、遠間さんは深く嘆息した。

二人の関係をつぶさに知らずとも、彼のその心情はそれなりに理解することができた。

「心の準備と言ったが、彼と会うのはそれなりに勇気が要ります。私もできれば会いたくない、それが本音です。でも幸か不幸か、彼は意識がない状態だ。ですよね」

おいらは肯定の首を振る。

「でも、それはそれでつらいものがある。そんな彼の姿を見るのも、やっぱりそれ以上につらい」

遠間さんはしみじみと部屋を見回した。寝室の壁一面を背に、段ボール箱が数段積み重ねられている。長く動かされた形跡もなく、埃にくすんだ色合いに沈んでいる。黒表紙で綴られた分厚い報告者や書類、参考書の類も所構わず積まれたままだった。

住まいというよりも倉庫部屋といった方がいい。居間の方は廃棄された事務機器の置き場と化している。

「そうですか、彼はこんな所で暮らして――」

震えるように漏れ出た語尾を、はっきりとは聞き取れなかった。

「遠間さん、一つ訊いていいですか」

遠間さんは我に返ったように目を見開いた。

「なんですか」

至近距離で相対しているのが居づらくて、おいらは尻をずらして斜めに向きを変えた。

「遠間さんは青木さんと一緒に仕事をしていたんですよね」

そんなことかといわんばかりに、鼻から一つ息を抜いてから答えた。

「そう、私は青木に請われて一緒に会社を興したんです」

「青木さんはどんな仕事をされていたんですか」

彼は体をわずかに後ろに倒しておいらの顔を不思議そうに眺めた。そんなことも知らなかったのかとその目が語っていた。

おいらは気まずさで視線をちらつかせた。そして相手の沈黙の問いかけに先んじて答えた。

「だからさっきも言ったように、プライベートなことは話しませんでしたから」

遠間さんはその言葉の意図するところを理解したようだった。軽く頷くと、うっすらと笑ったように見えた。その表情のままで、どんな説明が適当か考えを巡らせているようだった。

「建設の仕事です」

あっけないほど簡潔な回答だった。そう聞かされると、それくらいのことは知っていたような気になった。

「私は若い頃、中堅どころの建設会社に勤めていましてね」

遠間さんは言葉を切りながら語りだした。

「建設省からの——現在の国土交通省ですがね、そこから発注される道路や河川などにまつわる施工管理に従事していました。

青木は旧建設省の職員だった。当時は地方支部分局の関東出先機関に在籍していたんです。さらに民間会社の私どもの工事事務所に、監督員という立場で出入りする機会が多かった。施工管理者だった私は、彼と共同してさまざまな仕事をしたものです。まあ、簡単に言えば、彼との縁はそんなことから始まった」

そんな話を聞かされてもピンとこなかった。何のイメージも浮かばないままで、ふうんと頷いてしまった。

遠間さんは、自信なげなおいらの戸惑いを冷たい目つきで眺めた。

「でも青木さんは会社の社長だったんじゃないんですか」

開き直って強めの声を出した。

「そう、彼は建設省をあっさり退職してしまった。もったいない話だがね。そして青木建設コンサルタント、つまり設計・施工管理会社を立ち上げたんです。信じられない選択です。生涯、安定が保証されているキャリアを捨てて、一寸先が闇の業界で、何が起こるやもしれない波乱の道を選択するなどね。

それどころか彼は、私にもその転換を迫った。一緒にやってほしいとね。私は困ってしまった。いろいろ世話になった人間だからね。あり得ない勧誘だったが、無下にも断れない。

そのうち、彼の熱くも理論立った将来の構想に惹かれてしまった。役人の立場で組織の歯車でしかない自分が嫌になったと彼は言った。自分が望む仕事を自分の実力で切り開きたいとも言った。現場で理想的な都市づくりに寄与したいなどとも。ありきたりな願望であり理想論だ。三十代だからね、いかにも若かった。そして私もね。

結局、私は青木の夢に賭けた」

そう言いながら、はにかむような苦笑いを見せた。

それは何かを回顧する短な時に繋がった。

「設立当時、初めは私を含めて四人ほどだった。小さな事務所でね」

当時の情景を追い求めるような優しげな顔つきになった。

おいらは黙って話の続きを待った。

「会社は順調でしたよ。建設省とのコネもあって仕事は尽きなかった。会社が成長するにつれ事業規模も大きくなっていった。バブル絶頂時代に最高潮を迎えた。八〇年代、最盛期には年間売り上げ一〇〇億、エンジニアスタッフが五十人以上いました」

「すごいですね」そんな稚拙な驚き方しかできなかった。「いい時代だったんですね」

おいらは小学校の低学年だったろうか。とみ食堂のいつも満員で活気に溢れた光景と重なる。だからおいらに影響したことといえば、小遣いがべらぼうに上がったことくらいだった。

「さあ、どうだったんでしょうかね」

「え？」

「その後、九〇年代以降、バブルがはじけた。公共事業や開発事業は急速に衰退していった。会社はたちまち莫大《ばくだい》な負債を抱えて、間もなく倒産した。あっけないものだった。まるで夢物語だ。

絶頂と奈落の底を味わった彼が、今、この生活感のない一間で見ているものはなんですかね。私の知っている青木とは別人の人生の末路ですかね。

ま、いずれにせよ、そんな人生の隆盛を青木がどう考えているか、それは私には分かりません。彼がまた戻ってきたら、戻ってこられると思いたいがね、それをもし彼の口から聞けることがあったら、ぜひ聞いてやってください」

彼はいきなり、話をおいらに転嫁して締めくくった。過去の波乱を象徴的に語ってしまったことを、心なしか後悔するような憂悶が瞼の周りに浮き立った。気持ちを振り切るように、

「おっ、いかん。行かなくては」

腕を振り上げて腕時計に目をやった。

こっちにしてみれば、煙に巻かれたような話の閉じ方をされて不満が残った。だがむろん、それ以上のことをおいらが聞き出す筋合いではない。

「じゃ、病院に行ってきます」

そそくさと腰を上げた。通り一遍《いっぺん》の礼の言葉を残して慌ただしく出口に向かった。おいらも腰を上げると、まるでその屋の住人ででもあるかのように、その後ろ姿を見送ったのだった。

4　岩井さんの言い分

　岩井則子さんが住む都営住宅は、蔵前通りから街路に入った奥にあった。ロンリー一号は食品卸や製造業といった中小会社が続く道路を走る。歩道の巻き込みを、体を傾けスイングさせながら敷地内に入っていく。

　下町とは隔絶した風情のコミュニティ広場が現れる。

　高層建物が城壁のように広場を取り囲んでいた。団地の一階はスーパーのほかクリーニング店や洋品店などが並ぶ。入居住人らしき姿がちらほらと目につく。その向こうには理髪店のサインポールが、回転することなくくすんだ色彩を留めていた。

　別棟の一階には喫茶店やパン工房店がある。公園の向こうの棟には、この時間ではまだ開店していない鉄板焼き屋、居酒屋などの派手な看板やのぼりが春風にはためいていた。

　開花目前で寒さが停滞していたが、この二、三日で一挙に気温が上がり、桜は思い出したように咲き始めた。公園の中ほどでは母親に見守られて遊ぶ幼児らの姿が、陽射しの中で小さくちらついていた。

ライトグレーの建物を縦に貫くエレベーター棟の表面は、オレンジ色のタイル張りが施されていた。最近塗装し直したばかりなのか色鮮やかだった。それでも何かしら古めかしい気配が建物全体から抜け落ちないでいる。

南側の面を見上げると、どの出窓からも洗濯物や布団が干し出されている。むろんそれぞれの部屋の中が見えるわけではない。しかし、その境界線に営みの生活臭が混濁して漂っていた。そこに今風のマンションとは異なる時代の古めかしさを匂わせていた。

三号棟の入り口まで乗りつけて止まった。キャリーボックスから一人前の弁当を取り出すと、小走りに建物の中に入って行く。エレベーターで四階まで上がり外通路を進む。団地商店と公園の輪郭が、咲き始めた桜の花を透かして見えていた。そんな景色を眺めながら四〇八号室にたどり着いた。

チャイムを押してしばらく待つと、「はい」と低く抑揚のない返事が返ってきた。

ドアの隙間から打ち沈んだ暗い顔が半分だけ現れた。一瞬、慄くほど異様な気配が漂っていた。

岩井さんはその隙間から警戒するような目つきでじっとおいらを見据えた。目頭に目ヤニが目立つ。その視線をおいらの胸から下へと移し、手にした荷物を確かめてからまた顔に戻した。痩せぎすな顔なのだが、不健康にむくんで見える。眼の下には黒ずんだ脂肪が垂れ下がっている。

螺髪《らほつ》のような髪は、パーマも取れて伸び放題となった末のものだ。

服装はいつもの一張羅だった。格子模様の色落ちしたブラウスにカーキ色の毛糸編みチョッキで、その裾下の綻びはいつもそのままになっていた。

その風貌においらはいつも恐れをなすのだ。陰湿で正常ならざる邪気に取り憑かれるような不気味さを感じるのだった。

それでも随分と慣れた。まったく口を利こうとしない期間は長く続いたが、その間に理解を超えた奇行や、危害を及ぼすほどの行為はなかった。それだけでも徐々に安心を得るに至ったのだ。

おいらは精いっぱいの笑顔で、「こんにちは」と挨拶することに努めた。そんな快活な対応で、相手の気分がいくらかでも和んでくれればとの思いからだった。だけどそれが期待に沿うことはほとんどなかった。

ようやく顔を覚えてくれたはずが、今でも「だれ？」だとか「なに？」だとか唸るような声を喉から発するのだった。

「あの、お弁当お持ちしました」。毎回のことだった。

岩井さんは表情を変えぬままおいらの顔をじっと見つめる。いつもその瞬間に背すじが寒くなる。

そして自身が住まう空間からにゅっと手を伸ばし、お弁当をひったくるように取るとガチャンとドアを閉めてしまう。

それはある意味、気持ちが平常な状態にある時なのだ。外部を遮断して自分の住処《すみか》に閉じこもろうとするのは、岩井さんにとって、むしろ正常な心の働きなのかもしれない。おいらはそのことに気づいたのだ。

本当に異常な時は、そうではなかった。

ドアの隙間から立っているおいらの姿を確認しながらも、「あんた誰？」と誰何《すいか》した。

「とみ食堂ですよ。お弁当を届けに来ました」と当たり前に答える。

「ああ、そう。向こうの奥さんに頼まれて来たんだね」

「何のことでしょうか。別に何も頼まれちゃいませんよ」

「嘘ばっかり言って。いいわ、ちょっと入りなさいよ」

こんな調子で玄関の中に招き入れることがある。そんな場合は、逆に気持ちが乱れている時、さらには精神上、問題が生じている場合なのだ。それは何かしら不満やら鬱憤が溜まっている証しだと言えた。

その時はと言うと、「早く入って。ドアを閉めて」と鬼気迫る面相でおいらに指図した。

慌てて言われるままに中に入りドアを閉めた。靴脱ぎ場にはいくつもの靴やらサンダルなどが脱ぎ散らかされている。それらを踏まぬよう居場所を確保するのは容易ではなかった。一人暮らしなのに多くの履物が散乱している光景は、それだけで不気味に感じた。

「二つ隣の奥さん、いたでしょう」

岩井さんは眉間に皺を寄せてドアの向こうを顎でしゃくった。

「え？　外にですか。気づかなかったけど」

おいらはちらりと後ろを振り返るそぶりでとぼけた。

「さっきドアの前に立ってたんだよ」

「そうなんですか」

「その覗き穴から見たんだもの」

おいらは澄ました顔を繕って、

「なんか用事でもあったんですかね」

「そうじゃないわよ」と声を荒らげて否定すると、

「だって、呼び鈴も鳴らさないんだよ。用事があるんなら呼べばいいじゃないか。中の様子を探ってたに違いないじゃないのよ」

「そうですか。じゃあ、行って確かめてあげましょうか」

ドアノブに手をかけて体の向きを変えようとすると、
「いいの、いいの」とうろたえてそれを制した。
何かしらちぐはぐなやり取りだった。真偽のほどが怪しいままに続ける掛け合いだから
だろう。
おいらが真面目くさって、正攻法ではっきりさせようとすると、たちまち尻込みしてし
まうのだ。その理由も大抵は決まっていた。
「いいんだよ。そんなことしたら、かえって逆恨みされて、またどんな言いがかりだの嫌
がらせなどされるか知れたもんじゃないんだから」ともっともらしく言う。
「それもそうですね」。おいらはしめしめと舌を出したい気分で岩井さんの言うに任せた。
それで渋々、矛を収める時もあったが、そうでない時もある。その日もどうにも気が治
まらないようだった。
「今朝、早くからなのよ。ずっと外をうろついているんだわよ。結局、ゴミ出しに家を空
けた隙に入られちゃったのよ。まったく油断も隙もないんだから」
岩井さんはますます険しい形相となってまくしたてた。おいらは黙って聴いているしか
なかった。内心ではどう対処したものか、あれこれと考えを巡らせていた。
その糸口を探すように、玄関から見える屋内に目を走らせた。そこには他の部屋の断面

がむき出しになっていて、そこからは関連が説明し切れない物品が廊下になだれ出ていた。

その状況は一見すると収集癖的な気配が感じられた。ゴミ屋敷とまではいかないものの、生活空間に絡みついている数々の雑品を目にすると、その全貌を見るまでもなく病的な臭いを感じた。

「戸棚の引き出しに入れておいたお金を盗まれちゃったのよ。まあ、それにしてもよくも見つけ出すわよねえ。ガス代やらを支払おうと思って、封筒に四〇〇〇円入れておいたのよ。そしたら、今朝、もうないんだよ」

そんな事実関係を詮索する気にもなれなかった。おいらは戸棚とやらが置かれている場所と収納されている物をつい想像してしまう。そこには単に多くの物がひしめいているだけでなく、得体の知れない情念の塊が棲《す》みついているようで、身震いしながらそれを打ち消した。

「今朝、誰か入って行くところとか、または出て行くのを見たとかあるんですか」と申し訳程度に話を合わせた。

「それはないんだけどさ。絶対、あの奥さんに決まってるわよ」

「どうしてですか。見てもいないのになんでそう言い切れるんですか」

「だって、分かるのよ、ワタシには。あの人しかいないんだって」と金切り声を上げる。

「じゃあ、おいらちょっと行って確かめてきますよ。岩井さんが留守の時に来られましたかって、そう聞いてあげますよ」

憤怒の表情はたちまち消え失せた。

「やめて、やめて。お願い！　やめてちょうだい！　そんなことしないで」

そう言いながら、おいらの二の腕に掴みかかった。

「どうしてですか。はっきりさせた方がいいでしょうよ」

「そんなことしたら、ワタシ、何されるか分からない」と泣き声で喚きたてた。

そして両手のひらで頭を抱えて、嫌々をするように激しく振った。

「どうしてよ。どうしてみんなしてワタシを追い詰めるんだよ。ワタシが何をしたってんだよ」

ふらつく体を壁に寄せて支える。その腕に顔をうずめてますます激しく喚く。

「分かりました、分かりました、そんなことしませんよ」

迫真の演技に感心しながら、おいらはなだめるしかなかった。

「それじゃ、仕方ないですね。ちょっと出る時にも必ず鍵を掛けるんですね」

岩井さんの表情と態度はまた一変した。哀願するような泣き顔からしたり顔へと変化したのだ。

「それでもだめよ。だめ、だめ」

鼻でせせら笑って手のひらをぱらぱらと横に振った。

「どうしてです?」

「そんなことも分からないの」と小ばかにした顔で続けた。

「おそらくあの奥さん、合鍵を作っているんだよ。だってそうでしょうよ、ワタシが夜中、寝ている時だってそっと忍び込んでくるんですよ。鍵を持ってるとしか思えないじゃない。始末に悪いよ」

「そうですか。それじゃやっぱり、警察に訴えるとかするしかないんじゃないですかね」

からかい半分の提案だった。また弱気に泣きつくかと思った。だが期待は外れた。

「だから言ったじゃない。そんなことしたって無駄よ。誰が、はい、私がやりましたなんて言うわけないじゃないの」ともっともな反論をした。

「まあ、それはそうですね」

万策尽きたかというところだった。

「それじゃ、泣き寝入りですかね」

「仕方ないじゃないか」と岩井さんはふてくされた声を絞り出した。

「それも気の毒な話ですね」

「それも仕方のないことだ。まっとうに生きてるもんが割を食う世の中なんだよ」

芝居がかったセリフが流暢に流れ出た。思わず噴き出したくなる。時代劇専門チャンネルばかり見ているのかと、安易な想像をしてみる。

おいらはからかいたい気分を抑え込んで、しんみりした表情に顔を作り変えると、同情する言葉を添えた。

「おいらに何かできることはありますか」

「ありがとう、いいわよ。ワタシが我慢すればいいことだし」

岩井さんは正常を取り戻していった。

「そうですか。じゃ、おいらはこれで」

その日は、それで事なげに終わった。


メディアの情報に自ずと敏感になっていた。その程度の知識によるものだったが、岩井さんの話すことをなるべく否定しなかった。物を取られたと思い込むのは認知症状の一つと知ったからだ。

そして身近な家族は、相手の話すことを一方的に否定したり言い諭したりせず、親身に聴くことが大切だとされていた。
至極当然のことだと思う。当たり前だと言いたくなる。だから改まってそれこそが秘訣でもあるかのように述べられると、おいらはどうも釈然としなかった。

それでも実例のなかにヒントを求めると、たぶん、接する家族の身となるとそんな当たり前の道理も、現実生活のなかで雲散霧消してしまうものかと考えついた。

つまり家族だからこそ抱え持つ、抜き差しならない感情やら心情があるはずだ。例えば妄想を抱く母親を包容する気持ちが、ある瞬間、何かをきっかけに吹き飛んでしまうこともあるだろう。過去の母親の姿を知っていればこそ、情けなさや悔しさ、哀れさ、悲しさなどの感情がない交ぜになって、どんな気持ちを誘発するやもしれない。

そう考えると、逆に相手の荒唐無稽な言い分をそのまま受け止めることができるという、そんな家族関係の方が不自然で不気味にも映った。いずれにしても専門家としては、病状の悪化を防ごうとするなら、家族の者はやはりその基本に立ち返るべきだと強調するしかないのだろう。

しかしなお、本当だろうかとおいらは疑わざるを得ない。

岩井さんの言ったことを、絶対に否定しないという対応は意識的に心掛けている。そこに、ちょっとしたコツも見出した。それは岩井さんが話すことを受け入れるという受動的な態度ではなく、さらにこちらから一歩先んじて彼女の話を能動的に信じることだった。岩井さんが訴えていることは、嘘でも妄想でもなく本当に起こったことだという前提で耳を傾ける。そこに岩井さんと同じ気持ちを体得できる秘訣がある。そうすると難しく考えあぐねて返す言葉を選ばずとも、相手を刺激せずに自然な会話を結んでいくことができた。

だがしかし。それを実践しても、それで必ず相手の気持ちが静まって、ついにはそのこだわりが頭から消え去ってくれるかというと、決してそんなことはなかった。むしろ、そんなことは稀《まれ》だった。

岩井さんの不安や鬱憤などを、そのまま受け止めたつもりでも、そのどこが癪に障ったのか、「分かったふうなこと言わないでよ」とやみくもに怒り出す。

また、岩井さんのもっていき場のない怒りや不満に対して、たじろぐように口を噤むと、「結構よ。変な同情してもらわなくって」と怒気を強めて吐き捨てるように罵った。

そうなると、ついおいらも感情的になってしまい、「そうですか、失礼しました」とこれ見よがしに言い返して、さっさと出て行くのだった。

そんなふうに、どんなに岩井さんの話を肯定的に受け止め同じ立場に成り変わったつもりでも、ますます話がこじれてしまうことの方が多かった。

もともと岩井さんの頭の中にだけある、ありもしない世界にこちらは黙って導かれていくのだから、重なっていく矛盾の迷路を、それと知りながら掻き分けていくようなものなのだ。

何かの拍子で仕事のことに考えが及び、ふと我に返るとそんなふうに自分のさまを客観視するのだった。

おそらく、そんな瞬間に岩井さんの心理状況も変容するのかもしれない。つまり岩井さん自身も、その矛盾の袋小路に行き詰まっていることに気づき始めるのではないか、とそんな気がする。その時、身の上に起こった出来事の結末を見失い、その焦りと苛立ちで気持ちのやり場を失う。おいらに対する態度は、そんな八つ当たりにも似ていた。

あるいはもっと単純に、煩わしく感じて早くこの場を立ち去りたいと思ったおいらの腹の内を、鋭く見抜いての非難なのかもしれない。

そんな相手の深層部に渦巻く心理状況など知る由もなく、おいらは後味悪く足早に住宅団地を出る。

ロンリー一号をけたたましく発車させ、車道に出てから次の配達先へと向かうのだった。

それでも岩井さんへの不快さが残る。ほんのひととき、分かり合えそうな期待が無残に引き千切られ、お互い不愉快になったまま背を向けて、次の生活の場面に入っていくのだ。

やがて気持ちが落ち着いてくる。落ち着いてくると、自分は時間に追われて仕事を続ければよいが、岩井さんは一人で、あの後どうするのだろうかと気になった。おいらと話をすることで、より鮮明になった身の上の事件を悶々として引きずっていくのだろうか。それとも心の底に湧き立つ泡のように、突発的に湧き立った時と同じく、たちまちのうちに消えて無くなるのだろうか。

何とも無情に思える身の上を岩井さんの人生に重ねてみたりする。そんな出来事を突き詰めると、思考は漠然と広がり、そうした悩める者を社会や地域として放っておいていいのだろうかと単純に思う自分がいた。

＊　＊

客足が途切れる昼下がり、いったん店を閉めて遅い昼飯を食った。その後、おいらは部屋に戻って、ごろりとベッドに横になった。閉ざされた部屋だが、もともと倉庫仕様だから換気、空調設備は整っていた。送風をかけると最初のうちは渋るような振動音が気になったが、それは徐々に空間の静けさに吸収されていくように消えていった。

ドッと笑いが起こった。映像はなかった。突然の笑い声だけで、体がびくりと跳ねて目を覚ました。ほんの一瞬、眠りに落ちたようだ。空調の微かな響きだけが流れていた。

おいらは小型の冷蔵庫から、ペットボトルの水を取り出した。冷たい水を飲みながらベッドの端に座り直した。

テーブルに置きっぱなしにされた紙切れを手に取り、そこに示されたメモ内容を眺めた。名前は水谷洋子とあった。その下に（自宅）と記されて電話番号が走り書きされている。岩井さんの娘さんの連絡先を、母ちゃんが調べて書いてくれたものだった。もう随分前に手渡されたが、なかなか連絡する気になれず、ほったらかしにしていた。

その訳は、いざ電話を繋いで、一体何をどのように話せばいいのか分からなかったからだ。

理由はほかにもあった。岩井さんの状態が常に一定ではなく、精神が安定している時は何一つ異常な言動はない。どこにでもいる口達者な婆さんといった感じなのだ。そんな状態を目の当たりにすると、なにも他人が関与することではないと思い直す。

結局、優柔不断な気性も手伝ってか手をこまねくことになる。

しかし、ここ最近の状態はかなり悪く見えた。そして心配していたことが起こったようだった（推測の語尾になるのは本人の弁によるからだ）。

岩井さんいわく、朝、ゴミ出しをしたら自治会員から文句を言われたそうだ。

「ワタシはいつもどおりに燃えるゴミの日に出したのよ。そしたら今日は収集はないから持って帰れって言うのよ。言い方だってあるじゃないよ。ワタシも頭にきちゃって、そんなこと聞いてないわよって文句を言ったんだ」

最後には鼻を膨らまし自慢げに言う。

食い違いの原因は明らかだった。岩井さんがゴミを出す曜日を勘違いしたに違いない。

岩井さんの興奮は続いた。

「そのおやじも杓子定規《しゃくしじょうぎ》でどうしようもないんだ。愛想も何にもありゃしない。ともかく持ち帰ってくれの一点張りだ。ワタシだって分からないじゃないよ。だけど物には言いようってものがあるだろうよ。どんだけ偉いお役か知らないけどね、労いの一言を添えたって罰は当たらないよ。違うかい。それなのに言うに事欠いてこうだ。『自分のミスを棚に上げて人の忠告に難癖つけるとはいい度胸だ』って、こうだ。『へー、今度は脅しかい』って言ってやったさ。売り言葉に買い言葉で、もう大喧嘩だわよ」

取りとめもない言い分を仕方なく聞いていた。その場で下手な忠告はまったく意味がないし、むしろ逆効果だと思った。もしも、「いい大人がそんな感情的な口論をしない方がいいですよ」などと分別臭い説教を口にしようものなら大変なことになる。その自治会員から自分が攻撃の的に移されるに違いない。

そんなことより、おいらは別のことを考えていたのだ。自治会とのトラブルが表立ったことで、岩井さんの奇行が公に認知され拡散していくことになる、とそういうことだった。

自分の部屋で妄想に駆られて苛つき、おいらを相手に鬱憤を晴らす分には問題はない。誰に迷惑をかけるわけでもない（おいらの精神的に背負う負担は除くとして）。だけどこれ以上他人に向かって、誤った思い込みで攻撃の矛を向けるとなると、社会的に看過できないことにもなる。おいらはそう判断したのだ。

今の岩井さんの精神状態では、いつまた、そんな事態を引き起こすか分からなかった。

意を決して携帯を取り、メモのナンバーをゆっくり押していった。呼び出し音が鳴る。五回、六回、七回、無意識に数える。留守のようだ。内心ほっとした。電話を切ろうとした時、呼び出しベルが途切れた。

「はい、水谷ですが」

女性の不機嫌そうに掠れた声が返ってきた。

「あの、とみ食堂といいますが」

こちらからかけたのに、不意を突かれた気分になった。

「あの、そちらは岩井様のご家族の、方でしょうか」

なぜか下手に伺いをたてる。言ってからおかしな聞き方だと思った。

「どちら様ですかあ」

「あの、岩井則子様にお弁当を配達している者なんですが」

「はあー？」

そのイントネーションから、こっちの正体そのものを疑うような凄《すご》みを感じた。同時に女性特有の勝ち気さ、否《いな》、厭らしさといったものがこもっていた。

「なんなんですかあ」

おいらは喧嘩腰な物言いが苦手だった。一瞬、このまま「すみません、間違えました」と偽って切ってしまいたかったが、むろんそうはいかない。

「ええ、ですから、お母様のお宅にお弁当を配達しているとみ食堂の者でして――」

「ああ、はい、はい。分かりました」といきなり高く弾んだ声に変わった。「最近、勧誘や詐欺の電話などが多くて」

最初の対応がぞんざいであったことを自覚しているようだ。

「母にお弁当を届けてくださってる方ですね」

声音は打って変わって明るくなった。

「ええ」

「どうも、お世話になっております」

　相手はテンポよく挨拶した。それが本来の水谷さんのしゃべり方だと察してほっとした。

相手が電話に出た時は、正直あの岩井さんの娘さんだからという先入観も先立った。猜疑心と敵愾心《てきがいしん》の虜となった母親の容貌を頭に描いてしまった。

　すぐにその不安は消えた。

「母に何かありましたか」と娘は早口に訊いてきた。

　その口ぶりで、岩井さんの状況については把握しているのだと分かった。当然といえば当然だが。ならば話しやすかった。

「突然、お電話して申し訳ありません。今、大丈夫ですか」

「ええ、構いません」

「お弁当を配達している者が、突然に電話をして話すことではないんですが……」

「大体、分かりますよ。母がまた何か失礼なことを言いましたか。それとも何かご迷惑をおかけしたんでしょう」

　遮ってかぶせた言葉の裏には苛立ちが隠し切れないようだった。

「いえ、そんなことでもないんですが。最近、岩井さんの様子がいつもと違うことが多いので、やっぱりご家族の方にお知らせしておいた方がいいのかと思いまして。失礼だとは思ったんですが、連絡させていただいたわけです」

　おいらが言い終わらないうちから、

「そうだったんですね。母はどんな様子ですか。ちょっと被害妄想があって、やっぱり訳の分からないことを言うんでしょう。誰かが監視しているとか、自分の悪口を言って攻撃してくるとか、騙《だま》そうとしてるだとか。お弁当を配達してくださっているのに、お宅様にもいろいろ言いましたか。もしそうなら本当に申し訳ありません。

　母は軽い認知症なんですよ。だからね、私もこのままではいけないとは思ってるんですよ。でも今のところ、これと言った手だてもなくって」

　おいらは相手の話を抑えるように、

「すみません。申し遅れましたが、自分は藤井といいます」と言葉を無理やり差し挟んだ。

「あ、藤井さんですね。本当に母がご迷惑をかけてすみません。私も仕事をしているもので、それに住まいが埼玉なものでなかなか行けないんですよ。電話では話すんですけどね。ありもしないことを言うんで、『お母さんの思い込みよ』って言って聞かすんですけど、それが、なかなか解ってもらえないんですよね」

　話を聞いていて、水谷さんの気質について岩井さんと共通するものを感じ取っていた。

「そうですか。水谷さんもご心配なことだと思います。弁当屋が言うことではないんですが、やっぱりこのままでは、ますます悪くなるんじゃないかと思いまして」

　同じようなことを繰り返した。

「そうそう、それは、私もそう思ってるんですよ。私だってこのままではいけないなって、そう思っています。でも、なかなかゆっくり話し合うこともできなくて——、頭の痛いところなんです」

　相手は、こちらの言うことを最後まで聞かずに、胸の内を吐き出した。

「そうですか。どうしましょうかね」

　おいらは困ったような言い方をして、聞き手に回ることにした。

「ですからね、出向いて行ってゆっくり話そうと思ってるんですよね。これからのこと？ でも言いましたように、私も仕事があって、それに子供たちが受験でしていろいろ忙しくって、なかなか時間が取れないんですよね。まあ、電話では、母は自分は大丈夫だって言い張るものだから、ついついもう少し様子を見てからでもと思ったりして」

「そうですか、いろいろ事情があるでしょうからね」

　その受け答えとは裏腹に、「優先順位を正しく判断すれば、明日にも来られるだろうに」と言い返したいところだ。

　実際には相手の気分を害さぬよう細心の気を遣い、

「このようなことをお訊きして何なんですが、岩井さんはお医者さんにはかかっているんでしょうか」

「いえ、定期的な受診はしていないんです。以前、病院に連れて行ったんですけど、それからは自分で行こうとしないんですよ。自分はどこも悪くないって、だから病院なんか行く必要はないって言い張って」

「その時、医者はなんと？」

「やはり軽度の認知症との診断でした。でも薬などは処方されませんでした」

「そうですか。薬などは出なかったんですね。なぜでしょうかね」

「まだその段階ではないと。それに一人暮らしの母の状況を話したところ、薬を正しく服用できずにかえって危険だというんです。それよりも、まず生活改善を行っていくようにと言われました」

「なるほど。で、具体的には？」

相手は言葉を詰まらせたようだった。

「例えば――」と、その時に医師に言われたことを思い出しているようだった。

「食事や運動？　それに社会と関わってコミュニケーションなどを取って行くようにと」

「でも、今の状況ではそれも難しいところですね」

おいらが実情を理解していることを示すと、水谷さんは安心したように甘えた声を出した。

「そうなんですよお、私がいくら言っても聞くような人じゃないし——」

「一つ、こちらでも考えていたことがあるんですが」

「はい、どんなことでしょうか」

「どうでしょう、例えば役所の方に相談に行ってみては。そんな相談窓口があると思うんですよ」

兄ちゃんからの受け売りだった。

相手はその提案の意味するところを考えているようだった。

「私が、そちらの区役所かどこかに相談に行くんですよね」

そのうえで出た言葉には、煩わしさが露骨に表れていた。

「まあ、そうなりますかね」

相手は黙ってしまった。さすがに、また「忙しくてそんな時間は取れません」とは言いにくいのだろう。

「でも、もしよければ、まあ、余計なお世話かもしれませんが、おいらが代わって相談に行ってみましょうか。何せ地元ですから、いつでも行けるんで」

「えっ、藤井さんでしたっけ、藤井さんが代わりに行くっていうんですか」

「ええ、まあ」

「でも、どうして？」

どうして何の関係もない、またはどんな立場にもない人がそんな出過ぎたまねをといった意味合いは感じられなかった。そうではなく、どうして無関係の者がそこまでしてくれるのか、あまりに意外だったようだ。

「こんなことを言ったら何なんですが、毎日顔を合わすんで、できれば岩井さんが落ち着いて、お互い不愉快にならずに関わり合えればいいと思うんです。ですから、相談に行くのは自分のことでもあるんですよ」と率直に自分の心情を伝えた。

「ああ、なるほど、そういうことですか」

相手が電話口で大きく頷いているさまが目に浮かんだ。

「神奈川に兄がいるんですが、兄にも話して相談してみます」

「そうですか。ぜひ話し合ってみてください。大きな事故にならないうちに、何か手を打った方がいいと思いますんで」

「大きな事故？」と水谷さんは不審げに聞き返した。

「すみません、大げさな言い方をして。言いたかったのは岩井さんの健康的な問題です。

それを含めて早めに対応した方がいいと思ったものですから」

「ああ、そう、そうですよね。確かに。分かりました。区役所への相談についてはお願いしたいと思いますが、一応、兄にも話してから、改めてお電話します」

「待ってます」

「母がお世話になっていますが、どうぞ今後もよろしくお願いします。本当にありがとうございます」

その感謝の言葉は本心から出たようだった。

岩井さんの娘さんとの話は一つの成果を生んで終わった。それにより厄介な仕事に繋がっていく気もしたが、手つかずにいた問題が一歩進められたことで、ほっとした気分にもなった。

*　　　*

渡邉幸子さんは、手首の骨折も足の甲のひびも完治していた。もう弁当の配達はしていなかった。

年が明けて弁当代の集金に伺ったのが最後だった。

その時、少し気にかかることがあった。

渡邊さんはおいらの顔を眩しいものを見るかのように目を細めて、「勇次さんにはすっかりお世話になりましたね。本当にありがとうございました。もう毎日はお会いできないとなると寂しいですわね」と丁寧にお礼を述べた。

おいらはなぜか動揺して、「たまには、店の方にも来てくださいよ」と言った、その言葉の端々が細かく震えた。

これまで毎日、昼と夕方に訪れていたものが、もう来ることもなくなったと思うと、おいらも寂しかった。いろいろな意味で感傷的な気持ちにもなった。何といっても、青木さんと同じく、この仕事をしていくきっかけとなったのだから。

「そうね。今度、お伺いしようかしらね」

その返事はどこか空々しく聞こえた。そしてその顔は青白く精彩を欠いて見えた。表情が乏しく微かな笑みにも、言葉の内容と釣り合わないようなちぐはぐさが感じられた。

そして帰り際に、渡邊さんは気になることを口にした。

「そうそう、勇次さん、ちょっと待って」

そう言うと、つっつっつっと足を滑らせるような早歩きで奥に入っていった。

配達していた時も、ちょくちょくあったことだったから、また何かのお裾分けがあるのだろうと思った。決まり文句のようにいったんは遠慮するのも面倒で、今では大人しく待って、「いつもすみません」と出された品物を素直にもらうことにしていた。

渡邊さんはスーパーで見かける詰め放題のように、何かがぎっしりと詰まったビニール袋を、子猫でも抱くように両手で抱えて戻ってきた。

「これ、キウイなの。お口に合うかしらね」。そう言いながらレジ袋の中に小分けして納めた。

「この前も干し柿をたくさん頂いたばかりなのに」

おいらは両手でそれを受け取った。その重さを感じて、

「いいんですか、こんなにたくさん」

その時、渡邊さんは奇妙な言葉を漏らしたのだ。

「いいのよ。私はそんなにたくさん頂けませんし、主人はこうしたものは食べないし」

囁くような口ぶりだったが、確かにそう聞こえた。

「はっ？」と聞き返そうとしてそれを飲み込んだ。だが虚を衝かれたような表情までは隠し切れなかった。不可解な生き物から目を離せずにいる子供のように顔が固まった。

渡邊さんはというと、平然としている。その後も何一つ変わったそぶりは見せなかった。

たぶん、「主人もそうした物は口にしなかった」とでも言いたかったのだろうと思い直し

た。

「じゃ遠慮なく頂きます」

おいらは玄関のドアから出て行く時に半身に振り返り、

「いつでも来てくださいね。お店の方」と再び誘った。

渡邊さんは上品に笑って、淑《しと》やかに頭を下げた。

そして今では普通に歩いて外出もできるはずなのに、いまだに店に姿を現すことはなかった。


白崎幸蔵さんも配達をしていなかった。膝の手術を終えたマキさんが順調に回復して、家事などができるようになったからだ。

今では幸蔵さんとマキさんは一緒に買い物に出かけたり、散歩をしたりしていた。

配達の途中で行き会うこともある。そんな時、マキさんより先に幸蔵さんが気づくこともあった。おいらはロンリー一号を路肩に停めて、「買い物ですか」と声をかけた。マキさんは決まって「お世話になってます」と恐縮しきりに頭を下げた。

幸蔵さんは、人の好《よ》い穏やかな老人以外の何者でもなかった。

あの時の幸蔵さんはなんだったんだろうと、半信半疑に首をひねるしかなかった。

そんな思いも手伝って、おいらは認知症の本を買って目を通した。専門用語がぎっしり詰まった本ではない。イラストや図解の多い家庭用の本だ。

それに照らして、あの時の幸蔵さんの言動を振り返ってみる。すると、なるほどと得心することもあった。

これは想像だが、あの時、彼にとっては大きな生活環境の変化を与儀なくされた。相当に混乱したのではないだろうか。

本には環境の変化によるストレスは、認知症状と大きく関係することが述べられていた。奥さんが膝関節の手術で入院している間、息子夫婦の家に移って生活したと聞いた。孫らを含む家族とどんな生活を強いられたのか、詳しいことは知らない。だが、これまで夫婦二人で営んでいた静かな暮らしは一変したに違いない。

その間、何度か妻のマキさんを見舞っただろうし、その時、彼が目にしたマキさんの状況といったものも想像がつく。

やがてマキさんが退院して、彼がどんな気持ちで自宅に戻っていったかも。

たぶん幸蔵さんが直面した状況とは、家の中で歩くことさえままならない妻との生活だったはずだ。

そうしたさ中においらは幸蔵さんと出会ったのだ。彼の奇異な言動においらは翻弄された。

今、時を置いて振り返れば解ることもある。おそらく彼はマキさんの状況を見て、平穏な生活が損なわれると感じただろう。状況を認識する能力に難がある幸蔵さんは、言い知れぬ不安を覚えたことだろう。

生真面目で責任感の強い彼は、自分が成すべきことを、自分なりに考えたかもしれない。そんな思考をたどったとすれば、現役だった頃のように、自分の本分を果たすことにその行動が行き着いたとしても不思議ではない。

仕事をしなければならない。それが自分の責任であり本分なのだ。確固たる精神力に立脚した昔の自分に戻ったのかもしれない。

ただ悲しいかな、その仕事は明確な記憶に裏打ちされてはいなかった。ただ頭の中には、やらなくてはならないさまざまな行動が、目くるめく現れては消えていったのではないだろうか。

現にマキさんが復調して、夫婦ともに普段どおりの日常生活に戻っていったら、嘘のように幸蔵さんは落ち着いたと聞いた。自分の生活歴も生活空間もごちゃ混ぜで錯乱しながら、家を飛び出していくことはなくなったらしい。

ただ、徘徊用の探知器が不必要になったかというと、決してそうではなかった。

5　香織の来店

香織とはメールのやり取りが始まっていた。おいらから送ることが多かった。いろいろと生活や心境の変化があったものだから、そんなことを短いメッセージで知らせた。そして香織の体を気遣う言葉を添えた。

香織は今も看護師として病院に勤めていたから、夜勤で不規則な毎日を送っていることを知っていた。だから返信はすぐに来ないこともあったが気にはしなかった。三、四日経って忘れた頃、返信が届いたりした。その内容は、おいらの新しく始めた生活への興味とその励ましだった。

そんなメールの交換は香織を身近なものにしていった。

そこには出逢った頃の強く求め、引きつけ合う情熱はなかった。しかし、お互いの心の機微を一つ一つ結び付けていく交信は、以前にも増して親密さを深めさせた。

一緒に暮らしていた頃は、おいらは自分が属する世界で孤立していた。そしてその中心だけを見つめていたような気がする。香織もまた別の世界にいて、二つの世界はただ物理的に、また時間的に様相を変形させながら絡み合っていた。

そこには互いの心の中を見つめ合い同化しようとする淑やかな心の流れはあっただろうか。少なくともおいらにはそんな柔軟さもゆとりもなかった。慢心と虚勢の狭間でただ溺れまいと必死だった。

今はそうではなかった。もっと自然に大らかな気持ちで香織と相対することができた。それは新鮮な感情の内に、仄かな喜びとひそやかな希望が膨らむ実感を与えてくれた。

そんな気持ちの移ろいがあって、おいらはメールの終わりに、よかったら店に遊びに来ないか？　と追伸した。何の気なしに誘っただけだ。さして強い動機があってのことではなかった。純粋に実家の店を見てもらいたい、それ以上でも以下でもなかった。

メールはすぐに返ってきた。意外な返事だった。

『いいの？』とあった。その言葉が腑に落ちなかった。少し考えてその真意に思いが至った。

一緒にいた頃、実家の大衆食堂を訪ねたいとねだったことがあった。その時、「そのうちに――」と曖昧にして、結局、実現することはなかったのだ。おそらく彼女は、おいらが両親が営む食堂に連れて行くことを遠回しに拒んだと思ったのかもしれない。

でもおいらに特別な抵抗感や、ましてや忌避感などあるはずもなかった。言葉どおり、そのうち行かなくてはと思っていたのだ。ただ売れている時は忙しさにかまけて、そんな暇を見出すこともできなかった。そして急に廃れて仕事がなくなると、これまでまったく顔さえ見せなかった不忠が後ろめたくて、ますます足が遠くなってしまったのだ。

だから香織はおいらの両親には会ってはいない。今にしてみれば、食堂に行きたいというのは、つまり両親に会いたいという意思表示だといやでも気づく。そんな気持ちさえも察してやれなかったことに対する申し訳なさで胸が詰まった。同時にそんな自分を振り返ると、その未熟さ、愚かさにほとほと嫌気がさした。

裏口から入ると、「いらっしゃいませ」と母ちゃんの愛想が店のざわめきにたち消えることなく通った。少し遅れて「いらっしゃいませえー」と節を効かせたヒデの渋い声が響いた。

おいらはにんまりと顔を綻ばせてカウンター裏に入った。

客入りは盛況だった。

ヒデはシンクの前で、熱湯をくぐらせた食器類を泡立ったスポンジで洗っていた。

「早かったね」

「休みだと何もすることがないから」。ヒデはきまり悪そうに口をへの字に結んだ。

「それでのこのこ出てきて、皿洗いをさせられてるってわけか」

母ちゃんが食器類を積み重ねて下げてきた。

「そうよ。うちは、ただ飯は食わせないんだから」

ヒデは苦笑いしながら、汚れ皿を取り下げた。

初めて来た時のように、母ちゃんが「いい」と言うのに自分から手伝い始めたことは分かりきっていた。

こちらに背中を向けて、ライスにカレールーを注いだ父さんが、振り向きざまにおいらとヒデの顔に視線を配ってにやりと笑った。

カレーライスをカウンター前の台に置くと、カウンター席に座って待っていた学生風の青年が、両手でそれを大事そうに受け取った。残りのオーダーは、カツ丼一丁、煮魚定食一人前、味噌ラーメン二丁、冷奴三丁、唐揚げ二人前とあった。母ちゃんが冷蔵庫から瓶ビールを三本取って栓を抜き、四番テーブルの方に向かった。

ワークユニホームを着た三人の男たちが、上司との衝突を面白可笑しく語ってどっと笑い声をあげた。女性が一人交じったグループも、酎ハイをやりながら盛んに言い合っていた。芸能ゴシップの話題のようだ。

横のテーブルで黙々と食事をしているサラリーマンがいて、その隅にはいつも外食で夕飯を済ませる年配者がいた。

母ちゃんもレジでの会計、惣菜売り場、配膳、下膳、オーダーと、一人三役で動き回っていた。

自然においらは飯物をやり、父さんが麺をやるようになっていた。おいらは早速、調理にかかった。いっぺんに客が入るとかなり忙しくなる。今日はヒデが洗い物をやってくれて随分と助かっていた。

三十歳前後の女性が入ってきた。童顔で派手な化粧が際立っている。デニムジャケットにジーンズと若作りだった。彼女は物怖《ものお》じすることなく満席になった店を、つかつかとカウンターに沿って進んだ。ヒデは慌てて、

「いらっしゃいませ。お客様、カウンターがよろしいでしょうか」とその行く先を手のひらで指し示した。

「ありがとう。どこに座ったらいいのかしら」

彼女はおいらの方をちらりと見たが、表情一つ変えなかった。そんな由紀のつまらない芝居を前にして、絞り出たしかめ面のまま、おいらは仕事を続けた。

「どうぞ、こちらに」

機敏にカウンターから出てきたヒデは椅子を引いた。

「ご親切ね。バイトの方？」

「ええ、まあ」

ヒデははにかむようにこくんと首を振って洗い物に戻った。その後、ヒデは、衝立メニューを手にして見ている由紀の顔をちらちらと窺っていた。由紀はそんな視線を感じたのか、いきなり顔を上げた。ヒデは慌てて目を逸らした。

「ねえ、このお店のお勧めってなあに」と甘えるような目つきでヒデを見上げた。

「え、それは――、それは何でも美味しいですよ」と、どぎまぎしながら答えた。

「あらそう。でも私、先にビール頂こうかな」

「おビールですね、畏まりました。ビール一本出まーす」

ヒデは威勢のいい声を上げて冷蔵庫から冷えたビールを取り出し、鮮やかな手つきでポンと栓を抜いた。カウンター越しにグラスを由紀に手渡すと、

「前から失礼します」

ヒデはこれまた慣れた手つきで斜めに傾けたグラスにビールを注いだ。程よい泡が盛り上がる。

「ありがとう」

由紀はヒデの目を見て微かに微笑み、その泡に口をつけた。

常連客とおしゃべりしていた母ちゃんが戻ってきて、
「ヒデちゃん、ありがとう。もういいわよ。由紀も来たし、こっちで娘と一緒に飲んでて」
と声をかけた。

それが、二人にとっての種明かしの言葉になった。

「え？　ということは、由紀さんって、娘さんなんですかあ？」

だらんと半開きにした唇の間から涎が落ちかけた。

「そう、つまりおいらのダメな妹でもある」

「何がダメなよ。失礼しちゃう」

たちまち普段の由紀に戻った。

ヒデはおいらと由紀の顔を見比べて、

「そうだったんですか」と大きなため息をついた。

それから仕事を切り上げ、母ちゃんに促されるまま由紀の横の席におずおずと腰を落とした。

「ヒデさんって、バイトの人じゃないの？」

由紀もそんなヒデの風貌を探りながら、おいらに訊いた。

「おいらの後輩だよ。後輩はないか、いわばおいらの身元引受人だ」

言いながら、ヒデにグラスを渡した。

「またあ、やめてくださいよ。身元引受人だなんていつまで言ってるんですか」とマジに嫌な顔をした。

それから由紀とヒデは改めて顔を見合わせ、同時に頭を下げ合った。

七時になると客足は減っていく。父さんは奥の厨房にこもってスープ作りにかかっていた。おいらは餃子のたねを包んでいた。

店を出る客を送り、下膳してきた母ちゃんが、そのまま洗い物に入って、「勇ちゃん。香織さん、遅いんじゃない？」と耳打ちした。

すっかり意気投合して、ヒデと話を弾ませていた由紀がそれを聞き取って、「お兄ちゃん、連絡してみたら」と口を出した。

「仕事が終わってから来るから、遅くなるかもしれないんだ」

おいらは母ちゃんに向かって答えた。

「えっ、香織さんって、あの香織さんですよね。来るんっすか」

素っ頓狂な声を上げたのはヒデだった。ヒデには香織が来ることを言ってはいなかった。

店に来られる日時を香織と相談して決めた後、ヒデにも会わせてやりたいと思い立ったのだ。かつて交通事故で大怪我をした時、看護師の香織には随分と世話になったのだから。それでヒデには、『店で一杯やらないか』とだけメールして、日時を指定しておいたのだった。

由紀には香織が来ることを話して、都合がつけば来てくれと頼んだ。

母ちゃんと父さんには初めて会うことになるが、由紀は一、二度、香織と会っていた。由紀が飲食店で働いていた頃だ。中野坂上の住まいに遊びに来たことがあった。おいらが、ロンリー・ユウとして一番羽振りのいい時だった。

浮かれている時の記憶は色褪せていて薄っぺらい。由紀にしても二十代半ばで、女であるだけの利点がどれほどの喜びと快楽を与えてくれるのかを限られた世界でのみ知って、有頂天になっていた。

香織はというと、おいらと付き合う前は調布のアパートで一人で暮らしていて、そこから都心の総合病院に通っていた。そしておいらと出会って、都会の瀟洒なマンションで暮らすことになった。看護師としての地道な仕事を続けながらも、香織もまたこんなおいらに賭けて、明るい将来を夢見ていたに違いない。

若い三人は、その出会いの場で何を語っただろう。おいらの記憶にはその破片すらも残ってはいなかった。誰もが今の生活に満ち足りた気分で、気取っていて、またはいきがって、そしてはしゃいで、たぶんそれぞれの幸せの形を語り合ったのだろう。

そんなあやふやな出会いであっても、香織にとって初めて訪れる場所に由紀がいれば、いくぶん安心なのではと考えたのだ。

「勇ちゃん、香織さんと続いてたんだ」

ヒデはカウンター越しにおいらの顔をしげしげと見つめてつぶやいた。おいらは無視して仕事を続けた。

「ヒデちゃんは香織さんのこと知ってるんだ」

由紀は、もう親しく付き合っているかのようにヒデの愛称を自然に呼んでいた。

「知ってるなんてもんじゃないですよ。僕は勇ちゃんと香織さんの恋のキューピッドですよ」

「ヒデちゃんが香織さんを紹介したとか？」

「まあね、ベッドの中でね」

「な、なに言ってるの、冗談のつもり？　やらしい！」

強い声音を喉で押し殺すと、紅潮した顔面を引きつらせた。本気で怒ったようだ。

テーブル席から客の一人が、何事かとこちらに顔を向けた。

「違う違う、違いますよ」

ヒデは慌てふためき、手のひらを横に振りながら、

「勇ちゃん、説明してくださいよ」と泣きべそをかくように助けを求めた。

「そうじゃないんだ、由紀」と一笑いしてから、

「ヒデは事故で大怪我して入院したんだ。おいらが見舞いに行った時に、看護師として働いていた香織と出会ったってわけ。おいらたちはすぐに親しくなってね。ヒデはベッドに寝たきりでおいらたちの仲を取り持ってくれたって、そういう意味さ」

「なあんだ。そうだったの」

納得はしたものの口先は尖らせている。

横目でヒデの方に視線を向けると、頬を強張らせたままぺこりと頭を下げた。

「ごめんなさい」

「いいえ、オレの方が妙な言い方しちゃって、すみません」

ヒデも目尻を下げて謝った。

カウンターの隅で餃子をつまみながらビールを飲んでいた初老の男性が、ちらりと由紀の顔を盗み見た。そしてにやりとほくそ笑んで、片付けをしている母ちゃんと目を合わせた。母ちゃんもバツが悪そうに苦笑いを返した。

店の戸が静かに開いた。

「いらっしゃいませー」。母ちゃんが反射的に招じ入れた。

一人の女性が半身になって、戸の隙間からそっと入ってきた。何人かの客が注目した。彼女は身を固くして立ち止まった。店内に向かって瞳を凝らした。一般の客ではないと母ちゃんは気づいたようで、「勇ちゃん」と小声で呼んだ。

香織はおいらの姿をカウンターの一番奥に見出すと、ほっとしたように顔を綻ばせた。

由紀が席を立って「香織さん、こっち」と手招きした。

香織にも由紀が店に来ていることは前もって知らせてあった。だからすぐに由紀を見分けてカウンターの席に寄った。ライトブルーのストライプのブラウスにアイボリーの春ジャケットを着てシルバーグレーのスラックスと、改まったスタイルでもなく、またラフすぎてもいなかった。

「由紀さん、お久しぶり」

香織は由紀の二の腕にそっと手のひらを当てた。

おいらは母ちゃんに目配せした。母ちゃんは自分の出番だと言わんばかりにおいらに鋭い視線を浴びせた。それからカウンターを回って香織のそばに寄った。そして耳元で何かを囁いて由紀の隣の席に座るよう勧めた。

香織は肩に掛けたショルダーバッグをいったん椅子の上に置いた。それから手に提げていた紙袋から、菓子折らしきものを取り出して、「つまらない物ですが」と差し出した。

「そんな気遣いしないで」

母ちゃんは困ったように眉を寄せて見せたが、すぐに礼を言って受け取った。

「お愛想、お願い」、三、四人の客が席を立った。母ちゃんはレジに向かった。カウンターの客も席を立ち、その後を追うように出口に向かった。

香織は由紀の隣にそっと腰を下ろした。

「香織さん、久しぶりです」

「本当に」

ヒデが上半身を前に倒して由紀の向こうから笑顔を送った。

香織はそちらに首を傾げて、瞬きのあとで瞼を見開いた。

「僕ですよ。いやだな、忘れてしまったかな。ハマー柴ですよ」

「そうよね。中島君よね」

香織にとっては昔の患者の一人だったから、苗字で記憶されているようだった。

「分からないのも無理ないよ。転院する時でもまだ一〇〇キロ近くあったからな」とおいらはカウンターの中から笑いかけた。

「ごめんなさい。気づかなくって」

「すっかり痩せたろう。痩せたら結構いい男なんだよ、こいつ」

香織は笑みを含んだ困り顔でヒデとおいらを代わる代わる見てから、

「すごいダイエットをしたのね」と声を弾ませた。

「リハビリ病院でも随分と頑張ったんでしょう」

「別に頑張ったわけじゃないけど」

「食いたくても食えなかっただけだよな」

ヒデは恨めしそうな目つきでおいらを睨んだ。

「そうよね、食事制限も厳しかったでしょう」

香織は懐かしそうにヒデの顔を見つめた。

「なによ。ヒデちゃんって、前そんなに太ってたの？」

由紀が自分だけが知らない話が飛び交ったことで、不服そうに割り込んできた。

「まあ、いいじゃないか、それは」

おいらはその話を終わらせて、後ろの厨房を覗いた。

「父さん、どう、仕込み」

「ああ、終わったところだよ」と調理台の片付けをしながら答えた。

「じゃ、いいかな、香織が来たんだ」

父さんは前屈みにゆっくりと厨房から出てきた。

香織はすぐに立ち上がり、椅子の横でお辞儀をした。

「初めまして。稲葉香織です。本当はもっと早くご挨拶に来なくてはいけなかったのに、申し訳ありませんでした」

「いいんですよ、そんなこと。どうぞ座ってください」

「こんな古くて汚い食堂によく来てくれましたね」と父さんは不器用に笑顔を作った。

「いえ、そんな」

香織は咄嗟に片手を振って、その先の言葉を詰まらせた。

「それじゃ、ゆっくりしていってください」

暖簾を入れて母ちゃんが戻ってきた。

「あら、お父さん、帰っちゃうの？」と母ちゃんが座った香織の背中越しに声をかけた。

「ああ、婆さんと真美が心配だからな」

「そうね」

今夜は真美を実家で預かり、婆ちゃんと二人で留守番をしていた。

婆ちゃんとは父さんの母親で名をセツ子といった。歳は九十をいくらか過ぎていて、ときどき、意味不明なことを言うのは、認知症のせいなのか年相応なのか微妙なところだった。

「由紀も遅くならないうちに帰ってやらないとな」

「分かりました。そうしまーす」

「それじゃ、香織さん、申し訳ないが――。今度、家の方にゆっくり来てください。ヒデ君、今日はありがとう、助かったよ」

ヒデはすっくと立ち上がり、

「とんでもないです。こちらこそありがとうございました」と深々と頭を下げた。

「それじゃ、勇次。あとは頼むな」

「了解。自転車、気をつけてくださいよ」。いつものように背中に向かって声をかけた。

お辞儀をして見送った香織は、席に戻って腰を下ろした。

最後の客が店を出て閉店となった。

「勇ちゃん、どうするの？　二人でどこか食事にでも行けば？」

おいらは香織と目を合わせた。どうするかはっきりと決めてはいなかった。由紀がおいらと香織の表情を見比べて成り行きを見守った。

「まだ明日の弁当の仕込みがあるから、できればここでゆっくりしてくれた方がいいんだけど」

「そう、でも香織さん、外で美味しいもの食べたいんじゃない？」

母ちゃんはカウンターの端の席に腰を下ろしながら言った。

香織は返事に窮して、細かく首を横に振っただけだった。

「お兄ちゃん、ここでなんか美味しいもの作ってくれるんでしょ？」

「いいよ、旨いかどうかは知らないけどね」

母ちゃんが「飲み物は？　香織さんは飲めるの？」と訊く。

香織は表情を堅くして、肯定とも否定ともつかない反応を見せた。

おいらは、グラスと氷や炭酸水、焼酎やウーロン茶、レモンスライスなどをカウンターに出して、

「由紀、彼女に飲み物、作ってあげてくれる？　レモンサワーか何か。母ちゃんはウーロン茶でいいのかな」

由紀は、はいと答えるなり手際よく接待した。

ヒデ、由紀、香織、そして母ちゃんの順に並んだ。

「じゃ、乾杯しましょう」と由紀が音頭を取った。

おいらは、まず枝豆を小鉢に盛って出した。それから和風サラダを簡単に作り、四人の

前にそれぞれ置いた。あとは大皿に揚げ物などをレタスの上に盛り付けて出した。由紀が小皿にとって配った。

それだけを済ませて自分の仕事にかかった。カウンターの隅に積まれたダンボール箱の一つを運び、調理台の上にあげて開封した。夕方届いた加工食材だった。

ヒデが立ち上がって、おいらの分の焼酎グラスを渡してくれた。

パックされた冷凍の白身魚の切り身を小分けしてパットに並べ、冷蔵庫に収めた。ゼンマイと油揚げ、キノコの煮物と春雨風サラダのパックを開けてボウルに移し、ラップをかけて保冷した。

「そう、もう十年も勤めてるの」

母ちゃんが、香織に仕事のことを、驚きを交えて盛んに聞いている。

「まあ、夜勤は十七時間の勤務になるの？　大変なお仕事ねえ。神経も使うし、疲れるでしょう」

次のダンボール箱を運んでガムテープを剝がした。詰め込まれた唐揚げ用の鶏肉の袋を一つ一つ取り出して、厨房の大型フリーザーに収めた。

「そうなんですよ。僕が事故って入院した時は、香織さんはまだ新米看護師で初々しかったですよ」

「あら、どうせ今は古株で見る影もないわよ」と明るく笑い、

「中島君だってこんなだったじゃない」

両手でお腹まわりが膨らんでいるような仕草をした。

「だから、ベッドで体位を変えるのも三人がかりで大変だったわよ」

「どうもすみません、あの時はほんとにお世話になりました。でも、僕のおかげで二人は知り合えたんだから感謝してくださいよ」

瞬間、香織の視線を感じたが、おいらは顔を向けることはしなかった。

一番大きなフライパンを火にかけた。玉ねぎ、ピーマン、ブナシメジの具材を合わせた。フライパンが十分に加熱されたところで、オタマでサラダ油をすくって流し入れる。油が馴染んだところで細かく切ったベーコンを炒め、野菜を投入した。

ジャーと炒まる音が上がった。

母ちゃんは、由紀の口からおいらたちのことは聞いていたと思う。だから、おいらが話していない過去のいきさつも、大まかには知っているはずだった。つまり、当時、看護師をしている女性と知り合って一緒に暮らしていたこと、そして三年目で別れてしまったこと。たぶん、母ちゃんが知っていることは、そんな程度なはずだ。

母ちゃんは、今でもそれ以上のことを知ろうとはしなかった。つまり、問いかけること

はなかった。おいらにとってそのことはありがたかった。

営業用のレトルトパスタのボウルを冷蔵庫から取り出し、四人分ほどの量をほぐしながら入れた。フライパンを大きく振って具材と一緒にさらに炒める。コンロの前に調味料などの器が並べられている。その端に置かれた大きな缶から、オタマでケチャップを大きくすくってフライパンのパスタの上に回し入れた。大きく返してケチャップをパスタに絡めていく。

「ねえ、お母さん、さっきヒデちゃんと話して分かったんだけど、この三人、みんな同じ年なのよ」

「あら、そうなんだ。それは偶然ね。いくつなの」

「お母さん、娘の歳、知らないの？」と由紀が呆れ顔で文句を言う。

「いくつになるんだっけね」

本当なのかどうか知らないが、母ちゃんは目玉を上にして指を折って数えている。

「昭和最後の花の世代なのよ」

「そんなに華々しい時代だったのかね。それってどんな花なんだか」

「ヒデちゃん、どんな花？」

「さあ、生まれたばかりであまり覚えてないけど」と大真面目で答えている。

香織は俯き加減で体を小さくして聞いていた。

おいらは大皿にナポリタンを盛りながら、

「みんな、ばらばらなキャラだしな。しぶといとこだけ共通してるから、どこにでもある雑草の花じゃないか」

皆、それぞれ横の相手と顔を見合わせている。由紀は肩をすくめて、なぜかヒデに向かってあっかんベーをしている。

カウンターの台に、出来たての昔風ナポリタンを出した。

「わ、美味しそう」

由紀は立ち上がって大皿を取り上げ、カウンターに置いた。おいらは取り皿とフォーク、木製トングを由紀に渡した。粉チーズの筒容器とタバスコの小瓶を、手を伸ばしてカウンターに並べた。由紀は四枚の皿にパスタを取り分けた。

「お兄ちゃんはいいの?」

「ああ、いい。おいらはあとでもっと旨い物を食うから」

「一人で寿司でも取るんじゃないでしょうね」とヒデがパスタをフォークで巻きながら上目遣いで睨んだ。

「あれ、どうして分かった?」

おいらはフライパンを洗いながら知らん顔をして言った。

「勇ちゃん、お母さんはいいから、ここに座って一緒に食べな」

母ちゃんが席を一つずらして座ろうとした。

「ほんとにいいんだって。おいらは」

「勇ちゃん、飲み始めたらあまり食べないからなあ」と香織がさりげなく助け舟を出した。

「でも、このナポリタン、懐かしい味でおいしい」

「懐かしいって、昔、お兄ちゃんが作ってくれたってこと？」

真面目に訊いているのか、からかっているのか分からなかった。香織は聞こえないふりとも見える面持ちでフォークを操っている。

おいらは、自分のグラスや焼酎の瓶などを持って、みんなが座っている後ろのテーブル席に腰を落ち着けた。そしてチーズ鱈《たら》やエイヒレなどの乾き物を肴《さかな》に飲み始めた。

「このナポリタンもお店のメニューなんですか？」

ヒデがこちらを振り向いた。唇がケチャップで染まり、口紅で女装しているみたいだった。

「ああ、そうだよ」

「なんでもあるんですね。和、洋、中ですか」

「大衆食堂だからね。そこがいいところなんだけど、でもやっぱり今時のニーズには合わないのかもしれないな」

「そんなことないわよ。勇ちゃんがお店やってくれてから、だんだんと繁盛しだしてるのよ」

「じゃ、売り上げも伸びてるの？」

「そうね。お弁当も合わせて、二倍以上になってるわね」

「わっ、すごいじゃん！」

「勇ちゃん、どんなテクニック使ったんすか。値上げしたとか？」

「まさか。おいらに経営のことは分からないよ」

「だって、営業時間が違うもの。お父さんと二人でやってた時は、お昼に二時間くらいやって、その後いったん店を閉めて、夕方にまた二時間くらい開けてただけだから。今は勇ちゃんがいて、朝十時から夜の八時までずっと通しで営業してるからね」

「父さんと母ちゃんが頑張ってるからさ」

嬉しさを隠しきれずに目鼻がとろけそうだった。

「勇次さん、頼もしいですね」と香織がナフキンで口元を拭きながら、母ちゃんに言葉をかけた。

それから目を細めるようにしておいらに微笑みかけた。

賑やかに食事が終わると、由紀は、

「さてと。真美を迎えに行ってやらなくっちゃ」と急に慌ただしく帰り支度を始めた。するとヒデも、「オレも帰ります」とそわそわしだした。そして、

「途中まで送ります」由紀に言うよりは、皆にそう告げて、後を追って出ていった。

ヒデが気を利かしたのか、まだ由紀と話し足りなかったのかは定かではない。たぶんその両方だったのだろう。

店は静かになった。

母ちゃんは、おいらが座っているテーブルの方に移り、香織にも「こっちに座って話しましょう」と誘った。おいらは椅子を一つ移って香織に席を譲った。彼女はカウンターの飲み物や残っている料理を運んだ。

「さっ、飲み直しましょう」

母ちゃんはそう言って、香織にレモンサワーを作り直した。おいらは自分で焼酎をグラスに継ぎ足した。そして自然に乾杯した。

皆、一口飲むとグラスを置いた。

「まあ、こんな感じでやってるよ」

「そうなのね」

今までテーブル席には背を向けて座っていたから、香織は改めて店全体を見回した。

「父さんが言ってたけど、古い店だろう」

「お父さんが何だって？」

「香織が挨拶した時、こんな古くて汚い店によく来てくれたって」

「そうね、確かにね。もう四十年以上経つものね」

「思い切って改装するかい、母ちゃん」

「どうかしらね」

おいらの本気度を疑うような目つきで、気のないふりをしておいて、

「それは、勇ちゃん次第よ」と切り返した。

え、と人差し指で自分の鼻の頭を指して目を見張った。

話の流れで軽く口走ったが、考えてみるとその意味するところは深くて重かった。

「そんなことなら、おいらが売れていた時に、まとまったお金を母ちゃんたちに預けておけばよかった」

今さら何とでも言える殊勝な言葉を半分冗談めかして口にした。だけど言葉にしてみる

と、思わぬ本音を自分自身で意識した。それは、いつも心の底にある後悔と自責の本音だったかもしれない。

香織の様子を横目でこっそり窺うと、彼女は俯いたままで透き通るような笑みを湛えていた。

「何言ってるの、勇ちゃん」だが母ちゃんの顔つきは厳《いか》めしく変化した。

「それはあんたが頑張ったんだからね。何も気にすることじゃないのよ」

そう言ってくれるのはありがたかったが、反面、ますます自分の身勝手さが浮き彫りになるようでいたたまれなくなった。

「ともかくおいらが頑張るしかないか」

湿った気持ちを自ら払拭するように喝を入れた。

「勇次さん、ここで寝泊まりしてるんでしょ？」と香織が話題を変えた。

「そうだよ、奥に小部屋があってね。そこは寝るだけだから。まあ、住み込み働きってやつさ」

香織は少し寂しげにも切なげにも見える表情で、おいらに視線を当てた。

「不自由はないの？」

「別にないさ。夜は遅いし朝も早いから、かえって楽だよ」

「定休日はどうしてるの？」

「基本、木曜日が休みだけど、配達があるからおいらに休みはないよ。それに雑用も多いしね」

「雑用って、仕入れとか買い出しとか？」

「ううん」と首を横に振って、

「買い出しや注文は父さんがやってる。ほら、昔からの付き合いなんかもあるから」

「勇ちゃんの雑用って、配達先のお客さんなんかのことなのよ」と母ちゃんが代わって答えた。

「そうだったわね。去年の秋に会った時、そんな話、してたものね」

早いものだと思った。反面、さまざまなことがあって遠い昔のことのようにも思えた。

「お弁当配達をやり始めたばっかりの頃だったわね。なんか、急性のアルコール中毒の人を訪ねたんでしょう？」

「そうそう、その話はしたんだっけ。でもその人、今、入院してるんだ。配達の時、布団の中で意識を失くしているのを発見してね、救急車を呼んだんだ。一時は危ない状態だった。だけど何とか持ちこたえてね」

「もう三か月くらい経つんじゃないの？　容態はどうなんだろうね」と母ちゃんが訊いて

きた。

「今度、お見舞いに行ってみようかな」

三人の間にしんみりとした沈黙が落ちた。

「そういえば、岩井さんの方はどうなったの？　この前、区役所に行ってきたんでしょう？」

「ああ、行ってきたよ」

横で香織が、自分が聞いていていい話かどうかを気にしていると感じたので、おいらは岩井さんの件をかいつまんで話した。

「それで勇次さんが娘さんの代わりに相談に行くことになったわけね」

ひととおり話を聞くと、香織はおいらの方を向いて確認した。眉間を寄せたその表情から、おいらが取った行動に何か異論があるという意図が読み取れた。そして、彼女がおいらのことを「勇次さん」と呼んでいることを意識した。おそらく母ちゃんがいる手前そう呼んでいるのだと思ったが、何かよそよそしくも感じた。

「おいらも毎日、岩井さんと顔を合わせていろんな話を聴く身だから、もう部外者だともいえない気がするんだ。そんな関わりで、自分も精神的に影響を受けているとしたら、これはおいら自身の問題でもあると思うんだよね」

おいらは自分から関与していく理由を、娘の水谷さんに語ったように打ち明けた。

香織は、それを聞いて納得したようだった。

「で、役所に行ってどうだったのよ」

「そこでは具体的に相談には乗ってくれなかった。確かに高齢者支援相談窓口とかいう所があって、そこで事情を話したんだ。窓口の女性の担当者は結構、親切に話を聴いてくれてね。でも、実際的なアドバイスや具体的な援助というのは、地域包括センターっていう地域の委託機関みたいな所で受けてくれるんだって。その案内や場所なんかが載ったパンフレットをもらって帰ってきた」

「そう、大変だったね。でも、またそこに行ってこなけりゃね」

母ちゃんが、その労苦を労いながらも次の手を促した。

「実は昨日、昼の配達の帰りに行ってきたんだ」

「あら、随分、手回しのいいこと」

「だって、配達でよく通る所だもの。こんな近くにあったのかと思ったよ」

「どこなの?」

「国道の向こう、ショッピングモールから公園通りを行くだろ、そして郵便局の角を左に曲がって少し行くと高齢者福祉センターっていう建物があるじゃん」

「ああ、あるわね。あそこなの」

おいらは、なぜか自慢げに、大きく頷いてみせた。

「そこに行ってどうだったの？」

香織も身を乗り出して話の先を求めた。

「ああ、そこは、なんか老人施設みたいな感じでさ、奥の方に何人かのお年寄りが集まっていてね。みんなで座ったままで体操したりしてたっけ。玄関に入ったらすぐ受付があってさ、区役所の相談窓口にこれこれしかじかで相談に行ったらこちらを紹介されたって話したわけ」

二人はうんうんと首を縦に振って聞いていた。

「そしたら、受付の事務員さんが部屋から出てきて、中に案内してくれたんだ。ドアには確か在宅支援センターとかって看板が掛かってたな。入るとこぢんまりした事務所で、前に小さなカウンターがあって、若い女の職員がすぐに応対してくれた。そこでもまた同じように相談事のあらましを話したんだ」

「そしたら？」

香織は興味津々だった。

「うん、案外、話は早かった」

おいらは自分で焼酎の水割りを作りながら、

「対応してくれた職員は、親身になって話を聴いてくれてね」

それは本当だった。

おいらはカウンターを挟んで、女性の職員と相対したのだ。地味な顔立ちだったが色白で清潔感のある女性だった。にっこりと笑うと別人のように明るい印象に変わった。彼女はおいらの話のポイントを手早くメモした。特に岩井さんの発した言葉などはそのまま書き取っているふうだった。そして大体の聞き取りが終わってから、いくつかの質問をしてきた。

「そうした状態に陥る頻度とか、その期間といったものはどんな感じでしょうか」

「頻度？」

「例えば、一週間に二、三日続くとか」

「ああ、それはもっと長いスパンですね。一か月のうち、ひどくなると一週間ぐらい続きますかね。でも普通の時でも、近所付き合いのことで愚痴をこぼすことはしょっちゅうありますがね」

「なるほど」

彼女は、メモ帳に書き留めてから、

「近所付き合いの愚痴とおっしゃいましたが、近所の何人が対象でしょうか」

「何人かいるようですが、特に敵対心を持っている人もいますね。あくまでもおいらの感じですけどね」

「その特定の人が自分に被害を及ぼしていると言うんですね」と職員は繰り返して確認してきた。

「基本的にはそうです。他の人の悪口みたいなことも言いますが、それは奇想天外なものではありません」

「つまりその方の話は、先ほどお聞きしたように奇想天外に思える、だけど他の人たちに関しては、必ずしも被害妄想的なことではない？」

「ええ、まあ、そうですね」

　そう突き詰められると自信が揺らいだ。

「よく分かりました。ところで、その方とは、実際に問題になるようなトラブルはあるようですか？　例えば口論になったとか」

「いえ、それはないと思います」

「日中など、顔を合わせることもあるでしょうけど、そんな時はどうなんでしょうね」

「本人いわく、挨拶もせずに無視するそうです」

「なるほど。じゃあ、その方も相手が自分にいい感情を持っていないと分かっていますね」

「たぶん」

職員は少し首を傾げ、仕切りボード越しに視線を留めて考えてから、

「もう一ついいですか」と人差し指を掲げた。

「はい」

「その方がそんな状態に陥るきっかけみたいな出来事や、環境といったものに心当たりはありますか」

職員はそう尋ねると、これまでの堅い表情をわずかに弛《ゆる》ませた。

「さあ、それは――、おいらも常に一緒にいるわけではありませんしね」

冗談や皮肉で返したつもりはなかった。相手も、おいらが至って真剣に答えた言葉だと理解してくれて、

「そうですよね」と明るく笑った。

厳しい顔つきに戻ると、自分で書き取ったメモ内容に目を落として軽く息をついた。

「それで、娘さんはこのことについてはあまり気にされていないのですね」と質問を続けた。

「おいらも電話で話しただけだから、そうはっきりとは断定はできませんが」

「確かに、そうですね。ご家族のことは、はたからそう簡単には分かりませんからね。それともう一点」

「なんでしょうか」

「この方、医療機関にはかかっていないとおっしゃっていましたね」

「ええ、その娘さんが――水谷さんっておっしゃるんですがね、病院に連れて行ったそうなんです。その時に軽い認知症と診断されたそうですが、その後、医療的な治療はしてないようです。本人も自分から病院に通うなどは嫌がると言ってました。自分はどこも悪いところなんかないんだと言い張って」

「そうですか。ご本人は病院は嫌だと――、そう言い張って」と繰り返しながらボールペンを走らせた。

話はそんなところで落ち着いた。

「ひとつよろしくお願いします」とおいらは頭を下げた。

「分かりました。藤井さん、よく知らせてくださいました。ありがとうございました」

頭を下げると、満面の笑顔で額にかかった髪を振り上げた。

「いいえ」と恐縮してお辞儀をした。

「いずれにしても、この岩井様に関する情報が少ないので、こちらでも調べてみます。それと娘様の水谷さんとも連絡を取りたいと思います。連絡先を教えてください」

おいらは携帯の登録から電話番号を伝えたのだった。


「それで、具体的にどうするっていう話にまではならなかったのね」

香織は何か物足りないと言いたげだった。

「うん。でも、早いうちにこちらから岩井さんを訪ねて行くとは言っていた」

それを聞いて香織は、少なからず満足したように何度か頷いた。

「あとはどうなるんだろうね」とおいらは素直に意見を求めた。

「在宅支援センターは娘さんに連絡して事情を確かめるんでしょうね。医療に関することとか、そして訪問の許可を取り付けるというか、できれば娘さんに同席を依頼するんじゃないかしら」

「それから？」

「それから、もし病院にかかっていなかったら、娘さんにもう一度、精神科などの受診をお願いするんじゃないかしら。そして介護認定を受けていなかったら認定調査の手続きも勧めると思う」

やっぱり介護サービスの話になっていくのかと、おいらは塞ぎ込んだ気持ちになった。

なぜかというと、介護保険の制度をもって、岩井さんの状況が好転するとは思えなかったからだ。そうした分野に無知であることは分かっていた。疎い分野だけに、自分が立ち入るすべはないと開き直る気持ちも認めていた。

だがその先入観は根深いものではない。渡邉幸子さんや白崎幸蔵さんとの関わりの中で生まれたものにすぎない。渡邉さんが訪問ヘルパーを拒んだ訳も、実は私生活で人と関わることが言うに言われぬ負担となるのだと理解していた。いずれにしても渡邉さんは介護認定を受けることさえ拒んだのだ。

幸蔵さんもデイサービスに通うことを勧められたが、まったく自分とは無関係なことでもあるかのように取り合わなかった。たったそれだけの実例にすぎなかったが、少なくとも今の渡邉さんと幸蔵さんには介護といったものは無効だと感じた。だから岩井さんの場合も、介護的な手当てが、本人が望む生活を支えるとはどうしても思えなかった。

「勇次さん、どうしたの」と香織が呼びかけた。

おいらは、そんなことを考えながらぼうっとしていたようだった。

「酔った？」

「少しね。でも大丈夫」

おいらは手のひらで両方の頬をこすって香織の方に視線を送った。

「介護認定を受けた後はどうなるのかねえ」

さして知りたいとも思わなかったが、会話の流れの中で一人つぶやいた。

「私もあまり詳しくは知らないけど、介護度が認定されたら、在宅支援センターがケアマネージャーを斡旋すると思う」

香織の説明はそこでぷつんと切れた感じがした。

「それから？」

「それからは、そのケアマネさんが本人や娘さんと話し合って対応していくんじゃないかしら」

「ふうーん」とおいらはやっぱり釈然としない思いで鼻を鳴らした。

「まあ、何にしてもよかったじゃない。これで勇ちゃんも肩の荷が下りたんじゃない？」

母ちゃんが上機嫌でその話を終わらせた。


それから、話題はとみ食堂のあれこれへと移っていった。

母ちゃんは香織に、店にまつわる今昔秘話を訥々と語って聞かせた。そんな誰かれに打ち明けることのない話をする母ちゃんの心根が嬉しくもあり、またおいらの気持ちを引き締めもした。

その会話の核心は、自ずと父さんのことに繋がっていった。

いつになく難しい顔をして母ちゃんが言う。

「本当はお父さんが一番、分かっているのよね。もう大衆食堂なんて時代遅れで廃れていくだけだって。口では一言もいわないけど、もう随分前から潮時っていうのかな、店を畳むことを考えてたみたいね」

おいらも、香織と同じく神妙な顔つきで耳を傾けていた。

「で、脳梗塞を起こしたでしょ。私はね、思ったの。これでお父さんも諦めがつくでしょうって。もう歩くのがやっとだったし、手も思うように使えなくなってしまったんだから、辞めるしかないもの。

でも違った。私もね、永く連れ添って、来る日も来る日も一緒にやってきたけど、お父さんがあんなに性根が据わった人だとは思わなかった。

言ったことがあるのよ。もう無理しないで、お店を閉じようよって。そしたらこう言ったの。『ああ、そうだな。もう一度、以前のとみ食堂に戻してからな』ってね。負けるのが嫌だったのね。自分に負けて辞めたんじゃ、とみ食堂に申し訳ないって、そんな気持ちだったんじゃないかなあ。自分で苦労して開いたお店だものね」

おいらは深く俯いてしまった。自分に当てはめて考えていた。

おいらなら、母ちゃんが予見したように、いい口実が出来たと思うかもしれない。落ちぶれて辞めてしまうんじゃないんだ、病気でできなくなってしまったんだ。やりたくても続けてはいけなくなったと、自分をいいように納得させるだろうと思った。

でも父さんはまったく逆だったのだ。病気の後遺症で思うように体が動かなくなったからこそ、店を立て直そうと誓ったのだ。おいらには到底、及ばない境地だ。おいらは敬服しながらも、自分が恥ずかしくなった。

下を向いてしまったおいらを見て、母ちゃんは察したのかもしれない。

「でも、勇ちゃんがお店をやってくれるようになったじゃない」と気分を変えるように言った。

「お父さんも肩の荷が下りてほっとしてるんじゃないかと思うのよ。もうこれでいい、自分の役割は終わったんだってね」

おいらは顔を上げた。何か言おうとしたが、言葉が出なかった。母ちゃんが続けた。

「前みたいに、切羽詰まった感じがなくなったもの。やることはやってきたし、もう未練もないって、思い残すことはないといったところかな。私も安心してるわよ」

「思い残すことはないなんて、そんな言い方――」

そんな言い方やめろよと言いたかった。が、それは尻つぼみに立ち消えた。言ってしまえば、それから先に別の話が広がっていくような気がしたからだ。だけど話の流れは止まらなかった。

「その分、勇ちゃんが頑張ってよ」。容赦なく発破をかけてくる。

　おいらは情けなさそうな苦笑いのなかでいったんはやり過ごした。よく考えてみれば無茶な煽りようだ。

「おいらがいくら頑張ったからって、古い食堂が昔のように繁盛するわけもないよ」とふてくされ顔で言い返した。

「そりゃそうだわね」母ちゃんはあっさりと認めたあとで言った。

「だからお父さんは思ってるのよ」

「なによ。どう思ってるのさ」

「勇次が店をやってくれるなら任せようという考えなのよ」

「任せるって？　どういうことだよ」

「古い定食屋にこだわらなくてもいいって、そういうことよ」

「嘘でしょ」

「嘘言ってどうするのよ。お父さん、この前、こんなこと言ったのよ。自分はやりたいようにやってきて、もういいと思ってるって。勇ちゃんがやる気があるんなら、どんな店にしてもいいって。せっかく権利を買った店舗だから、まったく別の店をやってもいいんだって、そう言ったことがあるのよ」

「まさか、そんなことできないよ。父さんと母ちゃんの歴史と思い出が詰まった食堂なんだから。第一、急にそんなこと言われても、こっちだって困るよ」

おいらは横にいる香織の横顔を探り見ながら言った。

「そうね。私も言うつもりはなかったんだ。ついね」

そう言って、母ちゃんも香織を見て、意味ありげなほくそ笑みを見せた。

思わぬかたちで父さんの本心を母ちゃんの口から聞かされて、おいらは胸の高鳴りが治まらなかった。

母ちゃんも多少、後悔の顔色を見せて、もうそれ以上その話に触れることはなかった。

夜も更けてきて、母ちゃんは自分が後片付けをするから、おいらに香織を送って行くように言った。

二人して店の正面口から出るのを、客を見送るようにして、

「香織さん、今度は家の方にも来てちょうだいね」と気さくに声をかけた。

「ええ」

その笑顔を、店の中から射す弱い明かりが仄かに照らし出していた。

「気をつけてね。お仕事、頑張って。体に気をつけて」

香織は丁寧にお辞儀を返したあとで、先に進みだしたおいらに早足で近づいた。

うらびれたカラオケスナックから甲高い歌声が、リース飾りや人形で飾りたてた木戸を震わせて漏れ出している。耳慣れた古い演歌だったが、何という歌だかは思い出せなかった。


部品製造会社の作業場のシャッターは閉まっていたが、その事務所からは明かりが細々と漏れていた。昼の弁当を届けているお得意さんだった。四、五人でやっていたが、その平均年齢を問えば七十歳を超えるそうだ。とみ食堂を開店した時には、すでにその工場はあったと父さんは言う。創業はさらに古く、戦後間もない頃だと聞いた。当時、自動車の普及が激増した。その風潮を受けて自動車部品の製造会社を興したのが先代で、今は二代目になっているとのことだった。

リサイクル屋と金物屋はとっくに店仕舞いしていた。その角を曲がるとひっそりと住宅地が続いていた。

二人は黙ったまま歩いた。

それと気づかれぬように横顔を見た。おいらはなぜか緊張して固くなっていたが、彼女は路地の正面から吹き抜けてくる晩春の夜風を顔いっぱいに受けて、リラックスしているようだった。

「今日は来てくれてありがとう」、正直な気持ちを言葉にした。

「いいえ、こちらこそ。来られてよかった」

彼女はやっぱり前を向いたまま、爽やかな夜風を楽しむように微笑んでいた。

「ここを曲がって行こうか」とおいらは行く先を示した。

香織は小さく頷いた。

あの頃、おいらは酔って彼女の肩を抱き、その隙に悪ふざけもした。「勇ちゃん、ダメよ、何してるのよ」と息を弾ませながらも可愛くはしゃいだ。

今はお互い一定の距離をおいて歩いた。住宅街を抜けていく閑静な道だった。一方通行で、たまに後ろからライトが照らした。前方の道に伸びた影がぐっと縮まる。二人はやはり少し離れて端に寄った。そしてまたおいらが先に行き、香織がその後をついて歩いた。

去年の暮れだった。あの時のメールにこだわらないわけにいかなかった。

もう香織は結婚して、おいらとは無縁に幸せになっていると思っていた。それなのに――、もうとっくに終わったおいらに、なぜその結婚が実らなかったことを打ち明けてきたのだろう。あの時、その返事を返すことができなかった。

返事をしなかったことを彼女はどう受け止めただろう。おいらがすべてを理解したものと思っただろうか。そのうえで無視したと思っただろうか。こじらせた感情で面倒になり、返事をするにも及ばないと、おいらがそう思ったと考えただろうか。

でもそんなことはなかった。あの時思ったこと。それはどんな返事もおいらにはふさわしくないということだった。その資格もないと思ったのだ。

なのに、あれからというもの、メールを受けてから彼女の気持ちを、ずっと考えずにはいられなかった。もしも、とおいらはその心に触れようとした。もしも結婚しなかったのがおいらのせいだったとしたら、そして逆にそうではないとしたら――。

もしも香織と、おいらの知りようもない男性との問題だけで別れたというなら、果たしてそのことを知らせる気になるだろうか。いわば自分の人生の行き詰まりをあえて曝すだろうか。その推測が立たなかった。

ならば、やはり結婚という一大決心の中においらの存在が、まだちらついていたと考えるのが自然なような気がした。香織の本心がそこにあったとしたら、おいらはまた無関心にあるいは無責任に、そして不誠実に、あの時と同じことを繰り返そうとしているのかもしれない。

その過ちを繰り返すわけにはいかなかった。それを確かめるのは難しいことではないはずだ。

「香織」と、おいらは少し遅れて歩く彼女を半身になって顧みた。

「うん？」

香織は数歩、速めておいらに追いついた。

「今さらなんだけど、一つ聞いていいかな」

「なあに」

「結婚するの、やめたのはどうして？」

思い切って訊いてみた。

香織は俯き加減に歩き続けた。カツカツと自分のローヒールの靴音に耳を澄ますように。

もうその返事はもらえないのだと思った時、ため息まじりに小さく言った。

「勇次さんには関係ないよ」

澱んだ苛つきが、沈黙の間に冷え切ったような響きがあった。それは、おいらの腹の内をとうに見透かしているような冷酷さがあった。

おいらは動揺してしまい、彼女の本心に行き着くのは程遠いと感じた。あの時、メールを凝視して立ちすくんだように、どんな言葉も返せなかった。

飲み屋が暖簾を並べる路地に入ると、居酒屋から出てきておだを上げる男たちとすれ違い会話は途絶えた。その繁華街の喧騒が、互いに言葉を失った気まずさから救ってくれた。

おいらが、とみ食堂に通っていた頃、帰った道筋だった。

車止めの柵を抜けて公園に通じる遊歩道に入った。香織は黙っておいらの背中についてきた。桜並木は葉を膨らませ、通路の半分にかぶっていた。

公園広場に出ると、彼女はおいらの肩に寄った。

「もう一つ聞いていい？」

「今度はなあに」

香織がくすりと笑ったように思った。おいらはほっと安堵の息をついた。

「今日はおいらのこと、勇次って呼ぶけど、どうして」

別にどうということはなかった。そう呼ばれて嫌な感じもしなかった。ただ、その訳を香織の口から確かめたかった。

「あら、そうだった？　全然気づかなかったけど」

「本当？」

「嘘」

「じゃ、どうしてさ」ふっと笑いながら聞き直した。

勤め帰りの中年男性とすれ違った。男はひたすら地面を見つめたまま足早に過ぎ去って行った。

「なんか、私が知ってる勇ちゃんじゃないみたいなんだもの。それに――」

そこでいったん口を閉ざし、その唇を突き出した。

「それに？」

「もう勇ちゃん時代は終わったでしょ」と彼女は正面を向いたまま言った。

決して大きな声ではなかったが、強い意志が感じられた。

むろん、「ロンリー・ユウ」としての芸人生活と、それを引きずった年月を指している。でもその中身に考えを巡らせると、それは香織と共に生きてきた時を意味してもいた。

「その時代が終わった」と言った。それはどういう意味だろう。おいらはまた思い悩まなくてはならなくなった。

香織が「勇次」と本名で呼ぶのは、青春の幸せと悲しみが入り混じった過去と決別して、新たな関係を紡ぎたいという気持ちの表れなのか。それとも、やっぱり過去の一切を清算するとの思いなのだろうか。それがおいらには分からなかった。でも、それをはっきりさせる話に陥るのも怖かった。

「香織の言うとおりだ。おいらは吹っ切れた気がするし、新しいことができそうだし」

分からないままで、今の正直な気持ちだけをなぞった。

「そうよ。これからよ」

香織はおいらの横顔を覗き見て、歯切れよく励ましの声を上げた。

おいらはその視線と目を合わせて照れ笑いを返した。

「今のところは、店を盛り立てて売り上げを伸ばそうと思ってるんだ。そして、そうだなあ、早いうちに、近くに部屋を借りて移ろうと思ってる」

香織は黙っていた。おいらも、その先に続ける言葉には慎重だった。

公園を出て、次の町の商店街を抜けて行った。通り沿いの店のシャッターはもう閉まっていた。軒先の高い位置に連なる街灯の明かりは、春の名残のくすんだ闇にいったんは解け込んで、一日の賑わいを終えた商店街全体を照らし出していた。

「こっちの方に来たのは初めてだろ」

「そうね、初めてかも」

「どう、感想」

「夜、初めて来て、お店に行っただけだもの。分からないよ」

「それもそうだ」

「でも、勇ちゃん、生まれは埼玉って言ってたよね」

「あれ、今、勇ちゃんって呼ばなかった？」

「あら、そうね」

香織が横で舌を出すのが分かった。

「やっぱり勇次さんは堅いかな。発音は一緒だけど、勇次の勇ちゃんにしよう。どうせ私のイメージの問題で、それを切り替えればいいだけだから」

「なんだよ、それ」

香織はふふんと鼻をならして、

「勇ちゃん、埼玉だって言ってたじゃない、生まれたとこ」と訊き直した。

「そうだよ。おいら、生まれは埼玉の川口市だよ。でもすぐに足立区の方に引っ越して、それから小学生になった時、今の所に移ったわけ」

「そうなんだ、そんなこともあまり知らなかったなんて不思議」

「そうだね。おいらも香織が秋田出身だくらいは知ってるけど」

「それだけ？　両親が教員で、妹がいるくらいのことは知ってるでしょう」と不服そうになじった。

「もちろん、それくらいは知ってるけど、田舎でどんな少女時代を過ごしたかなんて聞い

「私たちって、一緒に暮らしていて、毎日、一体何を話してたんだろうね」

香織が決して責めたてているのではないと分かっていたが、やはりその問いは胸に刺さった。

「その日その日の暮らしに夢中だったんじゃないかな」

はぐらかしたつもりだったが、まさに言い得て妙だと感じた。

真っすぐ商店街を突き抜けて大通りに出た。歩道の端を、バスの停留所まで寄り添って歩いた。三人ほどの客が並んで待っていた。その列の後ろに並んでから、おいらは前に出て時刻表を確認して腕時計と合わせ見た。

「あと三、四分で来るよ」と言いながら戻った。

それからは、二人は黙ったままだった。

遠く見える信号が青に変わると、一斉にヘッドライトの塊が向かってきた。歩道側の車線を占用する路線バスがみるみる近づいてくる。ブレーキとその反動で油圧が抜ける音を発してバスは停車した。

「じゃ、勇ちゃん、今日はありがとう」

そう言うと、笑顔の中に小さなえくぼを作った。

香織がバスに乗り込む前に、おいらは彼女を呼び止めた。

振り返った彼女に、

「何とか早く、引っ越す段取りをつけるよ」

香織は親指と人差し指を丸めて見せて、にっこりと笑った。

ドアが閉まり、香織を乗せたバスは車線に戻り走り去っていった。見送りながら、香織の言った言葉や表情の場面場面を思い出そうとした。

だけどバスが小さくなっていくように、それらも頼りなく薄らいでいった。

おいらは思わずにいられなかった。やっぱり自分の性根に何かが足りないのだと。

6　青木さんの生き方

青木さんが退院する日、路線バスに乗って迎えに行った。遠間さんは仕事で来られなかったが、退院の手続きや荷物の整理は事前に済ませてくれていた。

彼はおぼつかない足取りながらも、何とか痩せた体を自分で運べるまでに回復していた。緊急入院した時は命も危ぶまれる状態だったのだ。そんな状態に陥った原因は、持病の糖尿病が急に悪化したからだと聞かされた。

あの頃、青木さんはみるみるうちに痩せていった。それは腎機能の低下によってブドウ糖が正常に働かず、慢性的に活動エネルギーが消失していったからだそうだ。そして全身の怠《だる》さゆえにほとんど寝たままでの生活が続いていた。その悪循環から自立神経障害で腸の働きにも支障が起こり、下痢が続いていたと聞く。

そんな状態でありながら服薬もせず、ついには急性合併症を引き起こしたのだった。一時的に低血糖になり、そこに脱水も加わり、昏睡《こんすい》状態に陥ってしまったらしい。

意識が戻りかけた頃の青木さんは悲惨だった。一般病棟の個室に移されてからも、朦朧とした意識の中で苦痛を訴え、もがき苦しんだ。その苦しさに体を捩らせ点滴の針が抜けてしまうため、片腕を拘束帯で固定されていた。そんな状態で呻き続けるさまはあまりにも痛ましかった。

覗き込んで、体のどこがつらいのかと問うたところで返答もなく、なすすべもなかった。労《いたわ》りの声は聞こえているようだが、誰が何を語りかけているのか理解しているとは思えなかった。

喉から絞り出すような呻きの中から「帰りたい」と繰り返した。付き添ったおいらは、「早く体を治して部屋に帰りましょう」と耳元に呼びかけるしかなかった。

しかし、果たしてどこに帰りたいのか、確かなことは分からなかった。どうしてもあのアパートの閉塞した棲《す》み処《か》だとは思えなかったが。

彼は何日もベッドの上でのたうち回った。固く瞼を閉ざしたままで、苦しいー、苦しいーと喉が破れんばかりに叫び続けるのだった。それは命を取りとめたといいながらも、まさに地獄に落ち行く断末魔のようだった。

そんな想像も及ばない悶絶の日々を経て、彼は生還した。

その後もおいらは配達の途中、たまに青木さんを見舞った。すでに彼は回復期の病棟に移っていた。だが彼は、おいらのことが分からないようだった。仕切りのカーテンから覗き込むと、虚ろな視線を向けはするが、無表情のまますぐに天井を見上げてしまう。故意に無視しているようには見えなかった。確かなことは言えないが、おいらには一時的にせよ記憶についての障害があるのだと思えた。その正否を病院に問う筋合いでもなく、おいらの足は自ずと遠のいていった。

ほとんど気にもしなくなった中で、青木さんは日一日と回復していったのだろう。一人で血糖コントロール治療とリハビリ期間のために、長い入院生活を続けていたのだ。

壁伝いの手すりを頼りに、とぼとぼと青木さんは院内を歩いて行った。おいらは荷物を振り分けて持ち、その後に付き従った。上履きの踵の収縮ゴムは伸びきっていた。襟が壊れてボタンのほつれたネルシャツに、染みの付いた灰色のトレーナーを羽織っている。その後ろ姿はあまりにみすぼらしく見えた。遠間さんから、会社を経営していたと聞いていただけに心が痛んだ。

玄関を出ると病院から呼んでいたタクシーが待っていた。荷物は後ろのトランクに入れてもらい、二人は後部座席に並んで座った。病室を出てから青木さんは何を語るでもなかった。おいらのことは何となく理解しているようだった。ただ相手をするだけの気力も意思も持ち合わせていない、そんなふうに感じた。

青木さんはシートに身を預けて、窓の外に流れる風景を眺めていた。

下町の町並みは新緑の息吹に包まれていた。青木さんの目にどう映っているのだろう。反対側を向いているのでその表情は見えなかった。

結局、アパートに到着するまで一言の言葉のやり取りもなかった。

アパートに接した空き地の前にタクシーは止まった。

「着きましたよ」。身動き一つしない青木さんにそっと声をかけた。

虚脱したままの青木さんはぴくりと体を震わせて、焦点の合わない目をおいらに向けた。自分で支払いを済ませると、開いたドアの外に向かって体を捩らせた。

おいらは逆から降りて出てくるのを待った。片足がなかなか地面に着地しないようだった。尻を浮かせる一連の動作にも苦労していた。起き上がりこぼしのようにもがいている。

おいらは外から片手を引いて、彼の細くなった上半身を抱えてやらなければならなかった。タクシーから降り立つのを見届けて、トランクから荷物を取り出した。

タクシーはそれを待ちきれないという苛つきを、アクセルに物言わせて立ち去った。

「先に部屋に行っててください。荷物を持ってついていきますから」

体の斜め後ろ側面に寄り添った。歩調を合わせてアパートに向かう。

コンクリートの土間に上がる時だった。爪先が上がり切らず踏み面の角に突っかかった。一歩、体を引き上げるための片脚は踏み場を失った。つんのめって前傾となる青木さんの体を支える間がなかった。

彼は這いつくばるように倒れて、コンクリート面で四つん這いになった。

「大丈夫ですか」とおいらは傍らに腰を落とした。

彼は自分の肢体の状況を、それがまるで他人の姿を見るかのように見回した。そして、不思議そうにつぶやいた。

「転んだのか」

「立てますか」

おいらは脇の下に腕を差し入れて、ゆっくりと引き上げた。青木さんの関節はその動きにぎこちなく反発して軋んだ。さりげない手助けにも抗っているかに見えた。

「どこか打ちましたか」

「いや、大丈夫だ。すまない」

そう言ってよたよたと立ち上がった。力なく息を吐いてから狭い歩幅で進んだ。

鍵を受け取りドアを開けた。

青木さんは、周りの柱や流し台の縁などに掴まりながら、細い躯体を框に引き上げた。

おいらは二つの手荷物を両手に提げて後に続いた。

薄暗くかび臭かった。下水の臭気も床下から湧き上がってくるようだった。遠間さんとここで落ち合ってから、三か月は閉ざされていたのだから無理もなかった。

閉め切られているキッチンにぼうっと突っ立っている青木さんに、後ろから声をかけた。

「荷物、寝室に置いておきますか？」

青木さんはその声に唸るように反応した。生返事をやり過ごして、おいらはその背中をかわして奥に入っていった。布団は部屋の隅にきちんと畳まれたままだった。その傍らに紙袋を置くと、

「食事、どうします？　また配達しますか」と振り返って尋ねた。

「え？」

立ち尽くしていた青木さんは、おいらの方に漠然と視線を投げかけた。

「しばらくは買い物やら料理とかは無理でしょう」

青木さんは肯否いずれともつかぬ首の振り方をした。他人事のようにどうでもいいというふうに。

「まあ、ともかく、お弁当届けますよ」。おいらは勝手にそう決めた。

生気の抜け去った面持ちでのっそりと寝室に入ってきた。そして気怠そうに部屋の中を見回した。ここがどこかを確かめるように。何の思い入れもその目に感じ取ることができ

なかった。

「横になりますか？」と問いかけた。

返事もせずよろよろと壁に寄った。そしてしゃがみ込んだ。腰をかがめ、膝をつき両手で支え、尻を落とした。動作の一つ一つを確かめるようにしてようやく座り込み、胡坐をかいた。初めて来た時に、驚いて後ずさり、背を凭《もた》せた壁だった。

彼は股間の上で両手を組んで、うな垂れて動かなくなった。精根尽きたように目を閉じてしまった。

「布団、敷きましょうか」

あまり構われたくないのだろう、そう思いが至るまでの時間が流れた。

「じゃ、帰ります」と声をかけると、彼はその体勢を保ったままで言った。

「いろいろとありがとう」、蚊の鳴くような声だった。

「いえ」とだけ返した。

青木さんの心境に、それ以上立ち入ることはできなかった。

おいらは足音を忍ばすようにして部屋を出ていった。

「お弁当、置いておきます」と、いつものように中に向かって知らせた。「すまない」とか「ご苦労さん」とか、普段ならそんな一言が返ってくる。

その時は違った。床を這うように伝わってくるのは鼾《いびき》だった。おいらは無意識のうちに神経を尖らせていた。その寝息は時として喉に絡んで不気味にがなりたてた。脳卒中などで昏睡状態となった時、大きな鼾をかいて眠った状態になると聞いたことがある。前例もあることで、おいらは心配になって上がり込んでいった。

寝室を覗くと、青木さんは布団に仰向けになって眠っていた。半開きの襖の手前に立って呼びかけてみた。

彼はすぐに反応して薄目を開けた。物憂げに一瞥しただけだった。そのまま寝返りを打って背中を向けてしまった。布団のすぐ横には座卓があり、ウイスキーの瓶や飲みかけのグラスなどが置かれたままだった。

昨晩飲んだのだろうか、それとも朝から飲んでいたのか。退院してきてから数日しか経っていないのだ。どんな容態を引き起こすか分からないのに。おいらは呆れてしまい、救いようがないと言わんばかりに首を横に振った。さりとて何ともしがたく、おいらはその場を後にしたのだった。

その後も青木さんのことが気にかかった。昼の繁盛時をやり済ませて、再びアパートに向かった。何事もなければそれでよかったし、その時はその時で、一言、注意喚起の言葉をくれてやろうと意気込んでロンリー一号を飛ばしたのだ。

ためらいもなくドアを引いて、呼びかけとともに中に入っていった。靴を脱ぎすてるやいなや、奥の寝室までずかずかと進んだ。胸騒ぎを抑えて中の状況を見極める。

「なんだ、どうした？　いきなり」

青木さんは例の壁に背を凭せて胡坐をかいて座っていた。敷いた布団の枕元を座布団代わりにして、悠然とおいらを見上げ、いつになく磊落《らいらく》な言い方をした。いくぶん不快の棘《とげ》を含んでもいた。

横に据えられた座卓の散らかり具合に目を走らせると、飲酒していることが明らかだった。

「いや、お変わりはないか気になったもので」

勢いを削がれて、そんな言葉がうやむやに途切れてしまった。

「大丈夫だよ、私は」

そう言った顔面は蒼白で、ほとんど表情を欠いていた。ああ、そうですかと帰るわけにもいかなかった。棒立ちして見下ろしてはもの言えず、おいらは膝をついて半立ちの格好になった。

「飲んでらっしゃるんですか」

青木さんは目の前のノートパソコンに視線を投げ入れたなり、おいらの問いかけを無視した。

「大丈夫なんですか、お酒なんか飲まれても」

非難めいた目を定めたまま、尻を落として正座した。

マウスをいじっているが、どんな操作をしているのか分からなかった。

そのまま嫌な沈黙を互いに我慢している、そんなぬめった至近距離を共有していた。

「藤井さんだったね」

モニターの動きに漠然と視線をあてがったまま、不愛想に訊いてきた。

「はあ?」

今頃になって名前を問われるとは思わなかった。正直、いい気分はしなかった。だから飲酒についての干渉に、何かを言い返してくる気配にも臆することなく身構えられた。

だが意外な言葉がその後に続き、おいらは調子が狂った。

「藤井さんには、随分と世話になったようですね」と視線を向けず、言いにくそうに口の中でぼそつかせた。

「はあ、いえ」と緊張が緩む。

「きちんと礼も言っていなかった。すみません」

そう言って青木さんはノートパソコンのディスプレーをぱたんと閉めた。それから改めて、「ありがとう」と頭を垂れて三秒ほど制止した。

「そ、そんな、いいですよ。当たり前のことをしただけですから」

変わり身も我ながら早かった。おいらは上目を泳がせたなり、ぼそぼそと口を動かした。

「実はね。覚えていないんだ」

「はい？」

「入院した時の前後のことを——、まったく」

「そうなんですか」

「おぼろげに記憶が蘇ってきたのは入院してしばらくしてからだった。そこで病院から聞いて知った。藤井さんが発見してしかるべき対応をしてくれたことをね。遠間さんにも連絡を取ってくれたんですってね。本当に世話になった」

そう言ってまた頭を下げた。

「いえ、いいんです」

「おかしなもんでね。ここに戻ってきて、ようやく断絶していた己の生活が繋がってきたところだ。なるほど、現実とはこんなもんだったかとね。だからといって何の所存もありはしないがね」

青木さんはそれとなく部屋を見回して自嘲的な薄笑いを浮かべた。

「こんな煤けた物置みたいな部屋で、またつまらん毎日が始まることを受容する以外はね。多少、辟易《へきえき》するがな」

ややこしい発言の中身よりも、その饒舌さにおいらは戸惑っていた。酒が入っているせいなのだろう。そう思いながら気圧される自分がいた。

言わんとする焦点が捉え切れずにいると、彼はさらに口を開いた。

「こんな燃え滓《かす》でも拾ってもらった以上、粗末に扱っては申し訳がたたないな」

卑屈な笑いにも、歪んだ唇はほとんど動かなかった。

「そんな言い方しないでくださいよ」。ようやく出た言葉だった。

さりとて腹が立ったわけではなかった。彼の言い草で、自分の行為が軽んじられたなどとは、つゆほどにも思わなかった。

ただ気分が萎えるような寒々しさを感じた。そして意味もなくただ虚しくなった。

青木さんは無頓着にパソコンの脇に置かれたグラスを取った。色合いから薄まったウイスキーだと分かった。口に含むと、両方の口角を横に引っ張って飲み込んだ。そして喉に落ちていくのを確かめるように舌打ちした。

おいらは黙ってそれを見ているしかなかった。

ふいに顔を上げて、「藤井さんもやるかね」と寝床の横合いからウイスキーの瓶を取り上げた。

「とんでもない。仕事中ですよ、おいらは」

「そうか」とつぶやいて、自分のグラスにドボドボと継ぎ足した。

おいらはもはや何を言う気にもなれなかった。

「ところで、とみ食堂のご主人とおかみさんは変わりないかね」

ふいにそう尋ねられて、おいらは返事に戸惑った。青木さんは以前、とみ食堂によく来ていたことを、母ちゃんから聞かされている。

「ええ、相変わらずやってますよ」と短く答えた。

「そうですか、それは何よりです。よろしく伝えてください」

そんな世間話の枕詞《まくらことば》を口にできることが意外だった。

「体がよくなったら、また来てくださいよ。母ちゃんも喜んでましたよ、退院できて。心配してましたからね」

おいらも常識的な挨拶を返した。

「そう、ありがたいね」と微笑んだ。

今日、初めて見せた温容だった。

「青木さんはうちの食堂は長いんですか」

「なに？」。青木さんは一瞬、別のことに思いを奪われていたようだった。

「とみ食堂にはよく来てくれていたって聞いたけど、いつ頃からかと思って――」

「ああ、そう、よく覚えてないがな。私がここに転居してきた頃だろう」

倒れかかってくるような段ボール箱の壁に視線を巡らせてさらに続けた。

「新しい土地に移ってくると、まずやるべきことがあってね」と赤ら顔で相好を崩した。

「まずは飯処《めしどころ》を探すことでね」

何を言いだすやらと拍子抜けした。さらに続きがあった。

「この住処は格安だが、その分、四方どっちの方向にも繁華街から程よく離れている。つまりスーパーも飯屋もコンビニも、歩けば結構な距離があってね。ところが、その途中にとある食堂があった。

こう言ったらご主人やおかみさんに申し訳ないんだがね、その食堂というのはうらびれた古い店だった。営業しているのかいないのかもよく分からないような」

何の話が始まるのかと、おいらは目を瞬かせて聞き入った。話し始めた本人も、言いたいことの要点を掴んでいるのか疑わしかった。

「それがとみ食堂だった」

焦点の合わない目線を宙に浮かせて、次の場面に入ったようだった。

「初めて店に入った時のことは、今でもよく覚えている。真冬だったな。寝るにもひもじくてね。私は木枯らしの吹きすさぶ中、食い物屋を求めて出かけたものだ。繁華街へ通じる道の途中に、とみ食堂の暖簾は下がっていた。

でも中の薄明かりも怪しげで、やっているのかいないのか、それさえも分からなかった。こわごわと中に入ると店はがらんとしていて、客は一人もいなかった。店内は古くてみすぼらしかった。営業していないのか、そう思って店を出ようしたんだ。

その時だった。カウンターの中に椅子でも置いてあったのだろう、それに腰掛けている年配の女性の首から上だけが見えた。一瞬どきっとしたのを覚えてるよ。おかみさんだった。戸口でまごついている私に気づいた。『いいですか』と私は恐る恐る聞いたものだ。『どうぞどうぞ、いらっしゃい』と立ち上がって招き入れてくれた。

それから、おかみさんはこう言った、今でも覚えているがね。『寒かったでしょう』って。優しく親身な声だった。初めてなのに、もうずっと長く来ているような錯覚に陥ってね。まあもっとも、私がよっぽどみすぼらしく寒そうに震えていたんだろうがね」

目尻の皺を下げて、微かに口角を緩め、

「そして私をカウンターに座らせた」とさらに続く。

「体は冷え切っていた。私は醤油ラーメンを頼んだ。その注文が聞こえたのだろう、奥の方から痩せぎすの高齢の男がのっそりと現れた。コック帽のうなじから細い白髪がはみ出していた。店の主人だと一目で分かった。

主人は無言で仕事に取りかかった。朴訥で生真面目そうな人だった。その動きは、決して機敏とはいえない。夫婦だともすぐに分かった。二人は一杯のラーメンを手分けして助け合うようにして作った。やがて醤油ラーメンが出来上がってきた。それは昔ながらの中華そばだった。

ネギとシナチク、一枚のチャーシューと半分に割ったゆで卵、それに焼き海苔《のり》一枚。旨かった、今でも忘れない。寒さと空腹の極限にいたからかもしれない。たった一杯のラーメンなのにね、感極まってね。鼻水と涙を一緒に啜りながら食べた。

それからというもの、昼飯はとみ食堂で定食を食べた。夜は部屋で早くから飲んで寝てしまう生活だったが、やっぱりひもじくなると店までとぼとぼ歩いていき、ラーメンを啜ったもんだ。

気が置けない大衆食堂だからね。寝床から起き上がって、そのままの格好で行けるような店だった。そしておかみさんもご主人も、必要以上のことは聞かなかったし、立ち入らなかった。店と客との一線がきちんとしていた。それが、その時の私には何よりありがたかった」

その時の場面を回想するように語り終えた。

「そんなきっかけだったんですね」

身につまされる思いだった。おいらの過去のすさんだ生活にも混じり込んでいる情景だった。

「ところがとみ食堂は突然に閉まってしまった。格子ガラス戸の貼り紙には、ただ『長期休業』とだけあった。私はてっきり廃業してしまったと思った。

思いのほか落胆したものだった。なんていうかな、心の安らぎのような、そんなものを失ったようで。決して大げさではなくね。

もう仕方がないと諦めかけていた頃、たまたま前を通った時、貼り紙が外されていた。だが店はやっている気配はない。いよいよ店舗が譲渡されたのかと思った。

だが違った。とみ食堂はまたやり始めた。毎日ではないが、時々、暖簾が下げられていた。私は開店している時に、以前のように店にやって来ては飯を食った。

ご主人が脳梗塞を患って、長く店を閉めなくてはならなかったと聞かされた。もともと街外れにある食堂で、いつも閑古鳥が鳴くような店だったが、さらに客から見放されてしまって、いつもがらんとしていたな。

それでもおかみさんはご主人の体を気遣い、労りの言葉をかけながら店を続けていた。ご主人もまた半身の不自由をおして、調理場の仕事を細々とやっていた。口はばったいようだが、つらかったし不安だったと思う。でも二人に悲嘆や悲愴めいたところなど、これっぽっちもなかった。おかみさんはいつも明るくて、常連客を逆に励ましていた」

知り尽くしている両親の生きざまなのに、人から聞かされると見ず知らずの誰かの美談のようで目頭が熱くなった。

「だからとみ食堂では、月並みな言い方だが、元気をもらった気がするのだよ。こんな年になって言うセリフでもないがね」

照れを隠すようにグラスを取り、茶色の液体をぐびりと喉に流し込み、

「つまらん話をしたな」と唇を捩った。

「それなのに、青木さんは足が遠のいてしまったんですよね。母ちゃんが心配してました。それでおいらと母ちゃんは様子を見に来たんですよね、この部屋に。もう去年の夏の終わり頃ですけど」

青木さんは片膝を立てて、その膝小僧に肘を乗せた格好でそれを聞き流している。

「覚えてます?」

「なにを？」

「だから、おいらたちが二人で押しかけてきたことですよ」

「ああ――」と関心も示さず顎を突き出すと、「そんなこともあったかな」とうそぶいた。

「あの頃から、体調も随分と悪かったみたいですね」

白髪交じりの顎髭を撫でながら、何かを思い出そうとするように首を気怠く傾けた。

「さあ、あまり確かな意識の中で関知してはいないよ」

妙な言い回しがそらとぼけていると思わせる以外、言わんとすることが掴み切れなかった。

「どういう、意味です？」と訊くしかない。

「だからそういう意味だよ」

「――」

「機能的な記憶の外にしかない無秩序なものというか――」

どんよりと曇った目つきを宙に定めて言葉を探した。

「薄弱で暗澹とした広がりに現れる啓示に必然性も法則性もない、時間軸を無視して連なっている混沌とした空虚に、何かの弾みで現実の世界と遭遇する――そんな切れ切れの画面で、そこに自律性が関与する余地もない。つまり意図的な再現が不能なのだ」

はあ？　と顎が前に突き出る。何言ってるんだ、このおやじ。その思いが言葉になった。

「何言ってるんですか、急に。難しくて分かりませんよ」

「難しいことなどない。あんただって飲み過ぎて泥酔したことはあるだろう」

「酔いつぶれていたと言いたいんですか」

「まあ、そう言ってしまってはあまりに無粋で嘆かわしかろう。みっともないから、格好をつけて文学的な脚色を施してみたのだ」

おいらは思わず噴き出した。青木さんもそれにつられて、見まがうほどの人懐っこい笑顔を見せた。

「だがそればかりではない。あの当時から今に至るまで、光や闇の幻惑の中で、どこにいるのか、何をしているのか、自分を見失うことがままあってね。ぶざまを吐露するのに小難しい理屈を並べてみたが、あながち外れてもいないのだよ」

確かにとみ食堂だ、ここは。今、明かりの下でラーメンを啜っている、そう思っていたら、寒々とした狭いねぐらで布団にくるまっていたりする。硬直した体でもがき苦しんでいるのは、確かに病室のベッドの上だった。なぜここにいるのだろう。脳の激痛に耐えて気配を察すると、粗末な書机の下でうずくまっていたりした。

苦学生だった若輩の頃だ。四畳半一間に間借りしていた。東京に出てきた頃、灯りの落ちた商店街をとぼとぼと歩いていた。ふと明かりが漏れる店の暖簾を見ると、とみ食堂だった。若い自分ではなかった。年老いた私は引き戸をかたかたと開けた。そこは小さな事務所だった。ドラフターが四台だけ、詰めて並べられた小さな設計事務所だ。私は疲れた体で事務椅子に座り込んだ。また朝まで仕事をするのだ。部屋に入ってきたのは看護師だった。彼女は非情にも腕にいくつもの針を打って、黙ったまま出て行った。

私の心と肉体の苦しみは昼となく夜となく続いた。痛みが遠ざかり、嘘のように楽になった。そこには荒涼とした大地が広がっていたりする。夜明け前の漆黒なのか、日暮れの帳《とばり》なのか、はたまた嵐の前触れなのか、高層階の破れた窓から下界を一望しておろおろと徘徊する。

気づくと、ただ鉄骨の骨組みだけだ。暗黒に閉ざされて空を突き抜けて伸びている。鉄骨の階段をひたすら登って行った。逃げているのか、何かを追い求めているのか皆目分からない。ただ選択肢はそれしかなかった。

下の方から名を呼ぶ声がする。女性の声だ。倉庫のような部屋で寝ていると、その女と若い男が忍び寄ってくる。何者だろう。命を奪いに来たのか。ならば逃げなければ。だが体が動かない。

その時だった。鉄骨が下の方から崩れていった。しがみついている柱が大きく揺れる。ガラガラガラ——と、下の方から鋼構造は脆《もろ》くも崩れて落ちていく。ついに私の足元も崩れて、私の体は鉄屑《てつくず》と共に落ちていくんだ」

青木さんは見えている映像を語って聞かせているようだった。目がとろんとなり、発語も回転数を落とした録音テープのようだ。単に強い酒に思考が侵されていると言えば言えなくもなかった。

青木さんは壁に後頭部を預け、天井の方に視線を漂わせたまま、意識が薄らぐかに見えた。

「青木さん、大丈夫ですか。青木さん」

彼は我に返ったというようにおいらの方を見た。

「そんなふうにいろんな場面が現れては消えていくんですか」

ガラガラと落ちていく幻想は、自分が蹴散らした缶カラの仕業だとおいらは何となく思った。

「どうも最近は、昼夜問わずに夢うつつでいるようだ」

言いながらグラスを取って、舐《な》めるように酒を口に含んだ。

「大丈夫ですか。もうそれくらいで——」とたしなめる声も弱々しく立ち消えていった。

「大丈夫だ。最近の出来事は妄想と現実に翻弄されているが、昔のことはしっかりと覚えているものだ」

片方の頬を歪めて薄気味悪く笑うと、かえってそれがまともな表情に見えるから奇妙なものだ。

「私の郷里は青森県でね」

「はあ」

彼はいきなり出生を口にした。

「十和田市の内陸、雪深い田舎だ」

「はあ、そうなんですね」

正常な記憶を証明するためかもしれないが、あまりに唐突に身の上を打ち明けられても戸惑うばかりだった。

「実家は代々、農業を営んでいてね。父は県議会議員でもあった」

青木さんは自分で言いだした言葉を噛みしめるように間を置いた。そして続けた。

「田舎の名家でね。自分で言うのもなんだが、だから子供の頃には、すでにテレビもあった、白黒テレビだがね。当時はカラーテレビなどはなかったからね。ニュースで東京の情景が映し出された。砂嵐が流れるような画面に、毎日、映るのは、高度経済成長を背景にして発展し行く東京の情景と、その暮らしぶりだった」

　回想に自ずと目が遠くなる。

「そういえば、もう随分前だが、『ＡＬＷＡＹＳ 三丁目の夕日』が映画になったろう」と話題が飛んだ。

　知ってはいたが、実際に観たかどうかはおぼろげだった。それに、ある作品が映画になったような言い回しも気になった。少々ためらわれたが、

「あの映画は原作があるんですか」と訊いてみた。

「原作は漫画だよ。そうか、あなたの世代は知らないか」

　青木さんは得意げに顎を突き出しながらも、逆に恥ずかしそうな表情を忍ばせて、

「西岸良平の漫画で、ビッグコミックオリジナルに連載されていた。確か今でも続いているのかな」

　そう聞かされると、何となく知っているような気がした。

「原作の漫画はね、もっと素朴で、もっと泥臭くて、そして何か神秘的な世界観を表現していた。若い頃、ファンでね。よく雑誌で読んだ」

　青木さんはそう言うと、寂しそうな照れ笑いを浮かべて、おいらの反応をちらりと窺った。

おいらは相手の表情を写し取った苦笑いで頷いてみせた。

「漫画の連載を読んでいた頃は感じなかったんだがね。実写版の映画を見た時、これは一体どこの国の話だって、そんな不思議な感覚がしてね。アジアのどこかにある小さな発展途上国のフィクションのような錯覚を持った」

「はあ」と、おいらはその感覚とやらを探ろうとした。

「いわゆる〝三種の神器〟と言われるテレビ、洗濯機、冷蔵庫が家庭に普及していく時代だ。豊かさを求めて生きるあの無邪気な喜びや感動はなんだったんだろう。そして日本中、誰の胸の中にも夢とか目標とかが光り輝いていた。そんな連帯感のもとで、日本は一丸となってエネルギーと活気に満ち満ちていた、今の世相からは想像もできない歴史の一コマだ。言ったように、アジアのどこか見知らぬ島国の様子を描いた物語のような気がするんだよ。だから、その国は、現在はどこにも存在しない」

やはりおいらには実感もなく、ぼんやりと聞いていた。

「そして私が高等学校で将来の進路を考える頃、東京オリンピック開催前夜に至る。さらに変わりゆく東京の映像がテレビ画面に流れていく。目が釘付けになってね。首都高速道路、新幹線の建設、近代都市のビル建設、憧れたよ。憧れというか、その思いは大いなる発奮の起爆剤になった。自分はこんな田舎にいてはいけないって――、将来は建設事業に関わって、大きく華々しい仕事をやり遂げるんだって。まあ、そんなわけで私は上京して大学に通った」

そこまで話すと、彼はふと黙り込んで物思いに沈んでしまった。

おいらの視線に気づくと、話の端緒に立ち戻るためか、「あんたも飲まないか」

そう言って先ほどと同じような仕草で瓶を突き出した。

おいらはまた慌てて拒否した。

「そう」。すぐに納得して自分のグラスに瓶を傾けた。

「青木さんは建設会社を自分でやってらしたんですってね」

おいらの方から、ようやく肝心な経歴に触れた。

なぜ知っていると言いたげな表情で下から視線をもたげた。だがそこにこじれた感情は見られず、むしろ愉快そうな気配を匂わせていた。

「そうか、遠間さんから聞いたのかね」

「ええ、ちょっと。以前、会社を経営していたということだけ」と視線を泳がせたままで、

「会社はもうなくなっちゃったんですか」

おそるおそる訊いて、上目遣いに相手の態度の変化を探った。

「ああ、失った」

「お酒とか病気とかは、それと関係あるんですか？」

青木さんは厳めしい顔つきをふり向けて、

「それこそ、あんたとなんか関係があるのかい」とざらついた声で凄みを利かせた。

「あ、いえ。すみません。余計なことを訊いて」。自分から話し出しておいてそれはないだろうと思ったが、すぐに謝った。

どうしたことか、青木さんはにやりと笑って見せ、「確信犯だな」と小さくぼやいた。

おいらは聞こえないふり、もしくは意味が分からないふうを装った。そんな澄まし顔で質問を重ねた。

「青木さんはお役所勤めだったんですってね」

「それも遠間が言ったか」

吐き捨てるような言い方だったが、強い嫌悪感を持った様子はなかった。不快より羞恥の色合いが顔面を覆ったかに見えた。その照れを隠すように自分の方から打ち明けた。

「旧建設省にいたよ。でも中途退任した」

「そうですってね。どうしてですか？　もったいないって、遠間さんも言っていました」

「余計なお世話だ」

舌との隙間から吐息に混じらせた。が、やっぱり強い憤りは感じない。

饒舌に口が回った。

「気負いも枯れた身でいえば、あの頃は、管理、監査役人より現場で自分の好きな仕事を自由にやりたかった。気恥ずかしくも語れば、もっと華やかでやり甲斐のある仕事がしたかったのだろうな。ま、それで民間の建設会社を自分で興したわけだ」

「でも、会社はどんどんと大きくなったんでしょう？」

「ちょうど、バブル景気に入って行く時代だからな、会社は急成長していったよ」

「いい時代だったんですね」

「さあ、それはどうだかな。過ぎ去ってみれば、その実態はどう評価すべきなんだろうね、分からんよ」

確か遠間さんは言っていた。それが良かったのかどうか、それは青木本人にしか分からないと。機会があれば聞いてみるといいとも。むろん、そんなやり取りを明かせるはずもなかったし、その必要もないと感じた。

「当時はいいも悪いもない。そんなことは考えもしなかっただろう。ただがむしゃらに働いただけだ。ただただ忙しかったという実感しかない。バブル景気などというが、その渦中にあった当時はそんな言葉は存在していなかったし、誰もあぶくのように実態のない利益に踊らされているとは思いもしていなかったからね」

「そうだったんですか」

「私はただ請け負った事業を、要請された仕事を心血注ぎ、使命感一筋に遂行し続けてきた、そんな思いしかない。一個のエンジニアとしてね。会社の利益や個人的な収入といったもののプライオリティなどは空疎にすぎた。数々の事業そのものに生き甲斐を燃やした。まあ、若かったんだろうな」

青木さんは夢中になってしゃべり続ける自分に気づいたのか、はにかむような苦笑いを見せた。するとその顔がみるみるうちに若返っていくような錯覚にとらわれた。

そんな彼は、部屋のどこか一点に過去の画面が映し出されているかのように宙を見つめた。そしてまた語りだした。

「そうだねえ、あの頃に手がけたのは――、地下鉄有楽町線、都営新宿線開通の設計施工管理だったかな。そしてレインボーブリッジの上部構造の設計プロジェクトに参画した。東京ディズニーランドの比較設計から詳細設計、お台場臨海都市計画も同時に推進した。社会的問題となった原発施設では、女川原子力発電所の改修設計を提案、実施した。

さらに爆発的に受注は増えた。建築部門では東京近郊のベッドタウンの住宅開発事業や、都心の、例えば六本木や赤坂などのオフィスビルの建築設計。そして景気に乗じて、リゾート開発やゴルフ場の設計、施工も手がけた。需要に応じて会社は大きくなった。

不眠不休の戦いだった。当時の建設業自体が皆そうだ。業界はうねるような活気に満ち溢れていた。私も技術屋として仕事をしている限り、どんな激務も苦労も厭《いと》わなかった。脇目もふらずに仕事に没頭した」

何やら想像を絶するすごい事業に関わってきたらしい。だけどそれらは、確かな映像や実感を伴っての理解の外にあった。あるのは、そんな話をされてもという困惑だけだった。

青木さんは、そんなおいらを一顧だにせず回顧する。

「だが経営者となると、本来はそんなものではない。あえて言うまでもないが、経済動向、社会情勢などの情報を事細かく収集、分析して、将来への展望に反映し、経営方針を緻密かつ着実に推し進めて行かなければならない。表の会議、折衝、入札、裏の談合、駆け引き、密約、そんな熾烈《しれつ》な戦いを勝ち抜いていかなければならない。

私はね、後になって重大なことに気づいたんだ。なんだと思う？」

そう言ったあとでにやりと笑った。

「さあ」とおいらは首を傾げた。だが何となく分かった。だが上手く言葉で言い表せそうになかった。特に相手の自尊心に障ることなしには。

青木さんは自分から答えを明かした。

「自分がそんな器ではなかったということだよ。私は実業家ではない、ただの役人上がりの技術屋でしかない。当時はそのことに気づかなかった」

そう、おいらが想像したとおりだった。頷きかけて慌てて顎の位置を止めた。

「さらに言えば、商売人でもないし不動産屋でもない。にもかかわらず、私は開発事業を手広く仕掛けて土地の売買にも多く関わった。盲目だったという以外にない。まさに自分が見えなくなっていたのだろう。

仕事もしたが遊びもした。成金社長を地で行くごとく高級外車を乗り回し、ゴルフや海外旅行など豪遊もした。私自身も個人別荘を持った。男女問わず、金に人が群がった。私は怒濤《どとう》のように周りに流されていった。その間、家族のことなど顧みもしなかった。贅沢《ぜいたく》な暮らしさえ保証してやれれば、それ以上に与えるものはないのだと考えていた。

絶頂期でありながら、その時はすでにバブルは弾けていた。九〇年代初めだ。土地価格の下落、株価が暴落した。と言ってもその津波が起こり、余波となってすべてを呑み尽くすまで、そうだねえ、建設業界では三、四年のロングタイムラグがあったかもしれない。それは一概に言えんが、地方自治体の事業もあって、例えば東京近郊の市政令都市に向けての副都心開発やモノレール事業計画など、まだ仕事はあった。

そのうち公共事業やゼネコンからの受注物件はともかく、世相の勢いに乗った開発事業は、発注元の民間企業がばたばたと倒産して頓挫した。実態のない企業は雲隠れしたり、一夜にして撤退してしまったりする仲介企業もあった。莫大な投資がまさに藻屑の泡だ。おまけに土地売買の連帯保証人になっている物件もあり、大きな負債を背負った。

なんにしても私は気づくのが遅かった。会社は実態の不確かな資金でパンパンに膨らんだ巨大な気球から一気に空気が抜けるように縮小した。いや、まさに破裂したと言った方がいいかもしれない」

波乱に満ちた事業の衰亡に違いない。だが、そのうわべだけを聞かされても、おいらにどんな感慨も湧き上がることはなかった。

「大変でしたね」と同情の意を示すしかなかった。

「それで会社は終わっちゃったんですか」

「そう、資産を売却しながら段階的に縮小していった。最終的には数人の陣容にまでになっていた」

ここにきて、改めて青木さんの饒舌さに驚かされた。人生の転落の壮絶さよりも、そのことの方が際立ったおいらの感想だった。酔いに任せてかもしれないが、こんなによくしゃべる人だったのかと密かに舌を巻きながら、なお続く話に耳をそばだてた。

「それでも莫大な借金は抱えたままだ。私はただただ返済に追われた。会社の所在地も全盛期は渋谷の一等地で、高層ビルにツーフロアを借りてやっていたが、それから日本橋へ移転した。そのどさくさに紛れて、一時期、行方をくらましていたこともあった。悪質な取り立て屋に追われて身の危険を感じたのでね。

すべての資産を処分して、さらに錦糸町の雑居ビルの一室に隠遁《いんとん》して、そこで、二、三人のスタッフと共に細々と仕事をした」

話の内容は捉えどころもなく、頭の中を一回りして抜けていくようだった。ここにきて、おいらの興味は紆余《うよ》曲折に転落していった会社の顚末ではなかった。

なぜ、何のこだわりもなく自分の過去の汚点（おいらにはそう思えるのだが）を、それほど赤裸々に話せるのだろうか。

そのことが不可解だった。胸の内に重く重なった闘争の記録を、青木さんは繙きたいのかもしれない。その意図は想像もつかなかったが、そんなことを思いながら一つの質問をした。

「遠間さんは、当然、その最後のメンバーだったんですよね」

「いや、彼は最初からいなかった」

「草創期から一緒にやってきたって、そうおっしゃらなかったですか」

「いや、遠間氏は会社を立ち上げた時からゼネコンのジョイントベンチャーに出向していたんだ。だから当社と関係なくそのままゼネコンの特別建設課に在籍することになった。

当時は彼が流す仕事で食い繋いでいた。

しかし、それも長くは続かなかった。運が悪いことに、それらの仕事が、ある政治的な事象で全面ストップとなって、以降、仕事は完全に途絶えてしまった。時代の趨勢《すうせい》に抗うすべもない」

誰もが知る、何か大きな社会的な事象によるものだと察しはついた。だが、咄嗟に思いつくはずもなかった。

「なぜですか」

「民主党政権による仕分けだよ。それで多くの事業が廃止となった。各省庁の関連組織体の事業そのものが廃止されると、それによって計画されていた施設建設もすべて撤廃された。

遠間さん経由で受注していた、また受注予定だった物件はすべて白紙となった。『地方元気再生事業』とか『心のゆとり推進事業』、また『少子化社会対策・普及、啓発』、『高齢者生きがい館事業』などに付随する箱物設計、施工がなくなり、青木建設はついに終わった。実際は民間の建設コンサルタント自体の絶滅だったといえるだろうね。私が生きていく場所はもうなくなった」

青木さんの話は一段落したようだ。

「それからは？」

「ん？」

「一人で生きてこられたんですね」

返事を待つ視線と、相手の光が潰《つい》えていく目とが合った。

「そう、一人になってしまった」

青木さんは唇を歪めて、その目を伏せた。弱々しい薄笑いがその目尻に染み出していた。

「遮二無二走り続けて、気づいたらすべてを失くしてしまっていた。仕事も財産も、地位も、健康も、そして家族も。すべてを失った空虚のなかで生きながらえてきた。ホームレスのようなその日暮らしをしたこともあった。まさに天と地の生きざまを味わったわけだ」

おいらも俯いてしまった。

青木さんは思い出したようにグラスを取って、ウイスキーを一気に飲み干した。

「蒸し暑いね」

壁の上のエアコンを仰ぎ見た。

「冷房を入れるか」、独り言を言いながらコントローラーを捜した。

座卓に置かれた小物入れに交じっていた。手に取って、上に差し向けピッとスイッチを入れた。ブンと一つ音を発して動きだした。

心地よい空気がふわりと降りてきた。

「でもね」、それを見届けると口を開いた。

「私は好きなようにやってきたからね。そう贅沢なことは言えない」

沈黙の意味をお互いに測った。

「贅沢だなんて――、そんなことは」

思ったことは自分でも曖昧だった。ただその心境に違和感を覚えた。

その不確かさを追うように、

「青木さんはお金も地位も手に入れて、仕事もいろんな経験もたくさんしてこられたんですよね」と言ってみた。だから彼は、もう人並みの生活をする必要も資格も素養もないのだと言いたいのだろうか。

青木さんの顔面には、翳りを秘めた薄笑いがまたじんわりと滲み出た。

「確かに多くの仕事をして、貴重な経験もした。充足感も達成感もほしいままに掴み取ったといっていい。でもね、ふと思い返すと、あの頃、自分は何を求めていたのかと、その先に求めたものは何だったのかと――、過ぎ去ってみれば、そんなことが分からないんだ」

「それって分かる気がします、その――、思いというか」

お笑いの世界で転落しながらも七転八倒して生きた時代が幻影のように頭をかすめた。するど、今口にした言葉がいかにも口はばったく感じられて、

「まだ、短い人生ですけど」と補足した。

青木さんはその言葉の裏を見透かすように、すがめた目を向けた。おいらはなぜかドキッとして、「すみません」とも付け足した。

何かを突き止められて追及される前に口を開いた。

「じゃ、青木さんは、これまでの人生を後悔されてるんですか」

「後悔などというものはないよ」、即答だった。

「ただ、悲しいかな懐疑の念はつきまとう。もっともそれを後悔と言うのなら、嘆かわしいかな後悔そのものの人生だったかもしれん」

「カイギのネン、ですか」

「そう、あの時の判断は、決断は、そして選択、行動はあれでよかったのか、考えれば考えるほどそれは過去の闇の中だ。永遠に答えは出ないだろうに。考えても意味のないことだな」

「でも、考えてしまう？」

「そう。社会の発展や進歩に見合った生き方だったのか、自分の生き方は世の中の変動と

どう向き合ってきたのか、重なる記憶がそんな疑問を呈することがある」

相当量の酒を飲んでいるはずだが、弁論に乱れはなかった。

「社会情勢や経済の動向、世相や大衆の風潮、気運、需要の変遷、そんなものを鑑みて己が人生は、生き方は果たしてどう影響され翻弄され、あるいは無縁に晒されたのか――、そんなことを思ってね」

彼の話は、自ら求めた仕事のモチベーションの是非に流れていく。

微笑ましい豊かさを、ささやかな喜びとともに叶えていった戦後の高度成長に資するがためだったと。しかし、その社会の様相事態が世紀末に向けて変貌していった。物質、経済至上主義に染まり、利便性と享楽の追求を一義とし、飽食の時代にあってもなお幸福の在り方は、その先に実現されるという思想に社会は感化され続けた。

さなかにあって、その思想の正否、真偽を問うことなど思いも及ばなかったと彼は言う。豊かさと繁栄は無限大に、建設業においても半永久的に続くものだと信じて疑わなかったと。

「事業が衰退して敗れ去ったのは、私個人の問題だけではないかもしれない、負け惜しみでも言い訳でもなく」と彼は寂しげに述懐した。

「自然環境破壊がひき起こすさまざまな地球的規模の弊害は、これ以上のエゴイズムに駆られた発展を許容しないだろう。世界は持続可能な環境と社会を目指す方向へと、大きくその舵《かじ》を切らなくてはならない。時代の趨勢だといえる」

青木さんはそう言うと口を閉ざしてしまった。重苦しい空気に、おいらは何かを言おうとした。が、どんな言葉も思いつかなかった。

北側のガラス窓を一瞬、閃光《せんこう》が照らした。忘れた頃に遠く雷鳴が響いた。

「だから――、私のすべきことは、もう何もない」

その一言はすっと腑に落ちた気がした。それが青木さんの行き着いた結論なのだろう。

それだから、ふと言葉がついて出た。

「燃え尽き症候群みたいな？」

言ってからまずかったかと思う。

幸い、青木さんは自分の思念に入り込んでいるようだった。それをいいことに、

「つまり、悟っちゃったんですか」とこわごわと付け足してみた。

それははっきりと耳に届いたようだ。彼は眼光鋭くおいらを見据えた。怒られるのかと思ってそっと肩をすくめた。

「悟る？」訊き返したあとで、「悟る」を初めて聞いた言葉のように口の中で反芻《はんすう》しているのが分かった。

「面白いね、確かにそんな心境だともいえるか」

自らに納得させるかのようだった。

ふっと脱力とともに酒臭い息を吐いた。

「だがそれは無力で無益な、つまりは無常の悟りなのだろう」

自分から持ち出しておいて、とんと意味が分からなくなった。

「燃え尽きた灰の中に、自分が真に求めたものを見出すことは、永久にできないという負の悟りなのかな」

教師に当てられて答えの解らぬ生徒のようなおいらの顔つきを見て、青木さんはさらに言い添えた。

「身も心も賭して追い求めた事物は、自分にどんな価値も与えてはくれない。そんな真理を気づかせてくれたというわけだ」と、まるで芝居のセリフを語るようだった。

やはり分かったようで、よく分からなかった。仕方なく「はあ」と頷く。そんな哲学的な話にはついていけなかったし、どうでもよかった。

「まだ生き永らえていくしかないのかね」

ゴロゴロゴロゴロと遠雷が轟《とどろ》き、低く長く鳴っている。

「もぬけの殻で、まだ求める何かがあるのかね」

そのつぶやきは自分に問うたようだった。

それでも何かを答えるべきだとおいらは思った。

「それは、やっぱり――」

が、言葉が続かない。

「勇次さんだったな」と遮られた。

「はい」

「私はあなたに命を救われたからね。感謝している」

「もういいですよ」。繰り返して慇懃に礼を述べられてうんざりした。

「救われた命だから生きなければならんね」

さっきも冗談めかしに聞かされた。だからからかわれているような気がした。

「やめてくださいよ、その言い方。青木さんの生き方においらは何の関係もないんだから」

かっとして怒気がこもった。それでも感情的になるまいと、気づかれないように呼吸を整えた。

「怒ったのかね」

青木さんは心持ち身を引いて、何やら不思議そうな顔でおいらを眺めた。

「気に障ったのなら、謝るよ」

子供のようにふくれっ面をしているおいらをなだめるように、穏やかな物言いだった。

「いえ、こっちこそすみません」

興奮が治まらぬままに返した。頭をぺこりと下げたが、彼はもう見てもいなかった。

「ある時期からね、私は消極的に死への道を意識して歩んでいるのかもしれんな」

「どういう意味ですか？　それは」

またむらむらと怒りが込み上げてきた。気持ちを沈めようと努めた。

「自暴自棄にでもなってるって、そう言いたいんですか。それで死んでもいいだなんて思ったんですか」

「いや、そういうわけではないんだが」

さすがに青木さんも気圧されたようにもぞもぞと座り直した。

「最後がどうであれ、立派な仕事を成して偉大な業績を築いた人が、最後に考えることじゃないですよ」

青木さんは片手を上げて、その手のひらでおいらをなだめすかした。それから続けた。

「そうかもしれん。だが、まあ聞いてくれ。正直言って、私は自分の人生を終わらせたいと、いつも思ってる。それは仕方がないことだ。

自ら命を絶てばいいのだろうが、それにはまだ抗う心が残っていてね。それはあまりにも惨めだ。憐れすぎると。何か自然に楽に終わらせる手だてはないものかと、そんな虫のいいことを考えていたかもしれん。

だが、そう簡単に死ねるものではなかった。助けられた身でよく言うものだとは分かっているが……」

最後は言いたいことを見失ったように、頭を何度か小さく振った。

「そうですよ。そんな勝手な理屈があるもんですか。そんな簡単なもんじゃないでしょう、おかしいですよ」

おいらはさらに大きく怒りの声をぶつけていた。

青木さんもたじろぐように再び半身を反らした。

「まあ、そう興奮しなさんな」

さしもの青木さんも動揺を隠しきれずに、再びおいらをなだめた。

「だから私が間違っていたとそう思っている」

調子のいい言葉に聞こえた。

「本当ですか？」と疑いの問いで下から睨《ね》め上げた。

彼はその視線をまともに受け止めた。返事はない。じっとおいらを見返している。

心底そう思っているのか。それともその場しのぎの口から出まかせか。おいらは相手の顔から猜疑に満ちた視線を切り放せなかった。

逆に見透かすように射られる瞳においらの方が折れた。

「そりゃ、おいらも人のことをとやかく言える人間じゃないですよ」

青木さんは黙したままで両の上瞼を吊り上げた。何を言いたいのかと暗に訊いている。

「すべて嫌になって、投げ出して、この世からいなくなってしまいたいって、そう思ったことも何度かありますよ」

おいらの切なる告白を聞いて彼は小首を傾げた。どういうこと？　と無言のうちに訊かれたように感じた。

「お笑いでたまたまちょっと売れていい気になって、あっという間に落ち目になって——、仕事もお金も、名声も居場所も青春も、みんな失くしちゃいました。夢も希望も、そして大切な人も捨ててしまった。

そりゃ、青木さんの人生とは比べものにならないほどちっぽけなものかもしれませんが。それで、もうどうなってもいいやと思ったんです、その時は。

そんな情けない自分が嫌で嫌でどうしようもなかった。いなくなればいい、死んでしまった方がいいのかと、そんな思いに取りつかれてしまいました。だから、あの頃、おいらは自分から決して高い所には近づかなかったんです。何度も何度も飛び降りて落ちていく感覚に襲われたから」

青木さんは目を細めてゆっくりと大きく頷いた。弧に結んだ唇は悲しげに同情を表していた。

「そんな虚しく危うい時を過ごしていた時に、青木さんも知ってるように父さんが脳梗塞を起こしたんです。命に関わる重たいものではなかった。それはよかったんですが、後遺症が残ったんです。治療を終えてリハビリで長く入院しました。初めの頃は、ほとんど歩ける状態じゃなかったんです。

青木さんがさっき話してくれたとおりです。食堂を閉めて母ちゃんは毎日、父さんを見舞った。おいらも自分が惨めに落ち込んでる場合じゃないと自分を叱咤しました。

母ちゃんと一緒に病院に行って父さんを励ましたんです。父さんは黙々とリハビリを続けた。痛いとも苦しいとも、つらいとも嫌だとも決して愚痴ることはなかった。そして母ちゃんの支えと励ましで、何とか自分の足で歩けるまでに回復した。

そして退院しました。退院と同時に、おいらはこのふるさとでもあるとみ食堂に戻ってきたんです。

脳梗塞を起こして入院する前から、もう潰れかけていたんですよ、あの店は。青木さんの方がよく知ってますよね。だからてっきり、もう食堂は店仕舞いするものだと、おいらは思った。だって左半身が麻痺してうまく体が動かなかったんですよ。とても調理なんかできないと思い込んでいましたからね。

でも父さんと母ちゃん二人は、当たり前のように店を開けた。毎日は無理だったけど、だんだんに開ける日を増やしたんです。でも一日に入るお客さんは数えるほどだった。一人も来ない日もあったそうです。それでも二人で店を開け続けたんです。

惨めな気持ちにならないかと、おいらは心配した。もう諦めるかもしれない、いつもそう思っていた。でも毎日毎日仕事を続けた。

一杯のラーメンを作るのにも時間がかかり、怒ったお客が帰ってしまうこともあったと聞きました。二人で謝って、謝りながらそれでも店を続けた。もう廃れてしまい誰も見向きもしない大衆食堂なのに、なんでそんなに頑張れるのだろうかと、おいらには不思議だった。

それが知りたくて、おいらは店に通うようになったんです。

そしておいらは思ったんです。父さんは何も頑張っていたんじゃなかった。ただそこが生きる場所だったんです。そこが、四十年以上も自分が生きてきた場所だったから、だから当たり前のように店を開け続けたんです。母ちゃんも言ってました。お父さんはそんなお店を見捨てるわけにはいかなかったって。きっと以前のとみ食堂のように立て直すんだって。

　そんな父さんの心を知って母ちゃんは応援した。だけど母ちゃんだって母ちゃんなりの思いがあるんです。母ちゃんにとって、店を続けていくのは、なにも難しいことじゃないし辛いことでもない。逆です。ただ楽しいからなんです。どんなに落ちぶれても、お客さんが少なくても、店で働くことが楽しいんです。たった一人のお客さんがいる限り、飯を出して喜んでもらって、人と触れ合い、語り合えることが楽しいんですよ。

　父さんも母ちゃんも、店で働くことが、そこで生きることが楽しくて、それが嬉しくて、お客さんが来てくれる限りは、お客さんに喜んでもらうために店を開け続けているんです」

　涙声になった。

「おいらはその頃、住所不定でやることも見つけられずふらふらしていた。本当はみっともなくて顔さえ出せない自分なのに、店に通ってきた。たぶんそれは――、ほら、青木さんもおっしゃってたじゃないですか、店に来て元気をもらったって。

　おいらは何を考えていたんだろうって、気がついたんです。弱音を吐いて、理屈をつけて、自分に嘘をついて、何かのせいにして、そして惨めさを恨んで、あげくの果てに、いなくなってしまおう、死んでしまった方がいいだなんて。そんな自分が恥ずかしくなった。

　おいらなんて青二才のくせに、一体何を失ったというのか。これからじゃないか。これから生きる意味を必死に求めていけばいいじゃないかって、自分に言い聞かせたんです。そんな単純なことだけど。父さんと母ちゃんは、何を言うわけじゃなくそれに気づかせてくれたんです」

手の甲で零れた涙を拭った。無意識だった。

青木さんは沈痛な面持ちで耳を傾けていた。

「だから、だから、もう絶対にそんなこと、死んでいいんだなんて考えないでください」

嘘偽らざる心の叫びだった。それは怒りを混ぜ込んだ懇願の叫び声になった。

青木さんはしばらく沈黙の中にいた。その場に沈んだ彼は、心身ともに言い知れぬ虚脱感の虜になったようだった。

そこから抜け出すように、深く長く息を吐き出した。腹式呼吸でもするように。

「何か生きる当てを見つけなくてはならんな」

独り言は、やっと聞き取れるほどか細かった。

そんなの毎日の些細なことでいいんですよ、と喉まで出かかったが、かろうじて押しとどめた。それ以上の押し付けは、いかにも僭越《せんえつ》にすぎると思ったからだ。

「見つかりますよ。きっと」とだけ言葉を添えた。それも相手の耳に届かないほどに小さな声で。

「ありがとう」

息だけの声を発して、青木さんはそっと片手を差し出した。おいらは一瞬、身を引いて相手の目を見た。

それから、その手のひらを強く握って上下に揺さぶった。

突如、閃光が部屋の中をピカッと白金色に照らしたかと思うと、パキッと割れるような雷鳴が天上から鳴り響いた。思わず身を縮める。

「近所に落ちたな」

青木さんは窓の方を仰ぎ見た。

「梅雨明けかな」


青木さんは片手で小机を支えにして、ゆっくりと立ち上がろうとした。だが一本の腕に、かがめた上背は支え切れなかった。体は横倒しになり、受け身でもするように畳の上に転がり出た。おいらは慌ててその華奢《きゃしゃ》な体を受け止めた。彼は四つん這いになって、部屋の外郭をかたどる荷物の壁を伝って必死に立ち上がった。

そして機器類に占用された狭いスペースを伝ってよろよろと出て行った。不要としか思えない書類の山の間に彼の姿は見えなくなった。

トイレにでも行ったようだ。

見えなくなった後も、何気なくその書類の山を眺めていた。

たった今、彼の経歴を聞いてみれば、埃にうずもれた書類も俄然《がぜん》、意味を持って存在感を主張しだすから不思議だ。黒の背表紙に刻まれているのは、建設物件の件名と、その他、用途に関するタイトルだろう。調査、資料、指針書、設計書、数量書、等々、段ボール箱に貼られたステッカーには、聞き慣れた高速道路名や地下鉄の路線名が記載されている。

だが、過去のそんなものが今なお、必要なのだろうか。今現在の青木さんと生活を共にしてまで、そこに保管されなければならない理由があるのだろうか。

建設に関する知識などつゆほども持たないおいらにも、答えは明らかだった。

見慣れた部屋を、時間をかけて見回し終わっても、戻ってくる様子がないので、玄関脇のトイレの方を覗きに行った。

「大丈夫ですか」と声をかけてみた。

あー、という呻き声のような返事がした。

おいらは寝室に戻った。ガラス窓を鳴らしていた雨音がやんでいる。そばに寄ってわずかに戸を開けてみた。ねっとりと蒸した空気が入ってきた。

青木さんがおぼつかない足取りで、不要な書類の間を縫って戻ってきた。

ほんの数分間のうちに、青木さんの顔は別人のようにやつれて見えた。今しがたまで赤く上気していた気迫は微塵もなく、その顔面は蒼白に変化していた。頬も眼窩も、これほどに削げ落ちていただろうかと思うほどだった。

振り向いたおいらは動揺を隠して、

「夏が来ますね」

明るくそう言ってパチンと窓を閉めた。

第一部　終わり

あとがき

二〇二〇年オリンピックの招致が東京に決まった頃だった。ある曲が耳に留まった。サザンオールスターズの「東京ＶＩＣＴＯＲＹ」という曲だ。

なぜか懐かしく私の胸を打った。同時になにかしら元気が心に染み出てきた。そしてノスタルジックな気分に私を誘った。買い物帰りに小さな公園のベンチに座り缶ビールを飲んでいた。暮れなずみゆく公園。応援の歌声と旋律に、私の思いは昭和の東京オリンピック開催の頃にタイムスリップした。

現在のシニア世代は、あの頃は青春時代だっただろうか。そして、その両親らはその「家庭」を守るために懸命に働いただろうか。生活はいわゆる三種の神器に象徴されるように目に見えて豊かになっていった。活気づき、近代的に変貌していく東京。誰しもが一丸となって将来に夢と理想を描いた。

あれから半世紀以上の時が流れた。新たに開会されるオリンピックは、我々にどんな力と夢と希望をもたらしてくれるだろうか。かつてそうであったように、新たにモチベーションに支えられて発展と成功の物語を築くはずだ。

私は期待を持ってそれを思い描いた。

だがその様相は違って見えた。当然のことかもしれない。すでに時代が違っていたのだ。バブルが崩壊した後、何十年もの間、経済は停滞している。価値観は多様化し、是非、正邪の基準は無数に散らばる。混沌の様相に格差は広がる。賃金は上がらず、教育、福祉や介護の問題が現実の家庭の底に横たわる。少子高齢化が進み、社会全体が活気を喪失していく。

そして二〇二〇年一月、新型コロナが世界を、日本を襲った。感染者は拡大の一途をたどり医療機関の崩壊に人々は震え慄いた。不安と恐怖の中で暮らしは激変する。外出、移動、交流は禁じられ、閉塞社会の中で人々は息を殺して暮らした。東京オリンピックはコロナ禍の前に、瞬く間に押し流されていった。

私が密かに構想した人々の夢や希望に裏打ちされた輝く未来は、その鮮明度とともに薄らいでいった。描き得るささやかな喜びも生きがいも創出し得なくなった。

私は眩《くら》むような失望感に襲われて立ち止まる。

いや、それはどうなのだろう。私は自らに反駁《はんばく》する精神を見出した。そもそもそんな懐古に翻弄されて、現在の人生が築けるだろうか。あの頃の夢をもう一度——、そんな儚い願いに、どんなパワーが内在するだろうか。所詮そんな仮想の目標などは幻にすぎない。

誰しもが今に生きている。この時を生きている。それは、言うまでもなく現在の環境の中で生きている自分自身である。その自分を、あるいはその生き様を過去が関与すべくもない。

世相に影響されることも同調することも迎合することもない。どれほど混迷をきたす社会状況にあろうと、またいかに都市構造が変貌しようと翻弄されることはない。年齢に差異はなく、一人一人が自分らしく今の人生を邁進すればそれでいい。

「とみ食堂」の人々にそんな生き方を垣間見ることが出来ないだろうか。私の発想は、そう転換した。

それぞれが自らの環境と境遇の中で、自分が歩く人生をまっとうする姿を、登場人物たちとともに感じ取れることを私は願っている。

この物語はフィクションです。登場する人物、団体等、すべて架空のものです。

著者プロフィール

西本　タツヒロ（にしもと　たつひろ）

1952年生まれ。東京出身。

中央大学理工学部中退、生き方を求めて放浪する。

昭和62年、設計コンサルタント会社を設立。

平成13年、同解散後、介護施設に勤務する。

平成24年、居宅介護支援事業所を立ち上げ、ケアマネージャーとして高齢者の方々の支援を行う。その間に、そうした仕事の経験を踏まえて、介護をテーマにした著作に携わっている。

本作品のほかに『花吹雪』『水郷の旅路』がある。

とみ食堂の人びと　1　歩み出そう！　心に萌芽《ほうが》を求めて

2024年12月15日　初版第１刷発行

著　者　西本 タツヒロ
発行者　瓜谷 綱延
発行所　株式会社文芸社
〒160-0022　東京都新宿区新宿1－10－1
電話　03-5369-3060（代表）
03-5369-2299（販売）

印刷所　株式会社フクイン

ISBN978-4-286-25916-1　JASRAC 出 2406631 － 401　NexTone PB000055387号